Un Royaume d'Ombres et d'Épines

L. J. ANDREWS

Traduit de l'anglais
par Karine Xaragai

KORRIGAN
ÉDITIONS

Publié pour la première fois aux États-Unis
sous le titre *The Curse of Shadows and Thorns*.
Couverture : Shutterstock

ISBN : 978-2-3851-6003-6
Code Hachette : 35 6398 4
Catalogues et manuscrits : city-editions.com/korrigan

Dépôt légal : Mai 2023

Je dédie ce livre à tous ceux qui,
sans relâche, s'efforcent d'incarner
le bien dans le monde.
Je suis à vos côtés.

1

Je n'avais que trop tardé.

Mais à vrai dire, je n'arrivais pas à trouver la volonté de partir. C'était mon tour de prétendre être quelqu'un d'autre, quelqu'un dont la vie échappait au contrôle et aux exigences de son entourage.

Un corps massif s'effondra dans un bruit sourd, faisant craquer sous son poids le plancher graisseux du tripot où régnait une ambiance gaillarde. C'était Korman, le gardien de nuit – ivre mort. Quelques grognements précédèrent un tollé d'imprécations, comme si c'étaient les dieux qui avaient poussé cet homme à se saouler. Mes lèvres esquissèrent un sourire que je dissimulai promptement derrière mes cartes. Inutile de me faire remarquer alors que j'étais la seule à enfreindre la loi, ici.

Korman se redressa tant bien que mal. Dans sa chute, il avait renversé l'aiguière. Du vin chaud avait coulé sur son gambison en laine et sa main de cartes y était désormais collée, telle une rangée de médailles. Korman se tamponna la bouche, l'air perplexe. En tombant, il s'était éclaté une dent de devant. À la vue du sang sur ses doigts sales, il proféra un chapelet de jurons avant d'éclater de rire.

Je me décalai pour laisser Halvar, l'un des cochers du domaine Lysandre, l'aider à se relever.

— Allez, debout ! lui dit-il en le tirant par la main avant de le gratifier d'une bonne claque dans le dos.

Korman regagna la table d'un pas chancelant. Un pêcheur d'anguilles posa devant lui une autre corne de vin chaud et partit d'un gros rire en le voyant la descendre à toute vitesse : des gouttes de vin dégoulinaient de sa barbe roussâtre.

— Ça ira comme ça ? s'enquit Halvar.

— On continue, articula Korman avec difficulté, les lèvres rouges de sang.

La partie reprit comme si elle n'avait jamais été interrompue.

Halvar leva les yeux de son jeu et regarda en face de lui, dans ma direction. Le brun profond de ses prunelles me rappelait celui des châtaignes grillées et parfois, lorsqu'une lueur inhabituelle s'allumait dans son regard, je me demandais s'il ne coulait pas dans ses veines un peu de sang des Êtres de la Nuit. Il n'avait pas les oreilles pointues, mais à en croire les traditions du Petit Peuple, certains Faes avaient recours à la Furie, leur magie de la Terre et de l'Illusion, pour dissimuler leur véritable nature.

Pourtant, si le cocher Halvar avait été doué de pouvoirs, il aurait fait profil bas, il n'aurait sûrement pas passé ses soirées à boire dans les tripots. Le roi Zyben avait une certaine propension à neutraliser par quelque sort les pouvoirs des Êtres de la Nuit avant de les envoyer à son bourreau.

J'espérais qu'Halvar n'était pas fae, car les Êtres de la Nuit avaient la réputation d'être sans pitié. Or, j'avais beaucoup d'affection pour lui.

Troublée par son regard insistant, je rabattis la visière de ma vieille casquette sur mes yeux et passai la main à l'arrière de ma tête pour vérifier que mes tresses ne dépassaient pas. Halvar ne pouvait pas m'avoir reconnue, me répétai-je pour la centième fois. C'était impossible. J'étais quantité négligeable au domaine Lysandre.

La peau basanée du cocher portait encore les traces de sa journée de labeur. Cela dit, tous les hommes présents dans la salle sentaient le corps mal lavé et le vieux poisson, le tout dominé par les relents saumâtres de l'océan du Destin tout proche. Voilà pourquoi je m'étais barbouillé les joues de terre avant de m'introduire discrètement dans le tripot. Mon teint diaphane, couleur de lune, m'aurait trahie.

— Joue, petit, fit Halvar en portant son breuvage à ses lèvres, ou on se jouera de toi.

Ma main se resserra sur les cartes. Les deux phalanges qui me manquaient à gauche ne me facilitaient pas la tâche, mais je déployai mon jeu comme si de rien n'était. En dépit de mon inexpérience, j'avais vu suffisamment de tours de bonneteau et de parties de cartes en ville pour savoir que j'avais une main correcte. La tête rentrée dans les épaules, isolée des autres joueurs, je jouai trois haches d'or sur les cartes cornées et jaunies.

Le pêcheur d'anguille poussa un grognement et abattit sa main en maudissant les dieux farceurs.

Korman, toujours aussi ivre, ne vit rien passer.

Un financier du port de commerce se rebiffa et contra mon jeu avec deux haches d'or et trois wolvyns noirs.

Halvar gloussa.

— Ça, c'est la poisse, petit !

Mon cœur cognait dans ma poitrine. *Ne joue pas cette carte. N'attire pas l'attention sur toi.*

— Une minute ! dis-je.

J'avais parlé de la voix la plus grave possible mais le résultat obtenu était ridicule. Par chance, les autres joueurs, perdus dans les brumes de l'alcool, ne tiquèrent même pas. Je me félicitai comme jamais de la quantité de bière qui avait circulé à table. Appelez ça de l'amour-propre mais, incapable de résister, j'abattis la carte que j'avais gardée en réserve durant toute la soirée. Les couronnes en guerre : l'une rouge sang, l'autre noire comme un ciel sans étoiles.

— Les couronnes prennent le wolvyn.

À peine posai-je ma carte que les hommes se mirent à vociférer : ils comptaient les cartes, les combines, les levées et les tricheries. Surpris par cette explosion de voix, Korman, ivre mort, tomba de nouveau à la renverse.

Les yeux d'Halvar s'allumèrent, il bondit de sa chaise et son poing alla percuter un commerçant en habit à motif criard, alors que ce dernier n'avait rien à voir dans notre partie de cartes. Comme s'il avait attendu ce moment-là toute la soirée, le cocher éclata de rire et se jeta dans la bagarre qui opposait le pêcheur d'anguilles, le financier et une brute épaisse qui travaillait sur les docks.

Je lâchai la dernière de mes cartes, plongeai sous la table et détalai vers le fond de la salle. Fracas de verre brisé. Raclements des chaises et des tables qui volaient à travers la salle. Craquements des jointures contre les mâchoires. Et des rires – toujours des rires – tandis que ces hommes au sang de guerrier et de pillard déclenchaient une énième rixe.

La première de la soirée, et sûrement pas la dernière.

Je me faufilais le long du comptoir à bière lorsque le tavernier se rendit compte qu'il y avait du grabuge. Ses épaules s'affaissèrent et je crus l'entendre marmonner dans sa barbe : « C'est reparti... » Il s'empara d'une perche en bois et se lança dans l'enchevêtrement de poings.

Comme la vie serait morne dans le quartier des docks s'il n'y avait pas la veillée de relâche ! Cette soirée hebdomadaire où les serfs et les hommes de peine avaient droit à quelques heures de distraction.

Tournant le dos au chaos, j'ouvris la porte d'un coup d'épaule et percutai quelqu'un de plein fouet.

Je poussai un cri de surprise avant de me sermonner intérieurement : j'étais censée être le robuste apprenti du forgeron local. Sans peur et sans manières.

Je levai à peine les yeux, juste assez pour remarquer les bottes cirées et la ceinture de marchand. Un homme plus aisé que les autres clients de la taverne.

— Mes excuses, Herr, marmonnai-je d'une voix grave.

— Ne vous excusez pas, répliqua-t-il en reprenant sa respiration. *De Hän.*

Je me figeai. Il m'avait gratifiée du titre de politesse réservé aux femmes. Ma main vola à nouveau à ma nuque, mais mes tresses étaient toujours dissimulées sous ma casquette. L'homme se pencha vers moi et je sentis l'odeur de sa peau, épicée comme la forêt.

— Ne vous en faites pas, murmura-t-il. Je sais garder un secret.

Je cherchai fébrilement mon porte-monnaie au fond du pantalon que j'avais dérobé chez moi, dans le placard à uniformes. L'homme posa une main sur mon bras. Un frisson me parcourut l'échine. Je gardai le regard baissé, de peur qu'il reconnaisse mon visage sous la terre et l'huile qui maculaient mon nez.

— Comptez-vous acheter mon silence ? me demanda-t-il.

Je déglutis, la gorge sèche.

— N'est-ce pas ce qui se fait à Mellanstrad ?

L'homme eut un petit rire qui me pénétra jusqu'aux os.

— Exact. Il n'empêche, gardez votre mitraille pour une autre fois, *De Hän.*

Sur ce, il pénétra dans l'établissement mal famé. Je le regardai par-dessus mon épaule et mon cœur fit un bond. Triple enfer ! Quelle idiote ! C'était Légion Grey.

Durant toute la soirée, j'avais espéré entrevoir son visage et voilà que c'était lui qui m'avait prise de court. M'avait-il reconnue ? Allait-il en parler à mon père ? Par tous les dieux, en parlerait-il au roi ?

Ses cheveux blond foncé, sa large carrure, ses mains qui semblaient trop rudes pour être celles d'un marchand étaient devenus des attributs qui l'identifiaient à coup sûr dans le quartier du Bas Mellanstrad.

Des bruits couraient sur lui dans la haute société : il serait issu d'une noble famille d'un des royaumes exotiques qui s'étendaient par-delà l'horizon. D'autres lui prêtaient des origines mi-ettanes, mi-timoranes.

Pour ma part, je privilégiais cette dernière théorie. Il avait les cheveux plus clairs que les Timorans, mon peuple. Mais sa peau et ses yeux luisaient de ce reflet sombre qu'on ne trouve que chez les Ettans, ce peuple que les Timorans avaient asservi lors de leurs attaques.

Depuis que son nom avait gagné en prestige, presque un cycle plus tôt, Légion était devenu une légende auprès des marchands les plus aguerris pour sa capacité à négocier les avoirs financiers des riches, mais plus encore auprès des mères aux abois qui cherchaient à convaincre ce bel inconnu de prendre une, voire deux, de leurs filles.

L'homme m'intriguait. Rien de plus. Et je n'avais aucun désir de lui parler. Sans doute étais-je aussi invisible à ses yeux qu'aux yeux de tous les autres.

Avant de laisser se refermer la porte, Légion se tourna vers moi. Esquissa un sourire en coin, puis disparut dans le tripot.

Une fois mon émotion retombée, je rajustai ma casquette et m'engageai dans une ruelle étroite. Les docks de Mellanstrad étaient toujours recouverts d'un fin macérat d'herbes marines et d'eau de mer. Ça puait l'huître, l'anguille et les poissons exotiques piégés dans les dangereux récifs du large. Le quartier des docks se composait de taudis et de vieilles bicoques, tous penchés par des cycles de tempêtes successives. Ici, les réverbères étaient tout rouillés, leur peinture, écaillée. Des flaques de boue s'étalaient sur les pavés cassés. Ici, les gens claquaient leur maigre paie dans les tripots, les tavernes et les bordels.

Ici, j'étais libre.

Je remontai le col de ma veste et m'engouffrai sous une arcade, lorsqu'un trio de gardes de Flèche-Corbeau tourna dans la rue. Le château de Flèche-Corbeau envoyait souvent des renforts de patrouilles après les douze coups de minuit, sans doute pour traquer les Ettans. Au moindre faux pas, ceux-ci étaient envoyés en « apprentissage » par la Haute cour, c'est-à-dire condamnés aux travaux forcés dans de lointaines carrières.

Dissimulée dans l'ombre, je formulai une rapide prière aux dieux de la guerre pour qu'Halvar rentre chez lui sain et sauf. Bien qu'il ne m'ait adressé que quelques mots, je savais que le cocher jouissait d'un statut privilégié parmi les serfs du domaine et qu'il n'était resté qu'un demi-cycle en apprentissage.

Après le passage de la patrouille, je remontai les ruelles en courant, jusqu'au portail en bois qui séparait le quartier des docks du Haut Mellanstrad. Je retrouvai la planche mal fixée qui m'avait permis de me frayer un passage à l'aller et grimpai la côte menant aux villas et aux domaines en surplomb, gênée par les tiges épineuses des églantiers et des serpentaires qui s'accrochaient à ma veste usée jusqu'à la trame.

Les jambes fouettées, piquées et griffées par les ronces, j'arrivai enfin aux grilles du domaine Lysandre. Des pelouses bien entretenues et de pittoresques longères à charpente de bois et murs en clayonnage parsemaient les buttes tout autour du manoir blanc. Entièrement fait de perlite, le domaine était une ode au prestige, à la royauté.

La tête rentrée dans les épaules, je traversai la haie et me dirigeai à pas de loup vers l'arrière du domaine, en direction de la cave.

Mon estomac se noua.

Le long de l'allée en arc de cercle, pavée de brique, de splendides fiacres et cabriolets aux rideaux de velours stationnaient devant l'entrée principale. Une douce mélodie à la lyre et au luth s'échappait de l'intérieur du manoir.

Je poussai un soupir de frustration. La cave était à vingt pas de moi, au détour du mur. Or si je voulais rentrer sans me faire prendre, c'était la seule entrée possible. Je me retournai vers les enchevêtrements d'arbres et franchis la distance qui me séparait des pelouses les plus proches de la cave.

La première unité de gardes-corbeaux était à au moins trente pas de moi, mais ils restaient dangereux. Entraînés à frapper d'abord et à poser des questions ensuite. Leurs visages peints aux couleurs royales, blanc, noir et bleu, brillaient à la lumière de la lanterne. C'était leur façon de ressembler davantage aux guerriers des dieux. Les runes de leurs talismans ornaient leur barbe fournie et des haches d'armes pendaient à leur ceinture. Ils semblaient plus enclins à guerroyer qu'à assurer la sécurité d'une soirée de nobles fortunés.

Je retins ma respiration jusqu'à ce que le sang se mette à cogner à mes tempes. Dès que les gardes eurent fait volte-face, je traversai la pelouse moelleuse au pas de course.

Arrivée devant la porte de la cave, je cherchai maladroitement à insérer le passe-partout dans la serrure, le cœur battant à grands coups. Handicapée par mes phalanges manquantes, je laissai tomber la clef. Je la ramassai en soufflant une rafale de jurons et dégringolai dans la cave à légumes où les serfs de la cuisine passaient le plus clair de leurs journées.

Je m'écorchai les genoux sur le sol en pierre de rivière ; tressaillant de douleur, je me relevai en hâte pour aller refermer la porte à clef.

Une voix gronda à travers le bois épais. Je m'immobilisai. Cessai de respirer.

— Tu as entendu quelque chose ?

C'était un garde. Il pouvait être à dix pas de moi.

— Non, rien. Tu crois qu'on devrait prévenir Kvin Lysandre ? s'enquit l'autre patrouilleur.

Le premier garde se moqua.

— Mais vas-y, ne te gêne pas ! Dérange donc le maître alors qu'on n'a même pas interpellé d'intrus. Maudits dieux ! L'homme est sur son lit de mort et ta première pensée est d'aller le déranger.

— Quelqu'un aurait pu s'introduire... Tout ce que je dis, c'est qu'il voudrait en être informé.

La poignée métallique racla contre la petite porte de la cave.

— C'est fermé à clef, espèce de crétin !

Durant un moment d'angoisse qui me parut durer une éternité, les gardes inspectèrent la porte, puis ils s'éloignèrent enfin dans un bruit de bottes, en s'insultant l'un l'autre.

Je laissai échapper un soupir saccadé et ravalai une montée de bile. La cave était obscure et la puissante odeur de terre humide et d'amidon me brûlait les narines. Des caisses s'alignaient au pied de la voûte en pierre et seule une lune pâle jetait des ombres bleues par les fenêtres.

Je touchais au but. Enfin, j'étais à mi-chemin. Il me fallait encore me faufiler par les corridors principaux sans être vue.

Autant dire une chimère.

Avant que j'aie pu me redresser complètement, des ongles s'enfoncèrent dans la chair de mes bras et m'arrachèrent à la caisse qui me dissimulait.

Je trébuchai, manquant de m'étaler de tout mon long. Deux silhouettes me barraient le chemin. Des yeux étrécis, au regard aigu, rencontrèrent les miens. Mais le plus inquiétant, c'était le couteau pointé sur ma gorge.

— Kvinna Élise, grommela la fille qui le tenait. Ça fait un moment qu'on te cherche.

2

— Triple enfer, Siverie ! Pose ce maudit couteau !

D'un geste vif, l'autre fille écarta la lame. C'était la plus grande de nous trois et son front était constamment creusé d'une profonde ride d'inquiétude.

— Siv, dis-je, encore sous le choc. Je suis d'accord avec Mavie. Je n'aime pas particulièrement qu'on me mette le couteau sous la gorge.

Voir éclore un sourire sur le visage de Siv était chose plus rare que de voir éclore des fleurs en hiver. Elle jetait sans cesse des regards par-dessus son épaule, dissimulait des lames dans ses tabliers et ses bottines. Une serve au lourd passé. Toujours sur le qui-vive, sans que je sache pourquoi. Cela dit, rares étaient les Ettans qui avaient la chance d'avoir une vie tranquille. Je n'interrogeais jamais Siv sur les raisons qui la poussaient à vouloir égorger tout ce qui bougeait. De crainte, peut-être, d'apprendre toutes les horreurs qu'elle avait dû endurer.

Siv pinça les lèvres et rangea le couteau dans la poche de son tablier.

— Où étais-tu passée ?

J'émis un petit rire nerveux et écartai les mains en signe d'apaisement.

— Vous allez sûrement vous fâcher…

—Nous fâcher, nous? ironisa-t-elle. Pourquoi? Parce que la Kvinna avait disparu ou parce que tu étais partie sans nous?

—Arrête de me donner du Kvinna…

Je détestais que mon titre me précède partout. D'une certaine manière, il me donnait l'impression d'être sale.

—Tu es la nièce du roi, répliqua Mavie en lissant sa robe de serve. Tout le monde va te donner du Kvinna, surtout ce soir.

Elle me tendit ma manchette en argent gravée d'un profil de corbeau à chaque extrémité. Siv lui passa ensuite le diadème en baies de sorbier dont je coifferais bien assez tôt mes tresses. Je pris les deux bijoux d'un air excédé. Par ma naissance, j'étais la princesse cadette, la nièce du roi, du coup c'était comme si ma mère m'avait fait tatouer le titre de Kvinna sur le front. Non qu'il fût nécessaire de me nommer ainsi. J'avais beau n'être qu'un membre insignifiant de ma lignée, la manchette aux corbeaux aurait trahi mon identité au premier coup d'œil. Tout le monde connaissait les Lysandre, la famille du roi. Comment aurait-il pu en être autrement?

Parfois, je regrettais de ne pouvoir vivre comme les serfs ettans ou les habitants des docks. Désir qui en disait long sur moi, car les conditions de vie du peuple ettan étaient d'une terrible injustice. Le Nouveau Timoran avait été bâti sur ce qui était autrefois la contrée d'Etta. C'était une terre grasse, verdoyante. Regorgeant de forêts et de rivières. D'ailleurs, je soupçonnais les Timorans d'avoir conquis ce territoire afin d'en piller les ressources, vu qu'au-delà des Falaises du Nord, l'ancien Timoran n'était que toundra. Froid, dur. Impitoyable.

J'ôtai ma casquette et ma tresse couleur de givre retomba sur mon épaule. Si pâle qu'elle semblait presque bleue. Timorane jusqu'au bout des ongles, mais ettane de cœur.

— Tu enchaînes les frasques, mais qui peut dire quel sort le roi te réserve ? déclara Mavie en me prenant la casquette pour la raccrocher près de la porte. Crois-moi, profite du vin et des fêtes tant que tu le peux ! L'envers du décor n'est pas aussi glamour qu'on veut te le faire croire.

— Zyben est trop attaché à ma mère pour faire quoi que ce soit de radical, affirmai-je, alors que je n'en croyais pas un mot.

Quelque part en chemin, mon oncle avait laissé son cœur derrière lui. Il n'éprouvait aucune affection pour moi car je n'étais d'aucune utilité à la cour. Seule ma sœur, Runa, lui était indispensable. Mais que je fasse un seul faux pas et Zyben priverait mon père des faveurs dont ce dernier avait tant besoin.

Quand l'existence me semblait par trop morne et usante, j'avais l'égoïsme d'oublier qu'en tant que famille secondaire, nous ne disposions pas de médiks, les guérisseurs du château de Flèche-Corbeau. En fait, j'étais persuadée que les guérisseurs de Zyben étaient des Êtres de la Nuit, vu la façon dont ils arrivaient à contenir l'empoisonnement du sang dont souffrait mon père.

Sans l'indulgence du roi Zyben à notre égard et sans notre obéissance envers lui, Père aurait été livré à l'Autremonde. Encore un levier dont usait le roi pour assouvir sa soif de pouvoir.

Siv ouvrit la porte de la cave dans un raclement et nous fit signe de sortir de la cave humide en soufflant d'un air agacé.

Je tentai de détendre l'atmosphère.

— Tu fais un de ces raffuts, ce soir… gloussai-je.

Ses yeux brun doré lancèrent un éclair, quelque chose qui ressemblait à de la colère – ou à de l'amusement. Avec Siv, c'était difficile à dire.

— Tu es partie sans moi ! Sans nous.

Siv portait sa longue chevelure de jais en une queue-de-cheval basse. D'anciennes bagarres lui avaient laissé tout un assortiment de cicatrices. Je la trouvais d'une beauté sauvage qui lui avait toujours attiré bien des regards – y compris ceux des Timorans.

— Je suis désolée, dis-je en agrafant le fermoir de ma manchette. J'avais besoin de sortir un peu. Et puis, tu étais introuvable.

— La prochaine fois, tu as intérêt à me trouver avant de filer, répliqua Siv.

Mavie hocha la tête.

— Moi aussi.

Siv me précédait et Mavis me fit passer devant. Prise en sandwich entre les deux, je n'avais d'autre choix que d'avancer. Dans le corridor, Siv ouvrit une lourde porte dérobée et nous invita à entrer.

— Il y a trop de Corbeaux dans les parages. On va prendre par les passages réservés aux serfs.

Les Corbeaux, c'était le surnom vulgaire qu'on donnait aux patrouilles de Flèche-Corbeau, et si quelqu'un d'autre que Mavie et moi avait entendu Siv l'employer, elle aurait été fouettée.

— Pourquoi sont-ils si nombreux ?

— Parce que le Spectre sanglant et sa Guilde de l'Ombre ont attaqué des caravanes d'esclavagistes dans les contreforts du sud, grommela Mavie.

Une douleur brûlante me transperça la poitrine. Je dus tousser pour arriver à prendre une goulée d'air.

— Q… quoi ? (Je m'appuyai contre le mur en pierres de rivière moussues.) Le Spectre sanglant ?

À la mention de ce nom, je caressai machinalement mes phalanges manquantes.

— De maudits tueurs, ceux-là ! grogna Mavie avec dégoût. Lui, en tout cas, ça ne peut pas être un humain, si tu veux mon avis. Il n'y a qu'à voir les massacres qu'il commet.

D'aussi loin que je me souvienne, le Spectre sanglant avait arpenté les terres du Nouveau Timoran. C'était le genre d'Être de la Nuit qui, disait-on, possédait la Furie noire et affichait un certain penchant pour le sang et les os.

Le Timoran était composé de guildes, et ne faisant pas exception à la règle, le Spectre avait la sienne. Celle qui le suivait, la Guilde de l'Ombre, tuait tout autant que lui. J'avais eu le malheur de croiser la route du Spectre sanglant, mais personne ne le savait, pas même Siv et Mavie. Ayant fait le mur dans l'intention de m'octroyer une virée en skiff sur le rivage nord, je m'étais retrouvée sous la lame du Spectre. Un fantôme qui pouvait jaillir de l'ombre à tout moment. Je partageais le jugement de Mavie sur le Spectre. L'ardeur qui couvait au fond de ses yeux, si rouges qu'ils vous brûlaient comme des flammes… La manière dont sa guilde masquée avait dû le maîtriser – comme une bête sauvage – avant qu'il ait pu me trancher la gorge… cette créature n'avait rien d'humain.

Mais c'était la première fois depuis près d'un demi-cycle que j'entendais parler d'une de ses apparitions.

— Ça va ? s'enquit Siv avec une expression radoucie.

— Très bien.

— À ta place, je ne m'en ferais pas pour la Guilde de l'Ombre, dit Mavie. Les gens la rendent responsable de tous les meurtres qui sont commis dans le royaume. Mais ça pourrait très bien être le fait de quelqu'un d'autre. Non, ce que j'aimerais que tu considères, Kvinna, ce sont les Agitateurs. Ils ne cessent de s'enhardir.

— Maudits dieux, les problèmes n'auront-ils donc jamais de fin ?

Les Agitateurs étaient une épine dans mon pied, dans le pied de la lignée royale tout entière. Des fanatiques qui prenaient plaisir à s'attaquer à tout Timoran porteur d'une goutte de sang noble, au motif que c'étaient tous des imposteurs. En un sens, ils n'avaient pas tort, puisque les Timorans avaient envahi l'ancienne Etta, déposé leurs souverains et pris possession de la couronne. Mais les Agitateurs voulaient reprendre le trône, et quand Zyben abdiquerait en faveur de mon cousin Calder, son héritier présomptif, la passation de pouvoir entraînerait une vulnérabilité temporaire que les Agitateurs risquaient d'exploiter en éliminant ce nouveau souverain sans expérience.

— Ce sont des éléments qu'il faut prendre en compte, c'est tout, insista Mavie. Ce soir, tu t'es mise en danger et nous sommes là pour te le rappeler.

— Je n'ai jamais été en danger, affirmai-je. Je suis allée dans un tripot. Et d'ailleurs, je sais me servir d'une lame.

— Oui, mais au couteau je suis meilleure que toi, répliqua Siv.

— C'est vrai.

Elle inclina la tête sur le côté.

— Qui plus est, je ne suis pas contre les petites soirées de rébellion…

— Je suis allée au tripot, te dis-je. Pour le côté rebelle, tu repasseras !

— Je ne suis pas d'accord, dit Mavie qui se mit à tripoter ma tresse jusqu'à ce que je l'écarte d'une tape. Vu que les femmes ne sont pas les bienvenues aux tables de jeu, c'est un passe-temps un peu rebelle.

— Sérieusement, Mavie ! Pour toi, dès qu'une fille rêve d'autre chose que d'un mari, elle est rebelle, railla Siv.

Par les dieux, elle avait souri ! Enfin, plus ou moins. J'étouffai un petit rire, car de fait, c'était la triste réalité.

En tant que nièce – nièce cadette – du roi, mon seul but dans la vie serait de perpétuer la lignée royale et de me taire. Le cycle dernier, les bavardages étaient allés bon train au sujet de ma future union. Sans Siv et Mavie, je serais devenue folle. C'étaient mes seules véritables amies et elles se lamentaient sur l'injustice qui, du fait de mon rang, pesait sur notre existence à toutes les trois.

— Il me reste peut-être encore un cycle avant que le roi ne m'échange comme une truie de concours. Épargnez-moi vos réprimandes et laissez-moi vivre un peu.

Siv haussa un sourcil.

— Vivre un peu ? Tu appelles ça comme ça ? Amusant, quand on sait pourquoi tu t'es introduite dans ce tripot-là en particulier.

Mes joues s'embrasèrent.

— Je te demande pardon ?

— Oh, ne sois pas si susceptible, Kvinna, dit Mavie – dans le seul but de m'irriter, j'en étais sûre. Tout le monde sait que Herr Légion est un habitué des lieux. Tu as pu lui parler, finalement ?

Je pressai le pas.

— Ma seule présence là-bas constituait un délit. Pourquoi aurais-je voulu me faire remarquer par une personne de sa condition ?

— Donc, tu l'as vu.

Je levai les yeux au ciel. Que je sois maudite pour leur avoir avoué que je trouvais les traits de Légion Grey d'une réelle beauté. Depuis, Siv et Mavie cherchaient n'importe quel prétexte pour en discuter.

— Si tu veux tout savoir, oui, nous nous sommes parlé, ce soir. En passant.

Je n'aurais jamais imaginé que le visage de Siv puisse refléter une telle expression. Ses yeux s'agrandirent tels de sombres orbes. Quant à Mavie, faisant fi de toute prudence, elle poussa un glapissement si aigu qu'on dût l'entendre depuis le bâtiment principal.

— Tu lui as parlé ! Raconte ! Qu'est-ce qui s'est passé ?

À quoi bon leur mentir ? Elles m'extorqueraient la vérité bien assez tôt. D'une traite, je leur relatai notre bref échange, omettant de leur rapporter le moment gênant où j'avais eu la maladresse de lui rentrer dedans.

— Franchement, je ne vois pas pourquoi ça vous met dans un tel état, dis-je avec une pointe d'amertume. C'est le roi qui va choisir mon futur époux, et Légion Grey n'est pas dans la course, il n'a même pas de sang noble timoran.

— Je crois pourtant que son visage serait un délicieux support à fantasmes. (Mavie sourit de toutes ses dents.) Je sais que tu es opposée à l'idée de mariage et crois-moi, j'ai toujours trouvé étrange que les deuxièmes ou troisièmes filles timoranes écopent d'un époux à la loterie. Autorise-toi donc à rêver des lèvres de Légion sur les tiennes, au lieu de celles…

— D'un vieux fou à l'haleine chargée de tabac ? achevai-je avec humeur. Runa, au moins, sait avec qui elle va se marier, elle.

En sa qualité d'aînée, ma sœur avait la responsabilité d'assurer la pureté de notre précieux sang royal. Elle était déjà promise à notre cousin, Calder. Un homme insouciant qui faisait les yeux doux à toutes les femmes, sauf à Runa. En définitive, c'était peut-être moi la plus chanceuse de nous deux.

— Eh bien, tu n'as qu'à t'en prendre à ton oncle ! répliqua Siv. Qui, d'ailleurs, est là depuis presque une heure. Dépêche-toi un peu !

Mon estomac se noua. On était tenu de saluer le roi et si je ne me montrais pas, mon absence ne manquerait pas d'être remarquée. Tout en marchant, j'ôtai mon manteau et ma lourde ceinture en cuir. D'ici une heure, il faudrait que je sois lavée et changée, alors pourquoi attendre d'être dans ma chambre pour commencer à me déshabiller ?

Siv s'arrêta devant une sorte d'ergot dans le mur, marqué d'un insigne bleu. Elle lui imprima un bon coup d'épaule et le mur s'ouvrit sur un grand salon garni de méridiennes tendues de satin, d'interminables rayonnages de livres, de plateaux à thé en étain et de peaux d'ours étalées près d'un âtre ouvert.

— Bienvenue chez vous, Kvinna Élise.

Je fis un bond et tournai vivement la tête vers la porte qui menait à ma chambre à coucher. Bevan, l'intendant de la maison, se tenait tout voûté dans l'ombre, un sourire aux lèvres. Il devait avoir quelques cycles de plus que mon père. Ses cheveux étaient clairsemés sur le dessus, mais ses traits, encore assez fermes.

— Bevan, dis-je en jetant des coups d'œil furtifs à Siv et Mavie.

L'intendant remarqua les deux serves derrière moi.

— Siverie, Mavie ! Je vous conseille de mettre un voile et de vite retourner aux cuisines avant que la cuisinière ne sorte sa badine.

Siv se renfrogna, sans doute à la pensée du voile en tulle qui était censé couvrir son visage – une exigence incontournable au sein des maisonnées royales. Mavie pâlit, mais à cause de la cuisinière. La vieille femme était sévère et se défoulait sur ses subalternes à coups de rameaux d'osier.

— On en reparlera, murmura Siv sous cape, et mes deux amies m'abandonnèrent au silence de mes appartements.

— Kvinna Élise, finit par dire Bevan au bout d'un long silence. Vous passez votre temps comme vous l'entendez, ça ne me regarde pas, mais je vous prierai instamment de ne plus jamais sortir de nuit. Imaginez qu'on vous fasse du mal ou qu'on vous prenne pour une Ettane ? Il faudrait peut-être des semaines pour rétablir l'ordre.

— Bevan, comment pourrait-on me confondre avec une Ettane ?

Je marquai un point. Ma peau était parsemée de taches de rousseur, pâle comme du papier, sèche comme celle d'un oignon. Rien à voir avec le teint bronzé et la peau souple de la plupart des Ettans qui, en plus, avaient les cheveux châtains ou aile de corbeau.

— Quoi qu'il en soit, je compte sur vous pour faire vite. On vous a fait couler un bain. Je vous attends en bas.

Bevan désigna le cabinet de toilette et, sur un petit hochement de tête, il se retira.

Une robe était étalée sur mon matelas en plume d'eider. Je caressai les perles froides cousues sur l'étoffe indigo et le décolleté plongeant, bien trop impudique à mon goût.

Dans le cabinet de toilette, l'eau du bain avait eu le temps de devenir tiède, mais elle avait gardé ses parfums de lavande, de menthe et de rose. Je me lavai les cheveux et me récurai à la brosse en crin, jusqu'à ce que mes ongles soient nets et ma peau, rose vif.

Propre et habillée, je refis mes tresses et me coiffai du diadème en baies de sorbier. Des gants en dentelle noire étaient posés sur le rebord d'une commode. Je les considérai avec perplexité. Sans doute était-ce ma mère qui les avait sortis. J'aurais préféré qu'elle n'en fasse rien. Pourquoi aurais-je dû avoir honte de mes doigts mutilés alors que j'avais survécu à une attaque du Spectre sanglant ? Cela dit, seule ma famille savait que j'avais croisé sa route. Mais encore une fois, était-ce une si grande honte ?

Parce que j'avais fait le mur, sans doute. Toujours est-il que j'avais horreur des gants.

Avant de quitter ma chambre, je m'entraînai à marcher avec mes nouvelles chaussures à talons hauts et fis la révérence devant le miroir. Quand je fus rassurée sur mon équilibre – je n'allais pas m'étaler de tout mon long devant le roi –, je gratifiai mon reflet d'un petit salut et sortis de ma chambre, toujours emplie d'une saine répugnance envers cette fête en général.

Posté devant les lourdes portes de la salle de bal, Bevan m'attendait.

Il affichait une sorte de sourire sombre.

— Vous êtes ravissante, Kvinna.

— Merci, Bevan.

— Il paraît que les félicitations seront de rigueur, après votre entrevue avec le roi.

Je le regardai sans comprendre.

— Les félicitations ?

Bevan pâlit sous son teint de bronze.

— Oubliez ce que je viens de dire.

— Non, non, Bevan ! insistai-je avec colère. Que veux-tu dire par là ?

Il me fixa de ses yeux couleur de granit.

— Pardonnez-moi, mais il se dit que, hum, il se dit dans les couloirs des serfs que Kvin Lysandre… qu'il…

— Bevan ! De quoi s'agit-il ?

Le cœur m'était remonté dans la gorge, j'avais la nausée.

Bevan humecta ses lèvres gercées.

— Il semble que sur ordre du roi, votre père ait accepté que Sa Majesté ouvre vos enchères nuptiales, Kvinna. Vous allez être promise.

3

Mes mains tremblaient de façon incontrôlable. Promise ? Épousée ? Condamnée à devenir une potiche, comme ma mère.

Jusqu'ici j'avais refusé d'envisager cette issue, mais mon vingtième cycle se profilant à l'horizon, ce n'était plus qu'une question de temps. Qui ferait une offre nuptiale, une fois que le roi aurait mis ma dot sur le marché ? Une de mes lointaines cousines des Falaises de l'Ouest avait ainsi eu pas moins de vingt prétendants. Il avait fallu presque deux mois pour les départager et retenir le meilleur enchérisseur, un homme de vingt-sept cycles de plus qu'elle, qui refusait de renoncer à sa favorite.

La culture timorane était archaïque. Ce marchandage autour des dots m'évoquait une sorte de compétition primitive dont la finalité était d'élire le candidat le plus puissant et le plus riche. Nul doute que pour la fille cadette de sa sœur, le roi sélectionnerait un homme bouffi de prétention et de grandiloquence. En général, les négociations étaient supervisées par le père de la future promise, mais le mien pouvait à peine quitter son lit. Il était donc entendu depuis un certain temps que c'était Zyben qui s'occuperait des filles Lysandre.

Quoi qu'il en soit, l'homme qui m'achèterait ne verrait sans doute pas d'un bon œil que sa femme passe ses journées à étudier les traditions des Êtres de la Nuit ou à flâner dans les bas quartiers.

— Tout va bien se passer, Kvinna, murmura Bevan.

Son ton était empreint de pitié. Il savait aussi bien que moi que ma vie ne serait plus jamais la même. En fait, tout allait changer. Les épouses timoranes recevaient une bourse dont elles pouvaient dépenser le contenu à leur guise. En contrepartie, elles fermaient les yeux sur les maîtresses de leur mari et ne se prononçaient pas sur les affaires d'État. Quant à avoir une opinion personnelle... Non, mieux valait laisser les hommes réfléchir.

Je fermai les yeux, serrai les poings le long du corps, pris une profonde inspiration et m'avançai dans la salle de bal.

Trois lustres en cristal ponctuaient les plafonds ornés d'entrelacs de fils d'or. Des nobles, des femmes de la Haute cour, des militaires de haut rang et des courtiers d'affaires étaient abreuvés de liqueurs épicées et de jus de fruits fraîchement pressés, issus des vergers qui s'étendaient à l'arrière du manoir.

Tout au long des murs étaient postés des serfs. Masqués de tulle noir. Anonymes. Oubliés. Certains portaient un corbeau tatoué sur le poignet ou sur la gorge. L'oiseau avait beau être représenté en vol, de façon artistique, il n'en demeurait pas moins un symbole d'asservissement à l'Empire de Flèche-Corbeau.

Je secouai la tête, accablée, et m'autorisai à me laisser submerger par la danse. Ma mère, Mara, se tenait à l'avant de la salle, sensuelle, condescendante. Sur un fauteuil de velours, mon père, le teint pâle, les traits tirés et les yeux cernés de noir, buvait l'un de ses toniques à l'odeur piquante. Oublieux de ce qui l'environnait. Leif Lysandre, cet homme autrefois si fier, s'étiolait depuis maintenant quatre cycles.

Ses yeux bleu vif croisèrent les miens par-dessus sa corne à boire. Nous partagions la même couleur de prunelle, mais les siennes me transpercèrent avec dureté. Aussi malade qu'il fût, on aurait dit que de son seul regard, mon père voulait me plier au sort qui m'était réservé.

Levant le menton d'un air de défi, je traversai la salle jusqu'à l'estrade où le roi trônait au-dessus de nous. Zyben ne rendait visite qu'aux proches qui lui étaient fidèles : ce soir, l'alliance entre son fils cadet et la fille de sa sœur justifiait qu'il honore notre manoir de sa présence.

Zyben me considéra du haut de son nez en bec d'aigle et ses pommettes sculptées à la serpe se haussèrent lorsqu'il m'adressa un sourire narquois. Ses cheveux blonds étaient tressés au milieu de son crâne, tandis que les côtés rasés s'ornaient de tatouages de runes. Un bandeau de ronces argentées ceignait son front. Sous sa lourde cape en fourrure, il portait des chaînes d'argent, d'or et des colliers de jade.

Je m'agenouillai devant lui, puis déposai un baiser sur sa bague en onyx aux angles acérés.

— Tous mes vœux, ma nièce, me dit-il d'une voix caressante – onctueuse, inoubliable.

Moins je passerais de temps en sa compagnie, mieux je me porterais.

Sa présence m'oppressait et me poussait à constamment à vérifier qu'il n'était pas en train de me surveiller. Mais ce soir, j'allais jouer mon rôle de nièce aimante, je souris et inclinai la tête.

— Je vous demande de ne pas vous éloigner tout de suite, ordonna Zyben. Ce que je vais dire va vous intéresser. Vous me comprenez ?

Mes lèvres se crispèrent.

— Je crois, oui.

Zyben arborait un sourire cruel. Un coude en appui sur le genou, il se pencha pour me chuchoter :

— Je ne suis pas stupide, ma nièce. Votre trouble ne m'a pas échappé. Mais si jamais vous refusez, je…

Son regard se tourna vers le fauteuil de mon père. À cet instant, ce dernier fut pris d'une toux sèche et un frisson secoua tout son corps. Un medik, vêtu du bleu royal, vint s'occuper de lui en silence, tandis que le reste de la salle continuait de s'amuser sans un regard pour le maître de céans.

Je déglutis la boule d'angoisse qui m'obstruait la gorge.

— Je comprends, mon Roi.

Zyben se renversa dans son siège et me signifia mon congé d'une pichenette.

Je me hâtai de rejoindre la file des dignitaires et achevai mes civilités en saluant deux des favorites de Zyben qui me regardèrent à peine. Je m'arrêtai devant une fille vêtue d'une robe d'un rouge chatoyant et d'une étole en renard. Un voile de satin argenté lui dissimulait le visage, mais à en juger par sa taille et par sa silhouette, elle devait être jeune. Peut-être encore une enfant. Je décidai de lui adresser une simple révérence.

— Un cœur d'or. (La voix qui s'était échappée du voile était douce et juvénile. J'en étais certaine, maintenant, c'était une fillette.) Intéressant.

— Pardon ?

J'avais eu vent de la rumeur qui voulait que Zyben s'intéresse aux voyantes et aux sorcières. Pas vraiment aux Êtres de la Nuit, mais à en croire les écrits, les Faes n'étaient pas nécessairement les seuls à porter la Furie dans leur sang.

— Ton cœur ne vit pas ici, murmura-t-elle.

— Je ne sais pas de quoi tu parles.

— Nous n'avons pas beaucoup de temps.

Une supplique désespérée couvait sous le doux murmure. Le cœur battant, les mains moites, je me penchai vers la fillette.

— Ne crains pas le passé, me dit-elle, accorde ta confiance à ceux qui ne la méritent pas…

— Kvinna, grommela un garde.

Je commençais à bloquer la procession d'invités venus s'incliner devant le roi et sa maisonnée.

De mauvaise grâce, je m'écartai d'un pas, réticente à l'idée de laisser ainsi une enfant qui me semblait en détresse. Lorsqu'elle me saisit le poignet, j'étouffai un cri. Une onde de chaleur émanait de ses doigts.

— Quand tu verras la bête à l'intérieur, laisse-la venir pour la laisser partir.

— Maudits dieux, soufflai-je tandis que la chaleur de ses doigts se muait en une sorte de piqûre d'aiguille avant de se dissiper.

Elle me lâcha le poignet. Qui était cette petite ? Avant que j'aie pu l'interroger, deux des gardes de Zyben s'interposèrent entre nous, m'invitant en silence à avancer. Je baissai les yeux, m'écartai de l'estrade et fus engloutie par une marée de robes et de pourpoints.

— Élise !

Runa traversa la salle de bal d'un pas bondissant.

Ma sœur était très en beauté. Boucles blondes, lèvres roses, robe bleu pâle. Elle m'étreignit en pouffant. Pour la galerie, bien sûr. Nous n'étions pas particulièrement proches.

J'avais presque oublié Calder, son promis, qui surgit dans son dos. Il remuait sa boisson en assénant des jugements sur toutes les personnes présentes. Mon cousin ressemblait à sa mère, la troisième favorite du roi, avec ses yeux vert émeraude, ses cheveux auburn et ses dents trop grosses pour sa bouche.

— Je te l'avais bien dit, Calder, dit Runa. Jamais Élise n'aurait manqué notre soirée.

Disons plutôt que je n'avais pas eu le choix…

Runa but une gorgée de sa délicate flûte de vin.

— Calder prétendait que tu aurais trouvé n'importe quel prétexte pour te défiler, articula-t-elle d'une voix pâteuse avant de se mettre à rire.

Je posai un regard aigu sur Calder. Il me répondit par un petit sourire d'une intensité égale. Un misérable qui haïssait tout le monde sauf lui-même.

— Un prétexte ? Mais tu passes avant tout, Runa, affirmai-je.

Mon cousin fit claquer sa langue et but une autre rasade de son breuvage clair.

— Charmante Élise, je disais ça pour plaisanter, dit-il avec un sourire factice.

Il gratifia Runa d'un rictus de mépris avant de revenir vers moi.

— Ça me fait tellement plaisir de te voir.

— De même, répondis-je d'une voix neutre.

Runa m'entraîna à l'écart de façon urgente, les yeux brillants d'excitation.

— Éli, tu es au courant ?

Mon cœur se serra.

— J'ai l'intuition que le roi est sur le point de faire une annonce, oui.

Runa poussa un petit cri aigu.

— Mais tu n'as pas remarqué qui est présent, ce soir ?

Son regard parcourut les nombreux couples qui tournoyaient dans la salle avant de se poser sur un capitaine de haute stature. Des boucles brunes, un profil ciselé dans le marbre. Ma gorge devint sèche. Mes doigts gourds.

— Jarl Magnus, chuchota Runa. Il a fait tout le chemin depuis le Royaume oriental.

L'influence de Zyben s'étendait au-delà de l'océan du Destin, jusqu'aux dignitaires étrangers. Mais surtout, d'après les conversations que j'avais surprises entre mon père et des commerçants, quand les bateaux quittaient nos ports, ils revenaient chargés de denrées étrangères, de devises étrangères. D'Êtres de la Nuit à asservir ou à tuer. Des espèces étranges, dotées d'une Furie différente, d'accents différents.

D'après les cartes, le Royaume oriental se composait de quatre territoires entourant une petite mer. Avec quatre régions pour un seul royaume, il semblait normal que la population compte une grande diversité d'Êtres de la Nuit. J'avais toujours voulu visiter cette terre lointaine, mais une femme qui voyage… c'était du jamais-vu.

— Tu m'écoutes ? s'impatienta Runa en me donnant une légère tape sur la joue.

— Désolée. Oui, je t'écoute.

— Eh bien, qu'en penses-tu ?

J'hésitai.

— Attends, Jarl est…

Runa serra les poings et glapit :

— Tu as intérêt à feindre la surprise, d'accord ? Oh, tu imagines s'il fait une offre pour toi ? Songe un peu à tous les endroits que tu visiteras si jamais il remporte les enchères. Par les cieux ! Tu dîneras à la table du roi.

Mon statut de simple nièce me donnait rarement l'honneur de dîner à la table de mon oncle, mais Jarl Magnus avait accédé à une position prestigieuse dans l'armée du Timoran. Issu d'une noble famille, il avait un visage de statue et plus d'une dame avait soupiré après lui. Décidément, je ne pouvais imaginer alliance plus glorieuse.

Jarl était jeune et ce n'était pas un homme dur. Il s'était toujours exprimé avec amabilité et possédait juste ce qu'il fallait d'esprit.

— Jarl nous racontait justement à quel point c'était intéressant de gérer les Êtres de la Nuit du Royaume oriental, continuait de babiller Runa, et à quel point les territoires étaient différents les uns des autres. Il prétend qu'avant longtemps, une alliance se formera entre le Royaume oriental et le Timoran. Par les cieux, tu crois qu'un de leurs princes ou qu'une de leurs princesses pourrait devenir le favori du roi ? Il en a tellement…

Mes joues s'embrasèrent à cette pensée. Je ne savais pas grand-chose sur les familles royales des différents royaumes, mais il me semblait que j'aurais préféré régner sur ma propre terre plutôt que d'être la favorite du roi du Timoran. Aux dernières nouvelles, Zyben avait au moins dix maîtresses parmi lesquelles il piochait à sa guise. Je n'eus pas le temps de m'attarder sur cette pensée, Runa m'entraînait déjà de l'autre côté de la salle, vers le beau capitaine en veste d'officier en cuir.

— Jarl, regardez qui voilà ! lança-t-elle.

Je déglutis péniblement lorsque je me retrouvai en face de lui. Jarl esquissa un petit sourire séduisant.

Mon cœur s'emballa lorsqu'il baisa ma main gantée.

— Élise, dit-il de sa belle voix grave. Quel plaisir de vous revoir.

— Quelle surprise ! répondis-je, espérant qu'il comprendrait à quoi je faisais allusion.

— Mais pas une mauvaise surprise, j'espère ?

Il avait très bien compris le sous-entendu et je me retrouvai à court de mots. Mais peu importait. Le roi, qui nous observait, en profita pour attirer l'attention de l'ensemble des invités. D'un geste, il fit cesser la musique et tous les regards se tournèrent vers l'avant de la salle.

— Vous faites tous honneur à la maison de ma sœur, déclara-t-il, en assistant à la soirée qui célèbre les prochaines noces de l'aînée de mes nièces, Kvinna Runa Lysandre, et de votre futur roi, Calder.

Des applaudissements polis parcoururent l'assistance ; Runa était aux anges. Pendue au bras de cet âne bâté de Calder, elle le contemplait avec adoration, comme s'il était le seul homme digne de ce nom dans la salle.

Le roi poursuivit, l'air hautain.

— Notre famille ne manque pas de motif de réjouissances. En tant que roi et superviseur de la branche cadette de la maison royale, je vous annonce que j'ai lancé les négociations nuptiales de ma plus jeune nièce, Kvinna Élise.

Cette annonce entraîna des exclamations étouffées, une nouvelle salve d'applaudissements et me valut des sourires de félicitations : je me faisais l'effet d'une épine parmi les roses. Je me raidis jusqu'à ce que Runa me donne un coup de coude dans les côtes. Je me forçai alors à rougir comme si je n'osais croire à un tel bonheur. Zyben leva son verre, m'accordant sa bénédiction.

Lorsque le brouhaha fut retombé, il poursuivit :

— L'état de santé de Kvin Lysandre l'empêchant de sélectionner des prétendants pour sa fille, et de telles tâches étant au-dessous des devoirs d'un roi, j'ai l'honneur de vous présenter le superviseur qui s'occupera de fixer la dot de Kvinna Élise. Nul doute que son expertise nous vaudra des offres intéressantes. L'honneur de choisir un époux à la Kvinna revient au jeune Herr Légion Grey.

4

L'émotion fut encore plus grande que pour l'annonce de l'ouverture des négociations. Des exclamations de surprise se répercutèrent de mur et mur, des femmes s'éventèrent le visage et tous les regards se braquèrent vers le fond de la salle.

Mon sang se glaça dans mes veines. Je ne me retournai pas, n'osant croiser son regard. Légion Grey… mon négociateur de dot ?

Ainsi, c'était lui qui allait tenir mon avenir entre ses mains, qui passerait le plus clair de son temps avec moi, qui me scruterait, estimerait ma valeur matrimoniale et me trouverait un promis.

Je savais que son métier l'amenait à conduire des négociations commerciales, mais négocier une dot, c'était tout autre chose. Mon oncle souriait de toutes ses dents, ravi de son petit effet.

— Nul doute que sa réputation en affaires étrangères profitera à ma famille.

— Je vis pour vous servir, mon Roi.

Sa voix, la voix de Légion, me fit frissonner. Je me remémorai son intonation caressante et malicieuse, un peu plus tôt dans la soirée. *Je sais garder un secret.*

Au mépris de toute prudence, je lui avais adressé la parole. Allait-il me reconnaître ?

— Élise, siffla Runa à mon oreille. Prends acte de sa présence. C'est ce qu'on attend de toi.

Il fallut qu'une dame de la Haute cour lève le nez d'un air dégoûté pour que je me rende compte que tout le monde nous regardait. Je me mordis la lèvre pour contenir ma nervosité et me tournai lentement vers le fond de la salle.

Triple enfer ! Sous la lumière des lustres, ses yeux ressemblaient à des charbons ardents. Selon toute vraisemblance, il n'avait fait que passer au tripot avant de venir ici. Il portait toujours la veste foncée qui parait de reflets cuivrés ses cheveux d'un blond si singulier. Une ombre de barbe soulignait sa mâchoire carrée et accentuait la couleur bronze de son teint.

Il leva sa flûte remplie d'une pâle bière blonde et, sans me quitter du regard, la porta à ses lèvres avec un petit sourire. Une bouffée de colère m'échauffa la peau. Désormais, Légion n'était plus à mes yeux qu'un homme comme les autres, un homme qui se souciait fort peu de moi, de mon cœur et de mon avenir. Pourtant, en sa qualité de négociateur, c'était lui qui aurait le dernier mot. Par une cruelle ironie du sort, c'était l'homme dont je rêvais qui allait m'accorder à un autre !

J'étais la cible de tous les regards. J'aurais donné n'importe quoi pour que le sol s'ouvre sous mes pieds et m'avale tout entière, lorsqu'une main prit la mienne, me faisant sursauter.

Jarl posa à nouveau ses lèvres sur mon gant.

— Élise, il faut que vous sachiez que je compte entrer dans les négociations. J'espère que ça n'est pas pour vous déplaire.

Que dire ? Toute cette affaire d'union arrangée me déplaisait au plus haut point. Certes, je ne pouvais espérer rester toute ma vie sous le toit de mes parents et Jarl était un bon parti. Néanmoins, il aurait donné sa vie pour le Timoran. Je doutais fort qu'il accepte un jour mon engagement auprès du peuple ettan.

À court de mots, je me forçai à sourire.

Jarl parut rasséréné.

— Vous dansez ?

— Vous ne voulez pas vous entretenir avec Herr Légion ?

Un coup d'œil en direction du fond de la salle m'apprit que le négociateur était déjà accaparé par trois hommes. Mon estomac se noua.

Jarl me tira par la main.

— Je préférerais danser avec vous.

Entourée par d'autres couples, la main de Jarl diffusant une douce chaleur au creux de mes reins, j'oubliai presque que ma vie allait changer du tout au tout. Pendant trois danses, je tourbillonnai au bras de Jarl. Nous finîmes par éclater de rire, hors d'haleine.

— Je crains d'avoir manqué à tous mes devoirs en vous obligeant à rester si longtemps sur vos jambes, s'excusa-t-il. On fait une pause ?

Je suivis Jarl jusqu'en bordure de la salle de bal où Runa et Calder buvaient un verre de vin. Une de nos serves était en train de disposer des gâteaux de miel et des tartelettes en pâte feuilletée sur un plat d'argent. Je la reconnus malgré son voile de tulle.

— Tiens, Arabella, murmurai-je en lui tendant une tartelette, prends ça pour Ellis.

Son fils était malade depuis deux jours et sa fièvre ne cessait de grimper. Les remèdes à base de plantes commençaient à le soulager, mais le petit garçon serait content de se régaler d'une douceur. Arabella glissa discrètement la tartelette dans la poche de sa robe et se retira en s'inclinant.

— C'est donc vrai que tu parles à ces rats d'égout.

Je jetai un coup d'œil par-dessus mon épaule et réprimai l'envie impérieuse de répliquer de façon cinglante.

— À une femme, tu veux dire ?

Calder fit claquer sa langue, d'un air de petit coq, et but une gorgée de vin bruyamment.

— Je dois avouer qu'elle sent fort, insista-t-il. Je la verrais mieux trimer dans les carrières de la Haute cour. Hors de notre vue.

À mon grand écœurement, Jarl partit d'un petit rire, tandis que Runa s'abîmait dans la contemplation de son verre. J'éprouvais une certaine fierté à voir ma sœur refuser de s'engager dans ce petit bavardage cruel. Mais comme elle n'avait pas non plus rabattu le caquet à son promis, je pris la défense de la serve.

— Arabella est une femme charmante, en réalité.

Jarl me considéra avec une expression perplexe.

Plissant ses yeux de fouine, Calder se moqua :

— Si elle ne nous était pas utile pour vider nos pots de chambre, j'enverrais toute cette engeance ettane dans les carrières. La place de la vermine est dans la fange, Élise.

Runa leva les yeux au ciel.

— Par les cieux, sommes-nous vraiment obligés de poursuivre cette conversation ? Les carrières sont des endroits atroces, je préférerais parler de choses plus agréables.

— Si tu le souhaites, Runa, puisque nous avons la chance de pouvoir suivre nos préférences, nous, commentai-je. Contrairement aux Ettans.

Jarl s'éclaircit la voix.

— Les carrières sont des lieux dangereux pour les Timorans et les Ettans dépourvus de Furie. Seuls les Êtres de la Nuit sont envoyés là-bas.

— Je doute que ce soit une consolation, dis-je en tentant de garder mon calme.

La violence et le danger régnaient en maîtres dans les carrières. Aussi malicieux et redoutables que soient les Faes, je ne pouvais m'empêcher d'avoir pitié d'eux.

— Pourquoi faut-il que nous parlions de ça à ma soirée de fiançailles ? geignit Runa, me ramenant à l'instant présent.

— C'est ta sœur, mon amour. Elle s'obstine à nous imposer des sujets pénibles, ce soir, répondit Calder.

— Désolée, dis-je. Vous avez raison. L'heure devrait être à la fête.

Jarl retrouva le sourire. Je l'observai, pensive. Commençait-il à regretter de s'être engagé à courtiser une théoricienne du complot aussi virulente que moi ? D'un autre côté, s'il devait me prendre pour épouse, autant qu'il connaisse ma véritable personnalité.

— Veuillez m'excuser, je dois me retirer un moment. Des affaires militaires à régler. (Jarl me regarda dans les yeux.) Peut-être pourrons-nous danser un peu plus tard, Kvinna ?

Pour toute réponse, j'inclinai la tête. Runa s'éloigna au bras de Calder, à mon grand soulagement. Comme je n'avais aucune envie de bavarder pour ne rien dire avec les autres invités, je sortis sur le balcon.

La fraîcheur de la nuit m'effleura, laissant une traînée de chair de poule sur mes bras. Je pris une profonde inspiration. Mavie et Siv allaient-elles me féliciter ou comprendraient-elles que mes épousailles allaient modifier notre amitié ? À moins que Jarl soit du genre à tolérer la charité de son épouse envers les autres.

Pourrais-je aimer Jarl ? Ou l'un de mes prétendants potentiels ?

Mes parents ne s'étaient jamais témoigné beaucoup d'affection, même avant que mon père ne tombe malade. Cependant, j'avais vu assez de couples tendrement épris l'un de l'autre pour savoir que l'amour romantique existait en ce monde. C'était cet amour-là que je voulais connaître, mais il était rare et je ne me faisais pas trop d'illusions. Si je refusais la condition d'épouse, il y avait fort à parier que je finirais comme les princesses sans visage des royaumes lointains : toutes rivalisaient de manigances pour devenir la favorite d'un homme puissant. C'était un destin encore plus éloigné de ma conception de l'amour : n'être qu'un corps, un simple instrument de plaisir à l'usage des hommes.

— Je dois me dépêcher d'accomplir certaines choses avant d'être réduite à l'impuissance, confiai-je à la brise. De grandes choses…

— J'aimerais bien savoir quelles grandes choses vous comptez entreprendre.

Je fis volte-face, dos au balcon. Légion se leva d'un fauteuil en osier dissimulé dans un coin sombre. Avec sa veste noire et sans la lumière de la lanterne, je n'aurais jamais deviné qu'il était là. Le bracelet rouge à son poignet le désignait comme un invité de marque au manoir Lysandre. Son regard pétillant de malice me fit palpiter de désir.

Nous étions si proches que je distinguais les paillettes d'or qui dansaient dans ses yeux noirs. Il y avait chez lui une séduction ténébreuse, comme si à tout moment il pouvait se mettre à rire ou me trancher la gorge. Derrière son épaule, j'aperçus un autre homme qui porta une corne de bière blonde à ses lèvres tout en me jaugeant de ses yeux gris ardoise.

— Herr Légion, je ne vous avais pas vu, dis-je.

— J'avais remarqué.

Il ébaucha un sourire en coin, comme s'il connaissait tous mes secrets mais refusait de l'admettre.

— Kvinna, dit-il en inclinant la tête, c'est un honneur de faire votre connaissance. Je vous présente Tor, il va m'assister dans les négociations.

Tor était ettan. Ses cheveux noirs bouclaient sous sa capuche et ses yeux ressemblaient à une nuit sans lune. J'éprouvai une pointe de déception. Je n'aurais pas cru que Légion était du genre à mettre les serfs en « apprentissage ». Cela dit, Tor était aussi bien vêtu que lui. Peut-être faisait-il partie des rares Ettans à jouir du statut d'homme libre ? Dans ce cas, il pouvait se balader dans les rues en toute sérénité.

Qui qu'il fût, le compagnon de Légion était en tout cas bien décidé à m'ignorer. Il détourna la tête et rentra dans l'ombre.

J'ignorais tout de l'étiquette qui prévalait entre un négociateur de dot et la femme qu'il servait, à condition qu'il y en ait une. Je ne savais absolument pas quoi dire.

Légion se rapprocha d'un pas et me parla d'une voix rude :

— Si on me demandait mon avis, je dirais que je vous rends nerveuse, Kvinna.

Le peu d'admiration que j'éprouvais pour cet homme s'envola aussitôt et je me mis sur la défensive. Je relevai la tête avec défi pour masquer ma contrariété.

— Je vous assure, Herr, que je ne suis pas du tout nerveuse. Et ce ne sont pas les sujets de conversation qui nous manqueront lorsque vous découvrirez jusqu'où je suis prête à aller pour préserver l'honneur de ma famille.

Je m'attendais à un froncement de sourcil, voire à l'un de ses regards de braise, mais il me sourit.

— J'ai hâte d'en savoir plus long sur vous, Kvinna.

— Pardonnez-moi, mais je vous croyais dans le commerce, en affaires avec des marchands.

— Vous avez raison, dit-il en s'accoudant au garde-fou. Mais négocier la dot d'une princesse est une mission prestigieuse. Ça fait quelque temps que je m'y prépare. Je peux vous assurer, Kvinna, que vous êtes entre de bonnes mains.

— Les seules mains en lesquelles j'ai confiance, ce sont les miennes.

Légion haussa un sourcil et ses yeux brillèrent d'une lueur espiègle.

— Ah, mais c'est parce que vous ne savez pas encore ce dont les miennes sont capables.

Mon cœur s'affola. Son sourire et son intonation caressante me conduiraient à ma perte. À quoi bon me soucier de l'époux qui allait m'être attribué ? Je ne survivrais pas à Légion Grey.

5

Deux jours à peine après l'annonce officielle, je faisais déjà l'objet de cinq offres. Parmi mes prétendants, Jarl était le seul que je connaissais. Encore sous le choc de ma mise sur le marché, je chancelai sous cette déferlante de propositions. Le seul point positif, c'était que je croisais très peu Légion. L'évaluation des offres devait lui prendre tout son temps. À certains moments, cependant, je sentais sa présence. Ombre silencieuse qui me transperçait du regard sans m'en demander la permission, afin de jauger mon âme à nu.

Je me sentais séquestrée sous mon propre toit.

Impuissante, je voyais les heures filer entre mes doigts comme de l'eau dans un tamis.

Mieux valait penser à autre chose.

Je sortis du manoir, flanquée de Siv et de Mavie qui venaient d'être officiellement nommées serves personnelles : ce seraient elles qui s'occuperaient de moi à dater de ce jour et après mes épousailles. Puisque désormais c'était moi qui fixais les règles, je les avais affranchies du voile qu'elles s'étaient empressées de jeter au feu. À la fin des enchères nuptiales, j'aurais le droit d'emmener certains de mes serfs dans ma nouvelle demeure. Inutile de préciser sur qui porterait mon choix.

Sous la chaleur du soleil de midi, ma robe en laine noire me collait à la peau mais je devais attendre sur le perron, ordre de mon père. J'allais recevoir le présent d'un potentiel parti, Bjorn Svart, un riche marchand maritime dont les dents noircies trahissaient son penchant pour la bière et le vin chaud. Svart ne cherchait pas l'amour mais une femme qui s'occupe de ses neuf enfants, vu que la sienne était morte le cycle dernier.

Accepter quoi que ce soit de cet homme me hérissait.

— Son petit dernier n'est pas déplaisant du tout, dit Mavie dans mon dos.

— Parce que ce morveux ne sait pas encore parler, rétorqua Siv. Les petits Svart sont des démons qui vouent une passion aux crapauds. Si tu épousais ce type, il faudrait vérifier sans arrêt nos draps.

— Au moins, il t'envoie des cadeaux, me fit remarquer Mavie.

Mes mains commençaient à transpirer dans mes fins gants bleus. Je tripotai nerveusement la couture de l'un d'eux, sans prendre part à la conversation. Quel que soit le présent que j'allais recevoir, il ne valait pas qu'on épouse son expéditeur.

Mais déjà, l'un de nos cabriolets franchissait les grilles du manoir et s'engageait dans l'allée à grand fracas, les roues enveloppées d'un nuage de poussière. J'inspirai un grand coup et descendis la dernière marche du perron.

Halvar tira sur les rênes et le cabriolet s'immobilisa devant moi. Ce n'était plus l'homme qui s'amusait au tripot, l'autre soir, mais un serf en sobre tenue noire. Une casquette à visière recouvrait ses boucles sombres. Pourtant, lorsqu'il me salua, je reconnus la flamme bleue qui dansait au fond de ses yeux.

— Kvinna.

Aussi espiègle que fût Halvar, je me demandais parfois s'il avait de l'affection pour moi. Peut-être son aversion s'étendait-elle à tous les Timorans en général. Cependant, à en croire Siv et Mavie, le cocher était un homme bon qui avait empêché plus d'un voleur d'emporter nos juments.

— Halvar, il paraît que tu m'apportes quelque chose.

Le cabriolet vacilla tandis qu'à l'intérieur, les passagers se levaient de la banquette. Légion ! Il croisa mon regard, me fit un clin d'œil, puis descendit. Le temps d'un demi-soupir, je m'autorisai à m'extasier intérieurement sur sa beauté avant de me rappeler à l'ordre : je m'étais promis de détester cet homme.

— Vous voilà, Kvinna Élise, et ma journée s'éclaire ! me dit-il.

— Prenez garde, Herr, répliquai-je d'un ton moqueur. Je pourrais vous prendre au sérieux et succomber à vos flatteries alors que je vais être enchaînée à un autre.

Mavie étouffa un rire derrière sa main. Siv, elle, semblait prête à ouvrir Légion du nombril jusqu'au menton si jamais il s'avisait de me punir pour mon manque de respect. Mais il n'en fit rien. À vrai dire, il semblait ravi.

— Votre don pour la repartie me fascine, Kvinna. C'est si inhabituel chez une princesse.

— Vous pouvez l'appeler Élise, fit une voix.

Je m'épanouis en voyant émerger de l'autre côté du cabriolet un homme svelte, aux muscles déliés et au visage ombré d'une fine barbe noire.

— Mattis.

Dans mon empressement, je faillis bousculer Légion, m'arrêtant à un pas de mon ami.

— Ça fait si longtemps !

— Je sais, répondit-il. Voilà une éternité que personne n'a plus ri à une seule de mes blagues.

— Parce qu'elles ne valent rien, lâcha Siv.

Elle baissa aussitôt la tête, comme si elle venait de se souvenir de sa condition de serve et de la présence de Légion Grey. Pas démonté pour un sou, Mattis la considéra avec une lueur de désir au fond des yeux.

— Charmante Siverie, vu comme tu as pleuré de rire lors de notre dernière rencontre, je me permets humblement de ne pas être d'accord avec toi sur ce point.

Je me mordis la joue pour cacher mon propre amusement, tandis que Siv serrait les poings le long du corps, la mâchoire contractée. Elle brûlait d'envie de rétorquer, mais sa condition de serve exigeait qu'elle tienne sa langue. Légion avait suivi l'échange d'un air amusé, à ma grande contrariété. Je chérissais ces moments de franche hilarité où mes amis – quelle que soit leur position – oubliaient que j'étais Kvinna. Et Légion n'était pas le bienvenu parmi nous.

Posant la main sur le bras de Mattis, je l'entraînai à l'écart, loin du regard de Légion.

— Quel bon vent t'amène ?

Mattis me tendit un paquet.

— Je suis porteur d'un présent de la part de Herr Svart, accompagné de toutes mes félicitations. Nous savons tous avec quelle impatience tu attendais ce moment. Depuis le temps que tu te languissais, que tu te consumais…

Mon poing partit vers son bras, mais Mattis l'esquiva en riant.

— Tout bien pesé, je ferais peut-être mieux de te présenter mes condoléances !

Je lui pris le paquet des mains avec un regard noir.

— Je pourrais exiger qu'on t'arrache la langue, tu sais.

— Oh, mais je t'en prie, essaie donc ! Je meurs d'envie de m'amuser un peu. Mais n'oublie pas, Kvinna Élise, que mes blagues manqueraient cruellement à Siverie.

Siv grommela sous cape et se détourna. Du menton, Mattis désigna le paquet.

— Tu l'ouvres ?

J'entrepris de déchirer le parchemin cireux, gênée par mes gants, mais au bout de quelques instants, le papier tomba au sol et je découvris mon cadeau. Une boîte à bijoux en bois poli. Le couvercle s'ornait de délicates fleurs violettes qui enroulaient leurs tiges autour d'une dague dorée. L'intérieur de la boîte était doublé d'un épais velours. Je suivis du doigt les entrelacs des fleurs avec une admiration mêlée de respect.

— Mattis, c'est toi qui as fait ça !

Il rayonna de fierté.

— On m'a demandé de créer quelque chose qui évoque tes qualités personnelles. Comme je doute que Herr Svart en connaisse une seule, j'ai pris quelques libertés artistiques.

— Une dague ? s'étonna Légion.

Sa voix grave me ramena sur terre.

— Ça m'a paru tout indiqué. Douce à l'extérieur… (Mattis effleura l'une des fleurs, puis son doigt se déplaça vers la dague.) Mais à l'intérieur, une guerrière.

J'éprouvai un brin de satisfaction à être reconnue comme autre chose qu'un ornement.

— Merci, Mattis. Je te promets d'oublier qui t'a commandé ça et je le prends comme le présent d'un ami qui me connaît vraiment.

— Herr Svart est un parti prometteur, me fit remarquer Légion.

Je lui jetai un regard agacé.

— Dans ce cas, vous devriez lui faire la cour, Herr. Je suis sûre que vous pourriez être très heureux, ensemble.

Légion franchit en quelques pas la distance qui nous séparait, écartant Mattis pour se placer devant moi.

En tant que menuisier, Mattis n'avait pas de statut, mais il avait la fougue de la franchise. Si Légion me faisait payer mon insolence, il ne resterait pas les bras croisés.

Mais Légion affichait toujours son petit sourire amusé, insupportablement séduisant.

— Vous êtes décidée à rendre ces négociations difficiles, n'est-ce pas, Kvinna ?

— Je n'y mets pas de mauvaise volonté, Herr Légion, j'ai des opinions, c'est tout. Ne confondez pas les deux.

— Que vous ayez des opinions, je n'y vois aucun inconvénient. Mais comprenez bien qu'au bout du compte, je vais devoir choisir quelqu'un. Si vous détestez tout le monde d'emblée, vous ne me faciliterez pas la tâche.

— Toutes mes excuses, mais ça n'est pas mon problème. (Je me retournai vers Mattis.) Encore merci. C'est ravissant.

Mattis coula un regard méfiant en direction de Légion, mais devant l'air amusé du négociateur, il se détendit.

— Je t'ai apporté autre chose. Ça, c'est vraiment de ma part.

Il tira de sa poche un livre relié de cuir en très mauvais état.

— Il m'a tenu éveillé une bonne partie de la nuit.

Mon cœur se gonfla de ravissement. Depuis que nous étions amis, Mattis et moi avions pris l'habitude d'échanger des livres. En général, nous passions à l'autre une œuvre à l'opposé de tout ce qu'il aimait : c'était une sorte de défi entre nous, pour voir qui serait le premier à capituler.

Je déchiffrai le titre aux lettres fanées :

— *L'Amour dans les épines.* Encore un récit sur les Êtres de la Nuit, à ce que je vois.

— Ma foi, tout le monde connaît tes préjugés envers les Faes, ironisa Mattis, du coup…

Je le gratifiai d'une bourrade, geste déplacé et indigne d'une princesse, mais ça m'était bien égal.

— Je n'ai pas de préjugés envers les Faes. Simplement une saine réserve vis-à-vis de la Furie, ce n'est pas la même chose. Et ne fais pas comme si tu ne t'en méfiais pas toi-même.

— Je ne m'en méfie pas. De toute façon, si un Fae me retourne l'esprit par un sort d'illusion, je n'en saurai jamais rien, par définition. Alors, à quoi bon être méfiant ?

— On ne devrait pas parler des Êtres de la Nuit, marmonna Mavie. La Terre leur parle. Quand ils sauront ce que vous avez raconté sur eux, ils vous mettront à l'épreuve.

De nous tous, c'était Mavie la plus superstitieuse. Levant les yeux au ciel, Mattis marmonna dans sa barbe.

— Et c'est une Ettane qui dit ça… Un peuple autrefois gouverné par les rois et les reines de la Nuit.

— C'était il y a des siècles, répliqua Mavie. ET j'entends très bien ce que tu dis, menuisier !

Durant tout cet échange, j'avais observé Légion du coin de l'œil. Il nous regardait avec une sorte de perplexité. À la fois dérouté, mais pas vraiment surpris par notre familiarité. Des hommes d'une condition bien inférieure à la sienne auraient exigé plus de retenue de la part d'une serve ou d'un commerçant subalterne tel que Mattis. Qu'une Kvinna s'abaisse à une telle vulgarité leur serait sans doute intolérable. Néanmoins, Légion nous écoutait. Il nous observait.

J'eus soudain envie de connaître toutes ses pensées.

— Je ferais mieux de rentrer, dit Mattis. J'attends de connaître ton avis – et tu ne manqueras pas d'en avoir un ou plusieurs – sur ce livre à notre prochaine rencontre.

Je lui fis au revoir de la main tandis qu'Halvar faisait repartir le cabriolet, consciente du regard de Légion qui me brûlait la nuque.

— Rejoignez-moi à l'intérieur.

J'étouffai un petit cri de surprise. Légion, qui était à au moins cinq pas de moi, s'était matérialisé à mes côtés.

— Par tous les enfers, vous vous déplacez à la manière d'un fantôme ! m'exclamai-je.

— Ce n'est pas la première fois que je me fais traiter d'apparition. (Il me décocha son sourire lumineux.) Vous voulez bien me rejoindre à l'intérieur ?

À quel moment s'était-il rapproché de moi ? Il aurait suffi que je bouge d'un cheveu pour que nos épaules se frôlent. Je passai ma langue sur ma lèvre inférieure desséchée, évitant de croiser son regard.

— Je suis sûre qu'avec autant de propositions officielles, vous avez mieux à faire que de rester avec moi.

— C'est Tor qui s'occupe des prétendants, aujourd'hui.

Il laissa passer quelques secondes, puis fit tomber ma tresse de mon épaule d'un geste plein de douceur. Ses doigts effleurèrent ma clavicule, déployant un frisson sur ma peau. Il baissa la voix.

— Je souhaite apprendre à vous connaître.

L'esprit dans un brouillard, je battis des paupières, prise de court.

— Comme vous voulez.

Maudits enfers, qu'est-ce que je racontais ?

Légion recula d'un pas, tout sourire.

— Passez devant, alors. Où que vous vouliez aller, je suis à votre service.

Quel que fût le sort qu'il m'avait jeté par ce bref contact, il s'évanouit, me laissant en proie à une nette réticence. Du regard, j'implorai Siv et Mavie de trouver un prétexte qui me permette de me défiler.

— Ah, euh… Bevan. Il a besoin de nous, bafouilla Mavie.

J'écarquillai les yeux, indignée. La traîtresse !

Elle expédia un coup de coude dans les côtes de Siv qui lui rendit la pareille. Mavie souffla d'agacement, la prit par le coude et s'enfonça dans sa trahison.

— À très vite… Kvinna.

Elles disparurent à l'intérieur du manoir.

Le silence s'épaissit, devint suffocant. Légion se racla la gorge et je sursautai comme sous l'effet d'une brûlure. Fallait-il que je sois la dernière des idiotes pour l'autoriser à avoir une telle influence sur moi ! Mais je ne pouvais pas non plus l'éviter éternellement. Plus vite nous nous parlerions, plus vite il sortirait de ma vie.

Et plus vite je serai promise.

Je gémis intérieurement. J'avais beau en vouloir à Légion Grey de jouer ce rôle d'entremetteur, il fallait lui rendre justice : il était de bien meilleure compagnie qu'un prétendant trop imbu de lui-même pour s'intéresser à ce que je pensais. Et j'incluais Jarl dans le lot. À nouveau, une frustration grandissante m'enserra la poitrine. J'avais toujours su, ou presque, que ce jour finirait par arriver, que je serais donnée à une autre maison royale dans le but de bâtir une nouvelle alliance, de renforcer par la voie nuptiale la loyauté à la couronne timorane. Sauf que ce jour était arrivé et que je ne pouvais m'empêcher de freiner des quatre fers.

Les Ettans et les Êtres de la Nuit n'étaient pas les seuls à être prisonniers du Nouveau Timoran.

— J'attends que vous m'indiquiez le chemin à prendre, dit Légion d'un ton léger. Si vous êtes en manque d'inspiration, on m'a dit que nous serions bien plus au frais dans votre bibliothèque qu'ici, en plein soleil. En plus, on vient de vous offrir une lecture coquine.

— Coquine ? Qu'entendez-vous par là ?

J'effleurai les lettres du titre gravé au fer rouge dans le cuir.

Légion eut un petit rire.

— *L'Amour dans les épines ?* C'est une expression bien connue qui désigne les sortilèges d'amour que pratiquaient les Êtres de la Nuit. Dont les résultats sont fort excitants, par ailleurs. Les descriptions fourmillent de détails érotiques.

Une dame convenable aurait rougi ou se serait détournée, gênée. Mais je n'étais ni dame ni convenable. J'étais la fille cadette, celle qui fréquentait les tripots et passait ses journées avec un menuisier impertinent et des serves aux vues très arrêtées. Je me mis à rire. Je comprenais maintenant ce qui avait poussé Mattis à me donner ce livre. Il devait encore rire de sa plaisanterie, pensai-je en me détendant.

L'ouvrage sous le bras, je me tournai vers Légion en soupirant.

— Très bien. Puisqu'il est dit que vous devez interrompre ma journée, suivez-moi.

6

Je ne tardai pas à découvrir que, pour Légion, apprendre à me connaître signifiait rester près de moi. Quoi que je veuille faire, il était partant, me déclara-t-il.

Stupéfaite et incapable de trouver mieux, je me rangeai à sa suggestion. Nous allâmes donc nous installer dans la bibliothèque du manoir.

Je sentis le fin duvet de mes bras se hérisser sous le regard insistant de Légion, mais je ne détachai pas les yeux de mes pages en parchemin de bouleau.

— Vous savez, Herr, que dans presque toutes les cultures, il est impoli de fixer quelqu'un du regard ? dis-je en tournant une page.

Légion referma le livre qu'il tenait dans un claquement sec et s'accouda au bras du fauteuil, le menton sur le poing.

— Vous m'étonnez, Kvinna, je l'avoue. Si je vous observe, c'est que je me surprends à être nerveux, à me demander ce que vous risquez de dire ou de faire. Je suis venu ici avec un certain nombre d'idées préconçues et, comme je vous l'ai déjà dit, je me retrouve assez déconcerté.

Sentiment partagé. Je ne m'attendais pas à ce qu'un négociateur de dot passe des heures à lire avec moi en silence. Ma mère m'avait toujours reproché de passer trop de temps le nez dans les livres au lieu de m'employer à peaufiner des talents plus précieux. Runa prétendait avec malice que toutes les fadaises que je lisais me tournaient la tête. Mais Légion, lui, s'était installé en face de moi, m'avait posé quelques questions sur mes lectures de prédilection, puis il s'était laissé absorber par l'ouvrage relié de cuir qu'il avait choisi.

Je refermai mon livre sur la recette d'un tonique qu'on donnait aux Faes et aux favorites mortelles afin d'accroître leur désir et leur plaisir. Aussi étrange que cela fût, je trouvais ces sortilèges fascinants.

— Oserais-je vous demander ce que vous vous attendiez à trouver en venant au manoir ?

— Une femme munie d'une interminable liste d'exigences concernant son futur époux, à commencer par le montant de sa fortune.

— Plutôt condescendant de votre part, Herr.

— Mais pas tout à fait faux, répliqua-t-il. D'expérience, je sais que les femmes de votre rang ne vivent que pour les fêtes. Elles ne vont pas se réfugier sur un balcon, comme vous l'avez fait au bal de fiançailles de votre sœur. Jamais elles ne se lieraient d'amitié avec des serfs, ne préféreraient les livres aux bavardages et ne s'introduiraient en douce dans les tripots par une veillée de relâche.

Mon cœur s'arrêta de battre et je sentis le sang se retirer de mon visage lorsque mes yeux agrandis d'effroi rencontrèrent les siens.

— Herr Légion, je…

Il leva une main.

— Je vous l'ai déjà dit, je sais garder un secret.

Cette déclaration ne parvint pas à calmer mon affolement. Je craignais que mon cœur jaillisse à tout instant de ma poitrine. Légion détenait trop de munitions pour la tranquillité de mon âme. Il me fallait connaître ses intentions. Aussi terribles soient-elles. Je relevai le menton et me forçai à parler d'une voix posée.

— Et que dois-je faire pour que vous continuiez à garder certains secrets ?

Une ombre d'étonnement passa sur son visage.

— Vous pensez que je pourrais m'en servir contre vous ?

— Dois-je croire que vous n'avez pas l'intention de révéler à qui que ce soit que vous m'avez vue, l'autre soir ?

— Bien sûr, dit-il avec un brin d'exaspération. Cette pensée ne m'a jamais effleuré.

— Permettez-moi d'en douter. Les ambitieux de votre espèce sont toujours à la recherche d'un moyen de pression. Quoi de mieux qu'une entorse à la loi pour faire chanter un membre de la famille royale ?

— Je pourrais vous menacer de parler si je considérais ce que vous avez fait comme illégal.

J'hésitai.

— Les femmes ne sont pas admises dans les tripots…

— Peut-être, mais c'est un règlement ridicule, vous ne trouvez pas ? Et les règlements ridicules sont une invite à la transgression.

Il me taquinait, mais sa désinvolture amena un sourire prudent sur mes lèvres. Je tripotai le coin déchiré de la couverture en cuir de mon livre.

— Pour être franche, vous ne correspondez pas non plus à l'idée que je me faisais d'un négociateur.

— Quelles sont les cases que je n'ai pas cochées ?

— Déjà, je m'attendais à un homme à la peau flasque.

— Ça viendra en temps voulu, Kvinna. Je vais mal vieillir, j'en suis sûr.

— À votre place, je ne serais pas si catégorique.

Triple enfer, je m'étais trahie ! Je chassai son beau visage de mon esprit et priai les dieux, qui n'auraient jamais dû me douer de la parole, de m'empêcher de me ridiculiser plus encore. Avant que Légion ait pu commenter mon étourderie, je me hâtai de poursuivre.

— Je m'attendais à un homme plus désireux de faire bonne impression sur mon père, ou sur le roi, que de passer du temps avec moi. À un homme prompt à relever tous les défauts qui feront de moi une piètre épouse.

— Voilà qui rendrait toute conversation embarrassante, dit Légion, mais son sourire s'envola. Vous estimez donc que vous ferez une piètre épouse ?

— Je suis déjà une piètre princesse, pourquoi serais-je une bonne épouse timorane ? (Je fermai les yeux.) Je ne sais pas pourquoi je vous raconte tout ça.

Légion me regardait – ou plutôt il me scrutait. La flamme vacillante des chandelles éclairait la profonde obscurité de ses yeux. Ce n'est que lorsque le silence s'épaissit au point de faire rétrécir la pièce qu'il parla.

— Je compatis à votre situation. Votre réticence vis-à-vis des épousailles ne m'a pas échappé. Mais nous pouvons au moins nous accorder sur un point : nous sommes tous deux anticonformistes dans nos positions. Ce n'est d'ailleurs peut-être pas un hasard, mais un signe du destin.

J'allais lui répliquer que les Déesses du Destin se moquaient pas mal de mon sort quand Bevan entra dans la bibliothèque en poussant un chariot à thé en argent.

— Veuillez pardonner mon interruption, Kvinna. Votre sœur voulait s'assurer que vous étiez toujours en vie et que, le cas échéant, je vous apporte de quoi vous sustenter.

Je levai les yeux au ciel.

— Runa n'est animée que par la curiosité, voire par la jalousie. Elle ne peut pas s'enfermer pendant des heures avec un inconnu, elle.

Les pommettes de Bevan se colorèrent, mais Légion éclata de rire. Au moins quelqu'un trouvait-il mon inconvenance distrayante.

— C'est une coutume du Nouveau Timoran qui m'a toujours intrigué. On protège la vertu des filles aînées comme votre sœur, mais les filles cadettes…

— Peuvent badiner à leur guise.

— Kvinna, me gourmanda Bevan dans un souffle.

— Non, lança Légion au vieux serf. J'aime que Kvinna Élise se sente libre de dire ce qu'elle pense. Et la comprendre m'intéresse, n'étant pas timoran moi-même. Nous nous sommes enfermés ici sans chaperon et pourtant, personne n'a tiqué. Quelle est la différence entre votre sœur et vous ?

J'acceptai une tasse de thé, ignorant le regard désapprobateur de Bevan.

— Le but est de protéger les lignées. Runa ne va engendrer que les héritiers de Calder, c'est une certitude. Mais, comme de mon côté je ne vais pas monter sur le trône, si jamais j'ai quelques petits sang-mêlé, ce n'est pas bien grave.

À la vérité, je n'avais jamais beaucoup réfléchi aux différences qui existaient entre ma sœur et moi. Runa n'était pas restée seule avec un homme depuis… Runa n'était jamais restée seule avec un homme. Et si ça devait arriver, ça ne pourrait être qu'avec Calder, à présent.

— Si le lignage est si important pour vous, pourquoi les souverains prennent-ils des maîtresses et des favorites ?

— Parce qu'elles…

Je m'interrompis, n'ayant pas la réponse à sa question.

— En fait, je n'y ai jamais vraiment réfléchi. Calder est l'héritier présomptif de Zyben, mais sa mère n'est que la première favorite du roi, elle n'est même pas reine.

Mon propre père avait pris des maîtresses durant des cycles, avant que sa santé se détériore. Il leur contait fleurette dans les corridors du manoir et personne n'aurait osé s'opposer à Kvin Lysandre. Si ma mère avait des amants, en revanche, c'était en toute discrétion.

— Il semble que la loi favorise la gent masculine, dis-je en conclusion.

Légion haussa le sourcil d'un air entendu et but une gorgée de son thé. Bevan semblait déboussolé par le tour qu'avait pris la conversation.

— Bien sûr, maintenant que les négociations concernant ma dot sont ouvertes, poursuivis-je, il serait plutôt scandaleux qu'on me voie en compagnie d'un homme. Autre que vous, bien entendu. Car en tant que négociateur, vous ne chercheriez jamais de me séduire.

— Oh, je n'irais pas jusque-là, répliqua Légion avec un sourire narquois.

Je ne pus réprimer un rire moqueur. J'avoue que je goûtais son ironie. Ses traits d'esprit rendaient supportable cette situation qui ne l'était pas.

— Bevan, merci pour le thé, dis-je aimablement. Mais tu peux te retirer, maintenant. Ce n'est pas en restant planté là que tu me feras quitter la pièce.

L'intendant se racla la gorge en regardant droit devant lui.

— J'ai un autre message à vous délivrer, Kvinna. Herr Mattis a fait savoir qu'il aimerait discuter avec vous d'un certain livre devant le clocher. (Bevan fronça les sourcils.) Je suppose que vous comprenez ce que ce vaurien entend par là.

En effet, je comprenais fort bien le sens du message de Mattis et cette petite distraction ne pouvait pas mieux tomber. Ces derniers jours avaient été d'un tel ennui qu'un rendez-vous au clocher serait pour moi une bouffée d'air pur. Je me gardai bien de le dire à haute voix, néanmoins. Il ne fallait pas qu'on pense que ces mots recelaient une intention secrète.

— Tu n'apprécies pas le menuisier ? demanda Légion au vieux serf.

Je réprimai un rire et lui murmurai à l'oreille :

— Mattis est le petit-neveu de Bevan.

— Et c'est bien dommage ! ironisa Bevan.

— Tu peux dire ce que tu veux, Bevan, je sais qu'en secret, tu as une haute opinion de ce cher Mattis.

Le vieil homme grommela et, pour se donner une contenance, poussa le plateau à thé vers nous.

— En plus, repris-je, tout ce qu'il demande, c'est que nous allions nous promener dans le centre de la ville dans deux jours, après la réunion du culte.

— La réunion du culte… ce garçon ferait bien d'y aller.

— Je n'en doute pas, Bevan.

À vrai dire, si je n'avais pas été tenue d'y assister, j'aurais fait l'impasse sur ce pieux sermon. Écouter un vieil ecclésiastique radoter une fois de plus sur le fait que les Timorans étaient les favoris des dieux… N'étant qu'à moitié ettan, Mattis jouissait d'un statut plus élevé que celui de Bevan, pourtant j'étais sûre que mon ami menuisier préférait encore plus que son grand-oncle pratiquer le culte à la façon des Ettans, qu'il s'agisse de l'analyse des motifs des dieux par la réflexion personnelle, de la guerre ou de la Furie.

Lorsque Bevan se retira, nous laissant seuls, Légion rouvrit son livre, mais le referma très vite.

— J'ai trouvé cette journée très intéressante.

— Vraiment ? Lire en silence avec moi ?

— Oui, c'était scandaleusement agréable. Ça faisait bien longtemps que je n'étais pas resté immobile comme ça, dans le calme.

Je poussai un soupir et me renfonçai dans le canapé orné de broderies, dissimulant un bâillement derrière ma main.

— Cette bibliothèque, c'est mon refuge. Les livres sont mes fenêtres sur un autre monde, sur une autre vie. En tant que femme, je n'ai pas le droit de voyager, comme vous devez le savoir.

— Quel dommage ! Il y a tant à voir au-delà des frontières du Nouveau Timoran.

Je n'aurais pas dû m'intéresser à ce sujet et encore moins poser la question, mais je n'ai jamais été du genre à obéir, même à ma propre intuition. Chez moi, la curiosité prend toujours le dessus.

— Pardonnez-moi, mais depuis que vous m'avez dit que vous n'étiez pas timoran, vous m'intriguez – enfin, je veux dire par là que je suis curieuse de nature… pas que vous occupez mes pensées ou ce genre de choses !

— Kvinna, quelle est la question que vous vouliez me poser ? me demanda Légion dans un rire.

Quelque part dans l'Autremonde, mes ancêtres guerriers devaient être en train de maudire leur idiote d'homonyme.

— Je me demandais simplement d'où venaient vos parents.

Il but lentement une gorgée de thé.

— D'après vous ?

Oh, il y avait tant de théories qui circulaient sur Légion Grey ! Il était suffisamment malin pour savoir qu'en ville, les gens se perdaient en conjectures à son sujet.

— Ma foi, il paraît que vous appartenez à la noblesse, mais d'un autre royaume.

— C'est ce que les gens racontent ?

— Disons qu'ils l'espèrent. Bien des mères jetteraient leurs filles à vos pieds.

— Ça ne marcherait pas avec moi, je le crains. Je n'aime pas les femmes à genoux, je préfère celles qui se tiennent debout toutes seules.

— Derrière vous ?

— À mes côtés.

Une boule de chaleur s'épanouit dans mon ventre. Une réaction viscérale qui me surprit. J'espérais que Légion n'avait rien remarqué.

« Je vois », ce fut tout ce que je réussis à articuler.

Légion se troubla imperceptiblement avant de reprendre la parole.

— Vous voulez la vérité ? Je ne suis personne, enfin pas vraiment. Je ne connais pas ma famille ni mon peuple. À l'orphelinat où j'ai grandi, l'histoire veut que je sois arrivé sur l'un des nombreux bateaux de passagers qui affluaient au Nouveau Timoran, puis que j'aie été très vite abandonné. Voilà, vous savez tout, Kvinna, c'est la vérité – rien de bien prestigieux, comme vous le voyez. Je ne suis pas étranger à cette terre. J'ai foulé ces rivages durant des cycles, simplement j'étais invisible, jusqu'au jour où je ne l'ai plus été.

Légion tourna son regard vers la fenêtre tandis que les derniers rayons dorés s'estompaient au-dessus de l'océan. Je ne savais pas quoi dire. Aux quatre coins du Timoran, des enfants abandonnés erraient dans les rues. Des garçons et des filles qui se nourrissaient d'épluchures trouvées dans les poubelles à compost et qui allumaient les réverbères ou livraient des missives royales en échange de trois sous. Il n'y avait personne pour les réclamer, personne pour les aimer. La plupart étaient des orphelins ettans dont les parents étaient morts dans les carrières ou de maladie, mais certains venaient aussi de contrées lointaines. Ils étaient arrivés clandestinement à bord d'un navire ou avaient été vendus. J'eus un pincement au cœur en imaginant le charismatique Légion Grey sous les traits d'un petit orphelin sale, affamé et seul au monde.

— Comment avez-vous…

Je désignai toute sa personne. L'habit élégant, les chaussures cirées. Les dents saines.

— … acquis une telle prospérité ? acheva-t-il.

Il croisa une cheville sur son genou, le visage de marbre.

— Mieux vaut garder cette histoire pour une autre fois.

— Vous ne me faites pas confiance ?

— Me confieriez-vous quelque chose que vous n'avez jamais dit à personne ?

— Vous n'avez jamais parlé de votre histoire ?

— Seulement à deux personnes qui ont toujours été assez proches de moi pour que je puisse leur révéler mon passé.

Mon regard tomba sur mes mains gantées. Je comprenais son hésitation à laisser les autres entrevoir les pans les plus sombres de sa vie.

— J'espère que je ne vous ai pas offensée, dit-il avec sincérité.

— Non. Pas du tout. La confiance, ça se mérite, n'est-ce pas Herr Grey ?

Un coin de sa bouche se crispa. Il me répondit par un grand hochement de tête.

— Tout à fait, Kvinna.

Il se leva de son fauteuil et alla remettre en place le livre qu'il avait lu.

— Je devrais vous laisser prendre un peu de repos. Demain, vous allez rencontrer certains de vos prétendants.

Je laissai échapper un soupir rageur.

— Il le faut vraiment ?

Légion se moqua.

— À partir d'un moment, il faudra bien que je vous observe en compagnie de certains d'entre eux. Sinon, je risque de vous caser avec un type d'un ennui mortel et je m'en voudrais terriblement.

— Vous savez ce que je pense ? dis-je en m'appuyant au dossier du canapé, le menton sur les mains. Que ce genre de pouvoir n'est pas pour vous déplaire.

— Il y a du vrai dans ce que vous dites, reconnut-il dans un grand sourire. Quoique je ressente plus de pression qu'autre chose, à force de vouloir que tout se passe bien. Mais ça restera notre secret, Kvinna.

— Notre second secret.

— Le second d'une longue série, j'en suis sûr. (Légion inclina la tête.) Bonne nuit, Élise.

Il ferma la porte et mon prénom prononcé par sa bouche resta en suspension dans le silence. Comme si nous avions franchi un seuil pour entrer dans une relation plus… amicale ? Savoir que Légion prenait sa mission au sérieux, qu'il tenait compte de mes envies et de mes espoirs, m'apportait un certain soulagement. J'avais vu bien assez de négociations au cours desquelles la future épousée n'était qu'un détail dont on se souvenait après coup.

À ce rythme, je pourrais même arriver à lui faire confiance un jour.

Mais pas aujourd'hui.

Lorsque les pas de Légion se furent éloignés, je me levai d'un bond et me précipitai dans ma chambre à coucher. J'ôtai mes gants et ma robe, enfilai une tunique ample, des hauts-de-chausse en tricot grossier, puis fixai à l'intérieur de ma cuisse une dague d'argent qui me venait de ma famille. Un chapeau à larges bords couvrait les reflets de mes cheveux et je nouai sur mes épaules une cape noire doublée de peau d'ours.

J'ouvris le loquet de la fenêtre. Des cycles plus tôt, j'avais découvert que les murs du manoir offraient des pierres saillantes sur lesquelles je pouvais prendre appui pour descendre assez aisément jusqu'en bas.

Lorsque mes bottes touchèrent le sol glaiseux, je me courbai derrière les églantines en attendant que les patrouilles entrent dans la lumière de la lune.

Je fus accueillie par le silence.

Mon chapeau rabattu sur le front, je me dirigeai vers les fourrés et me fondis dans la nuit.

7

À partir des fourrés qui limitaient le domaine, la route se divisait en deux chemins plus étroits qui traversaient les broussailles tels des serpents sinuant dans l'herbe.

L'un menait à Ruskig, le hameau délabré où vivait une colonie d'Ettans libres, car protégés par leur Furie, disait-on. Ruskig s'étendait au cœur de l'ancien territoire des Êtres de la Nuit. Je n'y avais jamais mis les pieds, mais apparemment, il s'agissait de palais et de forteresses faes en ruine plutôt que de vulgaires cahutes croulantes. Le refuge idéal pour les Ettans et pour les criminels qui cherchaient à éviter les patrouilles de Flèche-Corbeau. Les vrais Faes avaient renoncé à revendiquer ce territoire. Quant à Zyben, jamais il n'aurait franchi les limites de Ruskig, ç'aurait été tenter le diable.

Aussi brutal que fût mon oncle, il croyait la plupart des écrits sur les Faes toujours assoiffés de vengeance après la mort de leurs souverains, outrage perpétré au cours des attaques timoranes.

J'ignorais quelle était la part de vrai là-dedans.

De toute façon, je ne comptais pas passer par Ruskig. Arrivée devant un épicéa mort, je tâtonnai tout autour du tronc jusqu'à ce que mes doigts trouvent une nodosité. J'ôtai ce bouchon de fortune, révélant une profonde cavité.

À l'intérieur de l'arbre, des rongeurs avaient entassé des aiguilles gorgées de sève, des noix et des feuilles, en prévision des neiges à venir. Sous ses réserves, je retrouvai ma petite lanterne, intacte. J'allumai la mèche, satisfaite que mon briquet à silex soit resté au sec, et m'enfonçai en toute hâte parmi les arbres. Lorsque Mattis avait fait allusion au clocher, il ne parlait pas de celui qui abritait la grosse cloche en fer de la ville.

Un craquement de branchages me donna la chair de poule.

Je balayai de ma lanterne le noir total de la futaie. Rien. Ce n'était rien. Un écureuil, un renard.

D'épaisses broussailles épineuses dévoraient l'extrémité du sentier. Quiconque se serait aventuré aussi profondément dans la forêt aurait fait demi-tour. C'était exactement le but recherché. À quatre pattes, l'anse de la lanterne entre les dents, je me faufilai dans les ronciers par une trouée d'apparence banale et émergeai dans un bosquet. Au milieu se dressait un pin immense, plus grand que les autres : le clocher.

Un doux rire rompit le silence de la nuit. Je reconnus Mavie dans les ombres que jetait la flamme de ma lanterne sur les herbes sèches.

— Élise, chantonna-t-elle, se sentant plus libre ici que partout ailleurs. Je commençais à me demander si tu avais bien reçu le message.

Elle avait troqué sa robe et son tablier contre un pantalon et un haut ouvert à l'arrière qui dévoilait le corbeau tatoué entre ses omoplates. Elle m'aida à me relever. À sa taille pendaient deux poignards à la lame striée d'or. Siv apparut à l'orée des arbres, toujours inquiète pour nous, quelles que soient les conditions de sécurité. À l'instar de Mavie, ses mains reposaient sur la garde de deux poignards, et contre sa jambe, elle portait une dague semblable à la mienne. Ses cheveux étaient ramenés en chignon serré ; sa ride du lion s'accentua lorsque des pigeons s'échappèrent des frondaisons à tire-d'aile.

Je tirai ma dague et ajoutai ma lanterne à celles de mes amis qui se tenaient près du clocher.

— Désolée, mais ma discussion a duré plus longtemps que prévu.

Assis sur un gros rocher arrondi, en lisière du bosquet, Mattis renifla de mépris.

— Avec le négociateur ? Vous deviez avoir des tas de choses à vous dire, j'en suis sûr.

Avec un grand sourire, il passa une pierre à aiguiser sur sa lame courte et étroite. Je croisai les bras sur ma poitrine.

— Si ça t'intéresse, nous n'avons pas parlé tant que ça. Légion aime lire autant que moi.

Siv réagit.

— Vous avez lu. Pendant tout ce temps ?

— Pourquoi, ça t'étonne ? Oui, nous avons lu. On s'est aussi posé quelques questions.

Je refrénai mon envie de leur raconter la tragique histoire de Légion. Il n'était pas de noble extraction, comme le croyaient tous les Timorans, et mes amis lui auraient fait davantage confiance s'ils l'avaient su.

Mais ce n'était pas à moi de le leur révéler.

Mattis sauta du rocher.

— Alors ? s'enquit-il avec un sourire ravi. Qu'est-ce que tu as pensé de mon livre ?

Je repensai aux descriptions intimes des sortilèges aphrodisiaques de la Furie et les battements de mon cœur s'accélérèrent. Mais de toute évidence, Mattis allait à la pêche aux compliments : il était content d'avoir fait le bon choix avec ce livre qui nous avait plu à tous les deux. Comme j'adorais le faire enrager, je haussai les épaules d'un air dubitatif.

—Pas mal écrit, mais hautement invraisemblable.

Mattis en resta interdit.

—Invraisemblable ? Mais c'est de l'Histoire ! D'authentiques écrits sur la forme la plus aboutie de la Furie !

—Du folklore, Mattis. C'est du folklore, insistai-je, me délectant de son évidente frustration.

Il balaya mon argument du revers de la main.

—Je ne peux pas discuter avec toi quand tu tiens ce genre de discours absurde. Entraînons-nous plutôt au combat.

Quelques instants plus tard, je parai un coup de poignard de ma dague.

Ce qui avait commencé quelques cycles plus tôt comme une bataille à coups de branches était devenu une sorte de combat hebdomadaire. L'objectif était de retrouver l'esprit guerrier qui caractérisait nos peuples respectifs, autrefois – les Timorans aussi bien que les Ettans.

Depuis que Siv nous avait rejointes, notre niveau de compétence s'était accru. Si elle refusait obstinément de me dire où elle avait appris à se battre, elle m'avait enseigné la bonne façon de tenir une dague et la manière d'esquiver une attaque à reculons. Mattis, lui, maîtrisait la parade circulaire, il balayait l'air du tranchant de sa lame. Mavie et moi, en revanche, avions encore beaucoup à apprendre. Ce qui nous avait valu pas mal de bleus, de bosses et d'égratignures.

Mais, le temps de quelques heures, nous étions tous égaux, serfs et princesse, Ettans et Timorans, dans ce bosquet connu de nous seuls.

Mattis me donna un coup de coude dans l'épaule, me forçant à reculer.

— Qu'est-ce que tu penses de ton négociateur, en vrai ? me demanda-t-il en faisant tourner son épée dans sa main.

— Je pourrais te retourner la question, tu as partagé un cabriolet avec lui, répondis-je dans un grognement, en tentant de l'atteindre à la poitrine.

Mattis esquiva ma dague avec aisance.

Je pris de l'élan pour frapper à nouveau, mais en combattant déloyal qu'il était, Mattis m'expédia un coup de pied dans le genou et je m'effondrai par terre. Je roulai sur le côté pour esquiver un coup qui, en combat réel, aurait été mortel.

— Tu es en progrès, Kvinna... constata mon ami, ravi.

Il m'aida à me relever et nous reprîmes le combat. Mattis fondit sur moi tel un renard sur un lièvre, une ride de perplexité entre les yeux.

— J'ai trouvé Herr Grey... unique en son genre. Il m'a interrogé sur mon atelier de menuiserie, ça semblait l'intéresser.

— Oui, dis-je, plus fort que je ne l'aurais voulu. Oui, c'est tout à fait lui. Rien qu'aujourd'hui, il a admis vouloir connaître mes aspirations, au cas où il me trouverait un prétendant passable.

Du coin de l'œil, je vis Siv, ce petit bout de femme, jeter Mavie par-dessus son épaule. Mavie retomba à plat dos et, suffoquée, fut prise d'une quinte de toux.

Siv inspira longuement par le nez et nous regarda.

— Prends garde à ce type.

Les mains sur les hanches, elle reprenait son souffle sans prêter une seconde d'attention à Mavie qui se remettait péniblement debout.

—Moi, en tout cas, je me méfie de lui, poursuivit-elle. À mon avis, il cherche à gagner ta confiance par la flatterie.

—Je suis horrifié, Kvinna, déclara Mattis, la main sur le cœur. Notre chère Siverie ne fait confiance à personne.

—Étrange, en effet, renchéris-je en riant tandis que Siv faisait tournoyer sa lame d'un air menaçant, les yeux braqués sur Mattis.

On aurait dit qu'elle voulait le poignarder – ou l'embrasser. Avec Siv et le menuisier, on ne savait jamais. Ses paroles continuaient de résonner dans mon esprit. De fait, il se pouvait que Légion soit doué pour cerner la personnalité des gens et qu'à partir de là, il leur raconte ce qu'ils avaient envie d'entendre pour mieux les manipuler.

—Moi, tout ce que j'en dis, c'est : reste sur tes gardes, conclut Siv. Il a peut-être une très bonne raison de vouloir se tailler une bonne réputation.

—Bien sûr, ça ne peut pas être tout simplement un homme bien, marmonna Mavie.

Siv étrécit les yeux.

—Ça se pourrait, mais mieux vaut être prudent. Par les dieux ! Il n'y en a donc pas un seul parmi vous qui ait l'instinct de conservation ?

Nous éclatâmes de rire et brandîmes à nouveau nos armes. Cette fois, je me jetai sur Mavie. Elle me dominait en taille et avait le chic pour m'arracher les armes des mains. Manœuvre assez déloyale de sa part, vu que j'étais gauchère et qu'à cause de mes phalanges manquantes, ma prise était moins assurée de ce côté-là. Mais comme Mattis me le rappelait souvent, on se battait rarement à la loyale au Nouveau Timoran.

Mavie fit volte-face. M'attrapa le poignet. Me le tordit à quelques reprises, sournoisement. Je lâchai ma dague.

Du pied, elle l'expédia à dix pas de là, près de la lisière du bosquet.

Je me pliai en deux, les poumons en feu, en manque d'oxygène.

— Allez ! ordonna Mavie. Pas question que je combatte une adversaire désarmée.

Si ma mère avait entendu une femme de chambre me parler sur ce ton, elle l'aurait écorchée vive en place publique. Pour ma part, c'est à peine si j'y prêtai attention. Dos au bosquet, j'allai récupérer ma dague. Elle s'était plantée dans le sol, près d'un arbre dont les racines enchevêtrées m'évoquaient des serpents de mer s'enfonçant dans le sable et ressortant par un autre trou. Je me penchai pour ramasser ma dague et, comme je me redressai, j'entendis quelque chose siffler à mon oreille, puis un bruit sourd. Un poignard en acier noir s'était fiché dans le tronc de l'arbre. La pointe de la lame avait manqué ma tempe d'un cheveu.

La panique m'envahit. Le temps d'un soupir, le bosquet redevint silencieux, comme sous le choc. Tout le monde retenait son souffle, tétanisé.

— Ne jamais tourner le dos à son adversaire.

Le calme de sa voix me hérissa et me réconforta tout à la fois.

Légion émergea de l'ombre mais il n'était pas seul. Je reconnus Tor, son compagnon de négociations, et… Halvar. Le cocher se tenait à hauteur d'épaule de Légion, un petit sourire aux lèvres.

Lorsque Mavie se rendit compte que nous n'étions plus seuls, qu'on l'avait vue en train d'attaquer la Kvinna à l'arme blanche, elle joignit les mains et se mit à prier. Des prières mouillées de larmes, adressées à ces dieux qui se souciaient si peu des affaires des mortels. Siv fut traversée par un éclair d'une peur identique, mais elle se mit à serrer son poignard comme si elle allait le plonger dans la poitrine de Légion. Mattis, lui, se contentait de suivre du regard les trois hommes qui pénétrèrent à grands pas dans le bosquet.

Comme j'incarnais le pouvoir royal, mes amis s'uniraient pour me défendre. Mais si jamais Légion racontait à quelqu'un la scène dont il venait d'être témoin, la vie de mes serfs ne dépendrait plus que de moi. Une chape de plomb s'abattit sur mes épaules.

— Herr Grey, dis-je, sur mes gardes.

J'espérais retrouver l'homme sincère avec qui j'avais passé la journée, c'est-à-dire le véritable Légion Grey, et non le paria ambitieux qui suscitait la méfiance de Siv.

— Que faites-vous ici ?

Légion inclina la tête sur le côté.

— Mon devoir.

Je serrai et desserrai les poings.

— Quel devoir ?

— Mon devoir de négociateur, Kvinna : j'ai pour tâche de veiller sur vous. Par un heureux concours de circonstances, Tor, ici présent, a vu quelqu'un se faufiler dans les fourrés qui entourent le manoir. Naturellement, nous ne pouvons tolérer aucun rôdeur dans les parages, aussi sommes-nous partis à sa poursuite. J'avoue être assez content de ce que nous avons trouvé.

Il désigna l'immense conifère.

— Le clocher, je suppose.

Je coulai un regard inquiet en direction de Mattis. Les yeux rivés sur les trois hommes, il faisait tourner nerveusement son épée dans sa main. Légion, lui, ne semblait ni contrarié ni révolté par la scène. Il n'avait pas menacé de rapporter ce qui s'était passé. En fait, il n'avait strictement rien dit d'inquiétant à notre encontre.

Je levai le menton d'un air de défi.

— Mes femmes de chambre et moi-même apprenons à nous défendre, il n'y a aucun mal à ça. Mattis nous enseignait des techniques de combat, alors si vous avez l'intention d'en parler à mon père…

— Je ne compte en parler à personne, répliqua Légion, avec son sourire narquois, si irritant. Dans quel but me servirais-je de cet élément intéressant contre vous ? (Il se tourna vers Tor et Halvar.) Qui aurait cru qu'une princesse timorane serait aussi divertissante ?

Les deux autres hommes se mirent à rire et je me détendis. Légion s'approcha de l'arbre. Il avait troqué son élégante veste contre une tunique noire et un pantalon assorti. Mon regard était aimanté par sa puissante poitrine que son col délacé laissait entrevoir. Je secouai la tête, inquiète à l'idée que mon cerveau puisse continuer à penser à sa peau ou – triple enfer ! – à son torse nu.

Même s'il devait y avoir plus désagréable…

D'un geste adroit, Légion me fit lâcher mon poignard.

— Vous avez tourné le dos à votre adversaire, répéta-t-il en tenant ma lame comme si elle était faite pour sa main.

Cela dit, si Légion Grey était un enfant abandonné qui avait grandi dans la rue, quoi de plus normal qu'il sache manier une arme ? Il tourna autour de moi.

— En présentant votre dos à l'ennemi, vous lui donnez la possibilité de frapper sans être vu. Le fair-play, ça n'existe pas en combat, vous pouvez me croire.

Tor tira une dague effilée de sa veste en laine et Halvar posa la main sur la hachette fixée à sa ceinture.

— Qu'est-ce que vous faites ? m'étonnai-je.

— Nous pourrions peut-être nous joindre à vous ?

Mavie cessa de prier tandis que Siv affichait une expression incrédule. Mattis sourit d'une oreille à l'autre.

— Eh bien, euh…

Je ne savais quoi dire. C'était une situation des plus inhabituelles. Tout d'abord, une princesse qui s'entraînait au combat avec ses serfs, et avec les encouragements de son négociateur de dot qui plus est.

— Vous pouvez rester, dis-je, ça ne me dérange pas.

J'étais sincère et je ne regrettai pas d'avoir accepté en voyant la réaction d'Halar : les yeux brillants d'excitation, il empoigna sa hache avec un cri de joie. Tor ne disait pas grand-chose. À vrai dire, il semblait plutôt mal à l'aise. Je me retins de pouffer : Tor était le Siv de Légion.

Aussi étrange que fût la situation, je ne tardai pas à rire à gorge déployée avec les autres tandis que nous nous mettions en cercle approximatif autour des deux premiers adversaires : Mattis et Halvar. Mattis poussa un cri de surprise quand le cocher se laissa tomber pour le frapper au niveau des genoux, façon coup bas. Mattis s'étala face la première en voulant reculer et Halvar en profita pour s'asseoir sur lui à califourchon, la hache sous sa gorge. Légion sourit d'un air satisfait.

— Halvar ne perd jamais un combat, je préfère vous avertir.

Le cocher haussa les sourcils, puis aida Mattis à se relever.

— D'où le connaissez-vous ? demandai-je à Légion, alors que Siv et Tor prenaient place au centre du cercle en se fusillant mutuellement du regard.

Tor n'avait ni la stature ni la musculature de Légion, mais les ombres qui dansaient au fond de ses yeux et sa façon d'empoigner sa dague m'indiquaient que lui aussi savait se battre, peut-être même de façon plus sanglante.

— Il me fallait quelqu'un pour me conduire ici : je ne pouvais pas y aller à pied, vu mon importance.

— Et votre humilité.

Légion sourit de toutes ses dents et s'intéressa au combat suivant.

— Ça fait quelque temps que je connais Halvar.

— Ah oui, la veillée de relâche…

Bien sûr, Légion connaissait forcément Halvar puisqu'ils assistaient tous deux à la veillée hebdomadaire.

Légion ne confirma pas, il regardait Siv qui était en train de prendre l'avantage sur Tor. Elle lui fit une clef de jambe, sa prise préférée, l'entraînant dans sa chute. Ayant immobilisé Tor au sol, elle piqua de la pointe de sa lame le triangle de chair tendre situé juste en dessous de l'articulation de la mâchoire. Pas la gorge – c'était trop brouillon, trop évident, disait-elle.

Tor parvint à se dégager avant qu'elle ait pu aller jusqu'au bout de son geste, ce qui en disait long sur son habileté au combat. Ils se relevèrent en un instant et se remirent en position pour la joute suivante.

— Elle fait peur, pas vrai ? chuchotai-je.

Légion n'avait pas quitté mon amie du regard.

— Depuis quand est-elle à votre service ?

— Presque un cycle.

Il tourna la tête vers moi.

— Si peu ?

J'acquiesçai. Légion s'intéressait maintenant au jeu de jambes de Tor et de Siv, mais une ombre de contrariété avait traversé son visage.

— Vous avez de la chance qu'une domestique vous témoigne une telle loyauté au bout de si peu de temps, déclara-t-il avec une dureté que je n'avais jamais perçue dans son intonation.

J'en eus la chair de poule. Comme Siv, j'avais décelé un soupçon de défiance dans la voix de Légion. Mais avant que j'aie pu le questionner plus avant, Tor fit une clef de bras à Siv, la plaquant dos à lui, et il lui pointa sa dague sur le cœur.

Siv se dégagea en jurant sous cape. De son côté, Tor semblait contrarié que sa victoire ait été si dure à arracher.

— Allez, Élise ! lança Mattis. C'est à toi et au négociateur ! Voyons comment se débrouille notre Kvinna.

Légion m'invita à le précéder. Je fis volte-face et franchis le cercle à reculons, sans le quitter des yeux.

— Ne jamais tourner le dos à l'adversaire.

Légion fit passer et repasser le couteau entre ses mains, une lueur dans le regard.

— Vous apprenez vite.

Au centre du cercle, je m'accroupis, les jambes en feu comme si j'avais couru toute la nuit.

Légion frappa, vif et féroce. Surprise par son attaque, je partis en arrière – je pensais qu'il m'accorderait quelques instants de préparation ! Légion était plus que doué à l'arme blanche, on aurait dit que l'acier se pliait à sa volonté. Serrant les dents, je parai le coup suivant. Nous croisions le fer, d'avant en arrière. J'esquivais, il attaquait. Je me laissai tomber à genoux, roulai sur le côté – sa lame noire m'atteignit au sol.

— Vos doigts, Kvinna, dit-il, hors d'haleine. Comment les avez-vous perdus ?

Mes joues s'empourprèrent d'embarras. J'avais oublié que j'avais laissé mes gants au manoir ! Pour rien au monde je ne lui aurais avoué que j'avais affronté le Spectre sanglant, alors que pour des tas de gens, la Guilde de l'Ombre n'était qu'un conte destiné à faire peur aux enfants, rien de plus.

— Un accident, répondis-je. Que je préfère garder pour moi. Je suis sûre que vous comprenez.

Il inclina la tête et se remit en position de combat.

— Tout à fait. Peut-être qu'un jour, vous m'en parlerez.

— Peut-être.

Légion se battait avec brutalité. À l'évidence, il n'en était pas à sa première escarmouche et savait comment les abréger en sa faveur. Mes bras brûlaient d'ardeur, mais j'avais le souffle court. Je tentai une petite attaque maladroite, chancelai et finis immobilisée par une clef, dos contre la poitrine de Légion, enserrée par ses bras, son haleine dans mon cou. Je jouai des coudes, visai ses côtes, mais il me neutralisa par une clef de jambe qui nous fit tomber tous les deux. Nous n'étions plus qu'un enchevêtrement de bras, d'acier et de jambes, haletants.

Légion appuya légèrement la pointe de son poignard entre deux de mes basses côtes. Toujours plaquée contre lui, je frissonnai lorsque sa bouche frôla mon oreille.

— Félicitations. Une fois de plus, vous me surprenez. Vous savez vous battre, Élise.

Il m'enlaça d'un bras et, lentement, son pouce se mit à décrire de petits cercles sur ma hanche. J'ignore si c'était un geste conscient de sa part, mais je retins mon souffle, émoustillée par une pointe de désir qui me faisait oublier de respirer.

— J'ai perdu, Herr, murmurai-je.

— De justesse. Je ne sais même pas si je vais pouvoir me relever, répliqua-t-il. Il me faut moins de temps pour battre Tor.

— Faux ! se récria ce dernier – c'était l'un des premiers mots que prononçait cet homme ténébreux.

Légion éclata d'un rire que je sentis vibrer jusque dans mes os. Vu la violence de nos combats, nous serions rattrapés par les courbatures avant l'aurore, pourtant il y avait bien longtemps que je ne m'étais sentie aussi légère et aussi détendue.

— C'est avec plaisir que je vous accueille au sein de notre guilde officieuse d'entraînement au combat, déclara Mattis lorsque les premiers oiseaux du matin se mirent à chanter à la cime des arbres.

Il saignait de la lèvre, mais une lueur sauvage habitait ses yeux. Siv soignait une de ses jointures meurtries, tandis que je caressais machinalement mes phalanges manquantes, ravie de voir que Légion avait lui aussi la sueur au front.

— On vous raccompagne chez vous, Kvinna ? s'enquit Halvar.

— Non, répondis-je en rengainant ma dague.

L'aube approchait à toute vitesse et il valait mieux que nous rentrions séparément. Si nous rebroussions chemin en un seul groupe, le risque qu'on nous découvre serait trop grand.

— Merci. Je suis devenue très forte pour regagner ma chambre en catimini.

Halvar sourit, révélant une cicatrice au niveau de la fossette qui creusait sa joue. Je n'avais jamais été assez près de lui pour la remarquer.

— Comme vous voulez.

Légion se proposa pour rester en arrière avec Tor et Halvar, afin que personne ne découvre le bosquet et ne vienne troubler son intimité. Ils retourneraient au manoir comme ils en étaient partis, mine de rien, en prétendant être sortis pour une correspondance matinale ou tout autre prétexte. J'attendis que Mavie et Mattis aient disparu pour me fondre à mon tour parmi les arbres.

J'avais fait vingt pas lorsque je m'aperçus que j'avais oublié ma lanterne. Il me fallait faire demi-tour, sous peine de marcher à l'aveuglette dans la partie la plus dense des bois.

De retour au bosquet, je marquai un temps d'arrêt. Légion, Tor et Halvar étaient restés en arrière, comme prévu, mais ils semblaient en plein conciliabule. Pourquoi avaient-ils tous sorti leur arme ? Je les avais pourtant tous vus la rengainer. Chacun d'eux serrait la sienne d'un air impitoyable.

Je m'accroupis derrière un arbre abattu lorsque celui qui parlait se tut. Le petit groupe se sépara. Le sang se mit à cogner à mes tempes lorsque Siv, les yeux agrandis de peur et le teint blême, partit du petit cercle en courant. Comme si elle avait échappé à une embuscade. Vu l'attitude agressive des trois hommes, ma comparaison n'avait rien de saugrenu.

Siv fila dans la nuit. Jamais je n'avais vu la terreur sur le visage de mon amie, pourtant c'était bien la peur qui flamboyait dans ses yeux. Comme si de rien n'était, Légion fit signe à Tor et à Halvar et tous trois disparurent dans la forêt.

Je m'appuyai contre l'arbre abattu, le cœur battant.

J'avais beau avoir décelé une certaine distinction chez Légion, cette nuit, je m'étais trompée sur son compte. Ce n'était pas sa délicatesse qui avait causé une telle frayeur à Siverie.

Cet homme était plus complexe que je le pensais.

Quelle était la véritable raison de sa venue ici ?

Pour Siv, pour Mavie, j'avais bien l'intention de découvrir tout ce qu'il y avait à savoir sur Légion Grey.

8

Quand midi arriva, tous mes plans pour affirmer mon statut et mon autorité sur Légion Grey étaient passés aux oubliettes.

Je l'avais cherché toute la matinée. Mon idée, c'était de le mettre au pied du mur, pour voir s'il reconnaîtrait avoir piégé Siv dans la forêt. S'il avouait, eh bien, il allait m'entendre. Je ne savais pas trop ce que j'allais lui dire… quelque chose d'important, en tout cas.

De grandes scènes d'intimidation se jouaient dans ma tête : j'imaginais le sermon que je lui servirais, le ton que je prendrais. C'est donc persuadée que Légion Grey allait trembler devant ma férocité que j'arrivai devant la porte voûtée de sa longère aux murs en clayonnages.

Je frappai à la porte avec une assurance étudiée.

Le cottage n'était pas vaste, juste assez pour un cabinet de toilette, un lit à deux places et une espèce de garde-manger où une table permettait de prendre un repas rapide. J'avais toqué si fort que le bruit avait dû s'entendre dans tout le cottage ; Légion n'allait pas tarder à répondre.

Ma convocation se heurta à un silence absolu.

Je frappai du poing, avec plus de hargne, cette fois. Mon éducation de princesse avait les défauts de ses qualités : je supportais mal qu'on me fasse attendre et je devenais vite irascible quand on m'ignorait.

— Herr Grey ! lançai-je d'un ton autoritaire.

Rien.

— Le négociateur n'est pas là, Kvinna.

Une voix éraillée s'était élevée dans mon dos.

Je fronçai les sourcils, décontenancée.

— Où est-il allé, Viggo ?

Le vieil homme ôta sa casquette, dévoilant des cheveux de neige. Sa tunique usée jusqu'à la trame avait été blanche, autrefois. À présent, raide de sueur jaune, elle annonçait Viggo par sa forte odeur de rance avant même qu'il n'ouvre la bouche. Après des cycles passés au soleil, la peau du vieux serf avait pris l'aspect du cuir tanné. Appuyé sur une pelle rouillée, il alluma une cigarette d'herbes. Ses joues ridées se lissèrent lorsqu'il souffla un panache de fumée.

— Paraîtrait que c'est dans son contrat. Il s'en va d'ici à chaque dernière lune.

La dernière lune revenait toutes les vingt nuits, mais je n'avais jamais entendu parler de cette clause. Au contraire, on m'avait toujours dit que les négociateurs s'éloignaient rarement la princesse dont ils avaient la charge.

— Pourquoi ? demandai-je, comme si un domestique pouvait savoir une telle chose.

Mais je n'aurais pas dû sous-estimer un bavard impénitent tel que Viggo. Ce dernier se mit à gratouiller du bout de sa pelle le petit parterre de fleurs qui entourait le cottage de Légion. Tout en parlant, il exhalait des bouffées de fumée noire.

— C'est Hal qui me l'a dit. Il est parti avec lui, d'ailleurs. J'sais pas où.

— Halvar est avec lui ? Combien de temps seront-ils absents ?

Haussement d'épaules, grattement de pelle sur le sol.

— Ils ont pris de quoi passer au moins une nuit. Lui, Hal et le gars à la mine sévère. J'les ai vus partir juste après le lever du soleil. Si j'peux me permettre, votre négociateur avait l'air d'avoir été recraché par l'un des trois enfers. Les yeux rouges, il marchait pas droit. L'avait pas l'air bien, c'est tout ce que j'en dis.

Légion était malade ? Alors que j'étais venue lui exprimer ma colère, j'éprouvai paradoxalement un pincement d'inquiétude. Viggo se remit à retourner la terre en fredonnant. Je le remerciai et repartis vers le manoir. Ce serait donc à Siv que je demanderais des explications. Elle me raconterait ce qui s'était passé et dès que Légion serait rétabli, je lui ferais regretter de n'être plus souffrant.

Mais comment peut-on prévoir qu'on va être malade ?

À en croire Viggo, Légion avait demandé expressément à pouvoir s'absenter à chaque dernière lune. Était-ce une coïncidence qu'il se soit réveillé souffrant le jour dit ? Ou souffrait-il d'un mal récurrent dont il pouvait prévoir les poussées ?

Mon inquiétude s'amplifiait malgré moi.

Mon père était en train de descendre le perron du manoir, appuyé sur une canne en bois, la bouche tordue par un rictus impitoyable. Simple prince consort par alliance, mon père en imposait pourtant autant que n'importe quel roi.

— Mon Kvin. Vous avez l'air en forme, aujourd'hui.

J'inclinai la tête. Il me semblait prudent d'user des salutations de rigueur. Mon père avait l'air irrité ou perturbé. Ma première pensée fut qu'il avait eu vent de nos nuits d'entraînement au combat. Je priai chaque déité que je connaissais pour que ce ne soit pas le cas.

— Ma fille, dit-il avec désinvolture. Content de vous voir déjà debout. Je pensais que vous dormiriez jusqu'à la lune.

J'avais à peine fermé l'œil, mais mon père, très à cheval sur la ponctualité, tenait à ce que toute la maisonnée se lève tôt, comme si tout retard au petit déjeuner pouvait lui gâcher la journée.

—Veuillez me pardonner, Père, je ne me suis pas réveillée.

—D'aucuns semblent penser que vous avez quitté vos appartements la nuit dernière.

Mon père approcha sa face rougeaude de mon visage.

—Yeux rouges, teint pâle…

—Père, je…

—Ne dites rien, Élise, siffla-t-il, mais il fut rattrapé par une quinte de toux.

Il se racla la gorge et reprit, la voix rauque :

—Une femme dans les affres de ses accordailles.

Il me renifla. Mon visage flambait d'un vif embarras lorsqu'il se recula, dégoûté.

—Avez-vous couché ?

J'ouvris de grands yeux.

—Non ! Bien sûr que non.

—Vous n'êtes qu'une misérable égoïste. Il serait fort étonnant que vous receviez beaucoup d'offres. On ne vous demande pourtant pas grand-chose ! Si vous voulez ma mort, continuez comme ça !

—Père, je…

—Rentrez à la maison ! (Il fit claquer sa langue, et grogna :) Herr Grey sera absent jusqu'à demain matin. Maintenant que votre main est mise aux enchères, vous ne pouvez plus rester seule. Jusqu'à nouvel ordre, vous demeurerez donc en compagnie de votre sœur.

Mon cœur se serra. Comment ferais-je pour tirer les vers du nez à Siv avec Runa dans mes jupes ? Mais il ne servait à rien de discuter. La tête basse, je passai devant mon père et rentrai rapidement dans le manoir.

Il m'avait traitée d'égoïste. Ses mots me brisaient le cœur autant qu'ils m'irritaient l'âme. Comment pouvait-il dire une telle chose alors que si je n'avais pas protesté contre mon sort, c'était uniquement pour son bien, dans l'espoir qu'il guérisse ? Ce sacrifice, je l'avais fait en son honneur, pour qu'il ait la vie sauve. Et lui, il s'en moquait.

Dans le grand hall se pressaient des servantes voilées de tulle. Des odeurs d'épices et de viande rôtie flottaient dans les corridors, annonçant le repas, tandis que le soleil de midi exaltait la touche toujours présente de sueur et de vin chaud. Des odeurs familières que je laisserais bientôt derrière moi. Sachant que mon négociateur n'était peut-être pas aussi bien intentionné que je le croyais, que ma servante et amie me cachait peut-être des secrets et que j'allais devoir rencontrer des prétendants sans la présence incontournable de mon chaperon (j'avais beau en vouloir à Légion, sa stature intimidante me rassurait face à ces nobles pleins de suffisance). Tout cela m'atteignait en plein cœur. Sans relâche et sans pitié. Mais tout ce cirque prendrait fin tôt ou tard. J'allais partir d'ici et je serais forcée de m'adapter à une existence totalement différente.

Des larmes brûlantes me montèrent aux yeux – cocktail explosif de colère et de désespérance – tandis que je gravissais le vaste escalier, ne songeant qu'à me réfugier dans ma chambre jusqu'à ce que je trouve la force d'en émerger.

Un gloussement me fit stopper à mi-escalier.

— Éli.

Je me penchai par-dessus la rampe cirée. C'était Runa. Ma sœur me fit un clin d'œil.

— À quoi tu pensais ?

Étant promise à Calder, Runa avait ses propres femmes de chambre, d'une condition supérieure aux miennes. Elles faisaient partie des serfs de Flèche-Corbeau, mais n'étaient pas voilées. Leur robe était ourlée de fils dorés, argentés et vert émeraude. Leurs cheveux bruns étaient tressés de rubans en satin. Femmes de chambre de la future reine, elles se donnaient des airs comme n'importe quel membre de la famille royale.

Toutefois, Runa n'avait pas passé la nuit à s'amuser avec ses femmes de chambre, elle. C'était à peine si elles devaient échanger trois mots.

D'un geste emprunté, je pressai ma sœur de me rejoindre dans l'escalier, à l'abri des oreilles indiscrètes. Elle jeta un coup d'œil par-dessus son épaule et obéit en étouffant un rire.

— Éli, tu as vraiment fait le mur, la nuit dernière ? Pourquoi prendre un tel risque ?

Ses questions apportaient une réponse aux angoisses qui me rongeaient : quelqu'un avait bel et bien épié mon escapade et ce même quelqu'un n'avait pas su tenir sa langue. Runa passa son bras sous le mien et monta avec moi les quelques marches restantes.

— Alors ? insista-t-elle comme je ne répondais pas.

— J'avais besoin de prendre l'air, mentis-je. On suffoque ici.

— Tu es vraiment une petite nature, ma sœur ! Tout le portrait de notre père.

Runa émit un reniflement qui m'évoqua vaguement les verrats qu'on gardait dans les enclos extérieurs. De fait, Runa parlait plus du nez que de la gorge. À mon avis, elle le faisait exprès, comme si les tons aigus lui donnaient plus de finesse, plus de prestige, bref, la distinguaient des habitants des bourgs. Pour ma part, je trouvais qu'elle avait surtout l'air de chercher à respirer par le nez sans jamais y arriver. Son nasillement monta encore dans les aigus :

— C'est parce que des hommes veulent ta main que tu te sens suffoquer ? Parce qu'en ce moment, tu es la cible de tous les regards ? Maudits dieux, mais qu'est-ce que tu veux de plus ?

— Je ne réclame rien, sauf le droit de vivre comme je l'entends.

Nous nous engageâmes dans le corridor supérieur qui menait aux appartements de Runa. Je ne cherchai même pas à discuter, même quand j'entendis ses femmes de chambre critiquer à voix basse l'état lamentable de ma tresse. Les appartements de ma sœur étaient plus grands et plus isolés que les miens.

— Avais-tu la plus petite envie de te promettre à Calder, au départ ? lui demandai-je. N'as-tu jamais songé que quelqu'un d'autre que lui pourrait te rendre heureuse ? Pourrait t'aimer ?

Runa haussa un sourcil comme si j'avais énoncé la pire des fadaises. Elle ne répondit pas tout de suite et ouvrit la porte de son bureau privé, le petit salon où elle dégustait ses tisanes, en réalité. Ma sœur avait un faible pour les infusions exotiques et ce goût coûterait sans doute une petite fortune à Calder lorsqu'il devrait faire venir de royaumes lointains les herbes foncées et les fleurs sucrées dont raffolait sa promise.

Ordonnant à ses femmes de chambre d'aller s'asseoir dans un coin, Runa porta un bol d'argent à ses narines et en huma le contenu. Laissant tomber une pincée de feuilles dans une tasse d'eau chaude, elle s'assit sur un fauteuil en tapisserie et soupira.

— Éli, qu'est-ce que tu veux me faire dire ? Calder est le plus beau parti du royaume. Le futur roi. Comment pourrais-je souhaiter mieux ?

— Mais tu ne l'aimes pas.

Elle ajouta un soupçon de miel à son infusion.

— À quoi sert l'amour dans une monarchie ? Calder et moi alimentons notre ambition mutuelle : la volonté de gouverner le Timoran mieux que l'ont fait les générations qui nous ont précédés.

Je m'assis en face de ma sœur, sur le fauteuil jumeau du sien, préférant grignoter l'un des gâteaux au safran disposés sur le plateau plutôt que de prendre une infusion à l'arôme puissant.

— Je trouve plus avantageux de faire un mariage d'amour plutôt que de consentir à une union dans le seul but de devenir reine. Zyben va encore régner pendant des cycles, lui fis-je remarquer. D'ici que Calder accède au trône, ton visage aura eu tout le temps de se flétrir.

Connaissant la corde sensible de ma sœur, je tirai une certaine fierté du regard noir qu'elle me lança. Rappeler à Runa le caractère éphémère de sa beauté et de sa jeunesse la faisait invariablement grimacer.

— Tu ne vois vraiment pas plus loin que le bout de ton nez, répliqua-t-elle. Ton manque d'intérêt pour l'expansion du royaume me déçoit. Tu préfères passer tes journées à lire des contes de fées ou à rire bêtement avec des femmes de chambre qui ne se montrent amicales envers toi que par peur que tu leur coupes la gorge.

Sa remarque me fit l'effet d'une gifle. Je considérai la moitié de gâteau que je tenais à la main, inquiète qu'elle puisse avoir en partie raison. Siv et Mavie étaient-elles sincères en ma présence ou jouaient-elles un rôle ? Se sentaient-elles tenues d'être courtoises avec moi du fait de mon rang ?

Runa poussa un soupir et posa sa tasse de thé sur le plateau.

— Navrée, Éli, mais nous ne sommes pas faites pour l'amitié ou le grand amour, toi et moi. Nous sommes destinées à conduire le Timoran à la gloire, à la puissance. Comme les dieux qui se sont battus avant nous.

Il ne servait à rien de discuter avec elle. Je posai les yeux sur les écrits, près de la cheminée. Des rouleaux de vélin et de parchemin étaient déployés près des livres et des gravures en céramique représentant les Déesses du Destin.

— Qu'est-ce que tu étudies là ?

Runa s'illumina.

— Oh, ça pourrait t'intéresser ! Puisque je dois emménager au palais après mon mariage, j'ai pensé qu'il serait judicieux de m'imprégner de l'histoire de Flèche-Corbeau. En réalité, cette dynastie va bien au-delà de notre famille. Voilà pourquoi je m'instruis sur les souverains maudits, la dernière lignée ettane que notre arrière-grand-père a anéantie.

— Vraiment ?

Runa n'avait pas tort. J'étais curieuse d'en savoir davantage sur la royauté ettane. J'avais quelques connaissances sur les souverains qui nous avaient précédés, mais au bout de presque cent cycles, certaines histoires tenaient plus du folklore que des faits.

— Regarde.

Un sourire aux lèvres, je reposai mon gâteau sur le plateau, rassemblai mes jupes et me penchai sur les récits qui s'effaçaient peu à peu des mémoires. Sur l'un des parchemins, on avait détaillé au pinceau toute la dynastie de Zyben, en ornant chaque nom d'une rune correspondant à ses attributs. La lignée s'arrêtait à Zyben, avec quelques signes indiquant qu'il avait des enfants et une sœur. Mon nom avait été réduit à une simple coche : la sœur du roi avait un enfant – fille ou garçon, peu importait. Mon empreinte sur l'Histoire était tout sauf impressionnante.

Mes doigts hésitèrent au-dessus du nom de mon grand-père, un homme que je n'avais jamais connu, et de ma grand-mère, sa seconde favorite. Puis je m'attardai sur le roi Éli, mon homonyme. C'était lui qui avait mené les attaques contre l'Etta et détruit ce territoire pour se l'approprier. Avant lui, à l'époque où les Timorans vivaient encore dans la Toundra et sur les Falaises glacées, les familles étaient plus unies. Un roi et une reine par mariage. Un ou deux enfants. Après l'avènement d'Éli, en revanche, les Timorans s'étaient sentis investis de tous les droits, y compris celui de s'approprier toute personne susceptible d'assouvir leurs désirs. Ainsi, le premier roi du Nouveau Timoran lui-même ne comptait pas moins de cinq épouses légitimes et quatre-vingts favorites.

Avec un tel harem, comment mon arrière-grand-père arrivait-il à se souvenir des noms de toutes ses femmes ?

Mon regard se fixa sur le rouleau voisin de celui consacré aux lignées timoranes : les lignées ettanes. Les runes étaient identiques, mais les bords du parchemin jauni s'ornaient en filigrane de lianes épineuses, certaines agrémentées de roses ou de baies de sorbier. Les armoiries de l'Ancienne Etta : croissant de lune, dague et hache entrecroisées, le tout encerclé par Jörmungandr, le serpent de mer qui entoure la Terre et se mord la queue. Je souris tristement en passant le doigt sur les lignes acérées de sa mâchoire. Jadis, les Ettans avaient partagé les croyances des Timorans. Pourquoi le roi Éli n'avait-il pas réuni les deux peuples ? Pourquoi avoir écrasé les Ettans ? Son royaume ne serait-il pas plus fort, aujourd'hui, si les Ettans se tenaient aux côtés des Timorans ?

Les dynasties de la royauté ettane remontaient à plusieurs générations. La plupart étaient marquées d'une lune et de la *magi*, la rune de la Furie : le sang des Êtres de la Nuit irriguait les lignées ettanes. Je trouvais donc d'autant plus étrange que les Ettans modernes, comme Mavie, nourrissent une telle méfiance envers les Faes. D'ailleurs, Mattis la taquinait toujours sur le sujet, et à juste titre. À en juger par la généalogie de son peuple, il aurait été fort étonnant que Mavie n'ait pas une goutte de sang fae dans les veines. En effet, presque tous les Ettans portaient la marque de la Furie, sur douze générations, à l'exception de quelques membres de la famille royale.

Runa interrompit le cours de mes réflexions.

— Si j'ai bien compris, dit-elle en désignant les trois dernières générations de souverains ettans, la famille royale Férus a commencé à s'unir à des gens du commun – peut-être à des lignées timoranes. Tiens, regarde, deux générations avant leur dernier représentant : le prince consort de cette reine n'était pas doué de Furie. Et on voit bien par la suite qu'elle n'a été transmise qu'à deux de leurs neuf enfants. D'après Calder, c'est la dilution de la Furie dans le sang des Ettans qui a permis à notre peuple de s'emparer de leurs terres. Au lieu d'éprouver de la fierté pour l'astuce et le sens de la stratégie de mes ancêtres, je ne ressentais qu'un pincement de culpabilité. J'avais l'impression que l'ancienne Etta avait tendu par-dessus les monts une main pacifique aux guerriers de la toundra. Qu'elle les avait épousés, qu'elle les avait aimés.

Ce qui distinguait principalement les Ettans des Timorans, c'était qu'ils s'unissaient à une seule personne pour la vie. Les sortilèges aphrodisiaques décrits dans mes livres faes entraînaient de nombreux badinages, mais quand j'y réfléchissais, la plupart des écrits sur la royauté fae parlaient de fidélité entre époux. On ne se remariait qu'après que son conjoint était passé dans l'Autremonde. Mais leur fidélité allait encore plus loin. Comme les Êtres de la Nuit survivaient des centaines de cycles aux mortels, on trouvait dans certains récits des exemples de Faes ayant accordé à leurs amours mortelles le don de la Furie vitale, afin qu'elles puissent avoir de longues et nombreuses existences. Pour cela, le conjoint mortel d'un Fae devait accomplir la *förändra* – la Transformation. Je ne savais pas si la *förändra* était possible, voire réelle. En tout cas, ça faisait de bonnes histoires.

— La mort des derniers membres de la famille royale ettane, le roi Arvad et sa reine Lilianna, a mis un point final à la dynastie de Férus, dit Runa avec une sorte de satisfaction. Lilianna était timorane, tu le savais ? Il existe des écrits sur elle : la pâleur de ses cheveux, de ses yeux…

— Dans ce cas, le roi Éli devait la connaître.

— Je crois que Lilianna était une de ses amies. Mais elle a préféré épouser un Fae.

Runa désigna les marques inscrites près du nom d'Arvad Férus, le dernier roi fae de l'Ancienne Etta. Je connaissais certains de ses faits d'armes, des récits sanglants qui me faisaient frémir. Lilianna avait-elle vraiment pu choisir son époux ?

— Est-ce à cause d'elle que le roi Éli a envahi l'Etta ?

Runa haussa les épaules.

— C'est une des théories. Par ressentiment.

— Ou peut-être parce qu'il l'aimait.

— On ne fait pas la guerre par amour.

Je me mordis la joue pour ne pas éclater de rire. Dans toutes mes lectures, l'amour rendait fous les gens les plus sains d'esprit. L'amour donnait de multiples raisons de faire la guerre, mais à quoi bon essayer de convaincre Runa ? Si elle se satisfaisait d'une union sans amour, c'était parfait. Parfois, je regrettais de ne pas lui ressembler sur ce point.

Certains noms avaient été raturés au fer rouge dans la lignée d'Arvad Férus. Ses enfants. Comme si le roi Éli avait voulu brûler toute preuve qu'une Timorane s'était accouplée à un Être de la Nuit.

— Ils ont eu beau gratter le parchemin, ils n'ont pas réussi à effacer les symboles, commenta Runa.

Elle désigna les marques noircies. De fait, à côté des noms manquants, on distinguait encore les symboles correspondant à leurs titres. Une rune pour le soleil, une rune pour la beauté, une rune pour les ténèbres. Bien qu'on ait voulu effacer leurs noms de l'Histoire, il restait assez d'écrits sur la famille royale ettane pour que la plupart des Timorans comprennent l'allusion aux trois héritiers d'Arvad. La rune du soleil correspondait à l'héritier présomptif, Sol, le Prince Soleil. La rune de la beauté, au second enfant : une fille. Dans un ouvrage sur les guerriers ettans, j'avais lu que la reine Lilianna avait appelé sa fille Herja, d'après le nom d'une belle et jeune guerrière du Père de toutes Choses. Quant à la troisième rune, la rune des ténèbres…

— Le Prince de la Nuit, marmonna Runa avec amertume. Tu sais que c'est l'idée qu'il soit encore en vie quelque part qui motive ces maudits Agitateurs ?

Mon regard tomba sur le troisième nom noirci. Les écrits historiques faisaient surtout mention du troisième héritier d'Arvad : Valen Férus. Sans doute parce qu'on pensait qu'il était le seul enfant fae du dernier roi ettan. Les Agitateurs vénéraient leur Prince de la Nuit, affirmant que ses pouvoirs lui avaient sauvé la vie. D'après eux, ce territoire ne serait jamais prospère et finirait par disparaître comme l'Ancien Timoran si leur héritier légitime n'accédait pas au trône. Si c'était vrai, où était-il ? Qu'attendait-il pour se manifester ? Et si le Prince de la Nuit avait survécu grâce à ses pouvoirs, comment expliquer que son père, Arvad, ait été tué ? Le dernier roi ettan possédait pourtant une Furie puissante, à en juger par la farouche résistance qu'il avait opposée lors des attaques timoranes.

On frappa à la porte. Siv ! Absorbée par le parchemin, j'avais presque oublié que mon amie avait été menacée – en apparence, du moins – la nuit dernière. Il fallait que je lui parle.

— Kvinna Élise, dit-elle selon la formule consacrée. Herr Gurst est arrivé et il souhaite s'entretenir avec vous.

Runa pouffa.

— Ça commence, Ma Sœur. Le défilé des prétendants. Viens, j'attends ça depuis que Père a fait de toi ma pupille.

De mauvaise grâce, je les suivis, elle et ses femmes de chambre. Au passage, je murmurai à l'oreille de Siv :

— Comment vas-tu ?

— Très bien, répondit-elle, affichant son habituel air renfrogné.

— Siv, il faut que je te parle de la nuit dernière.

Son regard fit un brusque aller-retour vers le mien.

— On pourra en parler plus tard. Pour le moment, tu ne dois te soucier que d'une seule chose.

— Laquelle ?

Siv s'arrêta devant la porte d'un des petits salons.

— Tu dois savoir que Gurst a été très clair : sa décision est prise, il veut se marier avec toi. Mais je te préviens, l'homme n'a plus de dents et il pue comme s'il avait été vomi par une baleine. On entre ?

Encore plus pâle, encore plus nauséeuse, je la suivis dans le petit salon.

9

— Et j'en ai encore d'autres chez moi, ma chère petite, susurra Willem Gurst.

Pour la cinquième fois, le petit bonhomme ventripotent me désigna son cabriolet rouge orangé dont les roues étaient peintes en or véritable, comme il me le précisa.

— Mon domaine s'étend sur deux cents longueurs carrées dans la région des Lacs Rubans : une propriété dont toute femme rêverait de s'enorgueillir.

Je souris, mais mon sourire devait ressembler à une grimace. Je m'éventai avec un mouchoir blanc dans l'espoir de repousser de mes narines l'écœurante odeur de pourri que dégageait l'haleine de Gurst.

— Et puis, il y a la pêcherie… Vous ai-je dit que j'avais pas moins de quatre-vingt-dix employés à mon service ? Sans parler bien sûr des nombreux serfs qui travaillent sur les différents domaines et des…

— Oui, le coupai-je. Oui, Herr Gurst. Vous m'avez tout décrit par le détail. Tout à fait impressionnant.

Maudits enfers ! Ce type si fier de sa pêcherie se vautrait-il dans le sang et les entrailles de poisson ? Ne se lavait-il donc jamais ? Comment un être humain pouvait-il ne pas avoir conscience de sa propre odeur ?

Gurst me gratifia d'un sourire édenté, prit ma main gantée et la baisa.

— Ah ! Je vous ai donc donné largement de quoi rêver cette nuit. J'espère revenir vous voir demain, Kvinna.

— Euh...

Je regardai Siv et Mavie qui attendaient dans l'escalier.

Mais ce fut Runa qui pouffa avant de s'éclaircir la voix.

— Toutes mes excuses, Herr. Mais Kvinna Élise a d'autres prétendants à recevoir. Vous comprenez, j'en suis sûre.

Gurst parut hautement contrarié, mais comment aurait-il pu discuter la glorieuse tradition timorane qui voulait qu'on mette une princesse aux enchères, comme une esclave ?

— Bien entendu. Je vous promets, ma chère, de revenir vous rendre visite à la première occasion.

Pitié, par les dieux, n'en faites rien !

Gurst reparti dans sa calèche, je m'autorisai à décrisper les épaules et fis un grand sourire à Runa.

— Je pourrais t'embrasser, ma sœur !

Elle gloussa et écarta ma gratitude du revers de la main.

— Je t'en prie. Si je l'ai renvoyé, c'est par pur égoïsme. Si Herr Grey te choisissait un époux aussi malodorant, je serais forcée de couper les ponts avec toi. Jamais je ne l'autoriserais à mettre les pieds à Flèche-Corbeau.

La visite de Gurst s'étant prolongée, la brume du crépuscule drapait déjà les arbres. Runa se retira, laissant à mes femmes de chambre le soin de me préparer pour la nuit. Enfin, j'allais avoir la possibilité de parler à Siv. Je jetai un regard en direction du cottage de Légion et fronçai les sourcils. Les fenêtres étaient toujours obscures, pas le moindre signe de vie. Je ne pouvais me défendre d'une certaine inquiétude pour son état de santé, quel que fût le mal dont il souffrait. D'un autre côté, j'étais toujours furieuse contre lui.

— Maudits cieux ! lança Mavie en refermant la porte de ma chambre. J'ai cru qu'il ne s'en irait jamais.

— Plains-toi, maugréa Siv. J'étais dans le sens du vent.

— C'était facile pour vous, protestai-je. Moi, en revanche, j'ai dû endurer un baiser sur la joue. La joue !

Rien que d'y penser, le visage me picotait encore, comme si un millier de bestioles grouillantes s'étaient insinuées sous ma peau.

Mavie éclata de rire en ouvrant les fourrures qui recouvraient mon lit.

— N'oublie pas d'en informer Herr Grey dès son retour : Gurst n'est pas le prétendant qu'il te faut.

À la mention de Légion, je jetai un coup d'œil à Siv, guettant une quelconque réaction de sa part. Je fus certaine de la voir tiquer.

— Crois-tu qu'il a été blessé la nuit dernière et qu'il n'en a rien dit ? me demanda Mavie en allumant la lanterne à mon chevet.

— Non, répondis-je, un peu trop vivement. Tu sais, je me dis parfois que Légion Grey n'est pas celui qu'on pense. Cet homme a des secrets, j'en mettrais ma main à couper.

Mavie parut y réfléchir, puis elle haussa les épaules.

— Je vais faire couler un bain. Tu dois avoir envie de te débarrasser de la crasse de cette journée.

— Tu lis dans mes pensées.

Mais ce que je voulais surtout, c'était parler à Siv entre quatre-z-yeux. Lorsque Mavie disparut dans la salle de bains, je sautai sur l'occasion.

— Siv, je t'ai vue parler avec Légion, la nuit dernière. J'ai vu comment il te menaçait. Vas-tu me dire ce qui s'est passé ?

Elle écarquilla les yeux.

— Tu as vu…

Elle secoua la tête et fit mine de retaper les oreillers.

— Non, Élise, tu as mal compris. Ce n'était rien. Légion Grey ne m'a pas menacée.

— J'ai vu l'expression de ton visage. Ils avaient tous dégainé leurs armes. Si Légion t'a fait du mal, je te jure que…

— Élise, il ne m'a rien fait, affirma-t-elle d'un ton cassant. Au début, il était… méfiant par rapport à moi, c'est tout.

— Méfiant, pourquoi ?

— Il me trouvait trop experte au combat pour une serve. Ça le tracassait en raison de notre amitié, tu comprends, il se faisait du souci pour toi. Mais quand il a compris son erreur, il, euh… ça s'est arrêté là.

Je pinçai les lèvres à me les faire blanchir.

— Tu lui as donc dit où tu avais appris à te battre.

Je ressentis une petite morsure de jalousie. Siv ne se confiait jamais sur son passé.

La tête inclinée sur le côté, elle soupira.

— Ça n'a rien d'exceptionnel, comme histoire. C'est mon père qui m'a appris à me battre, avant que je ne devienne serve.

Un frémissement me chatouilla la nuque, mettant tous mes sens en alerte. J'avais le sentiment que quelque chose m'échappait alors que je l'avais sous le nez. Pourtant, Siv ne m'aurait jamais menti. Aussi puissant que fût Légion Grey dans le monde du commerce, je lui étais supérieure de plusieurs rangs. S'il avait menacé Siv, elle aurait profité de son absence pour tout me raconter et le domaine Lysandre aurait aussitôt renvoyé un homme qui s'en prenait à ses serfs. Siv ne m'aurait jamais menti. Je devais lui faire confiance sur ce point. Si je ne pouvais plus me fier à Mavie, Siv et Mattis, alors je ne pouvais plus me fier à personne.

— Si tu me promets qu'il ne t'a rien fait…

— Je te le promets, dit Siv qui alla jusqu'à poser une main sur mon bras. Légion Grey ne constitue pas… une menace.

Quand mes amies se furent retirées, je me mis au lit. Les paroles de Siv tournaient en boucle dans mon esprit. Je ne pouvais me défaire de l'angoisse qui me nouait l'estomac. Je revoyais la façon dont Siv s'était raidie, le regard rempli de peur. La façon dont elle avait prononcé le mot « menace » entre ses dents.

Légion tourmenta mon esprit jusque tard dans la nuit. Il s'était montré arrogant, mais aimable. Hautain, mais sans prétention. J'étais si avide de bonté, en dehors du cercle restreint de mes amis, que je lui avais accordé ma confiance un peu trop facilement.

Mais que Légion ne soit pas digne de foi, j'avais du mal à le concevoir. Le cœur lourd, je tournai et retournai cette idée dans ma tête, jusqu'à ce que mon esprit épuisé finisse par déclarer forfait.

Je sombrai dans le sommeil.

Je dormais depuis quelques heures lorsque des mains me secouèrent rudement. Je ne distinguai d'abord que du flou, mais lorsque mes yeux se furent accommodés à la pénombre de ma chambre, je vis Mavie penchée sur moi. Elle avait les yeux agrandis de terreur.

— Élise, réveille-toi ! Vite ! Il faut se dépêcher !

— Qu'est-ce qui se passe ?

Je rejetai ma couverture en renard.

Le sang battait à mes tempes. Au loin, des voix retentirent dans le silence de la nuit. Des cris. Je me précipitai à la fenêtre et sentis le sang se retirer de mon visage.

Au-delà des buttes, aux portes du domaine, les patrouilles se précipitaient vers d'épais nuages de fumée noire. Les langues rouge sang qui s'élevaient des collines projetaient dans le ciel de minuit le combat que se livraient les flammes et les ombres. Des serfs traversaient les jardins en hurlant pour aller se réfugier dans les caves principales. On aurait dit qu'ils avaient le diable aux trousses.

— Mavie, haletai-je. Qu'est-ce qui se passe ?

Ses doigts se crispèrent sur sa chemise de nuit élimée, elle avait les larmes aux yeux.

— Les Agitateurs... ils sont en train d'envahir le Bas Mellanstrad ! Les gens disent qu'ils viennent ici !

— Quoi ?

— Élise, certains... certains serfs disent que parmi les arbres, ils ont vu... un homme portant un masque rouge.

Non. Le sol tangua sous mes pieds.

— Le Spectre sanglant ?

Sans me répondre, Mavie ramassa ma cape qui était restée par terre.

— On doit t'emmener dans les caves. Plus on tarde, plus on court le risque qu'un Agitateur franchisse les portes du domaine.

La peur d'affronter le démon qui hantait mes cauchemars céda la place à une autre forme de panique : le domaine risquait d'être envahi.

— Les caves ? Non ! On doit aider les gardes à repousser les Agitateurs !

— Élise, tu es une Kvinna.

D'un geste résolu, je tirai un coffret en bois de sous mon lit.

— Oui. Et je saigne comme les autres.

La porte s'ouvrit à toute volée et Siv s'encadra dans l'embrasure au moment où je jetais sur mon épaule un petit arc et cinq flèches de foudre en forme d'éclairs.

— Qu'est-ce que tu fais encore ici? aboya-t-elle. Tu crois que ta mère va t'attendre pour verrouiller les caves?

— Non. Et justement, puisque je ne suis d'aucune importance à ses yeux, autant que j'aille me battre pour ceux qui n'ont pas les moyens de se défendre. Je vais à l'ancienne chapelle. C'est de son clocher qu'on a le meilleur point de vue sur les quartiers d'en bas.

— Élise, fit Mavie d'un ton inquiet.

— Restez à l'intérieur du domaine, ordonnai-je. Trouvez-vous un abri et n'en sortez pas avant d'être sûres qu'il n'y a plus de danger.

Siv émit un reniflement de dégoût.

— Redis-moi de rester à l'écart, si tu l'oses, Kvinna.

Je réprimai un sourire.

— Très bien. On fonce, Siverie ! Prends un arc. (Je désignai le coffret ouvert, sans quitter Mavie des yeux.) Mavs ? Concentre-toi.

Mavie tremblait, les yeux agrandis de terreur. Elle secoua la tête.

— Je... je... je veux rester avec toi.

Je n'avais pas le temps de discuter. Cette nuit, notre destin dépendait de nos choix. J'acquiesçai brièvement, lui tendis un couteau et m'engageai dans les corridors. Siv et moi l'arc en bandoulière, Mavie munie d'une lame, armes censées nous défendre d'une bête capable de nous égorger toutes les trois d'un seul coup.

Le manoir était silencieux. Plongé dans le chaos. À peine éclairé. Une aura de tension électrisait le calme des chambres à coucher, mais le danger enveloppait la maison de telle sorte qu'on s'attendait à voir jaillir un poignard à chaque détour et à avoir la gorge tranchée à chaque instant.

À l'étage inférieur, les gardes de mon père étaient postés à chaque fenêtre, à chaque entrée. Les autres se dirigeaient d'un pas martial en unités serrées vers les portes du domaine. Ils portaient d'impressionnantes ceintures fines et noires sur l'épaule. Des fourreaux à poignards et à haches pendaient sur leur poitrine. Certains s'étaient coiffés de tête de renne ou d'ours. Tels les guerriers de mon arrière-grand-père, le roi Éli. C'était un spectacle magnifique. Si nous n'avions pas été en danger de mort, je me serais arrêtée pour me repaître avec fierté du tempérament guerrier qu'ils affichaient cette nuit.

— Par ici.

Je désignai l'étroit corridor qui menait aux cuisines et aux treillis du côté est. Nous rasions les murs en silence. Dehors, l'air froid me sauta au visage, me donnant la chair de poule. La fumée qui montait des tours de guet pour avertir le Haut Mellanstrad du danger accentuait encore la chaleur de l'air déjà suffocant.

Des serfs se ruaient hors des cottages. Des gardes couraient vers les portes du domaine. Des cris déchiraient la paix de la nuit et ajoutaient au chaos. Je ne parvenais pas à repérer l'origine des voix, je ne distinguais pas les Agitateurs. Mais si nous étions les souverains de ce territoire, nous devions nous battre pour notre peuple. Pas nous terrer dans une cave humide en abandonnant des innocents à la mort.

Toutes ces nuits où j'avais fait le mur pour m'enfoncer dans la forêt allaient m'être bien utiles.

D'instinct, je me dirigeai vers les arbres, Siv et Mavie sur mes talons. L'air était chargé d'embruns. Mes cheveux me collaient au front. Je vacillais à chaque pas, mais continuais sans ralentir. La fumée obscurcissait le chemin, mais nous arrivâmes bientôt devant la chapelle en roches grises du manoir.

Son clocher qui se dressait au-dessus des remparts du Haut Mellanstrad permettait de distinguer les ruelles étroites entre les bâtiments, mais aussi une bonne partie de notre domaine. L'ancienne chapelle avait été construite en lisière des arbres. À la vue des ombres qui peuplaient la forêt, je fus rattrapée par l'angoisse. Ma nuque se hérissa, comme si des yeux invisibles absorbaient notre image.

Je chassai mes appréhensions et tirai de toutes mes forces sur la poignée de la lourde porte en bois.

Les gardes de mon père étaient postés devant les murs et les tours de guet afin de protéger notre précieux sang royal, mais le clocher n'était pas surveillé. Bien. Je n'aurais pas besoin de craindre l'intervention des patrouilles qui me traitaient comme une figurine en verre filé.

— Vite, dis-je en tenant la porte à mes amies.

Siv ajusta une flèche à son arc et entra dans l'obscurité de la chapelle, Mavie sur ses talons.

J'allais les suivre, mais je fus stoppée dans mon élan.

Je dus hurler car la gorge se mit à me brûler, mais mon cri avait été couvert par la sourde pulsation du sang qui battait à mes tempes.

Avant que j'aie pu comprendre ce qui se passait, une main puissante me saisit le bras, m'arracha à la chapelle et m'entraîna dans la nuit.

10

Je fouettai l'air de ma flèche de foudre, cherchant à atteindre mon assaillant. Mon attaque frénétique fut bloquée. Je chancelai, transperçai le vide, lacérai l'espace, luttant pour me libérer.

— Kvinna ! Stop ! Élise !

Stupéfaite, je me figeai, ma flèche brandie au-dessus de la tête. Halvar m'agrippait le poignet, m'empêchant de lui trancher la gorge. Il respirait fort, l'autre main levée comme pour parer un autre coup.

— Halvar… Mais qu'est-ce que tu…

— Je suis venu m'assurer que vous n'étiez pas en danger. Je vous ai vue en train de courir. Par ici, Kvinna ! Ils ont verrouillé les caves, mais il y a une trappe dans les écuries qui…

— Je ne m'enfuis pas, Halvar, dis-je en brandissant à nouveau ma flèche de foudre. Je me bats !

Le cocher parut surpris, mais il fronça le sourcil.

— On m'a demandé de vous mettre en lieu sûr.

— Qui ça, Légion ? Où est-il ? (Je regardai par-dessus mon épaule comme s'il pouvait surgir du sol.) On m'a dit qu'il était souffrant et que tu étais parti avec lui.

— C'est vrai, reconnut Halvar, en empoignant une hache à sa ceinture, tandis que les bois résonnaient de hurlements. Il se remet, à la ville.

— Alors, il est en danger, dis-je, la gorge serrée. Les Agitateurs viennent de la ville !

Halvar me considéra l'espace d'un soupir et un sourire se dessina lentement sur ses lèvres.

— Soyez sans crainte, Kvinna, Légion Grey sait se défendre. Vous comptez vraiment vous servir de ça ?

Je suivis son regard posé sur l'arc que je tenais à la main.

— Je ne l'ai pas emporté pour faire joli, Halvar.

Le cocher gloussa et fit tourner la hache dans sa main.

— Avec tout le respect que je vous dois, Kvinna, vous n'êtes pas banale.

Je le gratifiai d'un sourire narquois et m'engouffrai dans la chapelle. L'endroit était désaffecté. Ma famille mettait un point d'honneur à pratiquer le culte en ville, en pleine lumière. Là où elle pouvait être elle aussi adorée et vénérée à sa manière.

L'intérieur de la chapelle sentait la poussière des vieux parchemins ; sur les bancs, les coussins tombaient en lambeaux.

Nous nous précipitâmes vers l'escalier et passâmes derrière l'autel des dieux pour atteindre l'escalier qui menait en haut du clocher.

Halvar me sidérait. Il se déplaçait avec agilité, comme s'il était né pour se battre, pas pour nourrir les juments et réparer les calèches. Il faudrait que je l'interroge sur son passé, mais plus tard. Pour le moment, je lui étais reconnaissante de savoir manier la hache avec autant d'adresse. Qu'avait dit Légion durant notre entraînement de la veille ? Halvar ne perdait jamais un combat.

Siv nous rejoignit en haut du clocher. Elle jeta un regard noir à Halvar. Qui le lui rendit.

Comme un coup de poing dans la poitrine, je me souvins que je devais demander des comptes à Légion à propos de son attitude envers mon amie. Mais cela ne me semblait plus très important maintenant. Je m'en voulais de m'inquiéter pour Légion. Je m'en voulais de regretter qu'il ne soit pas ici, mais j'aurais aimé le savoir indemne, en vie. Quand tout serait fini, je lui dirais ma façon de penser.

Du haut du clocher, près de la vieille cloche fêlée, les patrouilles étaient plus faciles à distinguer. Elles s'étaient concentrées sur le côté nord du domaine, là où la forêt était la plus dense et où les monts émergeaient des frondaisons. Au manoir, toutes les lanternes avaient été éteintes. Les serfs avaient déserté les pelouses. Pourvu qu'ils aient trouvé un endroit où se réfugier !

J'allais interroger Halvar sur la situation quand les portes du domaine se mirent à grincer et à craquer, en contrebas. Je sursautai. Des gardes beuglaient des ordres. J'ajustai une flèche de foudre et me tins prête à tirer.

— Grands dieux, souffla Mavie.

Les portes oscillèrent, se fendirent et, très vite, nos gardes furent neutralisés. Un essaim d'hommes vêtus de sombre envahit les pelouses. Ils attaquaient les patrouilles avec des épées dentelées, des pieux et des massues grossièrement taillés. Des Agitateurs, peut-être, mais qui se comportaient comme des chiens enragés.

Mavie hurla lorsqu'un homme sauta voracement à la gorge d'un des gardes. Mon ventre se contracta de colère quand l'Agitateur acheva le garde à la lame. Son menton dégoulinait de sang.

Siv était horrifiée.

— Mais c'est quoi, leur problème ?

Je bandai mon arc à hauteur de joue. Mon cœur battait à tout rompre, mais je me forçai à garder un calme apparent. Mon devoir, c'était de protéger cette terre. Ces gens.

— Je ne sais pas, mais ils n'ont rien à faire ici.

Je décochai ma flèche de foudre.

Elle s'enfonça profondément dans le bras de l'Agitateur. Le fait que je refuse de me tourner les pouces pendant que les autres se battaient ne faisait pas de moi une archère aguerrie. Je maniais assez bien le poignard, mais Mattis avait à peine commencé à m'apprendre le tir à l'arc. Heureusement, Siv rattrapa mon tir raté. Sa flèche alla se planter dans le crâne de l'Agitateur.

L'ennui, quand on tire sur un manoir assiégé, c'est qu'on trahit sa position. Mavie prit une brusque inspiration et retint son souffle, terrifiée, en voyant des Agitateurs foncer sur la chapelle. Leurs mouvements étaient étrangement raides et désordonnés. Pourtant, ils se déplaçaient avec célérité.

— Enfer ! siffla Halvar. Repoussez-les tant que vous pouvez ! Je descends à la porte.

Les mains tremblantes, je bandai mon arc. Il me restait quatre flèches de foudre. Il fallait que chacune fasse un maximum de dégâts. Un Agitateur revêtu d'une peau d'ours noir considéra le clocher d'un œil mauvais. Les feux des tours de guet jetaient sur sa face un rougeoiement sanglant. Sa bouche se tordit en un rictus de mépris, révélant des lèvres et des dents tachées d'un liquide noir et huileux. Ses yeux, en revanche, étaient mats et obscurs comme de la poix. Même les flammes n'arrivaient pas à se refléter dans ses pupilles.

Siv le regardait avec horreur.

Je m'humectai les lèvres et visai l'Agitateur, m'efforçant de faire abstraction des bruits de carreaux brisés et d'étagères fracassées, en bas. Et de l'angoisse que j'éprouvais pour Halvar.

— J… j… je dois aller à son secours, bégaya Mavie.

— Non, Mavs ! m'écriai-je. N'y va pas ! Contente-toi de te défendre.

— Je sais aussi me battre !

Mavie releva la tête et se précipita dans l'escalier en colimaçon, délaissant les cloches pour redescendre dans la chapelle.

— Maudits enfers !

Je me forçai à détourner le regard du gouffre béant qui avait avalé Mavie et inclinai mon arc sur les Agitateurs qui commençaient à grimper au clocher.

Les flèches de Siv sifflaient dans l'air. Plusieurs Agitateurs s'écroulèrent. L'une de mes flèches de foudre toucha une Agitatrice à la cuisse. Elle s'effondra dans un bruit sourd et révoltant. L'avais-je tuée ? Un haut-le-cœur me souleva l'estomac, mais déjà un autre Agitateur escaladait la rambarde.

— Élise ! hurla Siv.

Je me jetai à terre. Brandis ma dernière flèche de foudre. Le menton de l'Agitateur dégoulinait de bave noire. Il avait le regard fou, mais continuait de se battre avec adresse. Il abattit son pieu sur moi. Je roulai sur le côté, esquivant le coup de justesse. Il revint à la charge.

Je lui plantai ma flèche dans la cuisse. Il partit en arrière et j'en profitai pour lui expédier un coup de pied dans le genou. Il s'écroula, mais parvint à m'agripper la cheville. Je tentai de m'en débarrasser à coups de pied, sans succès.

Il marmonna quelque chose – ou plutôt émit un gargouillis – avant de m'enfoncer son pieu dans le côté du pied. Je hurlai de douleur. Des taches noires se mirent à danser devant mes yeux. Je retins ma respiration, serrai les dents et tentai de me concentrer sur ma riposte. D'un geste vif, je zébrai l'air de ma flèche de foudre. L'Agitateur tituba et m'arracha le pieu du pied.

Une lumière brûlante, aveuglante, emplit mon cerveau. La tête me tournait. La bile m'embrasa l'arrière-gorge. Il était hors de question que je meure comme ça ! Il me restait trop de mystères à élucider. Je me traînai en arrière malgré mon pied blessé. La douleur m'incendia les veines.

L'Agitateur leva son pieu pour me donner le coup de grâce. Je fermai les yeux.

Soudain, il se mit à tousser. Son souffle devint rauque et il émit un bruit étranglé. Je rouvris les yeux juste à temps pour le voir tomber à genoux. Il fut pris de convulsions. De la bave noire s'échappait de ses lèvres. Ses yeux se révulsèrent. Des veines sombres saillirent sous sa peau.

Je m'écartai de lui. Des pas lourds résonnèrent dans l'escalier et Halvar et Mavie apparurent. Haletants. Halvar couvert de sang sombre, Mavie tremblante, mais agrippant son poignard avec force. Nous regardâmes, horrifiés, l'Agitateur chercher désespérément son souffle. Dans un dernier râle, il se figea. Une mare de liquide noir s'étala sous son corps. Comme si sa sueur et son sang s'étaient transformés en encre.

— Par les enfers, qu'est-ce qui se passe ? s'exclama Siv.

En contrebas, les Agitateurs qui se battaient contre les gardes de mon père tombaient au sol un par un.

C'était à n'y rien comprendre. Je fouillai du regard les arbres environnants, en quête de réponses.

J'en trouvai une.

Et me tétanisai d'épouvante. L'espace d'un soupir – guère plus de deux battements de cœur –, un masque rouge sang jaillit de l'obscurité. À cette distance, je ne pouvais pas distinguer ses yeux sous le capuchon sombre, mais la lueur des flammes éclaira le tissu rouge qui lui masquait la bouche et le nez, fit briller la lame de ses haches noires.

— Par les dieux et les enfers ! hoqueta Siv. Ce n'est pas le… ?

Mais le Spectre sanglant avait déjà disparu.

Il était revenu. Sur mes terres. Pour me tuer.

Débarrassés des Agitateurs, les gardes sécurisaient l'extérieur de la chapelle. Entre-temps, le Spectre sanglant était reparti comme une ombre vers l'enfer d'où il s'était échappé.

— Kvinna, fit Halvar d'une voix étranglée.

Sa main m'effleura l'épaule, je sursautai. Mon corps tremblait de façon incontrôlable.

— Tu l'as vu ?

Halvar tourna la tête vers l'endroit où le Spectre sanglant avait disparu. Je n'avais pas besoin de réponse, son regard était assez éloquent. Pourtant, il articula :

— Un sosie. Pour faire peur aux gens.

Je n'en croyais rien. Personne ne réchappait des griffes du Spectre sanglant, jamais. Après tout ce temps, il était venu terminer le travail. Mais ça, tout le monde l'ignorait. Et le pire, c'était que si le Spectre sanglant voulait ma mort, tous mes proches étaient en danger.

— Élise, dit Halvar avec douceur. Vous êtes blessée.

Je baissai les yeux sur mon pied. Ma botte était imbibée de sang mais je ne sentais plus la douleur.

— Je survivrai.

Halvar esquissa un sourire prudent.

— N'empêche, dit-il, en m'aidant à me relever. Il faut soigner ça. J'ai quelques onguents… clandestins, aux écuries.

Je souris pour tenir les larmes à distance.

— Clandestins, genre interdits.

— Genre illicites. Alors motus et bouche cousue, compris ?

— Ne parle pas comme ça à la Kvinna ! gronda Mavie.

— Mavs, on a tous failli mourir. Laissons tomber les politesses pour le moment, répliquai-je.

J'entrepris de redescendre tant bien que mal du clocher, soutenue par le cocher.

— Halvar, murmurai-je dans l'escalier, j'ai vu le Spectre sanglant. Je crois… je crois qu'il est venu pour moi.

Qu'est-ce qui m'avait pris de le dire à haute voix ? J'avais peut-être besoin de me confier à quelqu'un. Halvar était un homme discret, mais il n'avait pas hésité à venir se battre à nos côtés. Pour le moment, il était aussi digne de confiance qu'un autre.

Il fronça les sourcils.

— Le Spectre sanglant ne vient pour personne en particulier.

— Tu penses donc que c'était lui, toi aussi ?

— Non, s'empressa-t-il de répondre. Non. Je ne le pense pas. Simple curiosité de ma part : qu'est-ce qui vous fait croire qu'il est venu pour vous ?

Je tressaillis de douleur et pinçai les lèvres de toutes mes forces en descendant la dernière marche. Je secouai la tête.

— Aucune importance.

Halvar hésita. Resserra son bras autour de ma taille.

— Je vous jure, Kvinna Élise, que jamais nous ne le laisserions vous faire du mal. Jamais.

— Nous ?

— Vous me comprenez.

Je souris. Légion.

J'avais beau être furieuse contre lui, il avait envoyé Halvar à mon secours, alors qu'il était malade. Bien sûr, on pouvait dire qu'il ne faisait que protéger ses intérêts, mais si on m'avait posé la question, j'aurais répondu que Légion était un type bien et qu'il se souciait sincèrement de moi.

Mon instant d'attendrissement céda la place à un profond sentiment d'accablement. Le Spectre avait-il jeté un sort aux Agitateurs ? Pourquoi s'étaient-ils conduits si… étrangement ? Qu'était donc ce fluide noir qui s'échappait de leur corps ? Comme si leur sang avait été frelaté.

— Qu'est-ce qui les a tués, Halvar ? Les Agitateurs. Ils sont tous tombés d'un seul coup.

Halvar croisa mon regard mais garda le silence. La gorge nouée d'angoisse, je frissonnai. La Furie.

Le Spectre sanglant possédait-il la Furie ? Était-ce lui qui avait massacré les Agitateurs ? Par les enfers, étaient-ce seulement des Agitateurs qui nous avaient attaqués ?

En tout cas, une chose était sûre : si la Furie se levait sur ce territoire, le sang n'avait pas fini de couler.

11

L'aurore apporta des nuages sombres, de la brume et un vent marin qui ajoutèrent à mon humeur massacrante. Mon pied me faisait souffrir, mais l'onguent concocté par Halvar avait déjà refermé la plaie. Cette pâte cicatrisante tirait sur les fibres de ma chair déchirée et la suturait comme un fil et une aiguille – je le sentais à ma peau qui picotait.

Je m'abstins de questionner Halvar au sujet de son onguent, mais s'il était illicite, nul doute qu'il contenait un zeste de Furie. Des plantes médicinales, peut-être, cueillies dans les montagnes du roi, là où les gens du commun n'avaient pas le droit d'aller. Avant l'aube, un bûcher funéraire avait été allumé sur la pelouse de derrière. Mon père avait exigé que Runa et moi demeurions à l'intérieur. Selon son message, la mort d'un simple garde ne devait pas troubler notre quotidien. Le front contre la vitre en verre bullé de ma fenêtre, je regardai les flammes lécher le ciel, les poings serrés le long du corps.

Ce garde avait défendu le manoir au prix de sa vie. Il aurait mérité que sa dépouille soit mise à l'eau dignement sur son bûcher funéraire, et non incinérée à la sauvette dans un coin du domaine.

La culpabilité me tordit le ventre. J'aurais préféré que pas une seule vie ne soit perdue, mais aux dernières nouvelles, le garde qui avait été mordu à la gorge était le seul à être tombé au combat. Du côté des Agitateurs, en revanche, les cadavres se comptaient par dizaines. Ma famille était restée terrée dans les caves. Les serfs, eux, s'étaient réfugiés dans les écuries, dans les arbres, sous les lits. Nos gardes s'étaient battus avec vaillance et un messager de Flèche-Corbeau avait déjà fait savoir que les hommes qui avaient défendu la sœur du roi seraient mis à l'honneur lors d'une fête au château, dans les semaines à venir.

Pour ma part, j'aurais voulu pouvoir passer les jours suivants au fond de mon lit, enfouie sous les fourrures et les courtepointes.

Personne ne semblait perturbé par l'attaque dont notre maison avait fait l'objet. Le conseiller commercial de mon père traitait l'affaire par-dessus la jambe. J'avais même surpris des hommes ventripotents en train d'en rire. Ce qui les étonnait, c'était que nous n'ayons pas été attaqués plus tôt.

Les serfs, eux, vaquaient à leurs occupations. Bevan avait à peine fait mention des événements mais la peur habitait son regard. Une peur dont il refusait de parler.

Même à moi, en dépit de mon insistance.

La seule chose qui dérangeait Runa, c'était qu'on ait interrompu son sommeil. Cela me dépassait. Pour ma part, je ne pensais qu'à ça. La bave noire. La manière dont les Agitateurs se déplaçaient. Le Spectre sanglant, surtout, me hantait. Mais dès le lendemain après-midi, les Lysandre n'avaient plus qu'une seule préoccupation en tête : mes accordailles, une fois de plus.

Deux prétendants avaient été autorisés à me rendre visite. Ni l'un ni l'autre ne s'enquit de l'attaque.

Herr Svart revint me voir et me demanda si j'avais apprécié le savoir-faire avec lequel avait été fabriquée la boîte à bijoux qu'il m'avait offerte. En fin de compte, il passa toute sa visite à se congratuler pour sa finesse – selon son propre terme – qui lui permettait de percer les désirs complexes des femmes. Ensuite, cet imbécile se mit à m'interroger sur l'éducation des petits, me posant des questions auxquelles je n'avais pas un seul début de réponse.

Par défi, je lui déclarai que selon moi, leur place était à l'orphelinat, ce qui n'eut pas l'heur de lui plaire.

— Ellis a entendu ce que tu as dit, tu sais, me murmura Mavie à l'oreille après que Svart eut quitté le manoir en trombe, fou furieux, incrédule et bien décidé à mater la sauvagerie qui habitait sa future épouse.

Je m'étais alors précipitée dans les cuisines où Arabella secondait la cuisinière et j'avais donné deux tartelettes aux fruits à son fils, en lui répétant que Kvinna Élise racontait souvent des bobards aux imbéciles. Je n'eus le cœur tranquille que lorsque le petit garçon m'eut gratifiée de son sourire plein de dents et offert quelques-unes des airelles rouges qui décoraient les tartelettes.

Mon second prétendant était un jeune marchand maritime qui avait hérité de la fortune de son père. Wilder Kage n'était pas mal de sa personne, mais il avait la réputation de coucher avec tous les jupons qui passaient et d'abandonner ses malheureuses conquêtes couvertes de bleus.

Même mon père parut content de le voir repartir.

Dès que la porte se fut refermée sur Wilder Kage, je m'avachis dans le fauteuil rembourré, les jupes relevées jusqu'aux genoux et les jambes écartées. Si elle m'avait vue, ma mère aurait été outrée.

Je savourais quelques minutes de bienheureuse solitude quand la porte du salon s'ouvrit sur Runa, flanquée de ses femmes de chambre.

— Éli, tu as de la visite.

Un gémissement m'échappa.

— Oh, non… de grâce !

— Toutes mes excuses, Kvinna. Je peux revenir une autre fois.

Je rabattis précipitamment mes jupes et me retournai dans mon fauteuil.

— Jarl, dis-je, les joues brûlantes. Veuillez m'excuser, la journée a été… bien remplie.

Jarl entra dans le salon d'un pas décidé, les mains vides. Il ne cherchait pas à m'impressionner, ne m'avait apporté aucune babiole en témoignage d'affection. Il portait son gambison militaire noir et un pantalon cramoisi. Il s'assit en face de moi et me considéra avec des yeux pétillants d'amusement.

— C'est ce qu'on m'a dit. Pardonnez-moi, mais il fallait que je sache si vous alliez bien. J'ai appris que le domaine avait été attaqué.

Je hochai la tête.

— Oui. Nous avons eu très peur, mais la vie continue.

— Vous êtes blessée ?

Je secouai la tête. Je n'avais pas la force de lui parler de ma blessure au pied ni de son étrange guérison.

— Non, je n'ai rien.

Jarl me sourit avec douceur et vint s'asseoir à côté de moi.

— Vous devez être fatiguée, et je sais que deux autres prétendants sont passés vous voir. À vrai dire, j'ai hésité à venir, sachant que vous aviez déjà eu plusieurs visites.

Je me redressai sur mon siège.

— Mais vous êtes venu.

Les joues de Jarl se colorèrent légèrement.

— Si je vous disais que c'est parce que je voulais m'assurer de mes propres yeux que vous alliez bien, et discuter avec vous comme avant, me croiriez-vous ?

Je dévisageai Jarl longuement. Ne sachant quoi répondre à sa question, je me levai.

— On va se promener ? J'adore sortir tout de suite après un orage.

Jarl me donna le bras et nous entrâmes dans la roseraie. Ma mère avait fait paver les allées de pierres de rivière blanches et laissé les églantiers pousser en buissons enchevêtrés. Elle préférait les roses à l'état sauvage, elle trouvait leur beauté plus impressionnante. L'air était imprégné de sel et du parfum des fleurs ; la fraîcheur de la mer me faisait l'effet d'un baume sur la peau.

Il y avait quelques heures à peine, la mort et le sang maculaient encore les pelouses, mais sur l'insistance de ma mère, les jardins avaient déjà retrouvé leur beauté naturelle. Seules quelques traces sombres sur les pierres suggéraient qu'il s'était passé quelque chose de grave.

— C'est vraiment ravissant, commenta Jarl en contemplant les divers buissons.

Je m'arrêtai.

— Jarl, vous n'êtes pas venu ici pour admirer des églantines. Et si vous alliez droit au but ?

— C'était bien mon intention. Posez-moi toutes les questions que vous voulez, j'y répondrai.

— Pourquoi prétendez-vous à ma main ?

Je n'y étais pas allée par quatre chemins : je voulais savoir. C'était sa réponse à lui qui m'intéressait le plus, car parmi tous les prétendants qu'il m'avait fallu recevoir, Jarl semblait être celui qui me rendrait la moins malheureuse, et vice versa.

Aussitôt, le visage de Légion s'imposa à mon esprit, sans que je comprenne pourquoi. Mais j'aurais tout loisir de creuser la question plus tard… C'était sans doute à mettre sur le compte de ma frustration. Il n'était toujours pas revenu.

Voyant Jarl se balancer d'un pied sur l'autre d'un air mal à l'aise, je compris qu'il prenait ma question très au sérieux et réfléchissait à la réponse à me donner.

—Nous nous connaissons depuis des cycles, tous les deux, finit-il par déclarer en pesant ses mots. Je vous admire, Élise, depuis toujours. Vous ne craignez pas de penser par vous-même.

—J'ignore si c'est une qualité très séduisante chez une épouse, en tout cas aux yeux de la plupart des hommes.

Jarl sourit et caressa du pouce un pétale de rose velouté.

—Peut-être pas, mais les choses sont en train de bouger, au Timoran. Une femme qui voit plus loin que ce qu'on attend d'elle, qui s'adapte au changement, c'est exactement le genre d'épouse que je veux. Et le fait qu'elle soit jolie ne gâte rien…

Jarl me fit un clin d'œil et pour la première fois depuis l'aurore, je souris.

—Certes, une femme casanière, aussi brillante soit-elle, ne conviendrait pas à un homme tel que vous.

—Surtout qu'en plus, je ne suis pas mal de ma personne.

—Naturellement. Ce serait un péché de gâcher un visage aussi beau que le vôtre !

—Une vraie pitié, en effet.

Mon cœur s'allégea et je me détendis un peu. Quand Jarl prit mes mains dans les siennes et me regarda droit dans les yeux, je me sentis presque à l'aise.

—Blague à part, je pense que nous ferions un beau couple, Élise. Le Timoran se renforce, évolue, et je compte bien contribuer à sa prospérité. Vous nourrissez des ambitions semblables aux miennes, je pense.

Mon sourire s'envola. L'ambition, encore et toujours. Runa n'avait que ce mot-là à la bouche. Je retirai mes mains de celles de Jarl et me tournai vers un églantier presque aussi grand que moi. Du bout des doigts, je tapotai la pointe de ses épines, comme pour les mettre au défi de faire couler mon sang.

— Quels changements envisagez-vous pour le Timoran ?

Jarl vint à mes côtés, les mains dans le dos.

— Une nouvelle aube. Je veux un Timoran qui ne craigne plus la Furie de cette Terre. Un Timoran qui use des pouvoirs que les dieux lui ont donnés au lieu de chercher à les détruire ou à les dissimuler.

Je lui exprimai ma confusion.

— Vous voulez parler des Êtres de la Nuit ?

— Entre autres choses. Dans ce royaume, il est un pouvoir qui demeure caché, à cause de la peur qu'il suscite. Et ce pouvoir, nous avons préféré le laisser aux mains de nos ennemis des ténèbres qui, eux, n'hésitent pas à en tirer profit.

Je repensai à la noirceur de la nuit dernière. Était-ce par la violence que les Faes des ténèbres avaient entrepris de restituer la Furie à cette terre ?

— Mais ce ne sont pas les Timorans qui ont reçu la Furie des dieux, objectai-je. Ce sont les Ettans. Les Faes. Comment un Timoran dénué de tout pouvoir magique pourrait-il maîtriser la Furie à sa guise ?

— Les Agitateurs sont en train de monter en puissance, Élise. Or, ils vénèrent la Furie. À mon avis, le seul moyen de les amadouer, c'est justement d'user de ce qu'ils vénèrent. Vous savez, j'ai appris beaucoup de choses sur la Furie au cours de mes voyages dans les royaumes voisins, et je peux vous dire qu'elle varie selon les lieux. En réalité, ce monde recèle de nombreux pouvoirs, Élise. Pensez-y. (Jarl me prit à nouveau les mains, les yeux brillants.) Si nous pouvions unir la Furie à la force du peuple timoran, notre royaume connaîtrait peut-être enfin la paix ! Car je vous le demande : à quoi bon s'évertuer à détruire ce que les dieux ont donné à cette terre ? C'est une politique stérile.

Je tentai d'y voir clair.

— Vous n'approuvez pas le roi et ses carrières ?

La mâchoire de Jarl se contracta.

— Certaines de ces pratiques sont fondées sur la peur, voilà ce que je pense. Le prince Calder, au contraire, estime qu'un royaume qui brigue le statut de puissance dominante ne peut pas se laisser guider par la peur. Je suis d'accord avec lui : piéger les Êtres de la Nuit pour les emprisonner, ce n'est pas la solution. Nous devons utiliser les pouvoirs à notre avantage commun.

— Vous voulez dire… unifier les peuples ?

Un Timoran uni où les Ettans et les Êtres de la Nuit pourraient vivre libres. Je n'osais l'espérer…

— Cette terre nous résiste, Élise, et à mon avis, c'est parce que nous n'en acceptons pas les bienfaits : la Furie. Vous n'êtes pas lasse des crimes sanglants que ne cessent de perpétrer les Agitateurs ? La nuit dernière encore, ils ont tenté de s'en prendre à vous.

Jarl secoua la tête ; la passion teintait de cramoisi la courbure de ses oreilles.

— Bien sûr, le changement n'adviendrait pas du jour au lendemain, mais voilà comment le prince Calder voit les choses : si nous, les Timorans, voulons à terme cohabiter dans la paix avec les Faes, nous devons trouver un moyen de nous connecter nous aussi à la Furie. Au lieu de la fuir comme nous n'avons cessé de le faire jusqu'à aujourd'hui.

J'étais d'accord. Je voulais la paix, je voulais que cessent les attaques, je voulais que Siv et Mavie soient des femmes libres, qu'elles vivent comme elles l'entendaient. À tout le moins, qu'elles soient rémunérées pour le travail qu'elles accomplissaient au manoir. Le seul problème, c'était que Calder n'avait aucun pouvoir et qu'il n'en aurait pas avant des cycles. Zyben n'était pas très âgé et au Timoran, les rois régnaient jusqu'à leur mort.

Une voix se fraya un passage à travers les fleurs. Mavie se tenait sous une arche d'églantines.

— Veuillez pardonner mon interruption, Kvinna, mais vous aviez demandé qu'on vous prévienne si jamais… la lumière revenait au cottage.

Mon cœur bondit. Avec une violence assez pathétique. J'avais pris plaisir à cette conversation avec Jarl, pourtant, je me tournai vers lui et lançai sans réfléchir :

— Je vous prie de m'excuser, mais je dois y aller. Merci pour tout, Jarl.

Il inclina la tête, avec au fond des yeux une ombre de déception qu'il n'aurait exprimée pour rien au monde.

— J'espère revenir vous voir bientôt.

Je posai la main sur son avant-bras.

— Je l'espère aussi.

Et sur cet au revoir un peu expédié, je me précipitai vers Mavie. J'avais quelques questions à poser à Herr Légion Grey.

12

— Quand est-il rentré ?

Je pressai le pas.

— Je n'ai pas vu Herr Grey en personne, répondit Mavie. Seulement la lumière, mais Tor est revenu. Le pauvre homme dort debout, on dirait qu'il a des nuits de sommeil à rattraper ! Si c'est d'être resté au chevet de son maître, Herr Grey doit avoir eu une maladie très grave.

Deux jours. Quel genre de mal survenait si brutalement pour disparaître tout aussi vite ?

Arrivée à hauteur de la longère, je pilai net. La flamme d'une lampe à huile vacillait derrière le carreau. Mon cœur s'emballa. Cette attirance magnétique, ce besoin d'aller parler à Légion Grey, ça commençait à devenir agaçant… Colère, frustration, inquiétude et désir, tous ces sentiments bouillonnaient sous mon crâne, me laissant en proie à une confusion totale. J'inspirai à fond, retins ma respiration et marchai lentement jusqu'à la porte. Je frappai – pas de réponse. Pourtant, il y avait du mouvement à l'intérieur.

— Herr Grey ! lançai-je d'un ton aussi ferme que possible.

Mais à mon grand dam, ma voix frémissante trahissait ma nervosité.

Des pas traînants sur le parquet. Le raclement d'une chaise, le sifflement d'une respiration altérée. Puis, la serrure cliqueta et la porte s'ouvrit, juste assez pour que je voie l'expression assombrie de Légion. Les cheveux en bataille, le col de chemise défait, il semblait être tombé du lit. La chiche lumière creusait encore son regard cerné. Ses yeux injectés de sang faisaient ressortir la pâleur de son teint.

—Kvinna, dit-il d'une voix étonnamment forte. Quelle agréable surprise !

—Inutile de jouer la comédie, Herr Grey. Vous êtes malade. Asseyez-vous.

—Je ne suis pas malade. C'est mon air normal, je le crains, répliqua-t-il avec un sourire sinistre.

Je levai les yeux au ciel.

—Mavie, pourquoi les hommes refusent-ils toujours de montrer la moindre faiblesse ? Légion Grey, asseyez-vous ! Il est clair que vous n'êtes pas assez en forme pour tenir debout. Je suis plutôt douée dans le domaine des plantes médicinales et des remèdes, vous savez.

Ses épaules s'affaissèrent, mais le petit sourire que j'avais appris à aimer se remit en place au coin de sa bouche. Une barbe de trois jours assombrissait son menton. Elle jurait avec la blondeur dorée de ses cheveux, mais soulignait la puissance de sa mâchoire et la netteté de ses traits.

—Vous êtes toujours aussi surprenante, Kvinna Élise. Flambeuse, lettrée, épéiste et à présent guérisseuse. Y a-t-il quelque chose que vous ne sachiez pas faire ?

—Oui, perdre un débat, répliquai-je en franchissant le seuil du cottage d'un pas décidé. Mavie, tu veux bien aller me chercher quelques fleurs de pissenlit séchées en cuisine, discrètement ?

Mavie ouvrit de grands yeux effrayés.

— Tu te rends compte de ce que tu me demandes ?

— En échange, je te donnerai tous mes gâteaux aux épices de la semaine.

Après un instant de réflexion, Mavie acquiesça brièvement et nous laissa seuls.

Légion s'avança vers moi.

— Halvar m'a raconté ce qui s'était passé, Élise. Pardonnez-moi de ne pas avoir été là.

Mon estomac se transforma en pelote de nerfs.

— Nous avons survécu.

— On m'a dit que vous l'aviez échappé belle.

— Halvar vous a raconté n'importe quoi. À aucun moment je n'ai été inquiète.

Son sourire alluma un brasier dans mon ventre. Je baissai les yeux sur le parquet.

— Je suis bien contente que vous n'ayez pas été là, au contraire. Dans votre état, vous auriez été trop vulnérable. Et maintenant, je vous le redemande, asseyez-vous.

— Vous m'atteignez dans mon amour-propre, Kvinna.

Avec un soupir de résignation, Légion tira une des chaises à lui et s'assit à la table. Alors qu'il s'adossait, il tressaillit de douleur. J'aperçus une vilaine marque rouge qui partait de sa nuque et disparaissait sous sa chemise.

— Enfers ! Vous êtes blessé ?

Spontanément, je me précipitai à ses côtés.

— Non, fit-il en s'écartant avec brusquerie.

— Ne me prenez pas pour une idiote. Vous avez des marques sur le corps, je le vois bien.

— D'ici ce soir, il n'y paraîtra plus.

Les mains sur les hanches, je le considérai avec sévérité. Il me regarda d'un air penaud et tout décorum s'évanouit entre nous. Légion leva au ciel ses yeux injectés de sang.

— Ne vous en faites pas pour moi, Élise. Ce n'est pas la première fois que ça m'arrive et j'ai toujours survécu.

Je m'assis sur la chaise voisine de la sienne et me penchai vers lui jusqu'à ce qu'il accepte de rencontrer mon regard.

— Survécu à quoi ?

Il serra le poing sur son genou.

— Une affliction qui revient toutes les deux ou trois semaines.

— Quel genre d'affliction ? Vous tenez à peine sur vos jambes.

Il se passa la main dans les cheveux.

— Quand ça m'arrive, je m'affaiblis et je prends une apparence très éloignée de ma beauté normale.

— Vous avez une trop haute opinion de vous-même.

Lorsqu'il sourit, son visage se creusa de fatigue.

— Les marques sont un symptôme de ce mal, elles s'estompent avec le temps.

— Comment faites-vous pour supporter cette situation ?

— Je m'adapte, Kvinna. Soyez sans crainte, ça n'entrave en rien mes compétences de négociateur, je vous assure.

— Légion, dis-je avec douceur. Je ne m'inquiétais pas pour vos capacités à remplir votre mission auprès de moi. C'est pour vous que je me fais du souci.

À la façon dont il me dévisagea, je compris qu'il était aussi surpris que moi par la sincérité de mon intonation. Je devais l'interroger à propos de Siv, bien sûr, mais l'idée que Légion Grey souffre au point de ne pas pouvoir tenir debout et d'aligner deux pensées cohérentes me déplaisait au plus haut point.

Mavie revint avant que nous ayons trouvé de quoi meubler le silence.

Toute décoiffée, elle me tendit les tiges et les fleurs séchées.

—Cette femme est folle ! Complètement folle, Élise. Surtout, ne t'avise pas de les lui rapporter, elle te ferait disparaître dans sa marmite.

Je me mordis la lèvre en souriant.

—Merci. Dorénavant, j'exigerai du glaçage sur tous mes gâteaux. Tu peux y aller, je ne compte pas m'attarder ici.

—Tu ne veux pas que je reste avec toi ? s'enquit Mavie, le front plissé.

—Herr Grey et moi avons à discuter, hélas. Je ne veux pas t'obliger à subir nos raisonnements, alors que c'est le moment ou jamais de te réfugier dans mes appartements avant que Runa ou ma mère ne te trouve quelque frivolité à faire.

—Comme tu veux, mais je ne suis pas dupe : tu cherches à m'éloigner, me dit-elle en me faisant un clin d'œil.

Elle se trompait sur toute la ligne. Oui, je voulais rester seule avec Légion, mais pour l'interroger sur Siv, pas pour… quoi que ce soit d'autre.

Mavie tourna les talons avec un sourire entendu et le silence retomba dans la longère. Légion avait les yeux rivés sur la table. Je lui demandai où était la bouilloire et entrepris de préparer une infusion de fleurs séchées. Lorsqu'il m'arrivait de me retourner, je le surprenais à me regarder. Comme s'il me voyait pour la première fois.

Lorsque je posai la tasse de tisane devant lui, je lui trouvai les yeux un peu moins rouges et il se tenait plus droit sur sa chaise. C'était une affection très étrange, un mal qui guérissait de minute en minute. Légion considéra le liquide brunâtre avec une moue de dégoût, mais se mit à le boire à petites gorgées, sans se plaindre.

Au bout de quelques instants de silence, il tira sur le col de sa chemise. Il était moite de sueur.

—Dieux ! je ne comprendrai jamais comment font les Timorans pour supporter ce maudit accoutrement.

Je me mis à rire.

—Que préféreriez-vous porter ? En tant qu'homme de commerce et de finance, je vous pensais habitué aux pantalons et aux gilets.

Il changea de position sur son siège.

—Tout ce que j'en dis, c'est que s'il devait y avoir une autre attaque, l'ennemi aurait tout le temps de me couper les bras ! On ne peut pas bouger dans ces chemises.

—Vous pensez qu'ils vont assiéger la longère ? ironisai-je.

—Il faut toujours être sur ses gardes, répliqua-t-il. Nous l'avons appris à nos dépens.

Mon genou se mit à tressauter. J'étais sûre que j'allais faire des cauchemars après ce qui s'était passé la nuit dernière. J'enfouis ma peur tout au fond de moi, refusant de dévoiler ma vulnérabilité devant Légion Grey.

—Ne parlons pas de cette nuit. Vous êtes de mauvaise humeur parce que vous êtes mal en point. À ce propos, buvez votre tisane !

Je poussai vers lui la tasse qu'il avait discrètement écartée. Il en reprit une gorgée en grommelant.

—Je vais très bien. Ne vous sentez pas obligée de rester avec moi.

—Quelqu'un doit bien vous forcer à prendre votre remède. (Je tapotai la tasse, le regard sévère.) En plus, il me semble que nous devrions nous parler, puisque vous êtes ici pour violer mon intimité et contrôler tous les aspects de mon existence. Ce moment me paraît aussi bien choisi qu'un autre, non ?

—Exact. J'ai hâte, d'ailleurs, de connaître toutes vos pensées les plus secrètes. (Il hésita.) Donc, si vous ne voulez pas parler de la nuit dernière... Qu'avez-vous pensé de vos prétendants ?

—Je les ai trouvés horribles, si vous voulez tout savoir. Le seul acceptable était Jarl, je pense. Mais c'est sans doute parce que nous nous connaissons depuis l'enfance.

—Ah, fit Légion en faisant tourner sa tasse. Serait-ce une pointe d'admiration que je décèle dans votre voix ?

—Non, rien qu'une absence de dégoût.

—Ça revient au même. (Légion s'appuya au dossier de sa chaise.) Si ça peut vous consoler un tant soit peu, c'est mon tour de rencontrer ces crétins, à partir de demain.

—Je vous plains très sincèrement, car en définitive, c'est sur vous qu'ils doivent faire bonne impression. Vous pourrez leur faire faire le tour des jardins à quatre pattes, si ça vous chante, ils seront prêts à tout pour faire pencher la balance en leur faveur.

—J'essaierai de m'en souvenir.

Sa voix rude passait sans prévenir de l'espièglerie à l'irritation. Je ne savais jamais à quoi m'attendre de sa part. Quand il s'adressait à moi, il ne prononçait pas mon titre comme tout le monde, mais avec une sorte de lassitude dans la voix. Ou de façon ironique, car il savait que je n'avais rien d'une Kvinna typique. Dans tous les cas, j'avais l'impression qu'il aurait préféré me nommer différemment.

Légion vivait une existence d'homme riche et pourtant il pouvait se battre comme un gamin des rues pour une babiole en cuivre. L'aura de mystère qui l'entourait accentuait le malaise qui me hérissait toujours la nuque en sa présence.

Il but une gorgée de tisane, fit la grimace et repoussa la tasse.

— Bien que j'apprécie votre geste, je préfère encore être malade plutôt que boire une seule goutte de plus de ce breuvage infect.

Il se leva et alla chercher une aiguière en étain près de la bouilloire.

— Voilà le remède le plus efficace que je connaisse. Mais je doute que vous puissiez supporter cette boisson. La plupart des gens ont du mal à la digérer.

— Je ne suis pas fragile.

Je bombai le torse comme pour souligner mon propos.

Légion me regarda – ou plutôt me transperça du regard – durant dix bonnes secondes.

— Dans ce cas, vous méritez un verre.

Je poussai un long soupir tandis que Légion versait le liquide ambré dans deux cornes. Il m'en tendit une lorsqu'il revint se rasseoir à la table.

— Ça vient du Royaume oriental. Là-bas, on appelle ça le brän, je crois.

— Par tous les enfers ! m'exclamai-je. Je vous envierai toujours d'avoir visité ces royaumes lointains.

Légion haussa les épaules en souriant.

— Parfois, j'ai l'impression de les avoir vus en rêve. Un jour, vous devriez aller y faire un tour.

Les femmes ne peuvent pas voyager, aurais-je voulu lui rappeler. Mais à quoi bon ? C'était sans importance. Je portai la corne à mes lèvres et un arôme puissant m'assaillit les narines. Déplaisant. Toutefois, pour rien au monde je n'aurais voulu être impolie en refusant de goûter à une boisson étrangère. À vrai dire, c'était même plutôt excitant. Le liquide effleura mes lèvres, coula dans ma gorge.

Triple enfer, c'était du raide !

Je toussai deux fois. Le goût était âpre, un peu boisé, mais s'adoucissait une fois en bouche.

— C'est bon ? me demanda Légion en buvant sans ciller.

— Intéressant.

— Ça me va. Buvez tout, alors.

— Maudits cieux, j'ai déjà le cerveau embrumé par l'alcool ! plaisantai-je en prenant une autre gorgée. Ça n'est sûrement pas une boisson convenable. Que vont penser les gens s'ils me voient sortir de chez vous en zigzaguant ?

— Que nous avons passé un moment inoubliable ensemble.

Feignant l'embarras, je lui décochai un coup de pied dans le tibia sous la table.

— C'est vous qui n'êtes pas convenable, Légion Grey.

— Il n'y a rien de honteux là-dedans, Kvinna. Peu de gens arrivent à digérer la bière blonde du Royaume oriental. Mais... vous êtes toute rouge. Qu'avez-vous cru que j'entendais par là ?

— Pas convenable et insupportable, marmonnai-je.

Je bus une seconde gorgée avant de reposer ma corne. Encore un peu et je ne marcherais plus droit en sortant d'ici. Les habitants du Royaume oriental devaient avoir une grande tolérance à l'alcool pour supporter une boisson aussi forte, pour ne pas dire carrément imbuvable. Je caressai machinalement mes phalanges manquantes, tandis que Légion buvait son brän jusqu'à la dernière goutte. Je me plaisais en sa compagnie, mais je devais absolument lui poser la question qui n'avait cessé de me tourmenter. C'était même le moment ou jamais, tant que j'étais encore sous l'effet de l'alcool.

— Herr Grey...

— Serait-ce trop vous demander d'oublier le « Herr » ? Légion tout court, c'est très bien. « Herr Grey » a un côté bêtement pompeux et ce brän est en train de m'obscurcir la raison. C'est à peine si je mérite mon titre officiel...

J'émis un petit rire.

— Très bien, à condition que de votre côté, vous cessiez de m'appeler Kvinna. Depuis que vous me fréquentez, citez-moi un seul moment où je me suis comportée comme une princesse ?

Légion désigna la tasse d'infusion qui refroidissait.

— Quand vous avez exigé que je boive cette chose ignoble.

Il n'avait pas tort sur ce point.

— Bon, je vous l'accorde. Mais… Légion, vous devez savoir que… je sais que vous avez menacé Siverie.

Il s'interrompit, la corne à mi-chemin de ses lèvres, tandis qu'une ombre obscurcissait encore un peu plus ses yeux noirs.

— Elle vous a dit que je l'avais menacée…

— Non, m'empressai-je de rectifier.

J'avais les mains moites et un nœud au creux de l'estomac.

— Je vous ai vus, Halvar, Tor et vous, en cercle autour d'elle. Mais comme le lendemain matin vous étiez parti, je n'ai pas pu vous interroger sur ce qui s'était passé.

Légion reposa sa corne vide.

— Et quelle est la version de votre femme de chambre ? Que lui aurais-je dit ?

— Siv m'a raconté des histoires.

Je voulais savoir si c'était la peur qui empêchait mon amie de dénoncer Légion – je voulais savoir s'il était dangereux.

— J'aimerais connaître votre version à vous, insistai-je.

Légion me considéra longuement. La noirceur de ses prunelles me fit frissonner l'échine. Le silence était oppressant. Quand j'eus l'impression que les murs allaient se refermer sur moi, il se racla enfin la gorge et se pencha par-dessus la table.

— Je l'ai prise pour quelqu'un d'autre. À l'orphelinat, il y avait un garçon plus âgé que moi. Un jour, il a essayé de tuer Tor. Or, ce garçon avait une sœur. Et l'autre nuit, quand j'ai vu comment Siv savait se battre… Bref, à ma grande honte, la scène que vous avez surprise tenait un peu d'une vengeance puérile. Mais je me suis finalement rendu compte de mon erreur : votre femme de chambre n'a jamais été la sœur de ce garçon et nous en sommes donc restés là.

Il m'avait fourni plus de détails que Siv, mais les deux versions concordaient plutôt bien. Néanmoins, il me faudrait veiller à ce que ce genre d'incident ne se reproduise pas, dans l'intérêt de Siv.

— Sachez que Siverie et Mavie sont pour moi bien plus que des femmes de chambre. Elles me sont plus proches que ma propre sœur…

— Je comprends. J'ai commis une erreur et si je n'avais pas dû partir d'ici de façon précipitée, je lui aurais renouvelé mes excuses. Je ne veux aucun mal à vos amies, Élise, je vous en donne ma parole.

Rassurée, je hochai la tête et joignis les mains sur mes genoux.

— Tant mieux. Votre compagnie ne me dérange pas, Légion Grey, et j'aimerais autant que nous restions en bons termes. Cela dit, je n'avais pas compris que vous aviez connu Tor à l'orphelinat.

Légion rit doucement et porta la corne à ses lèvres.

— C'est là-bas aussi que j'ai connu Halvar…

— Quoi ? m'exclamai-je, stupéfaite. Mais vous m'aviez dit que…

— Je vous ai dit que je le connaissais depuis un certain temps. Vous ne m'avez pas demandé depuis combien de temps exactement.

— Mais Halvar est devenu serf.

— De son propre chef, en partie, répliqua Légion. Halvar jouit d'un fort pouvoir de séduction, auprès des femmes comme des hommes, et il a appris à ses dépens qu'il avait tout intérêt à laisser tranquilles les favorites des nobles des Rivages du Sud.

Je n'aurais pas dû rire. Je me cachai la bouche derrière la main, tandis qu'un frisson me parcourait la colonne vertébrale. Il est vrai que devenir serf était pour certains un moyen de s'éviter la torture ou la mort sur le chevalet. Une bien triste histoire, même si la servitude ne semblait pas avoir complètement étouffé le sens de l'humour d'Halar. Son œil pétillait toujours d'espièglerie. Par ailleurs, il était fort amusant de l'imaginer en fripon désargenté, couchant avec des personnes au-dessus de sa condition et fuyant de somptueux manoirs à toutes jambes, poursuivi par des amants furieux.

Je m'éclaircis la voix pour me donner une contenance.

— Il a eu de la chance d'avoir trouvé une place ici, donc.

Légion détourna le regard, amusé.

— Il se peut que j'aie fait jouer mes relations.

— Légion Grey, vous me sidérez ! J'ai l'impression que vous ne reculez devant rien : astuces, stratagèmes… tout est bon pour arriver à vos fins. On peut dire la même chose des voleurs, vous savez.

— Mais quel intérêt d'avoir du pouvoir si on ne peut pas en tirer profit de temps en temps ? répliqua-t-il. Dans le cas qui nous intéresse, tout le monde y trouve son compte. Moi, je reste proche d'Halar et votre père a gagné un serf habile à l'épée.

Je me renversai contre le dossier de ma chaise en poussant un soupir agacé.

— Par les cieux, vous êtes exaspérant ! Avec vos belles paroles et vos manigances, vous devez vous être mis tout le monde dans la poche, en plus… Dire que vous avez même trouvé le moyen de manipuler des serfs ! Si jamais vous vous révélez être un gibier de potence, plus personne ne voudra jamais contracter d'alliance avec moi.

— Non, à mon avis vous vous trompez sur ce point. Vous êtes très bonne, trop même – votre bon cœur vous perdra. Et je n'ai jamais rencontré de princesse aussi estimée par ses serfs. C'est à moi qu'on tournerait le dos, pas à vous.

Son compliment me fit rougir ; à court de repartie, je bus une gorgée de mon terrible breuvage pour me donner une contenance.

— La preuve, poursuivit Légion. Aujourd'hui même, vous avez pris la peine de venir me trouver chez moi alors que vous venez de réchapper à une attaque redoutable, tout ça parce que vous étiez convaincue que j'avais agressé votre amie. Pourtant, quand vous avez vu dans quel état j'étais, vous avez mis de côté les réprimandes pour m'apporter votre aide. (Il secoua la tête.) Décidément, vous me surprendrez toujours.

Pour qu'il fasse aussi grand cas d'une gentillesse somme toute assez naturelle, je préférais ne pas imaginer ce qu'avait dû être son enfance. Je me levai et débarrassai la table. Légion se leva en même temps, visiblement troublé d'être servi par une princesse.

— Vous ne devriez pas faire ça, Élise. C'est au-dessous de votre condition.

Je poussai un long soupir en posant les tasses dans l'évier.

— Qui le fera, alors ? Un serf ? On pourrait peut-être appeler Tor ? (Me retournant vers l'évier, je me mis à laver les tasses.) Si seulement je savais ce que vous êtes venu faire ici… À certains moments, vous semblez disposé à accepter toutes mes excentricités, comme celle-ci… (Je désignai les tasses et les bulles de savon.) D'autres fois, vous faites comme tout le monde. Vous me traitez comme une personne de sang royal qui se place au-dessus des autres, comme si je les méprisais, comme si je les… maltraitais, à l'instar de certains membres de ma famille.

Je ne savais ni comment stopper mon flot de paroles, ni même d'où il venait exactement. Cette déclaration qui se voulait toute simple libérait en réalité un millier de frustrations sur ma condition de princesse, ma vie – tout un tas de non-dits que je déversais à présent sur Légion Grey, sans que je puisse m'expliquer pourquoi.

Je me mis à laver la tasse que je tenais avec encore plus d'ardeur, lorsqu'une main me força à me retourner. Je frémis, oubliant de reprendre ma respiration. Légion me buvait des yeux, sans ciller. Mon cœur battait à grands coups, prêt à jaillir de ma poitrine. Mon monde vacilla sur son axe. Légion me souleva le menton de son index replié et je n'eus d'autre choix que de croiser son regard.

— Élise, dit-il, et dans sa voix, mon prénom ressemblait à une brise estivale, douce et tiède. Je suis ici pour apprendre à vous connaître. Pour vous protéger le temps que notre affaire soit conclue. Et ce que vous appelez des excentricités, moi j'appelle ça des qualités. Vous ne ressemblez en rien à la Kvinna que je m'attendais à rencontrer, c'est vrai, mais je vous jure que depuis que je vous connais, jamais vous ne m'avez occasionné une once de déception.

Je déglutis avec peine, bouleversée. Son regard caressa ma gorge, descendit le long de mon cou. Un désir fulgurant me transperça la poitrine. S'il m'avait caressée autrement que des yeux, je n'aurais pas protesté.

Légion sourit à nouveau.

— Vous avez les os solides. Vous n'êtes pas en sucre, contrairement à ce que je pensais.

Du pouce, il effleura l'égratignure que j'avais au menton, témoignage encore visible de l'attaque de la nuit précédente. Je retins mon souffle, pétrifiée. Maudits dieux… Mes doigts se refermèrent sur les pans de sa chemise. Accepter une telle intimité, m'accorder un tel moment… j'avais perdu la tête. C'était peut-être l'effet du brän. Mais je ne m'écartai pas de Légion, je n'essayai même pas. Ses yeux voyagèrent jusqu'à mon oreille, ses doigts empruntant le même chemin jusqu'à l'endroit où mes premiers entraînements au combat m'avaient valu une cicatrice. Comme s'il cherchait toutes mes imperfections pour les étudier, les mémoriser, et s'en imprégner.

— Au départ, je ne voyais que le côté lucratif de cette mission et le prestige qu'elle m'apportait, poursuivit-il. Mais maintenant, je me sens… honoré de vous connaître.

Mon regard se posa sur sa bouche. À quel moment nous étions-nous rapprochés à ce point l'un de l'autre ?

Mais cette parenthèse fut éphémère. Un coup frappé à la porte – bref, unique – nous donna l'alarme : nous n'étions plus seuls. La porte s'ouvrit à toute volée et Tor se rua à l'intérieur.

— Légion, une autre attaque a…

Tor était du genre taiseux. Lorsqu'il s'aperçut que Légion n'était pas seul, il s'interrompit net. Je reculai précipitamment de trois pas et Légion se racla la gorge, gêné, en se passant la main dans les cheveux. Au moment où Tor avait fait irruption, nous étions poitrine contre poitrine, pratiquement enlacés. Je ne m'étais jamais sentie si calme et si affolée en même temps.

— Plus tard, Tor ! ordonna sèchement Légion.

— Non, dis-je. De quelle attaque parles-tu ?

Tor regarda Légion dont la mâchoire s'était crispée, puis se tourna tout de même vers moi.

— On m'a demandé de ne rien vous dire, Kvinna, mais les Agitateurs ont refait des leurs.

— Depuis cette nuit ?

Tor échangea un bref regard avec Légion.

— Je ne suis pas convaincu qu'il s'agissait d'Agitateurs, dit Légion.

— Qui, alors ?

Il secoua la tête.

— Je n'en sais rien, mais nous travaillons avec les gardes pour le découvrir.

— Cette fois, c'étaient bien des Agitateurs, et ils ont brûlé plusieurs fermes côtières, à l'est, affirma Tor, ignorant le regard aigu de Légion.

— Pourquoi ? m'étonnai-je. Je pensais que c'était la famille royale qu'ils haïssaient, pas le peuple.

Légion réfléchissait, les sourcils froncés.

— Ils changent d'approche, m'expliqua Tor. Ils veulent rallier le peuple aux véritables héritiers d'Etta, selon leur formule.

— C'est une théorie absurde, Kvinna, me dit Légion. Ils croient dur comme fer que certains, voire tous les enfants du roi Arvad, sont encore en vie et qu'ils viennent réclamer leur trône.

— Peut-être, mais en affirmant qu'ils ont le soutien de la Guilde de l'Ombre, ils se font des partisans parmi le peuple, dit Tor avec un regard mauvais.

Légion ricana.

— Les imbéciles ! Les Agitateurs sont sacrément brouillons dans leurs carnages, alors que quand la Guilde de l'Ombre attaque, c'est à dessein.

J'empoignai le bord de la chaise, les genoux flageolants. Tor me tendit la main.

— Kvinna ?

Je repoussai d'un geste sa sollicitude, ignorant le regard intrigué de Légion.

— Tu dis que les Agitateurs... se seraient alliés au Spectre sanglant et à sa Guilde ? articulai-je.

Ma voix se brisa. Cette pensée remuait de sombres souvenirs en moi et les battements de mon cœur s'accélérèrent jusqu'à me donner la nausée.

— Non, répondit Tor. C'est ce qu'ils prétendent, c'est tout. Vous vous sentez bien, Kvinna Élise ?

— Oui. C'est juste que je... je crois l'avoir vu cette nuit.

Un silence de mort s'abattit sur la pièce. Ce fut Tor qui, le premier, se racla la gorge.

— Si c'était le cas, vous seriez morte.

— Je sais ce que j'ai vu. J'ai eu l'impression qu'il me regardait droit dans les yeux.

— Un sosie, affirma Tor. Les Agitateurs ont beau se targuer d'avoir le soutien de la Guilde de l'Ombre, ça ne veut rien dire. Plusieurs bandes de voyous prétendent la même chose...

Mes mains tremblaient de façon incontrôlable. Je passai devant Légion qui me transperça du regard, comme s'il pouvait lire dans mes pensées.

— Il faut que je rentre, dis-je. Tor, veille à ce que Légion prenne une autre tasse d'infusion de pissenlit, même s'il te menace de mort.

Je tentai par un petit rire de masquer mon départ précipité, mais aucun des deux hommes ne fut dupe. Les yeux de Légion s'assombrirent et Tor me regarda comme si j'avais perdu la raison. Mais il fallait que je sorte d'ici. Les murs se refermaient sur moi, l'espace devenait trop exigu. Une fois dehors, je portai la main à ma poitrine.

La peur enflait dans mes veines. Une larme brûlante coula du coin de mon œil. D'une certaine façon, je savais – intuition ou instinct – que le Spectre allait tout détruire.

Il ferait tout pour mettre le monde à feu et à sang.

13

— C'était stupide, ce que tu as fait hier.

Dans la bibliothèque, Mavie alimentait le feu dans l'âtre de pierre.

— Rester seule dans ce cottage avec lui. Et si tu avais attrapé son mal ? Et si, pris de folie, il s'était jeté sur toi ?

Le nez de mon livre, je souris d'une oreille à l'autre.

— Se jeter sur moi, Herr Grey ? T'a-t-il déjà donné l'impression d'être le genre d'homme à se jeter sur une femme ?

— Tout ce que je dis, c'est que les infections de l'esprit, ça n'arrive pas qu'aux autres. J'ai eu le cas avec mon grand-père, il y a des cycles. Il est devenu fou – fou à lier.

— Tu te fais trop de souci, Mavs. De toute façon, j'avais une dague sur moi. Si jamais Légion s'était transformé en fauve, je n'aurais pas attendu qu'il m'arrache les membres un par un pour me défendre.

Elle fit la moue.

— C'est ça… avec une jolie petite lame enfouie sous des couches de lainages raides. En effet, on voit mal comment un homme de sa taille et de sa… carrure aurait pu poser la main sur toi.

J'étouffai un rire.

— Sa carrure ? Qu'a-t-elle donc de si spécial ?

Mavie s'essuya les mains à son tablier et me jeta un regard noir.

— Comme si tu ne l'avais pas remarqué ! On imagine plus Herr Légion en train de s'amuser à casser un arbre en deux qu'à se gorger de gâteaux et de vin chaud.

J'éclatai de rire. Mavie n'avait pas tort. Quand Légion avait effleuré mon visage, ses mains m'avaient paru d'acier. Puissantes. Capables. Des muscles secs contractaient sa mâchoire carrée, ciselée dans le marbre. Mais l'orage qui grondait dans ses yeux aussi noirs que le ciel de minuit trahissait une potentielle violence intérieure. D'ailleurs, j'avais été témoin de son aptitude au combat : si jamais l'envie l'en prenait, Légion Grey était en mesure de causer pas mal de dégâts à ses adversaires. La porte s'ouvrit sur Siv qui entra, précédée par l'odeur du pain encore chaud. Elle posa un panier recouvert d'un linge sur une table et une cape de voyage sur le dossier d'un fauteuil.

— Le cabriolet t'attend, Élise.

— Merci, dis-je en levant les yeux de mon livre. On sait qui a rencontré Herr Grey, ce matin ?

J'avais passé une bonne partie de la matinée cachée dans la bibliothèque, dans l'espoir de ne pas recroiser Herr Svart ou Herr Gurst. J'aimais à croire que Légion avait l'intelligence (et l'odorat) trop développés pour envisager de tels partis pour moi, mais que savais-je réellement de sa façon de procéder ? Était-il susceptible de se laisser acheter ? Je ne le pensais pas, mais dès qu'il était question d'ambition, on ne pouvait être sûr de rien.

— Gurst est reparti avec un air méprisant, dit Siv en expédiant sa tresse par-dessus son épaule. Jarl Magnus s'est également entretenu avec Légion.

— Et ? l'encourageai-je.

— Je ne sais pas. Jarl est reparti comme il était venu : hautain, beau et pressé. Mais Herr Grey semblait troublé, presque en colère.

Mavie agita les mains en l'air.

— Toutes ces tractations me font bouillir le sang. Si ton union importe si peu pour le royaume, pourquoi faire tant d'histoires ? Pourquoi ne pas te laisser le choix de ton époux ?

Je me mordis la joue de frustration tout en repensant à l'instant de douceur que j'avais vécu dans le cottage de Légion – quand ses doigts avaient effleuré ma joue, quand son corps avait été si proche du mien. Mon cœur s'agita. J'étais vraiment stupide d'éprouver une quelconque affection pour mon négociateur. D'autant plus que je ne savais presque rien de lui. Pourtant, je ne pouvais m'empêcher de repenser à cette expérience avec envie. Serais-je unie à un homme aussi doux que Légion, aussi curieux de mes pensées et de mes désirs ?

Je jetai la cape sur mes épaules, fermai l'attache du col et me passai la main dans les cheveux. Mes lourdes boucles s'étaient déjà transformées en mèches folles. Je soupirai.

— C'est la tradition, je suppose.

Siv me tendit le panier. Un délicieux arôme de safran me titilla les narines. Le panier contenait des petits pains frais, des fromages de chèvre et des quartiers de poire à chair rouge. Légion m'avait demandé de le retrouver au niveau des fourrés qui délimitaient le domaine ; s'il avait le projet de me faire rester dehors tout l'après-midi, j'exigeais d'être au moins bien nourrie.

— Tu es sûre que tu ne veux pas qu'on vienne avec toi ? me demanda Siv.

— Je serais ravie que vous nous accompagniez, mais d'après ma sœur, un négociateur doit effectuer ses comptes rendus en privé. Franchement, j'ai l'impression que tout le monde invente de nouvelles règles au fur et à mesure !

Mavie m'ouvrit la porte avec un grand sourire.

— Au moins, Herr Grey fait ses comptes rendus à l'extérieur, c'est plus amusant. Plus intime.

Je lui donnai un coup de coude dans les côtes, ce qui ne m'empêcha pas de surprendre l'expression tout aussi amusée de Siv. Nul doute que toutes deux avaient discuté de mon tête-à-tête avec Légion, dans l'intimité de son cottage. Mais elles se trompaient sur les sentiments que j'éprouvais pour lui. Je le trouvais supportable, rien de plus. Je me répétai mon propre mensonge tout au long des corridors, jusqu'au perron. Dehors, une tempête venue du littoral peignait le ciel d'un gris brumeux, mais l'air était doux et humide. Une foule de serfs vaquaient en tous sens : ils s'occupaient des écuries, apportaient des provisions dans les caves ou taillaient les églantiers de ma mère. Leurs enchevêtrements d'épines et de fleurs aux pétales veloutés, rouge sang zébré de cuir noir, ponctuaient l'allée où m'attendait un cabriolet reluisant.

Légion Grey me tournait le dos, il s'entretenait avec Halvar. J'en profitai pour le détailler. Il portait un élégant gilet et une chemise, tenue dont il avait pourtant dit pis que pendre pas plus tard que la veille. Il était droit comme un I. Si je ne l'avais pas vu aussi abattu hier, jamais je n'aurais deviné que cet homme-là avait été malade un seul jour de sa vie. J'avais beau jouer les effarouchées, me cacher derrière mon petit doigt, je remarquai chez Légion bien d'autres choses que sa puissante musculature. Certes, il avait de larges épaules, des cheveux blond foncé et des yeux noirs d'Ettan qui semblaient toujours recéler de multiples secrets, mais c'était ce petit je-ne-sais-quoi dans l'expression de sa bouche qui me frappait. On avait toujours l'impression qu'il s'apprêtait à dire quelque chose, mais qu'il se ravisait à la dernière seconde. Son petit sourire en coin m'intriguait, tout comme sa façon de s'adresser à moi, de murmurer mon nom comme l'autre soir.

Tous ces détails m'étourdissaient au rythme des battements de mon cœur.

Comment vaincre la fascination que j'éprouvais pour lui ? Seule une idiote aurait eu le béguin pour son négociateur nuptial – une idiote, voilà ce que j'étais.

— Bonjour, Herr Grey, dis-je d'une voix frémissante.

Légion tourna la tête vers moi.

— Élise, je croyais que nous nous étions mis d'accord pour laisser tomber le Herr.

— J'ai fait semblant d'être d'accord ! lançai-je avec désinvolture, et je rassemblai mes jupes pour grimper dans le cabriolet.

Légion me prit la main et m'aida à monter sur le marchepied tout en me murmurant à l'oreille :

— Là où nous allons, il n'y aura plus besoin de faire semblant.

Je regardai droit devant moi. Seul mon battement de cils aurait pu trahir mon émotion, mais peut-être refusai-je de comprendre ce que Légion entendait par là. À l'intérieur du cabriolet, son épaule frôla la mienne lorsqu'il s'assit à côté de moi. L'odeur épicée de sa peau me rappelait celle des fourrés qui précédaient la forêt : une odeur brute. Qui convenait à un homme prénommé Légion.

D'un mot, il ordonna au cocher d'avancer et le cabriolet s'ébranla dans l'allée en direction de la ville.

Mellanstrad était l'un des plus gros bourgs du Nouveau Timoran. Sans être aussi imposant que Lyx ou que les manoirs entourant Flèche-Corbeau, c'était un des centres d'échanges commerciaux les plus actifs du royaume. Le cabriolet se frayait un passage dans la foule des marchands ambulants qui criaient le prix des métaux précieux, des céréales et des fruits exotiques, voire des serfs.

— Ah, voilà votre vil compagnon, marmonna Légion à la sortie du bourg.

Mattis me fit signe, les yeux brillants. Il portait une planche en équilibre sur l'épaule. Mon ami menuisier, lui, ne cachait pas l'admiration que lui inspirait Légion Grey depuis notre nuit d'entraînement devant le « clocher ». Au demeurant, tout le monde semblait sous le charme de Légion, il semblait susciter la confiance et le respect dans toutes les couches de la société.

Halvar arrêta le cabriolet près de Mattis. Ce dernier lâcha sa planche dans un grognement et s'accouda avec nonchalance sur le rebord de la portière.

— Belle matinée pour une balade, commenta-t-il en passant la main sur son front sale. Content de voir que vous avez regagné les faveurs de notre Kvinna, Herr Grey.

— Ma foi, c'est une position si agréable…

Je piquai un fard et pinçai les lèvres de toutes mes forces.

— Vous pouvez vous estimer heureux d'être dans mes bonnes grâces, tous les deux.

Mattis gloussa.

— Où vas-tu comme ça ? Tu continues de fuir tes prétendants ?

— Nous sommes deux à les fuir, à présent, plaisanta Légion. J'ai pensé qu'un petit tour aux Lacs Rubans nous permettrait de leur fausser compagnie. C'est assez loin du manoir pour qu'on puisse y passer la journée sans être dérangés.

Je souris, ravie à cette perspective. Les lacs étaient un lieu isolé et paisible. Légion, qui savait peut-être lire dans les pensées, devait avoir perçu mon désir de m'abriter des regards… de tous les regards.

— Je vous promets de mal renseigner tous ceux qui me demanderont quelle direction vous avez prise, lui dit

Mattis avant de se tourner vers moi. Au fait, tu as fini le livre, Élise ?

J'avais failli oublier ! J'avais dévoré le récit coquin sur les Êtres de la Nuit. Pour dissimuler la rougeur qui envahissait mes joues, je fis mine d'observer avec grand intérêt le trottoir d'en face où une femme marchandait le prix d'un collier d'os devant l'échoppe d'un joaillier.

— Ça se peut, oui, répondis-je, d'un air évasif.

Mattis tapa sur la portière du cabriolet en riant.

— Ah, je savais bien que les prouesses des Faes te captiveraient.

J'émis un petit grognement d'impatience.

— Tu n'as pas du travail qui t'attend ?

Mattis me gratifia d'un clin d'œil et ramassa sa planche.

— J'y vais. Bonne chance, Herr Grey ! Je me doute que notre chère Kvinna ne se négocie pas comme une princesse ordinaire.

— Non, répondit Légion d'un air entendu, les yeux rivés sur moi. Vraiment pas.

D'un claquement de langue, Halvar donna le signal du départ aux deux chevaux. Sur un signe de la main, Mattis tourna les talons et partit d'un pas décidé vers son atelier en sifflant un air folklorique.

Lorsque Légion se rassit sur la banquette du cabriolet, nos genoux se cognèrent. Je déglutis, la gorge sèche. Qu'est-ce qui m'arrivait ? Dans chaque mot qu'il prononçait, je lisais une sorte d'intention cachée. En réalité, il y avait de fortes chances pour que Légion Grey se montre tout simplement poli avec moi et qu'il sache comment flatter l'amour-propre d'une princesse.

Vu le plaisir que je prenais à l'écouter, cela ne faisait qu'aggraver mon cas…

Le voyage se déroula de façon agréable. Sans incident. Au fur et à mesure que les bourgs s'estompaient dans le lointain et que les conifères apparaissaient, si hauts que leurs cimes occultaient le soleil, mon sourire s'élargissait. Légion arborait un petit air satisfait.

— Vous aimez les bois ? me demanda-t-il.

J'inspirai longuement par le nez. Humant l'odeur épicée du pin, le musc de l'écorce et de l'humus. Ici, nul relent de crasse corporelle ou de vieux linge moisi, contrairement à la ville. Je poussai un soupir et, tendant le bras hors du cabriolet, j'effleurai les aiguilles des pins qui longeaient notre route.

— Je suis libre parmi ces arbres.

— Attention à ce que vous dites, me taquina Légion. Je pourrais penser que vous avez un peu de sang des Êtres de la Nuit dans les veines. Ils sont connectés à la Terre, vous savez.

Mon cœur se serra d'angoisse.

— Où sont-ils partis, d'après vous ? Je n'ai pas vu de Faes depuis mon enfance. Beaucoup de gens prétendent qu'ils vivent parmi les Agitateurs. Et à mon avis, il y avait de la Furie dans l'attaque du manoir, l'autre soir.

— C'est possible. Mais les Agitateurs ne sont que des fanatiques qui vénèrent les anciennes dynasties des Êtres de la Nuit.

Légion s'humecta les lèvres, les yeux tournés vers le soleil.

— Pour ma part, je pense que la plupart des Faes ont tourné la page. Qu'ils s'en sont allés vers d'autres royaumes. Il y a, au sud, des îles verdoyantes qui seraient leur patrie, dit-on. Certains s'y sont peut-être installés.

— D'où vous viennent toutes ces connaissances sur les autres royaumes ?

— J'aime lire. Si quelqu'un peut me comprendre, c'est vous, Kvinna.

Le goût pour la lecture… c'était l'une des choses que je préférais chez lui. Je souris et arrachai la tête d'une haute fleur des champs qui poussait en bordure de la route.

— Je me demande pourquoi les Êtres de la Nuit ont favorisé les Ettans. À ma connaissance, seuls le peuple Ettan et les véritables Faes possèdent la Furie.

— J'ai mes théories là-dessus. Le peuple de cette contrée s'y connectait de manière très semblable aux Faes. Je crois qu'ils coexistaient de manière pacifique, tout simplement.

J'effeuillai la fleur et me laissai aller contre le dossier, accablée.

— Et mon peuple, lui, détruit la Terre. Comme il a détruit l'Ancien Timoran.

Légion souleva ma main, le doux parfum de la fleur se répandant entre nous.

— Ce ne sont pas les Timorans qui détruisent la Terre. Et tous les Ettans ne veillent pas non plus sur elle. C'est nous qui décidons de la personne que nous voulons devenir, Élise.

Je croisai son regard et mon corps se tendit d'un désir étrange. Je changeai de position, allant presque jusqu'à me blottir contre lui. Légion parut stupéfait que je me sois autant rapprochée, mais il ne s'écarta pas de moi pour autant. Il étendit même le bras sur le dossier, derrière ma tête. Nous n'échangeâmes plus que quelques mots jusqu'à ce que les lacs apparaissent enfin. Nous étions simplement contents de savourer cet instant en silence.

Les Lacs Rubans étaient étroits. Certains contenaient des morceaux de glace charriés par les rivières givrées qui traversaient les montagnes. Leurs berges abruptes et incurvées sinuaient comme des serpents. Entourés par de luxuriantes forêts de trembles et par des prés où herbes et fleurs des champs arrivaient à hauteur de hanche, les lacs offraient une certaine intimité. On pouvait y disparaître pendant des heures.

Une fois le cabriolet déchargé, Légion renvoya Halvar et s'installa sur la berge du plus grand des quatre lacs. En cette journée nuageuse, l'eau brillait d'un bleu si foncé que la surface semblait en verre noir. Je posai le panier sur un gros rocher niché dans les hautes herbes et m'assis, les genoux remontés sur la poitrine.

— Eh bien ? demandai-je. Que fait-on, maintenant ?

Je m'étendis sur le dos, les yeux fermés, et croisai les chevilles.

— Nous sommes censés parler de vos prétendants.

— Alors, la parole est à vous, Négociateur. C'est loin d'être mon sujet de prédilection.

— Vous aimez bien diriger, Kvinna.

— C'est ce que les têtes couronnées font encore de mieux.

Légion sourit largement.

— Très bien. J'aimerais tout d'abord que vous me fassiez part de vos préférences en matière d'époux.

Un homme comme vous. Je serrai les poings, choquée par l'audace de ma pensée.

— Qu'attendez-vous de moi ? De la franchise ou une réponse convenue ?

— De la franchise, toujours.

À son tour, Légion s'étendit dans l'herbe et se mit sur le côté en appui sur un coude.

Je me tournai vers lui.

— Je ne veux aucun de ces prétendants. Du moins pas encore. Comment puis-je savoir qu'un homme sera un bon compagnon pour moi après lui avoir parlé pendant quelques minutes seulement ? Cela dit, je ne suis pas non plus censée souhaiter un bon compagnon. Je suis censée me taire.

Légion baissa les yeux et se mit à arracher des brins d'herbe.

— Le monde serait plus sombre si vous gardiez le silence.

Il avait prononcé ces mots dans un murmure si bien que je n'étais pas sûre d'avoir correctement entendu. Mais ses oreilles avaient rosi et il s'éclaircit la voix.

— En tout cas, je vous promets de ne pas vous accorder à ce type qui sent si mauvais – Gurst, je crois. Triple enfer, vous auriez vite fait de mourir asphyxiée à force de retenir votre respiration !

J'éclatai de rire, un rire sincère et profond. Légion me gratifia d'un sourire éblouissant et il me parut profondément injuste que le destin ne m'autorise pas à avoir une relation aussi décontractée avec mon futur époux.

Légion saisit l'extrémité de ma tresse. Je roulai sur le côté, de façon à lui faire face. Son regard miroitait d'une sombre chaleur.

— Qu'attendez-vous de ces épousailles, Élise ?

— Je ne pense pas que mes attentes aient une quelconque importance, murmurai-je.

— Pourtant, elles devraient en avoir, non ?

— Les unions royales ont pour but de forger des alliances entre les hommes de pouvoir. Moi, je ne suis qu'un pion sur l'échiquier.

Légion contempla la surface du lac.

— C'est vrai. La plupart des cultures favorisent la puissance et la sécurité au détriment du bonheur. Cela dit, avant que les Timorans ne lancent des attaques sur leurs terres, les Ettans concluaient des alliances fondées sur le respect et l'affection.

—Les membres de leur famille royale ne devaient pas s'unir par amour, objectai-je.

—Je crois au contraire que si, dans la plupart des cas.

Légion lâcha ma tresse et le frôlement de ses doigts sur mon épaule mit mon cœur en émoi.

—Derrière ces unions heureuses, il y avait aussi la volonté de servir d'exemple au peuple ettan, d'ancrer en lui l'idée d'un amour durable. Sur ce point, les Êtres de la Nuit sont semblables aux Ettans : une fois qu'ils ont trouvé un conjoint, ils le gardent farouchement. C'est peut-être aussi pour ça que les Ettans et les Êtres de la Nuit coexistent aussi bien.

—Pourtant, ils ont perdu leurs terres.

—Ah, mais les membres de la famille royale se sont tous battus jusqu'au bout les uns pour les autres.

—Oui, ils se sont battus les uns pour les autres. Mais ils ont aussi beaucoup tué.

Légion afficha une expression perplexe.

—Que voulez-vous dire ?

Je me dressai sur mon séant et appuyai ma tête sur mes genoux. Un sourire muet flottait sur mes lèvres : la mystérieuse famille royale des Férus d'Etta m'avait toujours fascinée.

—Lorsque mon arrière-grand-père a mené la première de ses attaques sur l'Ancienne Etta, le roi Arvad a ordonné l'exécution de tous les habitants d'un bourg neutre, afin de refroidir ses ardeurs conquérantes. Des fermiers timorans et leur famille. Il n'y eut aucun survivant. Voyez-vous, je suis persuadée que tous les peuples, depuis le nôtre jusqu'à ceux de l'autre côté de l'océan du Destin, sont capables de la pire des violences.

Légion me considéra longuement.

—Mais vous omettez la suite.

—La suite ?

—De l'histoire. C'est vrai, le village appartenait à des fermiers, mais d'après les rapports de guerre ettans, c'était aussi une base militaire timorane. Les enfants de la noblesse ettane enlevés par les guerriers timorans y étaient retenus en otage. Y compris les héritiers d'Arvad.

Je fis la moue, sceptique.

—Je n'ai jamais lu ça nulle part.

—Si ça vous intéresse, j'ai mis la main sur d'anciens journaux de guerre, au fil des cycles.

Il gloussa en voyant mon visage s'illuminer. Lire de vrais rapports ettans… une telle chose était pratiquement interdite. À tout le moins, réservée à Zyben ou à Calder.

Légion se remit sur le dos et contempla les nuages couleur ardoise au-dessus de nous.

—Vous n'avez pourtant pas tort, concéda-t-il. Les Ettans ont démontré leur sauvagerie en tuant tous ces gens, et avec une grande cruauté, mais j'en reviens à leur farouche dévouement à leur famille. Je pense que si l'on s'attaquait à ce que j'ai de plus cher, je ne reculerais devant rien pour le protéger.

—Oh, fis-je avec un intérêt renouvelé. Et dites-moi, à qui Légion Grey tient-il au point de pouvoir décapiter des hommes ? Une maîtresse ?

—Non, répondit-il immédiatement. Il est rare qu'un bourlingueur soit un amant satisfaisant pour les femmes.

—Mais si vous trouviez la bonne…

—Alors, il faudrait qu'elle soit intéressante. Peut-être un peu rebelle.

Il posa les yeux sur moi et mon cœur fit un bond. Légion détourna le regard avec un grand sourire.

— Mais nous ne sommes pas ici pour parler de moi, dit-il. Parlez-moi plutôt de ce jeune homme – le capitaine de Flèche-Corbeau, qui a placé une enchère sur vous.

Je levai les yeux au ciel.

— À vous entendre, j'ai l'impression d'être une truie qu'on va vendre au marché.

— Une jolie chèvre, peut-être, mais jamais une truie, Kvinna.

Un rire s'échappa de ma gorge. J'ouvris le panier en poussant un soupir et tendis la main vers les petits pains et la motte de beurre épicé.

— Vous êtes un homme étrange, Légion Grey.

— On m'a attribué des qualificatifs plus déplaisants que celui-là.

— Jarl Magnus… Je le connais depuis l'enfance, expliquai-je en émiettant un petit pain. Ce n'est pas un mauvais homme et récemment, il m'a même confié son désir d'unifier le Nouveau Timoran, d'effacer les divisions entre les Ettans et tous les Êtres de la Nuit.

Légion s'assit sur l'herbe, l'air contrarié.

— Unifier ? Vous êtes sûre que c'est ce qu'il voulait dire ?

— Oui, confirmai-je, la bouche pleine. Il m'a dit que le Nouveau Timoran devait adopter la Furie.

— Oui, il m'a raconté quelque chose d'approchant à moi aussi. En revanche, je l'ai pris dans un sens tout à fait différent.

Je plissai le front.

— Comment ça ?

— Élise, si j'ai posé la question, c'est parce que je voulais vous mettre en garde contre lui, dit Légion sur un ton un peu rude. J'ai l'impression que ce Jarl n'éprouve que peu de loyauté envers votre roi, et envers votre famille.

— Au contraire, il m'a dit que Calder souhaitait…

Légion me coupa :

— Oui. Le prince a des projets, pas le roi.

Mais non. Il avait mal compris. Jamais Jarl et Calder ne comploteraient contre le roi Zyben. Il avait bien trop de pouvoir, bien trop d'influence. Et puis, Calder était trop prétentieux pour prendre le risque de compromettre son accession au trône.

— Vous devez avoir mal compris, protestai-je d'une voix faible.

— Ça ne serait pas la première fois que ça m'arrive, admit Légion.

Mais l'ombre qui voilait son regard suggérait qu'il n'y croyait pas.

— Puis-je vous demander quelque chose ? reprit-il.

— D'habitude, vous vous passez fort bien de ma permission, répliquai-je.

Il sourit.

— Pourquoi opposez-vous une telle résistance à cette négociation ? Vous ne vous y attendiez donc pas du tout ?

Je poussai un soupir et secouai la tête.

— Si, bien sûr. C'était prévu.

— Mais vous méprisez quand même toute l'opération ?

— Je la méprise parce que je suis forcée de la subir avec le sourire. Si jamais je protestais vraiment, si je me prononçais ouvertement contre ce procédé, mon père mourrait.

— Je ne comprends pas.

Une bouffée de rage contenue me noua la gorge.

— Il y a quatre cycles, mon père est tombé malade. Le roi n'a que peu d'estime pour le prince consort, voyez-vous, et son état ne le touche guère. Mais j'imagine qu'il nourrit une sorte d'affection pour ma mère… Il a donc offert à mon père les services de ses guérisseurs et de coûteux remèdes. En échange, il a exigé la fonction de superviseur du domaine et de ses deux nièces. Le roi a tout pouvoir sur moi. Si je refuse la négociation nuptiale, il privera mon père de ses guérisseurs.

Je n'étais pas particulièrement proche de mon père, mais c'était mon père. Je ne souhaitais pas sa mort, et encore moins la provoquer par ma conduite.

Légion garda le silence un long moment. Quand il me regarda, ses yeux brillaient d'un noir encore plus sombre.

— Voulez-vous que je ne retienne aucun de vos prétendants ? Je ne parle pas de Gurst, bien sûr, nous l'avons déjà écarté.

Je fis non de la tête, alors que tout en moi hurlait le contraire.

— Comme je viens de vous le dire, je refuse de m'immiscer dans la négociation.

Légion se rapprocha de moi et la chaleur de son corps se propagea sur mes bras. Quand du bout du doigt il se mit à caresser les jointures de mes mains, un brasier m'incendia le ventre.

— Vous le pourriez, vous savez, murmura-t-il. Quel genre de fiancé désirez-vous, Élise ?

Ses yeux transperçaient toutes les couches de mes mensonges. Je craignais qu'il puisse lire dans mes pensées et découvre les plus choquantes. Celles qui suggéraient que j'aurais aimé avoir un fiancé comme… lui. Un homme qui n'avait pas peur de me parler avec simplicité. De me taquiner franchement au sujet de mon titre et de mon rang.

Quelle idiote ! Je m'arrachai à la contemplation de son corps élancé, me forçant à oublier qu'il s'était beaucoup rapproché du mien.

— Un fiancé tendre, dis-je enfin.

— Alors, vous l'aurez.

Il porta ma main à ses lèvres et je retins mon souffle. Il déposa un baiser sur mes jointures, puis sourit. Un sourire empli de secrets qu'il ne formulerait pas à voix haute.

L'ombre d'un mouvement attira mon attention vers un enchevêtrement de conifères.

— Halvar est revenu ?

Légion regarda par-dessus son épaule et tout son corps se raidit.

— Non, dit-il en tirant de son gilet une dague dont j'ignorais l'existence. Élise, restez ici.

Ça n'allait pas recommencer ! Ma gorge se serra.

En une seconde, Légion fut debout et il m'ordonna une fois de plus de ne pas bouger. Je n'eus pas l'occasion de lui désobéir.

Une main surgit par-derrière et se plaqua sur mon visage, recouvrant ma bouche. Mon cri s'étrangla dans ma gorge lorsqu'un homme encapuchonné me monta dessus et s'assit à califourchon sur mes hanches.

Je ne tentai pas de distinguer son visage.

Tout ce que je savais, c'était qu'il pointait un poignard sur mon cou, juste sous ma mâchoire.

14

— Vous empoisonnez cette terre ! rugit l'homme. Vive le Prince de la Nuit !

Un hurlement d'Agitateur. Ils criaient souvent leur fidélité au Prince de la Nuit. Contrairement aux Agitateurs de l'autre soir, l'homme n'avait pas dans les yeux cette étrange noirceur, mais il y brillait autant de haine.

La lame était menaçante, elle appuyait sur la chair tendre, juste sous ma mâchoire. Un peu plus et la pointe s'enfoncerait jusqu'à mon cerveau : c'était plus propre que de me trancher la gorge. Un coup semblable à celui que Siv m'avait enseigné : brutal, mais efficace et définitif.

Soit je me battais, soit je mourrais.

L'Agitateur me taquinait, jouait avec ma peur. Mes doigts se refermèrent sur une pierre brisée, au bord coupant. Je frappai l'homme à la tête. Il grogna, lâcha sa lame et s'écroula sur moi. Je lui expédiai un coup de genou dans l'aine. Il gémit de douleur et roula sur le côté, récupérant son poignard au passage.

Je me redressai tant bien que mal, tirai le couteau de cuisine de ma botte et nous nous regardâmes, arme brandie.

— Vous empoisonnez ce pays, haleta-t-il, la respiration sifflante. Vive…

— Oui, tu l'as déjà dit, grognai-je.

Je me jetai sur lui.

L'homme parait les coups avec plus d'adresse que moi et ses attaques étaient vives. Le tranchant de sa lame m'entailla profondément le poignet. Je sentis le sang chaud jaillir et ruisseler sous mes gants en dentelle. Je frappai à nouveau. Dans ma tête, je me repassais tous les enchaînements que Mattis et Siv m'avaient enseignés au fil des cycles. Attaque, pare, plonge, pique. J'entendis un bruissement d'herbe dans mon dos et des voix masculines proférèrent grognements et jurons. Légion devait avoir neutralisé un autre assaillant issu des bois.

— Élise ! cria-t-il. Courez !

Mais mon adversaire en avait profité pour franchir l'espace qui nous séparait. Je visai sa poitrine.

— Peux pas ! répondis-je.

L'Agitateur esquiva mon attaque et, d'un geste circulaire, m'atteignit à la mâchoire. Je vacillai. M'agrippant le poignet, il me tira vers lui. En un tournemain, il me fit lâcher mon couteau et le jeta à cinq pas de là. Montrant les dents, il me regarda me débattre en ricanant.

— Mort aux imposteurs !

Une montée de bile me brûla l'arrière-gorge. Alors, voilà ? C'était comme ça que j'allais mourir ? La pointe de son poignard se planta au-dessus de ma hanche. Je hoquetai de douleur. Une douleur vive et brûlante comme la glace. Il allait prendre son temps pour me tuer, savourer la façon dont sa lame me charcutait, la façon dont le sang imbibait ma robe.

Ses yeux s'assombrirent de haine.

Il poussa un grognement qui lui retroussa les babines comme un loup.

Soudain, il y eut un déplacement d'air, l'Agitateur lâcha une toux grasse et quelque chose de chaud gicla sur ma joue. Je sentis le poignard s'enfoncer encore un peu dans ma chair. Dans un brouillard, je trouvai la force de repousser le corps de mon assaillant. Je me rejetai en arrière tandis qu'il s'affalait sur le sol. Il poussa son dernier soupir avant de toucher la terre.

À la lisière des bois, Halvar abaissa son arc. Ma main se referma sur le manche du poignard toujours planté au-dessus de ma hanche. Je l'arrachai dans un cri. Il n'avait pas pénétré trop profondément, mais assez pour que mon erreur puisse s'avérer fatale : soit j'allais me vider de mon sang, soit j'allais avoir besoin de quelques points de suture, au minimum.

Derrière moi, le combat faisait rage.

Je sentis l'extrémité de mes doigts s'engourdir lorsque le second Agitateur encapuchonné se jeta sur Légion.

— Si je te saigne, tu ne vas pas aimer, gronda Légion à voix basse, les yeux comme des charbons ardents.

L'Agitateur se déplaçait tel un spectre. Il plaça une attaque qui arracha un juron furieux à Légion. Une longue estafilade lui zébrait la cuisse. Il recula d'un pas mal assuré, le temps de se reprendre, mais déjà l'homme encapuchonné armait son bras pour lui infliger un coup fatal.

Je récupérai mon couteau et me jetai sur lui.

Le brouillard s'épaississait dans ma tête. Mes mouvements s'enchaînaient par réflexe, presque à l'instinct. Légion fit tourner le manche de sa dague dans sa main, prêt à se battre. À tuer ou à mourir. Sa profonde entaille à la cuisse suggérait la seconde issue. J'ignorais à quel endroit il valait mieux frapper l'assaillant, tout ce que je savais, c'était qu'à cet instant, mon choix se résumait à tuer une brute inconnue pour sauver la vie d'un homme bien.

À un pas de l'Agitateur, je lui plantai ma lame dans les muscles du dos. Il poussa un rugissement de douleur.

Tomba à genoux. Les yeux embrasés par le combat, Légion plongea son regard dans le mien : stupéfait, hagard.

Il se ressaisit aussitôt, expédia l'homme sur le dos et le cloua au sol en lui plantant sa dague dans la main. Les hurlements de l'Agitateur allaient devenir le fond sonore de mes cauchemars.

— Qui es-tu ? cria Légion.

— Ce sont des Agitateurs, haleta Halvar.

— Tue-moi en service pour le Prince de la Nuit et j'entrerai dans la légende comme martyr !

L'herbe brillait du sang qui ruisselait de sa plaie au dos. Sa peau prit une pâleur livide. Légion lui enfonça son couteau encore plus profondément dans la paume, mais l'Agitateur ne sentait plus rien. Il ne cria même pas.

Halvar donna une bourrade à Légion.

— Ça suffit, dit-il sur un ton autoritaire.

Mais mon protecteur ne bougea pas, il demeurait absorbé par la main de l'homme dont il broyait les petits os avec sa lame, une lueur rouge au fond des yeux, la rage peinte sur le visage, continuant de faire couler le sang. Cette fois, Halvar secoua Légion.

— J'ai dit assez !

Légion cligna des yeux comme s'il émergeait d'une sorte de transe. Il secoua la tête, lâcha son arme et s'écarta vivement de sa victime. J'aurais voulu aller vers lui, lui demander s'il était blessé, mais j'étais transformée en statue de pierre, froide et immobile.

Un hoquet, un frémissement des paupières et le dernier de nos assaillants s'abîma dans les enfers. Je tremblais comme une feuille. Du sang sur mes mains.

Pas le mien.

Je l'avais tué. J'avais tué un homme.

— Élise.

La douce vibration de mon nom me parvint comme si j'avais la tête sous l'eau.

— Élise.

Légion. C'était à moi qu'il s'adressait. Je levai les yeux. Il inclina la tête sur le côté, l'air inquiet, et s'approcha de moi. Sa main recouvrit la mienne, sans crainte du sang visqueux.

— Vous êtes blessée ?

Blessée, moi ? Oui. J'avais reçu un coup de poignard, mais la douleur de l'acier me transperçant le flanc n'était rien comparée au nœud d'angoisse qui m'enserrait la poitrine.

— Je... je l'ai tué.

J'avais eu la volonté de tuer cet homme. Le désir frénétique de le voir saigner à mes pieds m'avait envahie si brutalement que je n'en prenais conscience que maintenant. Et je l'avais fait. J'avais ôté la vie à un homme. Un homme qui comptait pour quelqu'un, quelque part. Je lui avais arraché son existence.

— Il ne vous a pas laissé le choix, dit Légion.

Avec douceur, il effleura l'entaille à vif, au-dessus de ma hanche.

En découvrant ma blessure, je sentis mes genoux céder sous moi. Légion me rattrapa par la taille.

— C'est bon, je vous tiens. Halvar, dit-il en se tournant vers le cocher, viens me donner un coup de main !

Halvar passa mon bras autour de son cou et, soutenue de part et d'autre par les deux hommes, je parvins à boitiller jusqu'au cabriolet.

À travers mes larmes, je regardai la jambe ensanglantée de Légion.

— Vous... vous avez besoin de soins.

— Je m'en tirerai. Comme toujours.

Comment son petit sourire avait-il fait pour retrouver si vite sa place au coin de sa bouche ? Pour ma part, je ne pensais pas pouvoir retrouver le sourire un jour.

Une fois dans le cabriolet, Légion m'attira contre lui. Je lui en fus reconnaissante. Maintenant que mon cœur avait retrouvé un rythme plus calme, je ne pouvais plus m'arrêter de trembler. L'attaque se rejouait instant par instant dans ma tête, jusqu'au vertige. Je ne voyais que du rouge autour de mon champ de vision. Cela signifiait-il que j'étais une meurtrière ? Comment Légion pouvait-il rester assis si près de moi ? Je tentai de m'écarter, mais son bras musclé me plaqua contre la douceur de son flanc.

— Votre corps est en train de s'engourdir. Il vous faut de la chaleur, ça va vous soulager.

Le fameux engourdissement qui suivait le combat… J'avais entendu dire que des guerriers tombaient malades après avoir subi une importante perte de sang qui les achevait plus vite que leurs blessures.

— Vous avez fait couler le sang et le soleil est en train de se coucher ! siffla Halvar.

— Alors, dépêchons-nous ! répliqua Légion.

Le cocher grimpa sur son banc, faisant osciller le cabriolet sous son poids.

— Je vous avais pourtant dit qu'elle était capable de riposter !

— C'est vrai, reconnut Légion.

J'aurais voulu crier aux deux hommes que j'étais issue d'une lignée de guerriers ! Pas une damoiselle à qui l'on devait passer tous ses caprices. Légion resserra son étreinte autour de ma taille, m'attirant tout contre lui.

— Pourquoi se sont-ils jetés sur moi ?

Et qui étaient mes assaillants ? Des Agitateurs ?

Je levai la tête pour interroger Légion, mais il posa sa main chaude sur mon visage.

— Élise, dormez, maintenant.

Comment aurais-je pu dormir alors que mon corps n'était plus qu'une boule de nerfs tendus à craquer ?

— Vous… avez besoin de soins, protestai-je faiblement.

Légion accentua sa pression sur ma joue, son pouce dessinant le contour de ma mâchoire. J'aurais voulu qu'il ne s'arrête jamais.

— Je veux que vous dormiez, maintenant, dit-il.

L'épuisement déferla sur moi en vagues lourdes et palpables. La peur, aussi.

— Si je m'endors, je ne me réveillerai pas.

Mes paroles résonnèrent avec la douceur de l'hébétude à mes oreilles.

— Mais si.

La voix de Légion pénétra tout mon corps, vibra jusque dans mes os.

— Le jour de votre mort n'est pas encore arrivé.

Ma tête tomba sur son épaule et je sombrai dans un trou noir, dense et sirupeux.

Un couteau me perforait le crâne. C'était sûr, quelqu'un me broyait les os. J'entrouvris les paupières. J'avais les cils collés. Une lumière abyssale me brûla les yeux. Je tressaillis de douleur.

Je saignais sur les douces couvertures en fourrure de mon lit. À mes côtés, le visage baigné de larmes, Mavie nettoyait mes doigts ensanglantés. J'avais beaucoup de choses à lui dire, mais mon esprit s'y opposait.

Je refermai les yeux et sombrai à nouveau dans l'inconscience.

Quand je me réveillai, une lampe à huile brûlait sur la table de chevet. À côté, quelqu'un avait déposé un bol de ragoût. Portant la main à ma tête, je m'assis dans le lit. La peau de mon ventre me tirait. À travers ma fine chemise, je vis que ma hanche était bandée de plusieurs épaisseurs de linges.

—Mavie t'a recousue.

Je tournai la tête. Runa referma un livre et se leva du fauteuil. Ses cheveux défaits drapaient ses épaules comme une cape de soie pâle.

—Mère et père sont venus te voir, eux aussi. Et Flèche-Corbeau a juré de combattre les Agitateurs sans merci. Ils périront pour l'affront fait à ton nom, a juré notre oncle.

Je ne voulais pas savoir combien de sang serait encore versé à cause de moi. Du sang, il y en avait déjà eu bien assez. Une seule chose m'importait.

—Légion, articulai-je d'une voix éraillée. Comment va-t-il ?

—Il a prétendu qu'il devait aller montrer l'une de ses blessures au guérisseur de la ville. Pour ma part, je n'ai remarqué aucune blessure et je ne l'ai pas revu depuis. Franchement, je pense que Père était furieux qu'il soit parti avec tant de hâte. Ça lui a provoqué une quinte de toux et depuis, il ne cesse de répéter comme dans un délire qu'on doit le tenir informé de tous les détails.

Mon front se creusa de perplexité.

—Légion a bel et bien été blessé, je l'ai vu. Ses plaies étaient même plus graves que les miennes.

Runa haussa les épaules et s'assit sur le lit. Elle dégagea les cheveux de mon front.

—Si tu le dis… Il doit être en train de se reposer, alors.

Comment pouvait-elle ne pas avoir vu le sang sur la jambe de Légion ?

— Depuis combien de temps est-il parti ?

— Je n'en sais rien, Élise… toute la nuit. Depuis que tu t'es endormie.

Un nouveau jour se levait. L'aube rompait la noirceur du ciel d'un infime rai de couleur grise. Je voulus me lever, mais Runa posa les mains sur mes épaules.

— Non, reste couchée. Tu vas encore avoir des vertiges. Tu n'as pas cessé de marmonner toute la nuit.

La porte s'ouvrit et Mavie entra avec une carafe et des tasses en bois. Runa lui prit les tasses des mains, non sans une certaine réticence, afin qu'elle puisse s'agenouiller près du lit. Les yeux embués d'émotion, Mavie me saisit la main.

— Quand je l'ai vu arriver en te portant dans ses bras, inerte… j'ai cru que tu étais morte.

— Légion ?

Mavie fit oui de la tête.

— Il t'a ramenée au manoir et a donné des ordres pour qu'on s'occupe de toi. Comme s'il était le roi, ce maudit ! Puis il est reparti avec Halvar et Tor. Siv a été envoyée après eux. Pour les aider, j'imagine.

— Siv ?

Un soupçon d'anxiété m'étreignit le cœur. Légion et Siverie m'avaient affirmé qu'il n'y avait aucune animosité entre eux. Elle pouvait donc participer à sa guérison. Ils reviendraient tous deux au manoir sans incident. De toute manière, je ne pouvais pas envisager d'autre possibilité.

Runa étouffa un petit rire et remplit une tasse d'eau.

— À vrai dire, c'est peut-être ça qui a mis Père dans tous ses états. Qu'un autre homme donne des ordres sous son toit.

— Il faut que je sache si Légion va bien.

— Plus tard, répondit Runa en me tendant la tasse. Qu'est-ce qui s'est passé, là-bas ?

Je bus une gorgée : la fraîcheur de l'eau apaisa ma gorge brûlante.

— Je n'en sais rien. Nous étions seuls et l'instant d'après, des Agitateurs sont sortis des bois.

— Ces salauds ne savent pas s'arrêter !

Je fermai les yeux pour ne pas me souvenir que j'avais tué un homme. Mais les larmes me montèrent aux yeux, implacables.

Runa posa une main sur mon épaule.

— Ça va aller, Éli. On va te laisser te reposer.

— Non, répliquai-je en balançant mes jambes sur le côté du lit. Je me suis assez reposée comme ça.

Mavie allait protester, mais Runa l'interrompit.

— Comme tu veux. Mavie, fais-lui donc couler un bain. Nos parents vont certainement vouloir te parler, de toute façon.

Mavie baissa la tête, me lança un dernier regard et disparut dans le cabinet de toilette.

Je n'étais guère pressée de répéter les circonstances de mon agression à mes parents. Je n'avais aucune envie de revivre cette expérience. Ce que je voulais – ce que je devais – c'était découvrir ce qu'il était advenu de Légion Grey.

15

Mes parents ne s'intéressaient pas tant à mon état de santé qu'aux détails les plus sanglants de mon agression. L'idée était que mon père puisse raconter à qui voulait l'entendre comment il allait écumer le bourg à la recherche de tous ceux qui osaient évoquer le Prince de la Nuit ou de quiconque ressemblant de près ou de loin à un Agitateur. Pas par inquiétude pour sa fille cadette, mais pour sa propre survie. Car si une menace pesait sur le trône de Zyben, cela augurait mal pour le domaine Lysandre.

J'appliquai sur ma blessure deux couches de la pâte odorante que Mavie avait rapportée de chez le guérisseur. Un remède aux herbes médicinales qui anesthésiait merveilleusement la peau et grâce auquel je pouvais m'asseoir bien droite sans ressentir un violent élancement au-dessus de la hanche.

Dans la solitude de la bibliothèque, je me dissimulai derrière des piles de livres traitant des dynasties royales. Il n'y avait que peu d'écrits sur les lignées ettanes. Cela dit, la plupart des Timorans s'étaient toujours complu dans l'illusion que notre peuple n'avait jamais envahi leurs terres ni renversé leur souverain. Ils préféraient croire qu'ils avaient toujours régné sur ce territoire.

J'étais absorbée par ces récits passionnants lorsqu'un coup bref frappé à la porte me fit lever les yeux. Bevan passa la tête par l'embrasure. Je lui souris.

— Entre, Bevan.

Seules ses épaules voûtées trahissaient son âge. Ses yeux, eux, pétillaient de jeunesse. Il avait deux livres à la main.

— On m'a demandé de vous remettre ceci, Kvinna, pour vous distraire le temps de votre convalescence.

Je pris les livres et me mis à rire.

— *Les Plus Sanglantes des Batailles ettanes.* (Je secouai la tête, amusée.) Mattis a appris que j'étais passée tout près de la mort, c'est ça ?

Bevan tenta de réprimer un sourire, en vain.

— Je crois que mon vaurien de neveu vous a envoyé ces livres à dessein. Par pure inconvenance.

Je m'esclaffai. Il n'y avait que Mattis pour me faire passer des récits de batailles sanglantes parce que j'avais été blessée à l'arme blanche. Je glissai cependant les deux livres dans la pile d'ouvrages de généalogie.

— Remercie-le de ma part.

Bevan opina du chef. Une ombre traversa son visage.

— Comment allez-vous, Kvinna ?

Je soupirai.

— Physiquement ? Je suis en voie de cicatrisation. Mais je me fais du souci pour Herr Légion. J'ignore quel guérisseur il est allé voir et je n'ai aucune nouvelle de lui.

Tout au long de la journée, j'avais attendu qu'on me renseigne sur l'état de santé de Légion mais personne ne semblait savoir où il était passé. À présent, je craignais qu'il ait succombé à ses blessures. Ou qu'il se soit enfui pour sauver sa peau. De toute évidence, je représentais un danger dont aucun négociateur sain d'esprit n'aurait souhaité se charger.

— Il va bientôt revenir, j'en suis sûr, déclara Bevan. Si j'ai bien compris, son départ était moins motivé par son état de santé que par sa volonté de découvrir pourquoi ces Agitateurs vous ont approchée de si près.

— Il était blessé…

— Quand je l'ai vu, il marchait la tête haute et d'un pas assuré. Vous ne devez pas vous inquiéter pour lui.

Je secouai la tête en marmonnant :

— Ce n'est pas chose facile.

Bevan me tapota l'épaule et sourit.

— Vous commencez à lui faire confiance, à ce que je vois.

— Aurais-je une raison de me méfier de lui ?

— Non, répondit le vieil homme. Je crois Herr Grey plus digne de confiance que n'importe qui.

— En tout cas, il n'est pas banal, admis-je. Ce n'est pas l'idée que je me faisais d'un négociateur de dot. Dans mon esprit, un négociateur, c'était un homme qui se délecterait du pouvoir qu'il exercerait sur moi. Or, j'ai parfois l'impression que Légion s'intéresse plus à mon avenir qu'à me faire faire l'union la plus lucrative, celle qui lui permettrait de se remplir les poches.

Bevan joignit les mains derrière le dos et hocha la tête.

— Je crois en effet que Herr Grey s'intéresse vivement à votre bonheur et à votre destinée.

Je n'en étais pas totalement convaincue, mais c'était un soulagement de savoir que je n'étais pas la seule au manoir à penser que Légion avait un noble cœur et de bonnes intentions.

— Bevan, dis-je en voyant que le vieux serviteur se dandinait d'un air embarrassé. Quelque chose vous tracasse ?

— Non, Kvinna. Mais je ne suis pas seulement venu vous remettre ces livres. Vous avez un visiteur, je le crains. Le capitaine Magnus. J'ai bien tenté de lui dire que vous n'étiez pas en état de le recevoir, mais il insiste terriblement…

De toute façon, je n'aurais pu refuser de le voir, alors que tout le monde m'avait vu traîner dans le manoir toute la journée. On ne me l'aurait pas permis. Feindre la maladie ou une douleur insoutenable pour couper aux visites de prétendants, ça ne marcherait pas. J'opinai brièvement du chef.

— J'arrive dans un instant.

Une fois mes doigts mutilés dissimulés sous une nouvelle paire de gants, je descendis l'escalier avec plus de lenteur que nécessaire. Jarl se tenait près d'une fenêtre ouverte, dans la grande salle de réunion. Avec son gambison noir et sa ceinture en cuir bouilli à laquelle pendait une fine épée, Jarl était le genre de militaire dont le pouvoir du Timoran pouvait s'enorgueillir. Pourtant, sa belle prestance me laissait froide. Le seul homme que j'avais envie de voir, c'était Légion, et tant pis si ça me faisait passer pour une idiote ! Je m'en fichais pas mal.

J'entrai dans le grand salon en faisant claquer mes talons sur le parquet afin de signaler ma présence. Jarl se tourna vers moi, le front creusé par l'inquiétude.

— Élise, dit-il, le souffle court. (Il s'approcha à grands pas et me prit par les coudes.) Pardonnez-moi de ne pas être venu plus tôt. Je n'ai appris que ce matin l'attaque dont vous avez été victime.

Je me forçai à sourire.

— Inutile de vous excuser. Si vous étiez venu hier, je n'aurais même pas pu me lever pour vous accueillir.

Son regard me parcourut de haut en bas, cherchant l'endroit de ma blessure.

— Comment allez-vous ? Runa m'a dit que vous aviez reçu un coup de poignard.

— C'est vrai, dis-je en tapotant l'endroit de ma plaie, au-dessus de la hanche. Mais ma blessure est moins profonde que ce que j'ai d'abord cru, en réalité.

Jarl entrelaça ses doigts avec les miens et me conduisit avec sollicitude jusqu'à l'un des fauteuils, comme si je menaçais de me briser à tout instant.

— On a accordé bien trop de liberté à ces salauds d'Agitateurs. Par les dieux, on devrait s'en débarrasser une bonne fois pour toutes ! Et c'est ce que nous allons faire, Élise. Dès que j'ai appris ce qui s'était passé – une attaque, une de plus ! – j'ai dépêché les meilleurs pisteurs de mon unité pour qu'ils passent les environs au peigne fin. Puisque les Agitateurs veulent se montrer si téméraires, ils mourront, eux et tous ceux qui leur sont associés.

— Ils seront jugés, rectifiai-je. J'espère que la loi continuera d'être respectée et qu'on leur accordera un procès.

— Procès qui sera bref, je peux vous l'assurer, marmonna Jarl, les dents serrées, passant complètement à côté de mon argument.

Un frisson me parcourut. Contrairement à la plupart des Timorans, je ne pouvais me réjouir de la promesse que venait de me faire Jarl. Toujours plus de sang, toujours plus de divisions, toujours plus de haine ! Car à chaque Agitateur qui mourrait, un autre se lèverait. Tant que nous n'entendrions pas leurs croyances et leurs revendications, la mort serait le seul langage dont nous userions.

Je me renfonçai dans le fauteuil, rattrapée par la douleur à ma hanche, tandis que Jarl continuait à m'exposer comment il comptait s'y prendre pour que justice soit faite. À un moment donné, il jura à plusieurs reprises de faire couler le sang en mon nom. Comme mon père. Mais moi, je ne voulais plus que mes mains soient souillées. Mon esprit s'embruma. Jarl, qui ne voyait rien, continuait de disserter comme si de rien n'était. Il s'écoutait parler.

J'étais sur le point de le prier de se retirer afin que je puisse aller me reposer.

— Je discuterai avec Herr Grey des mesures de sécurité à prendre pour vous protéger, déclara-t-il. Grâce aux dieux, le roi a eu la bonne idée de recruter un négociateur qui sait manier l'arme blanche.

J'aurais voulu lui dire que je m'étais moi-même vaillamment battue aux côtés de Légion, mais il m'aurait fallu revivre le terrible moment où j'avais poignardé l'Agitateur et ma tête était trop lourde pour ne fût-ce que l'envisager.

Le discours de Jarl fut interrompu par un coup frappé à la porte. Une serve voilée s'empressa d'aller ouvrir et, comme si notre conversation l'avait fait venir, Légion Grey apparut sur le seuil, entouré de Tor, Siv et Mavie.

16

Légion, vêtu d'une élégante veste d'habit, se tenait parfaitement droit, comme si rien ne s'était passé la veille. Il affichait une expression neutre mais je vis une lueur fugace traverser son regard. Siv et Mavie entrèrent dans le grand salon sans attendre que je les y invite, mais en réalité, elles n'en avaient nul besoin. Tor, toujours aussi sombre et taciturne, promena un regard circulaire sur la pièce. Même sa présence (alors que je le connaissais fort peu) me procura une bouffée de soulagement.

Mes doigts se crispèrent. J'avais envie de leur sauter dans les bras à tous les quatre. Tor accepterait-il mon étreinte ? Ses genoux risquaient-ils au contraire de ployer et ses poils de se hérisser de dégoût ? Ce n'était pas le moment de tenter le coup.

Je regardai Légion et une flèche d'allégresse me transperça la poitrine. Les poings serrés le long du corps, je refrénai mon envie de le toucher.

Jarl hésita, sans raison apparente.

— Herr Grey… vous voilà de retour. Il y a beaucoup de choses dont je veux m'entretenir avec vous, à propos de la sécurité de Kvinna Lysandre. J'aimerais…

Légion l'interrompit.

— Élise, venez vous promener avec moi.

Le ton était aimable, mais autoritaire. Il laissait peu de place au refus.

Jarl vint se poster à mes côtés.

— Est-elle suffisamment remise de sa blessure ?

Il ne m'avait pas posé la question. Il parlait comme si je n'étais pas là. Légion haussa ses sourcils sombres d'un air indifférent.

— Vous pouvez toujours le lui demander, mais si elle n'est pas en état, je vous trouve bien cavalier de l'avoir obligée à rester debout, non ?

Jarl rougit et inclina la tête avec raideur.

— Je suis tout à fait capable de marcher, affirmai-je, me ralliant à Légion.

— Nous allons raccompagner Herr Magnus, murmura Mavie.

Je me contentai de hocher la tête. Je me moquais du moment et de la façon dont Jarl regagnerait sa calèche. Légion m'offrit son bras et c'est donc tout contre lui que je gravis l'escalier menant à mes appartements. Tor marchait derrière nous, son regard sévère passant de droite à gauche, toujours aux aguets, comme s'il redoutait une attaque à tout instant.

— Comme votre démarche est assurée ! fis-je remarquer à Légion, gênée par la lenteur que m'imposait ma blessure superficielle à la hanche.

— Je n'ai pas été touché très gravement.

— Je parie que vous avez perdu plus de sang que moi.

— Je vous assure que ma blessure semblait plus grave qu'elle ne l'était en réalité, affirma-t-il en me coulant un regard. Votre oncle m'a envoyé plusieurs missives : apparemment, il souhaite que je délaisse les négociations pour faire la traque aux Agitateurs.

Je secouai la tête.

— Si vous n'étiez pas blessé, pourquoi Siv vous a-t-elle accompagné ?

— Votre femme de chambre connaît bien les Falaises supérieures. Si j'ai bien compris, elle habitait là-bas, autrefois. Ça lui a permis de me renseigner sur les endroits où les clans d'Agitateurs pourraient se cacher.

— Ah, fis-je, l'enviant un instant d'avoir appris quelque chose que j'ignorais sur le passé de Siv.

Je repoussai ce sentiment mesquin et serrai son bras encore plus fort. *Traquer. Tuer.* Ces mots me donnaient le vertige.

— Il faut que je vous parle. En privé.

Légion eut l'air étonné, mais il me désigna la porte qui menait à mon salon.

— Tor, ouvre l'œil, tu veux ?

— Comme d'habitude.

Tor se posta devant l'encadrement de la porte, telle une sentinelle en faction.

Légion me fit entrer dans le salon. Tor referma la porte derrière nous et nous nous retrouvâmes en tête à tête, isolés du reste du monde. La chaleur du poêle conférait une atmosphère douillette à la pièce et l'odeur de feu de bois chassa l'engourdissement qui m'affligeait depuis la veille. Je me tournai vers la fenêtre. Comment pouvais-je aborder le sujet ? Parler de ce qui s'était passé ? Légion avait-il déjà tué quelqu'un ? Se souvenait-il que j'avais ôté la vie à un Agitateur ? Estimait-il que j'avais pris la mauvaise décision, ce jour-là ? Qu'il y avait une alternative plus judicieuse ?

Mes mains tremblaient. Je chancelai, encore faible sur mes jambes.

Une caresse se posa sur mes cheveux, si douce que ç'aurait pu être celle de la brise.

— Élise…

Une parole toute simple. Mais mon prénom dans sa bouche, après ce qui s'était passé, avait le pouvoir d'abattre tous les murs, de supprimer toutes les barrières de l'étiquette. Je fis volte-face, me retrouvai contre lui et toutes mes inquiétudes de la nuit éclatèrent comme des bulles à la surface de l'eau.

Je pris son visage entre mes mains, en respirant fort.

— J'ai cru… je ne savais pas ce qui vous était arrivé.

Si ma réaction, ou mes doigts dans ses cheveux, le surprit, il n'en laissa rien paraître. Il prit ma joue en coupe dans sa main calleuse et effaça du pouce une larme sur ma joue.

— Vous ne vous débarrasserez pas de moi si facilement, Kvinna.

Je ne voulais pas être débarrassée de lui. Gênée par mon audace, je délaissai son visage et joignis les mains devant moi.

— Où étiez-vous passé ?

La main de Légion parcourut mon épaule, descendit le long de mon bras, puis abandonna elle aussi sa caresse.

— Il nous fallait en apprendre le plus possible sur les Agitateurs. Kvin Lysandre et le roi ne voulaient pas perdre de temps.

— Et vous avez réussi ? À débusquer les Agitateurs, je veux dire.

Il détourna le regard et j'eus ma réponse. Ses traits s'étaient durcis de colère. Il hocha la tête.

— Je n'ai rien fait, tout le mérite revient au château de Flèche-Corbeau. Leurs patrouilles avaient déjà retrouvé la bande d'Agitateurs. Nous avons simplement vu ce qu'il restait d'eux.

Je tressaillis.

— Jarl m'a dit qu'il avait envoyé des pisteurs.

— Et ils ont mené leur mission à bien. Ce matin, trois Agitateurs ont été mis au pilori, en ville. Ils doivent être exécutés au château de Flèche-Corbeau.

Je fermai les yeux. J'avais beau être insignifiante aux yeux de mon oncle, le roi Zyben allait mettre un point d'honneur à faire un exemple à chaque attaque contre sa lignée, de manière à instiller la peur dans le cœur du peuple. Les Agitateurs étaient brutaux et cruels, ils tenaient le rôle des méchants dans mon existence, pourtant, une sensation de malaise se propagea dans mon ventre à l'idée que le sang allait encore couler, des os être encore brisés.

— Je n'ai que trop tué dans ma vie, Élise, reprit Légion. Le sang, je connais. Mais le camp qu'ont investi les patrouilles de Flèche-Corbeau était rempli de familles. Ne vous méprenez pas sur mon compte : quand j'ai vu l'Agitateur vous attaquer, j'ai vu rouge. Je n'avais jamais été aussi furieux, aussi assoiffé de sang de ma vie. Ma réaction m'a surpris moi-même. Mais après avoir vu la scène de carnage que les patrouilles de Flèche-Corbeau ont laissée derrière elles, je ne suis plus si sûr de savoir qui sont les monstres, dans l'histoire.

— Moi ! (Un sanglot m'échappa.) Moi, je suis un monstre. J'ai tué cet Agitateur et je l'ai fait délibérément. Vous étiez assoiffé de sang, dites-vous ? Moi, j'ai assouvi cette soif.

Ma respiration était trop rapide, trop saccadée.

— En quoi suis-je meilleure que les patrouilles de Flèche-Corbeau ? J'ai voulu la mort de cet homme et j'ai tout fait pour qu'il succombe.

Avant que j'aie pu prononcer un mot de plus, je me retrouvai dans les bras de Légion, le visage blotti contre sa poitrine. Mes larmes mouillèrent sa veste moelleuse.

— Arrêtez de vous fustiger, Élise ! ordonna-t-il. Vous n'êtes pas une meurtrière. Sans vous, je ne serais peut-être plus là. Cette soif de sang que vous pensez avoir éprouvée, c'était de l'instinct de conservation et rien d'autre. Vous pouvez me croire – la soif de sang, je la connais, je l'ai vue, je l'ai faite mienne. Vous nous avez défendus tous les deux. Rien de plus.

— Je le vois sans arrêt, murmurai-je contre sa poitrine. Quand je ferme les yeux, je vois son visage, je vois le sang, je le vois rendre son dernier soupir.

Légion resserra son étreinte.

— Tuer quelqu'un, ce n'est pas quelque chose qui s'oublie facilement. Je regrette que ça vous soit arrivé, mais… avez-vous perdu toute estime pour Halvar ?

— Halvar ?

— Oui, Halvar. Il a tué votre agresseur. Le considérez-vous comme un meurtrier ?

À vrai dire, j'avais oublié qu'Halvar avait abattu l'Agitateur qui s'en était pris à moi. Tout ce que j'avais vu, c'était que je lui avais donné le coup fatal, celui qui l'avait lentement achevé.

— Non, répondis-je au bout d'un moment. Non, je ne considère pas Halvar comme un meurtrier. Il m'a sauvé la vie.

Légion s'écarta et je regrettai aussitôt l'étreinte de ses bras.

— J'espère que vous n'aurez plus jamais à tuer, Élise, mais la terre du Nouveau Timoran est imbibée de sang. Vous faites partie de la famille royale – un jour viendra où vous serez peut-être obligée de vous défendre. J'ai fait le vœu de vous protéger, mais pour ma tranquillité d'esprit, il me faut l'assurance que vous n'hésiterez pas à vous défendre. Par tous les moyens. Promettez-le-moi.

Sa voix était teintée d'inquiétude, c'était une impression étrange, voire un peu excitante. Je relevai ma robe pour lui montrer l'étui que je portai à mon tibia.

— Je saurai me défendre, moi et aussi tous ceux qui me sont chers.

— Bien. (Légion glissa la main dans sa veste.) Tenez, c'est pour vous. Faites-en bon usage…

Il posa deux minces ouvrages sur la table. Du parchemin grossier à la reliure en cuir abîmé.

— Qu'est-ce que c'est ? lui demandai-je.

Un petit sourire se dessina sur ses lèvres.

— De vieux écrits ettans. Comme promis. Un petit traité de stratégie militaire et l'autre… j'ai pensé que ça pourrait vous plaire : il s'agit du journal intime de la reine Lilianna, avant les attaques timoranes.

Bouche bée, j'effleurai le dos des deux livres avec respect et admiration.

— Lilianna, la reine ettane ?

Légion opina du chef, visiblement ravi de ma réaction.

— Comment… comment sont-ils arrivés en votre possession ?

Il poussa un soupir et ouvrit avec précaution le petit traité de guerre.

— Les revendeurs ne savent pas toujours reconnaître les trésors qui atterrissent entre leurs mains. En y repensant, j'en éprouve encore une certaine culpabilité. Ces deux ouvrages m'ont coûté au total un sac de pain et une demi-douzaine de babioles en argent. Pauvre type… c'était pratiquement du vol.

J'acquiesçai en gloussant.

— Oui, je suis forcée d'en convenir. Je n'aurais jamais pu…

— Je tiens à ce que vous les ayez en votre possession. Vous savez lire l'ettan ancien, n'est-ce pas ?

— Oui. Je le lis même mieux que je ne le parle.

— Parfait. Tor ne comprend pas mon intérêt pour les livres et l'Histoire. Pour tout vous dire, je me sens comme relié à ces écrits que j'ai lus et relus un nombre incalculable de fois. J'avais hâte de les partager avec une autre mordue de lecture. En tout cas, je compte bien discuter de ces récits avec vous, car je ne manque pas d'opinions dessus.

Mon cœur se gonfla d'allégresse.

— Je vous en rebattrai les oreilles, Herr Grey, soyez-en sûr !

— Vous ne pourriez pas me faire plus plaisir.

La porte s'ouvrit sur Runa. Elle était accompagnée d'une femme grande et maigre, la guérisseuse de la maison. Avec sa tignasse comme de l'herbe sèche et ses dents de lapin, elle ne payait pas de mine, mais elle avait le don d'ôter la douleur par imposition des mains, comme si elle possédait certains pouvoirs magiques propres à la Furie. Je cachai précipitamment les écrits ettans derrière mon dos.

— Pardon de vous déranger, mais il faut changer le bandage de Kvinna Élise, dit Runa avec l'air hautain d'une future reine.

Ma sœur avait parlé à la cantonade. Dans l'esprit de Runa, la personne concernée devait savoir qu'on s'adressait à elle, sans qu'elle ait besoin de s'abaisser à le lui préciser.

Légion gratifia ma sœur d'une légère inclinaison du buste, mais ses yeux ne me quittaient pas.

— Dans ce cas, je vous laisse.

— Oui, dit Runa. De toute façon, Kvin Lysandre désire vous voir.

Légion hocha la tête, puis s'éclipsa sur un dernier regard brûlant qui en disait à la fois trop et pas assez.

Plus tard, lorsque la guérisseuse eut refait mon bandage, lorsque j'eus enduré l'ennui d'un repas entre ma mère et ma sœur, repas où il ne fut question que des prochaines noces de Runa avec Calder, ce prince répugnant, je me retirai dans ma chambre en compagnie d'une reine que je n'avais pourtant jamais rencontrée. Les premières pages étaient les plus cornées. Avec ses pleins et ses déliés, l'écriture de Lilianna était précise et délicate.

Arvad est monté sur le trône, deux jours après le bûcher funéraire de sa mère. Il porte désormais le fardeau de la couronne. Il est un phare pour notre peuple, un symbole de puissance. Il sera un souverain remarquable. Mais mon cœur saigne lorsque, dans la pénombre de notre chambre, il m'avoue ses peurs, ses inquiétudes, à moi et à moi seule. La plus grande partie de ma vie consiste à être un roc, une confidente, une maîtresse et une compagne pour ce roi magnifique et imparfait.

Je souris, profondément émue par ces lignes : l'amour.

Soit. Je m'étais trompée. Le roi et la reine de l'Ancienne Etta éprouvaient beaucoup d'amour l'un pour l'autre. J'aurais pu les envier si l'écriture de Lilianna ne m'avait pas autant transportée de joie. Je n'éprouvais même pas une pointe de jalousie.

La nuit était trop froide pour la saison. Les vents du nord fouettaient le rivage, déplaçant le sable noir sous mes pieds. L'air chargé d'embruns me brûlait l'arrière-gorge. Le froid me glaça le sang et je resserrai la veste en laine que j'avais empruntée autour de mes épaules.

Seul le clapotis de l'eau contre les docks brisait le silence. Un silence qui me hérissait la nuque. D'habitude, la nuit, et jusqu'au petit matin, on entendait les gens qui étaient sortis boire, jouer ou rendre visite aux bordels. Mais cette nuit, il n'y avait que moi et les ombres.

Je balayai les docks du regard, à la recherche du skiff. Il y avait si peu de lumière que je faillis ne pas le voir, amarré à un ponton étroit, le cinquième de la rangée. Mais en m'approchant, je m'aperçus qu'il n'y avait personne à bord du bateau. Mon front se plissa d'incompréhension. Pourtant, je n'étais pas si en avance que ça… J'aurais cru que les autres passagers, qui avaient payé pour faire le tour de la crique, seraient déjà là.

Un frisson me parcourut les bras. Je m'enserrai les épaules et revins sur mes pas pour aller chercher les autres.

Comme je descendais du ponton, quelque chose de chaud et visqueux gicla sous ma botte. Mon regard tomba sur le sable foncé. Je poussai un cri et tombai en arrière dans une flaque de liquide épais. Le cœur battant à toute allure, je me remis debout tant bien que mal. Mes mains étaient recouvertes de cette odeur sombre et piquante. Du sang. Il imbibait le rivage, ruisselait des docks, stagnait dans les poches d'eau qu'avait laissées la marée en se retirant. Des rivières de sang me cernaient de tous côtés.

Je voulus courir. Mais mes pieds ne m'obéissaient plus.

Des pas firent crisser le sable, les coquillages et les galets. Je me figeai. La nuit redevint silencieuse, jusqu'au moment où l'air se chargea d'une tension palpable. Il me semblait qu'en tendant les mains, j'aurais pu la sentir s'enrouler autour de mes doigts. La peau se mit à me picoter, comme si quelqu'un m'observait. Trouvant enfin la force de bouger les pieds, je fonçai vers les arbres, mais ma course maladroite ne me mena pas loin. Une main saisit mon bras et me fit faire volte-face.

Je pense avoir hurlé, car j'avais la gorge à vif, mais le sang cognait si fort à mes tempes que je n'entendais rien.

Au-dessus de moi, des yeux rougeoyaient sous un capuchon noir. De longs ongles noirs – ou plutôt des serres – abaissèrent le masque rouge qui dissimulait la partie inférieure du visage, révélant des lèvres retroussées sur des crocs blancs. Un wolvyn ou un mélange d'homme et de bête.

Le Spectre sanglant brandit l'une de ses maudites haches d'armes, le regard assoiffé de sang et de meurtre.

Quand je rouvris les yeux, sa face sombre s'éclaira et je vis dans ses pupilles mon propre reflet ricanant. Du sang maculait mes mains. Une frénésie sauvage habitait mon regard. Un monstre.

Cette fois, je ne criai pas quand mon double maléfique abattit sa hache.

Je m'éveillai en sursaut. Dans mon lit. Haletante, suffoquant comme un poisson hors de l'eau. Les cheveux collés à mon front en sueur, la peau à vif comme si de minuscules flammes dansaient sur tout mon corps. Ce cauchemar était d'un tel réalisme ! J'avais senti le souffle du Spectre sur ma peau, vu la haine dans ses yeux injectés de sang. Jusqu'à ce qu'il se métamorphose et que la haine se mette à émaner de moi.

Je me frictionnai les bras pour chasser cette horrible sensation.

J'avais la gorge en feu, les joues mouillées de larmes. Maudits enfers ! Pourvu que je n'aie pas crié dans mon sommeil… Quand je faisais des cauchemars, il m'arrivait de réveiller toute la maisonnée et on me posait toujours trop de questions.

Le vent s'engouffra par ma fenêtre entrebâillée et je me dépêchai de la verrouiller au loquet. Le ciel était matelassé d'étoiles, cette nuit. Elles étaient bien réelles, me répétai-je, ce n'étaient pas les ténèbres impénétrables de mon rêve. Il n'y avait pas de ruisseaux de sang sur le sable. En réalité, la où ma route avait croisé celle du Spectre, il y avait des rires et des lanternes au niveau des docks et je ne marchais pas sur le sable. Avant que j'aie pu atteindre le rivage, le Spectre avait balayé l'air de sa lame et… À dire vrai, je n'étais même pas certaine qu'il m'ait vue. Sans doute m'avait-il attaquée par réflexe. Quant à mes doigts, ils avaient eu le malheur de se trouver sur la trajectoire de sa hache.

Mais quand mon sang avait coulé, il s'était arrêté. Je fermai les yeux pour chasser le souvenir du Spectre humant l'air. À cet instant seulement il avait paru se rendre compte que j'avais survécu à son coup de hache, qu'il n'était pas seul dans les bois. Tétanisée par la peur, je l'avais vu rôder telle une créature d'ombre et de sang.

Un second frisson me parcourut les bras. Je secouai la tête pour chasser ce terrible souvenir. À quoi bon ressasser, me demander ce qui serait arrivé si la Guilde de l'Ombre n'était pas intervenue pour ramener le Spectre dans la nuit ? J'avais survécu.

Une robe de chambre en lin reposait sur le dossier d'un des fauteuils tendus de tapisserie, près de mon lit. Je la passai et décomposai mentalement la façon dont les ombres emplissaient les recoins et anfractuosités de la pièce. C'était puéril, peut-être, mais je ne voulais pas rester dans ma chambre. Du moins tant que mon cœur n'aurait pas retrouvé un rythme plus calme. De toute façon, je n'arriverais pas à me rendormir.

Nouant la ceinture de ma robe de chambre, je sortis de la pièce et entrai dans le petit boudoir. Il n'avait rien de grandiose : quelques fauteuils, une méridienne recouverte de fourrures et un rayonnage de livres à côté du poêle. Près de la fenêtre, une chandelle de suif répandait une lueur dorée. Un sourire se dessina sur mes lèvres.

Légion, la tête sur le poing, dormait, une dague sur les genoux.

À la flamme de la bougie, sa peau couleur de pain grillé luisait comme du bronze et ses cheveux humides lui retombaient sur le front, plus sombres que l'or. Je l'observai pendant quelques instants. Avec sa tunique ample, son pantalon foncé et ses solides bottes en cuir, il ressemblait plus à un patrouilleur de Flèche-Corbeau qu'à un commerçant.

Ça lui allait bien.

Mais que faisait-il ici ? Fascinée par la paix qui se dégageait de son visage endormi, je ne m'étais même pas demandé pourquoi il dormait sur cette petite chaise et non dans le confort de son lit.

J'allai à pas de loup prendre une courtepointe sur le dossier d'un fauteuil, de l'autre côté de la pièce. J'avais peut-être surestimé ma capacité de discrétion, car pendant que j'étendais la courtepointe sur Légion, il se mit à remuer. Soudain, il bondit de la chaise. Sa dague tinta sur le sol et il tendit les mains vers moi.

— Élise ! dit-il d'une voix rauque. Est-ce que vous… Qu'est-ce que vous faites debout ?

Ses doigts se refermèrent sur la paume de ma main et la chaleur de sa peau chassa le dernier de mes frissons. Je glissai timidement mes doigts entre les siens et les pressai avec émotion.

— Je pourrais vous retourner la question. Que faites-vous dans mes appartements ?

Légion se racla la gorge. S'il s'était aperçu qu'il avait la main dans la mienne, il ne semblait pas s'en formaliser.

— Je... Je n'aime pas vous savoir seule.

Mon cœur bondit.

— Vous outrepassez votre mission, Herr.

— Ça n'a rien à voir avec ma mission, Kvinna.

Son regard se posa sur nos mains et une bouffée de... quelque chose... embrasa mes joues lorsqu'il ne retira pas la sienne.

— Après la descente de ce matin sur leur camp, les Agitateurs se sont emparés d'un manoir, près de Mellanstrad. Une maison noble. Ils ne cessent de s'enhardir, je préfère donc ne prendre aucun risque avec vous.

— Personne ne m'a rien dit... (Je laissai passer quelques secondes.) Vous m'auriez parlé de cette nouvelle attaque si je n'étais pas tombée sur vous par hasard ?

Légion ne serait pas le premier homme à laisser une femme dans l'ignorance, chez les Lysandre. C'était à peine si je savais à quoi mon père passait ses journées lorsqu'il se sentait assez bien pour quitter ses appartements. Et bien qu'il se soit marié au-dessus de sa condition, ma mère en savait encore moins que moi. Peut-être préférait-elle qu'il en soit ainsi.

— Je ne crains pas de vous dire la vérité, Élise, aussi dure soit-elle. Mais en l'occurrence, je n'en voyais pas la nécessité.

Délaissant ma main, il croisa les bras sur sa poitrine.

— Quoi qu'il en soit, que faites-vous debout à cette heure de la nuit ?

Je tripotai la ceinture de ma robe de chambre et m'assis dans un fauteuil recouvert de fourrure.

— J'ai fait un cauchemar… et comme une enfant, je n'ai pas voulu rester seule dans l'obscurité de ma chambre. Je suis venue ici pour me calmer les nerfs.

Légion me scruta un long moment avant de venir s'asseoir à côté de moi. Nous étions épaule contre épaule.

— Je connais deux ou trois choses sur les démons Mardesques, me dit-il. Il paraît que si on les invite au premier repas du matin, ils ne reviendront plus vous hanter.

Je souris, mais secouai la tête.

— Ce n'est pas un démon fae qui m'a maudite cette nuit. Ce cauchemar, c'était un souvenir, en fait.

— Un souvenir ? (Légion se pressa contre moi.) L'Agitateur ?

— Non, répliquai-je, la voix rauque.

Je n'avais jamais parlé du Spectre sanglant à personne en dehors de ma famille et à cet instant, je dus me mordre la langue pour ne pas lui ouvrir mon cœur. Puis je réfléchis : pourquoi continuer à garder cette terrible expérience pour moi ? Légion Grey avait déjà prouvé qu'il était homme de parole : il n'avait jamais trahi mes secrets et il avait pris mes souhaits en considération. En vérité, il semblait même aussi perturbé que moi par les négociations dont il avait la charge. Alors, pourquoi ma funeste rencontre avec le Spectre sanglant changerait quoi que ce soit entre nous ?

— Je suis intrigué, dit-il face à mon silence. Vous hésitez, et ma curiosité l'emporte sur ma discrétion. Qu'est-ce qui vous effraie au point de ne pouvoir l'exprimer, Élise ?

Je relevai la tête et caressai mes phalanges fantômes comme si la chaleur pouvait encore se propager en elles.

Moi qui avais toujours tout fait pour dissimuler ma main gauche mutilée, je fus surprise lorsque Légion la souleva et en écarta les doigts.

Vous m'avez demandé un jour dans quelles circonstances j'avais perdu mes phalanges.

Légion n'était plus intrigué, il était complètement captivé.

— Que vous est-il arrivé ?

— Certaines personnes pensent que j'affabule, comme si je n'avais pas bien compris ce qui m'était arrivé en réalité, voilà pourquoi j'évite d'en parler. Seuls les membres de ma famille sont au courant et en toute franchise, je ne pense pas qu'ils m'aient crue.

Légion me considérait avec attention, sans l'ombre d'un sourire. Son visage ne trahissait pas le moindre sarcasme, pas le moindre amusement.

— Moi, je vais vous croire.

— Pourquoi ?

Je pris sa main dans les miennes.

— Pourquoi me dites-vous ces choses-là ? insistai-je. Pourquoi êtes-vous si… gentil avec moi ? Je devrais être un poids pour vous, une femme que vous devez chaperonner, dont vous devez déterminer la valeur, et pourtant vous me traitez comme…

— Je vous traite comment ? me demanda-t-il tandis que son pouce décrivait de petits cercles sur le mien. Je vous traite comme une personne, et non comme une chose.

— C'est ça ! m'écriai-je, les nerfs à fleur de peau. Personne, à part quelques-uns de mes serfs et un certain menuisier, ne voit plus loin que mon titre. Les négociateurs s'intéressent fort peu aux nobles dames dont ils organisent les accordailles. Ils s'intéressent davantage au prestige de leur fonction et aux avantages que leur promettra le meilleur enchérisseur. Alors que vous, non. Vous êtes ici, avec moi, vous me réconfortez parce que j'ai fait un cauchemar. Vous vous entraînez au combat avec moi. Vous lisez dans la bibliothèque avec moi. Pourquoi ?

Légion paraissait troublé. Il s'écarta de moi, regarda droit devant lui, et garda le silence beaucoup trop longtemps.

— Je m'attendais à une princesse arrogante, capricieuse et gâtée. À la place, j'ai hérité de vous. Une femme pleine de courage, d'audace et de bonté. La façon dont on vous a mise sur le marché, c'est... ce n'est pas bien. Quand ces crétins viennent me voir avec leurs pièces d'or, leurs promesses et leurs menaces, tout ça pour obtenir votre main, je ne peux les considérer autrement que comme des ennemis. Pardonnez-moi, mais c'est ce que je ressens vraiment.

Je n'en croyais pas mes oreilles ! Pourtant chacun de ses mots semblait sincère, presque comme s'il avait voulu lutter contre ses sentiments, en vain. Gênée, je me mordis la lèvre inférieure.

— Vous n'êtes pas un homme ordinaire, Légion Grey, dis-je avec un doux sourire. Néanmoins, et en dépit du bon sens, j'ai décidé de vous faire confiance.

Je sentis tout son corps se détendre et son petit sourire eut raison de son expression embarrassée.

— Piètre décision, Kvinna.

Je pouffai et regardai mes doigts mutilés. Il avait été franc avec moi, je pouvais donc faire de même.

— Mes doigts, la cause de mes cauchemars récurrents...

Je pris une grande inspiration.

— Il y a presque deux cycles, j'ai pris un billet pour faire le tour de la crique à bord d'un skiff. Je n'avais jamais navigué et je n'ai pas pu résister à la tentation. J'ai attendu l'heure où la lune était la plus haute pour faire le mur, mais avant d'avoir pu atteindre l'eau… je suis tombée dans un guet-apens.

Légion fronça les sourcils.

— Un guet-apens ? Tendu par qui ?

Par tous les dieux, crois-moi, je t'en supplie ! Je ne voulais pas lire dans ses yeux qu'il me prenait pour une folle, car je ne savais pas comment je réagirais.

— Le Spectre sanglant. Il a jailli de l'ombre – comme surgi de nulle part – et il m'a frappée. Je n'avais jamais vu des yeux comme les siens. Rouges, dénués de toute humanité. Je les ai vus sous son masque rouge et j'ai su que j'allais mourir. Quand on voit ce qu'il y a derrière le masque du Spectre, on n'en réchappe pas. Et je serais morte de sa lame si la Guilde de l'Ombre ne l'avait pas arrêté. Je sais qu'ils ont la réputation d'être aussi impitoyables que lui, pourtant ils m'ont sauvée – seules les Déesses du Destin savent pourquoi.

Il me fallut un moment avant d'oser croiser le regard de Légion. Je craignais sa réaction plus que tout le reste. Quand mes yeux rencontrèrent les siens dans la pénombre, j'y lus une expression d'horreur. Il serrait les poings sur ses genoux et ses épaules se soulevaient au rythme de sa respiration saccadée.

Je poursuivis.

— Je sais que pour certains, le Spectre n'est qu'un mythe, mais moi, je l'ai vu. Et je l'ai revu l'autre nuit.

— Je vous crois, dit Légion d'une voix altérée. Je vous l'avais promis.

Il soupira, se racla la gorge et se détendit un peu.

— Vous avez beaucoup de chance d'être encore en vie, Élise.

Sur ce, il prit ma main gauche et embrassa mes phalanges à jamais disparues, les yeux dans les miens.

Une sensation inconnue s'empara de mon corps. Une impression de vertige et de noyade en même temps. Un désir brut, torride, aigu, enivrant comme un vin nouveau. Les lèvres de Légion sur ma peau précipitèrent les battements de mon cœur dans une frénésie qui semblait ne pas vouloir retomber, et à vrai dire, je n'avais pas envie que ce moment cesse.

J'avais beaucoup d'affection pour Légion Grey. En fait, il m'avait poussée à l'aimer plus que je n'avais jamais aimé quiconque.

17

Sol, notre petit prince, s'est longtemps fait attendre, mais cela en valait la peine. Les dieux ont répondu à nos interminables prières. Cher Arvad, mon roi aimant et déterminé ! Combien de fois au cours de ces huit longs cycles t'ai-je proposé de prendre des favorites, ne serait-ce que pour donner à notre peuple l'héritier dont il avait besoin ? Mon roi commençait même à m'en vouloir d'oser envisager cette solution. Pourtant, chaque fois que je l'encourageais à travers mes larmes à se trouver une autre femme, il m'embrassait le front et m'affirmait que les Nornes ne lui avaient pas donné une reine telle que moi pour qu'il aille partager la couche d'une autre. Les guérisseurs du palais pensent que je ne porterai jamais d'autre enfant, mais c'est sans importance. Sol – le Prince Soleil – est né. Et par les dieux, il a de fameux poumons...

— Il y a trop longtemps que je n'ai pas franchi les portes de Flèche-Corbeau, dit Runa en ornant ses tresses de baies de sureau. Cette fête va être mémorable, je meurs d'impatience !

Je refermai le journal de Lilianna et regardai ma sœur.

— Moi, je trouve ça révoltant !

Je bouillais de colère. Mavie était en train de serrer le corset de ma nouvelle robe rose, commandée aux couturières de Flèche-Corbeau après l'arrestation des trois Agitateurs, lors du saccage de leur camp.

— Explique-moi, dit Runa. Qu'est-ce qui est révoltant ?

— De faire ripaille pendant des jours pour fêter des exécutions, répliquai-je sèchement. Que sommes-nous censées faire ? Manger et danser devant le spectacle de leur corps broyé ?

Siv regardait par la fenêtre d'un air apathique. Elle n'était pas elle-même, aujourd'hui. Mavie poussa un soupir, mais garda le silence. Elle n'osait pas parler en présence de Runa.

Ma sœur, assise à la coiffeuse, détourna les yeux du miroir.

— Chut, Élise ! Ces Agitateurs méritent le sort qui leur est réservé. Comment peux-tu dire ça alors que ces hommes t'auraient tuée sans l'ombre d'un remords ? Par les dieux, à t'entendre, on dirait que tu voudrais que les ennemis du Timoran nous emportent dans les enfers !

Je levai les yeux au ciel.

— Non, mais j'aimerais que le Timoran connaisse un jour la paix. Qu'on arrive à négocier une coexistence pacifique sur cette terre, sans effusion de sang.

Runa me foudroya du regard et se leva.

— Les Agitateurs vénèrent un prince mort, Élise. Ils ne nous accepteront jamais. Faire la paix avec des traîtres ? Dis-moi que tu ne le penses pas vraiment, ma sœur. Dis-moi que tu n'accordes de valeur qu'à la puissance de notre peuple et à rien d'autre.

Ma sœur n'avait plus été animée par une telle passion depuis des cycles. J'en étais troublée.

— Runa, je rêve du jour où les Ettans, la Furie, et les Timorans seront enfin réunis. Ensemble, nous serions plus forts.

Ma sœur tressaillit comme sous l'effet d'un coup de poing. Mais son trouble ne dura qu'un instant. Elle redressa les épaules, un sourire moqueur aux lèvres.

— Quel dommage…

Sur ce, elle sortit de la chambre d'un pas décidé, le menton levé d'un air de défi.

Je saluai sa sortie d'un geste désinvolte. Pendant toute la semaine, on s'attendait à me voir festoyer à Flèche-Corbeau avec les princes et la grande aristocratie de Lyx. Du spectacle. Et c'était moi le catalyseur de cet événement. Nous étions sur le point de partir. Au château, le roi Zyben avait organisé une grande célébration avec festins, divertissements de cour, bals et parties de chasse. Tout cela en l'honneur de sa pauvre nièce qui avait échappé aux ennemis du Nouveau Timoran. Puis, à titre dissuasif, les trois Agitateurs seraient exécutés et pendus aux portes du domaine.

Je n'avais aucune envie d'être mêlée à ce genre de réjouissances.

— Essaie de ne pas y penser, me suggéra Mavie en me tendant une cape doublée de fourrure.

Je la lui pris des mains à contrecœur.

— Vous êtes ravissantes, toutes les deux, observai-je avec une rage contenue.

— Je n'ai jamais rien porté d'aussi élégant, reconnut Mavie en passant la main sur sa jupe plissée en soie.

Siv, elle, jeta un simple coup d'œil à sa robe vert émeraude. En tant que femmes de chambre officielles de la Kvinna Élise, elles avaient la permission d'entrer dans le château de Flèche-Corbeau et l'on s'attendait à ce qu'elles soient vêtues en conséquence.

Nous nous rendîmes toutes les trois jusqu'à l'entrée principale où les calèches avaient été chargées de nos malles. Notre garde rapprochée s'entasserait avec quatre patrouilles de Flèche-Corbeau dans chaque voiture. Mon père ayant également insisté pour emmener au moins une demi-douzaine de serfs, notre équipage se composerait de quatre calèches. Nous ne passerions pas inaperçus quand nous franchirions les grilles du château et cela me faisait bouillir encore davantage. Une exécution n'avait rien de glorieux. Comment la mort – même celle d'un ennemi – pouvait-elle être source de réjouissances ? Ça me dépassait ! Combien de siècles devraient encore s'écouler avant que le peuple qui revendiquait cette terre puisse cohabiter en paix avec les autres ?

Je saluai Bevan qui attendait près de la calèche de mes parents.

— Ah, Bevan, je suis contente que tu sois de la partie. Ainsi, je me sentirai un peu chez moi, là-bas.

Le vieux serviteur inclina la tête.

— Je manque rarement une occasion d'aller au château de Flèche-Corbeau.

— Ni une occasion de voir *De Hän* Odda, marmonna Mavie.

Bevan la fusilla du regard, mais son visage buriné s'était légèrement coloré. J'émis un rire amusé et tapotai le bras du vieux serviteur. Odda était l'une des cuisinières en chef de Zyben. Si quelqu'un faisait partie des Êtres de la nuit, c'était bien elle. Odda avait des yeux d'un noir absolu et quelque chose dans sa façon de cuisiner rendait ceux qui goûtaient à ses plats plus légers que lorsqu'ils étaient arrivés.

Il n'y eut qu'une seule éclaircie dans cette sombre journée, ce fut lorsque Légion se posta près de la calèche dans laquelle j'allais voyager. Il était entièrement vêtu de noir. Toutefois, il n'arborait pas la tenue raffinée d'un commerçant, col pointu, pantalon et chaussures cirées, mais une tunique sombre comme la nuit, un épais ceinturon en cuir bouilli et des bottes qui lui arrivaient au genou. On ne pouvait manquer de remarquer les lames aiguisées comme des os à sa taille et sur ses cuisses. Il avait même au creux des reins une dague dont le manche argenté dépassait de son étui.

Le bout de mes doigts s'engourdit. Légion était magnifique, presque trop beau pour être humain. Je me pris les pieds dans ma robe lorsque son regard sombre se posa sur moi. Il s'approcha de nous, la main tendue et les lèvres retroussées par son fameux petit sourire en coin.

—Kvinna Élise, dit-il en me baisant la main. Votre beauté surpasse celle de la nuit.

À ce moment, mon père passa en boitillant, ma mère pendue à son bras, visiblement à contrecœur. En entendant Légion, elle hocha la tête d'un air approbateur. Je réprimai un rire et me penchai vers lui.

—Faites attention, vous risquez de vous attirer l'affection de ma mère.

—Je ne faisais qu'énoncer une vérité.

Légion m'offrit son bras. Nous voyagerions séparément de mes parents. Quant à Runa, elle et ses femmes de chambre seraient dans la voiture de tête. Je me réjouissais de passer la soirée loin de ma famille.

Assis à côté d'Halar sur le banc du cocher, Tor arborait une tenue presque identique à celle de Légion. Deux gardes de Flèche-Corbeau nous tinrent les portières en inclinant la tête. Mavie murmura son enthousiasme d'être traitée presque comme moi. Elle caressa la soie des sièges en velours moelleux. Siv, elle, se rencogna d'un côté et remonta le store noir pour scruter la nuit. Sous la fenêtre, un panier contenait du vin chaud et un vin de pomme avec des flûtes, et des fromages dont l'odeur forte embaumait l'air. Les invités du roi avaient droit au fin du fin.

— Alors, racontez-moi, Herr Grey, dis-je en m'installant sur la banquette. Comment se fait-il que vous soyez aussi lourdement armé que nos escortes ?

— Par chance pour vous, je ne jouerai pas mon rôle de négociateur pendant notre séjour à Flèche-Corbeau. Je serai, de fait, le garde exclusif de la Kvinna.

Il était assis tout près de moi et je luttai contre l'envie de me blottir contre lui. Je préférai garder secrète mon attirance pour Légion Grey. Même Mavie et Siv ignoraient qu'il me plaisait d'une façon que j'avais du mal à m'expliquer.

— À ce propos…

Légion se pencha et tira de sa botte un poignard effilé dont la lame était incrustée d'une rangée d'émeraudes. Il me le tendit.

— Vous m'avez promis.

De me défendre… Je me souvenais du moment où il m'avait fait jurer que je n'aurais pas peur de frapper un ennemi à nouveau. Je saisis le poignard non sans une certaine prudence, mais lui souris. Une fois de plus, cet homme ne me traitait pas comme une poupée de porcelaine.

— Êtes-vous formé au métier de garde ? s'enquit Mavie.

— À mon avis, répondit Légion, ce qu'apprécie Kvin Lysandre, c'est que je n'ai pas reçu la même formation que les patrouilles de Flèche-Corbeau. Les enfants des rues apprennent à se battre selon des règles tout à fait différentes.

Sur le visage de Mavie, l'étonnement céda la place à la confusion. Siv ferma les yeux, comme prise de nausées, et se tourna à nouveau vers la fenêtre. Une boule se forma au creux de mon estomac. Quoi qu'il se soit passé entre mon amie et Légion, il demeurait une sorte de malaise entre eux. J'étais persuadée qu'ils ne m'avaient pas dit toute la vérité sur leur confrontation de l'autre soir. Mais je ne pouvais les forcer à se confesser si l'un comme l'autre s'y refusait.

Quand nous partîmes de Mellanstrad, le soleil pâlissait sur l'océan du Destin. Le temps d'arriver aux portes de la cité royale de Lyx, le ciel s'était tendu de velours noir et scintillait d'étoiles, à la lueur d'une lune dans son premier quartier. La calèche roulait sans heurt sur les routes pavées de brique. Des dizaines de lampes à gaz vernies bordaient les rues si pittoresques de la ville avec leurs maisons jumelles rouges et leurs appartements aux volets peints. L'air de Lyx n'avait rien à voir avec celui qu'on respirait dans le quartier des docks de Mellanstrad, cette odeur de moisi mêlée d'embruns. Ici, de délicieux effluves de fleurs, de cannelle et de pain frais flottaient à chaque coin de rue.

Les habitants de la ville agitaient des rubans et des mouchoirs colorés sur notre passage. Tous célébraient la grandeur du château de Flèche-Corbeau, tous criaient leur admiration pour la famille royale qui protégeait le Nouveau Timoran des Agitateurs et des Êtres de la Nuit – bref, des traîtres.

Je me renfonçai dans la banquette, refusant de contempler ce spectacle.

Ma culpabilité vis-à-vis de cette triple exécution, de cette célébration, mon empathie pour les Agitateurs, me faisait de plus en plus l'effet d'une trahison envers les miens. Il aurait été naturel que je souhaite voir mon peuple dominer les autres. J'aurais dû, comme Runa, m'enorgueillir que les Timorans piétinent tous les autres peuples. Pourtant, mon désir de changement était là, indéniable.

Le cri de ralliement des Agitateurs – nous étions une famille d'imposteurs – s'était gravé dans mon esprit de façon irrémédiable.

La calèche s'arrêta devant le portail du château de Flèche-Corbeau, en haut d'une côte escarpée. Mon genou se mit à tressauter et une décharge acide me brûla l'estomac. J'allais devoir jouer un rôle dont je m'étais lassée. La calèche s'engagea lentement dans le domaine royal. Pendant que Siv et Mavie regardaient par la fenêtre, la main de Légion s'avança vers mes genoux et se posa sur la mienne.

— Quelque chose vous tracasse, murmura-t-il.

À la faible lueur des lanternes extérieures, je distinguai sa mâchoire carrée et son expression préoccupée. Je glissai mes doigts entre les siens et les refermai sur sa main.

— Je ne suis pas faite pour la royauté timorane. Ce supplice me semble… injuste.

Légion me scruta longuement.

— Vous ne pensez pas que les Agitateurs doivent payer pour leurs actes ?

— Si, marmonnai-je. Si, bien sûr. Toute tentative de meurtre doit être punie, mais je suis de plus en plus lasse de ces incessantes effusions de sang. Autrefois, les gens préconisaient la discussion et, si possible, les compromis, pour venir à bout des dissensions.

Légion haussa les sourcils, l'air étonné.

— Kvinna Élise, seriez-vous en train de me citer des passages de, oserai-je le dire, certains rapports de guerre ettans ?

Je piquai un fard.

— Il se peut que j'aie lu leurs comptes rendus de justice martiale, oui. Je ne suis peut-être pas d'accord sur tout, mais le fait est que leurs lois favorisaient l'équité. Tout ce que j'en dis, c'est que personne au château de Flèche-

Corbeau n'a jamais cherché à les écouter, à comprendre leur haine, pas même avant le règne de Zyben.

Je secouai la tête, découragée, me sentant stupide.

— Comme je viens de vous le dire, je ne suis pas faite pour être princesse.

Légion ne protesta pas, ne chercha pas à me rassurer. Il semblait quelque peu perplexe et je regrettai de ne pas pouvoir lire dans ses pensées. Il me pressa les doigts, puis me lâcha la main lorsque la calèche fit halte devant l'entrée de la forteresse.

Car le château de Flèche-Corbeau était une forteresse.

Bâtie derrière une colline sphérique parsemée de buttes et de clôtures en bois, elle se divisait en six bâtisses principales, faites de pierre, de fer, de brique d'ardoise et de bois de chêne noir. Certaines ressemblaient à des longères traditionnelles, tandis que d'autres surplombaient le domaine du haut de leurs deux étages. Toutes étaient reliées entre elles par un entrecroisement de corridors couverts et de passerelles ; toutes possédaient une tour où patrouillaient des gardes armés de haches, de poignards et de flèches ; toutes étaient de proportions démesurées.

Flèche-Corbeau n'était ni lumineux ni accueillant. Ses grossiers remparts en fer, noircis par les flammes des torchères, envoyaient un message impressionnant aux visiteurs : c'étaient des guerriers timorans qui avaient bâti cette forteresse et c'étaient des guerriers timorans qui continuaient de la revendiquer.

Néanmoins, il demeurait par endroits quelques vestiges du palais de Férus.

Je contemplai en particulier l'école de briques blanches où les rois de l'Ancienne Etta avaient dû apprendre l'histoire de leur territoire, mais aussi de leur peuple et de la Furie, s'ils la possédaient. Çà et là, quelques briques blanches aux rebords dorés témoignaient de la grandeur du palais qui scintillait autrefois sur la colline. De nos jours, le château de Flèche-Corbeau était un symbole guerrier.

— Triple enfer, je n'ai jamais… hoqueta Mavie en contemplant les tours. C'est immense !

— En effet.

Je lui fis un grand sourire. Aujourd'hui, cela ne me surprenait plus, mais quand j'avais visité Flèche-Corbeau pour la première fois, j'avais eu la même réaction que Mavie devant ce dédale de corridors, de murs et de toits.

Nous nous mîmes en ordre de marche dès que les autres calèches eurent déversé leurs passagers. En tête de notre petite procession, Runa et ses femmes de chambre, puisqu'elle serait reine un jour et ne manquait jamais une occasion de nous le rappeler. Venaient ensuite mes parents, escortés par Bevan et Inge, la femme de chambre de ma mère. Enfin, quelques gardes fermaient la marche. Tor, Halvar et Légion faisaient cercle autour de moi et de mes amies. Je fus frappée à la vue d'Halvar. Il ressemblait plus à un assassin qu'à un cocher avec ces rangées de poignards qui pendaient à sa ceinture et le capuchon noir qui recouvrait ses cheveux foncés.

Sa voix espiègle, en revanche, démentait toute impression de cruauté.

— Par les dieux, ils ont intérêt à avoir des tartes en cuisine, marmonna-t-il à l'intention de Tor qui, l'expression granitique, opina sans que tressaille un seul muscle de son visage.

Légion m'accorda un rapide coup d'œil et me fit signe de passer devant. À l'intérieur, Flèche-Corbeau offrait un contraste saisissant. Des moulures à filigrane d'or et d'argent. Des successions de lustres en fer garnis de cent bougies. Zyben avait choisi un bleu profond comme couleur royale et chaque centimètre carré du sol était recouvert de longs tapis tissés de bleu, de noir et d'or. Le symbole de Flèche-Corbeau, un corbeau tenant une flèche dans son bec, ses serres agrippant une couronne à pointes, figurait sur chaque manteau de cheminée, chaque bannière, chaque tapis.

Les couloirs grouillaient de nobles venus de Lyx, de Mellanstrad, des Rivages du Sud et des Falaises du Nord. Robes rebrodées de perles en cristal et corsages en fourrure. Vestes d'habit ourlées d'or et d'argent. Montres, bracelets et colliers en or. Les vins et l'hydromel réchauffaient l'atmosphère alors que le dîner n'avait pas encore commencé.

La foule s'ouvrit pour laisser passer la branche cadette de la famille royale et on nous salua même d'une révérence. Les battements de mon cœur s'accélérèrent. Je gardai le regard fixé sur les poutres du plafond. Une légère pression au creux des reins me fit avancer vers la salle où se tenait le banquet et je regrettai que Légion ait déjà ôté sa main. Le contact de son corps était en train de devenir l'ancre qui m'empêcherait d'être emportée par la tempête de ce lieu, de cette existence.

La porte à double battant s'ouvrit sur une salle de réception étincelante. Le brouhaha de la foule de plus en plus dense des invités résonnait sous le plafond en coupole. Au milieu de la pièce se trouvait une plateforme autour de laquelle une douzaine de tables étaient dressées. Je fermai les yeux, horrifiée. C'était là que les prisonniers seraient exécutés.

Sur une estrade, Zyben trônait avec la reine. Calder se tenait à côté d'eux, pilier inébranlable de la royauté timorane. Lorsqu'il aperçut Runa, il quitta sa place et alla baiser la main de sa future épouse qu'il conduisit jusqu'à un siège en bout de table.

Mon estomac se mit à gargouiller. Du pain fourré aux dattes. Du saumon poché, glacé au miel. De l'anguille froide et des navets braisés. Tous ces mets me rappelaient que je n'avais rien avalé depuis ce matin.

— Kvinna Élise.

Je me retournai vivement et faillis me cogner contre le front de Jarl.

— Oh, Jarl. Je ne vous avais pas vu.

Il arborait son gambison bleu de capitaine. Il prit ma main et y déposa un baiser.

— Je me demandais si je pouvais vous emmener un peu à l'écart. (Il regarda Légion.) À condition que Herr Grey soit d'accord, bien sûr.

La mâchoire de Légion se contracta, mais j'étais la seule assez près de lui pour l'avoir remarqué. Il masqua son inquiétude derrière son petit sourire narquois.

— Je ne veux pas m'exprimer à la place d'Élise. Elle peut vous répondre elle-même.

Par les dieux, cet homme savait comment mettre le feu à mon cœur…

Je battis des paupières pour dissimuler mon trouble à Jarl qui semblait décontenancé ou étonné par la réaction de Légion, et lui signalai mon assentiment d'un hochement de tête.

Si je ne m'éloignais pas un peu de Légion, je risquais de faire quelque chose de stupide… l'embrasser, par exemple.

18

Légion restait à trois pas de nous. Jarl se taisait, mais je crus le voir sourire lorsque nous passâmes devant Herr Svart qui était installé à une table inférieure. Svart plissa les yeux comme deux meurtrières et me fusilla du regard. J'aurais voulu disparaître.

À l'intérieur, Siv et Mavie se postèrent contre le mur avec les autres valets et femmes de chambre. Bevan se tenait près d'elles, tandis que Tor et Halvar partaient en direction des cuisines. De toute façon, on n'avait pas besoin d'eux ici et on ne leur aurait pas permis de rester dans la salle de réception.

À table, je pris place entre Légion et Jarl. Bien qu'il partageât nombre de mes sentiments sur la culture timorane, mon négociateur avait le don de se glisser avec naturel dans le confort et le luxe comme s'il n'avait connu que ça toute sa vie. Il savait s'asseoir en homme du monde, tendre religieusement sa corne à boire pour réclamer davantage de vin ou de bière blonde, et flatter l'amour-propre chatouilleux des nobles jusqu'à les faire étouffer d'orgueil rentré.

Ayant été élevée dans ce monde-là, j'avais du mal à dissimuler mon ressentiment. Mon mécontentement se traduisait même dans la brusquerie avec laquelle j'ôtais la peau humide de l'anguille.

Personne ne me demanda comment je me sentais, bien sûr. Personne à part Légion.

— Ça va, répondis-je lorsqu'il me jeta un regard furtif en entendant mon couteau crisser sur l'assiette.

Il n'avait pas besoin de parler, je savais quelle était la question qui lui brûlait la langue.

— Je n'ai rien dit, Kvinna, dit-il avec un grand sourire.

Je pinçai les lèvres.

Nous étions assis à la table du roi, la plus proche de l'estrade où le sang coulerait dans quelques jours. Des yeux inquisiteurs m'observaient en douce, on parlait de moi à voix basse, sans jamais m'approcher. Si entourée et pourtant si seule. J'aurais voulu que le sol s'ouvre sous moi.

Les murmures cessèrent lorsque Zyben prit la main de la reine Annika et la conduisit vers les deux sièges à haut dossier. Annika était une femme au teint blafard – à croire qu'elle ne mettait jamais un pied dehors – et aux traits crispés, comme si on lui avait mis sous le nez une odeur putride.

La reine s'assit, mais Zyben demeura debout. Il leva une coupe en métal poli.

— Bienvenue à tous ! Par votre présence ce soir, vous faites honneur au roi en célébrant la défaite des traîtres.

Ses yeux glacés parcoururent la tablée. Lorsqu'il ricana, les perles en os qui ornaient les tresses de sa barbe cliquetèrent.

— La fête va durer pendant des jours. Alors, mangez, buvez et amusez-vous !

Un murmure d'approbation s'éleva de la foule et les domestiques commencèrent à servir les sujets les plus nobles et les plus riches du Timoran.

Je ne prenais part à aucune des conversations vu que la plupart tournaient autour de l'attaque de l'autre soir, des statuts ou des problèmes du royaume. La voisine de table de Légion attira néanmoins mon attention par sa façon de pouffer et de se pencher tout contre lui. Légion lui souriait poliment. Peut-être goûtait-il son intérêt. J'ignorais tout de Légion Grey, du moins sur le plan personnel : qui il fréquentait ou quel genre de liens il avait noués à Mellanstrad. Tout ce que je savais, c'est que les dames étaient nombreuses à le trouver désirable et que ses succès ne se limitaient pas au domaine commercial.

— On vous regrettera en ville, Herr Grey, lui confiait justement la dame.

Je ne connaissais pas son nom mais elle était ravissante. Des traits fins, émouvants. Au milieu de son front brillait un diamant au bout d'une chaînette. La dame n'était pas sans ressources.

— Je doute fort qu'on regrette ma compagnie, *De Hän* Svensson.

Légion s'accouda sur la table de façon à se rapprocher de moi et à s'éloigner d'elle.

— Appelez-moi Inez, je vous en prie.

Par les dieux ! elle avait posé sa main sur la poitrine de Légion. Audacieux de sa part.

— Combien de fois faudra-t-il que je vous le répète ? minauda-t-elle.

Légion se contenta de sourire et reporta son attention sur son assiette. Inez fronça les sourcils, puis se pencha vers moi avec une détermination nouvelle.

— Kvinna Élise. Sur quelles bases Herr Grey désigne-t-il ses favoris dans les négociations d'accordailles ? C'est plus d'une fois qu'il a ratissé mon frère, au tripot. J'imagine qu'il doit donc être assez sournois. Mais peut-être devrions-nous poser la question à Herr Magnus, puisqu'il est lui-même entré en lice…

Je rougis et me tamponnai la bouche avec ma serviette en lin, alors que j'avais à peine touché à l'anguille que j'avais massacrée dans mon assiette. Je ne voulais surtout pas attirer l'attention sur moi.

Jarl s'éclaircit la voix.

— Depuis le début, Herr Grey gère toute cette affaire dans le plus grand respect de notre Kvinna. De fait, j'ai l'impression que c'est son choix à elle qui finira par prévaloir, et non le sien.

— C'est exact, déclara Légion sans ambages.

Mon cœur bondit dans ma poitrine. Je joignis les mains sous la table et fermai les yeux lorsque la chaleur de sa main vint m'y rejoindre. Il se frictionna la cuisse, puis ses doigts effleurèrent ma jambe, sensation frémissante mais assez intense pour franchir les drapés de ma robe. Je me raidis, offrant un profil de statue tandis que dans mon ventre se succédaient le chaud et le froid, la tension et la paix.

Inez gloussa.

— Je vous demande pardon ? Mais que faites-vous donc là-bas si vous lui laissez le choix à elle ?

— Je me pose exactement la même question, marmonna Jarl.

Je changeai de position sur ma chaise afin de toucher du genou la jambe de Légion. L'inconfort de cette conversation m'attirait vers lui. En très peu de temps, Légion était devenu mon refuge : avec lui, je me sentais en sécurité sans être prisonnière.

— Kvinna Élise n'est pas destinée à monter sur le trône, c'est vrai, argumenta-t-il. Mais elle est de sang royal, une figure de premier plan pour le peuple du Timoran.

La laisser choisir elle-même l'époux qui la rendra plus forte profitera à tout le monde, j'en ai la conviction.

— Procédé des plus étranges, marmonna Inez.

— Pourquoi ? lâchai-je sans réfléchir.

Jarl et Inez tournèrent vers moi un masque empreint de confusion, mais c'était Légion que je regardais.

— Pourquoi serait-ce étrange de permettre à une femme d'avoir son mot à dire sur son futur époux ?

Inez renifla de mépris, le nez dans son verre de vin.

— Trouver l'âme sœur, vous voulez dire ?

— Peut-être.

Était-ce une idée si ridicule ?

— Avec tout le respect que je vous dois, Kvinna, c'est à ça que servent les favoris et les favorites.

— Je ne suis pas d'accord, intervint Légion avec douceur, en me regardant. S'il me fallait désigner une épouse qui soit à la fois une maîtresse et une égale, ce serait Élise – en tout cas, ça devrait l'être.

Je cessai de respirer. Sous la table, sa main s'était posée sur ma cuisse. Cette légère pression me bouleversa ; le sang cognait si fort à mes oreilles que je n'entendais plus les bavardages ambiants. Et lorsque son pouce se mit à lentement décrire des cercles sur ma cuisse, mon trouble s'accentua encore. Heureusement, étant donné la façon dont nous étions assis, personne ne pouvait se douter de notre proximité.

— C'est ça que vous recherchez, Élise, l'amour ? insista Jarl.

L'intérieur de ma bouche était devenu collant comme du miel, je n'arrivais plus à articuler le moindre mot. Sur ma cuisse, les cercles se firent plus rapides, plus appuyés. Ses autres doigts avaient rejoint son pouce et me caressaient doucement. Mes jupes étaient assez fines pour que chaque étincelle née sur ma jambe me monte à la tête. Que m'arrivait-il ? J'avais envie de me rapprocher de Légion, comme si ma poitrine était aimantée vers lui : il m'en fallait davantage. Je n'aurais pas dû le laisser faire, mais l'interrompre aurait été une tragédie.

Je me passai la langue sur les lèvres et répondis à la question de Jarl. Mais je ne pensais qu'à Légion.

— Choisir un homme qui partage mes intérêts et mes aspirations, c'est ce dont j'ai toujours rêvé. Et si en plus, il a su conquérir mon cœur…

Les yeux de Légion brûlaient d'un désir torride. Tout à coup, sa main remonta sur ma cuisse, si haut que c'en était indécent. Je me pliai en deux dans un petit cri étouffé. Mon cœur battait la chamade, mon corps n'était plus qu'un tourbillon de désir et de sensations. Désormais, je ne voulais plus partir du château pour échapper aux mondanités, mais pour être libre de me faufiler dans un recoin sombre et sordide en compagnie de Légion Grey.

Les bruits et les images me parvenaient comme dans un brouillard. J'entendis vaguement Inez marmonner qu'on entendait parfois des choses très bizarres et je vis que Jarl vidait son verre de vin avec une moue de contrariété.

Sous la table, je coulai mes doigts entre ceux de Légion, sans crainte qu'il sente la moiteur de mes mains ni qu'il voie la veine qui battait à mon cou. Je pressai sa main sur ma cuisse, l'encourageant muettement à ne pas la retirer.

Il n'en fit rien. Sauf lorsque les circonstances l'y contraignaient. Mais tout au long de ce premier repas, Légion Grey me revendiqua d'une main ferme, sous la table royale.

Et je le laissai faire. Sans l'ombre d'un remords.

C'était dans l'une des longères les plus proches des villas du roi que la famille Lysandre avait été logée pour la semaine. Ces bâtisses autrefois ouvertes, certaines constituées d'une seule grande pièce dans laquelle on vivait à plusieurs, avaient été restructurées en une succession de couloirs et de galeries qui desservaient une multitude de chambres particulières. L'ensemble n'était pas sans rappeler un nid d'abeille.

Grâce aux dieux, Runa avait ses appartements tout à l'opposé des miens. Au fil de la soirée, elle était devenue de plus en plus insupportable, allant jusqu'à frapper l'une de ses femmes de chambre qui avait renversé du vin par terre.

La plupart des invités avaient ri.

Calder, qui d'une voix avinée avait loué la méchanceté de sa future épouse, était allé encore plus loin en ordonnant que la femme de chambre soit punie de dix coups de fouet.

Pour moi, ce fut la goutte d'eau qui fit déborder le vase. Je décidai de me retirer.

— Veux-tu qu'on te fasse apporter du thé dans ta chambre ? me demanda Mavie. Si tu ne te sens pas bien…

À vrai dire, j'avais proféré un gros mensonge pour m'échapper de ce banquet. Je secouai la tête et posai la main sur le bras de Mavie.

— Non, merci. Ça ira comme ça. Vous devriez plutôt aller vous reposer, toutes les deux.

Siv et Mavie échangèrent un regard, puis elles repartirent dans le couloir sur une dernière révérence. Dans chaque appartement royal, il y avait une chambrette avec des couches en plume d'oie pour les femmes de chambre et les valets.

Si je me retirais pour la nuit, mes femmes de chambre devaient faire de même. Nous fûmes imitées par Légion, Tor et Halvar. Tous trois avaient du pain sur la planche pour la semaine à venir. Halvar conduirait la calèche, manierait l'arc et ferait le guet. Tor nous suivrait comme une ombre, moi, Siv et Mavie. Gardien silencieux, dans le noir. Je me demandais souvent comment mon père avait eu vent des talents de Légion pour le combat à l'arme blanche. Les gens l'admiraient pour ses compétences de marchand. S'il ne me l'avait pas avoué, jamais je n'aurais deviné que c'était un enfant des rues qui avait grandi dans un climat de violence. Il devait avoir révélé la vérité à mon père lorsque ce dernier l'avait choisi comme négociateur.

Décidément, Légion me réservait toujours des surprises.

Comme sa main baladeuse sous la table, ce soir.

Mon cœur n'avait toujours pas retrouvé son rythme normal. En remontant les couloirs de la demeure royale, j'avais coulé pas moins d'une douzaine de regards en direction de cette main. En imaginant tout ce qu'elle pouvait me faire encore d'autre. J'avais bien tenté de me morigéner – sans succès. Je ne pouvais chasser ces mauvaises pensées de mon esprit.

— Tor, dit Légion en désignant l'embrasure menant à la porte de mes amies. Accompagne-les jusqu'à leur chambre.

Siv pinça les lèvres mais ne dit rien. Nul doute qu'elle souffrait le martyre d'être traitée comme une faible femme incapable de veiller sur elle-même. Mais on ne discutait pas avec Légion, surtout dans ce domaine.

Siv tint donc sa langue et me jeta un dernier regard avant de suivre Tor et Mavie dans la petite chambre réservée aux servantes.

— Halvar ? fit Légion.

Ce dernier le gratifia d'une sorte de salut informel.

— N'en dites pas plus, maître, plaisanta-t-il. Considérez que les portes extérieures sont toutes vérifiées, verrouillées et surveillées.

Je me mordis la lèvre inférieure pour ne pas sourire en le voyant repartir dans l'autre sens d'un air nonchalant, vaguement fanfaron.

Mon sourire s'envola lorsque je me retrouvai seule avec Légion.

J'étais face à la porte en bois cintré qui ouvrait sur la suite royale. Les gonds en fer noir semblaient neufs, bien que cette partie de Flèche-Corbeau ait été construite sous le règne de Férus. La main sur la poignée, j'allais ouvrir quand Légion referma ses doigts sur les miens.

— Je vais entrer en premier, dit-il, son regard m'ordonnant de rester en arrière.

Dégainant à moitié l'une des dagues qu'il portait à la taille, il actionna la poignée. J'entendis le cliquetis du loquet, le raclement du bois sur la pierre et un courant d'air frais caressa mon visage. Il flottait dans la chambre une odeur de renfermé, comme dans une pièce inoccupée depuis longtemps.

— Il n'y a personne, me lança Légion.

Refermant derrière moi, j'entrai dans le halo doré de la lanterne qu'il venait d'allumer. Légion souffla l'allumette alors que je m'avançais dans la pièce.

Elle était luxueuse, en dépit de ses dimensions modestes. Un lit à baldaquin, garni d'une courtepointe en fourrure et d'énormes oreillers, trônait à la place d'honneur, tandis qu'un store diaphane dissimulait à peine un cabinet de toilette équipé d'une baignoire dorée. Mes robes avaient été rangées dans la penderie et un bocal d'huile de rose attendait que j'en parfume mes vêtements et les tapis.

J'évitai Légion, à la fois par crainte et par désir qu'il me touche. Passant de l'autre côté du lit, je me penchai à la fenêtre. Fermai les yeux. Respirai la nuit d'un noir velouté.

Consciente à chaque instant du regard brûlant de mon négociateur de dot.

— Voulez-vous que je vous fasse porter pâle demain matin ? me demanda Légion avec un rire dans la voix.

— Suis-je donc si transparente ?

Il avança à pas feutrés sur les tapis. Ma respiration s'accéléra dès que je sentis la chaleur de son corps dans mon dos, son souffle dans mon cou.

— À mes yeux, oui.

Je refermai la fenêtre en priant pour qu'il ne remarque pas mes mains tremblantes. Je mis le loquet pour nous accorder l'intimité dont j'avais envie. Je m'interrogeais sur le comportement de Légion, sans arriver à en percer le mystère. Il aurait été présomptueux de ma part, et fort embarrassant, de le questionner à ce sujet. Après tout, il s'était peut-être rapproché de moi sans aucune arrière-pensée… Peut-être cherchait-il simplement à me rassurer. Imaginer qu'il puisse s'agir d'autre chose, c'était tout bonnement tiré par les cheveux. Inutile d'aller creuser plus loin.

Son torse puissant se plaqua contre mes épaules. Je fermai les yeux et m'enquis d'une voix complètement fausse et rauque :

— Pourquoi vous tenez-vous si près de moi ? (Je déglutis une boule d'émotion.) Pourquoi est-ce que vous me… touchez comme ça ?

Ses lèvres frôlant mon oreille, il murmura :

— Vous voulez que j'arrête ?

Je me retournai et le regardai avec de grands yeux.

— Que faites-vous ?

Légion anéantit à nouveau les quelques centimètres qui nous séparaient. Je pris une inspiration et ma poitrine frôla la sienne. Le tissu de mon corsage était trop fin pour assourdir les battements éperdus de mon cœur embrasé par la sensualité de cet instant.

— Je veux tout savoir de vous, répondit Légion. Connaître vos véritables désirs. Ceux que ne satisferont jamais ces chasseurs de dot, nous le savons tous les deux. On vous laisse si peu de latitude dans vos choix que je veux savoir… quand je vous touche comme ça…

Légion effleura mes bras d'une caresse langoureuse. Ses doigts épousaient la forme de mes poignets, de mes épaules, mémorisaient l'angle de ma clavicule, le contour de ma mâchoire.

— Quand je fais ça, est-ce que ça vous plaît ?

J'enfonçai mes ongles dans la paume de mes mains.

— Oui.

— Et comment voudriez-vous que votre fiancé vous enlace ? Comme ça ?

D'un bras, il m'encercla la taille, sa main modelant chacune de mes vertèbres. Quand il atteignit mes reins, il me plaqua impérieusement contre son corps ferme.

— Comme ça ?

Mes mains ne pouvaient se poser que sur lui. Sur sa poitrine, sur les battements réguliers de son cœur. Je fis oui de la tête, muette de désir.

Légion inclina la tête sur le côté, caressant ma joue de sa barbe rude.

— Si on s'approchait tout près de vous, comme ça… (Ses lèvres frôlèrent la courbe de mon oreille. Y déposèrent un baiser.) Vous en auriez envie ?

— Oui, haletai-je.

D'un geste plein de grâce, Légion me retourna, plaquant à nouveau mon dos contre son torse. Tous les sens chavirés, c'est à peine si je remarquai sa main déployée sur moi. Ses douces caresses me réchauffaient le ventre. Sa main dessina la cambrure de ma taille, s'arrêta sur ma hanche. J'étais vaincue.

Dans un bruissement, mes cheveux dénudèrent ma nuque en allant se draper sur mon épaule, puis je sentis ses lèvres sur ma peau.

— Et ça, Kvinna, dit-il d'un ton rude.

C'était plus une exigence qu'une question.

— Légion...

Je lui agrippai la tête d'une main tandis qu'il explorait l'arrondi de mes hanches, l'intérieur de ma cuisse et remontait sur mes flancs. Jamais une caresse n'avait eu un tel pouvoir sur moi. Un mot, un ordre, un simple geste et je lui céderais. M'offrirais à sa volonté.

Rentre dans la course aux prétendants ! aurais-je voulu crier, mais ses bras m'enlacèrent et mes paroles muettes se volatilisèrent comme de la cendre. Vaines, inutiles.

Je m'arc-boutai contre lui, ne laissant aucun espace entre nous. Pourtant, nous n'étions pas encore assez proches. Légion glissa la main le long de mon cou, s'insinua dans l'emmanchure de ma robe, l'écartant de manière à me dénuder l'épaule. Un gémissement s'échappa de mes lèvres, faisant flamber mes joues de honte. Mais quand sa bouche laissa un sillage de baisers sur mon épaule, je poussai un autre gémissement qui provoqua un effet identique.

— Ça, dit-il d'une voix rauque.

Légion déploya ses doigts sur ma poitrine, sur mon cœur qui cognait furieusement.

— C'est ça que vous devriez exiger. Le souffle court, le feu dans vos veines, la sueur à votre front.

Il chassa tout cela d'un baiser. Je me laissai aller contre lui, les genoux flageolants, tandis qu'il retroussait mes jupes lentement, méthodiquement. Trop vite, avant que mon cœur ait pu s'y préparer, sa main trouva la peau de ma cuisse que personne n'avait encore jamais touchée. Je renversai la tête sur son épaule, lui offrant ma gorge. Je voulais aller plus loin. Jusqu'au bout.

On tambourina à la porte.

— Légion ! On doit retourner à notre poste, on a besoin de nous.

Maudits dieux ! Maudits enfers ! Maudits cieux ! Laisse-nous, Tor ! Va-t'en !

La main de Légion redescendit légèrement le long de ma cuisse. Il lâcha mes jupes qui retombèrent sur mes chevilles. Il me retourna vers lui. Nous étions l'un contre l'autre. Une chaleur torride flambait dans ses yeux sombres lorsqu'il me saisit le menton. Approchant son visage du mien, ses lèvres douces comme une plume sur ma joue, il murmura :

— Voilà ce que votre union doit vous apporter, Élise, parce que vous le méritez. Et je voudrais, par les dieux, je voudrais pouvoir vous le donner.

Il recula d'un pas et je lui en voulus violemment de s'être écarté de moi. Il déposa un chaste baiser au creux de ma main.

— Si c'est ce que vous voulez, ne partez pas ! m'écriai-je.

Légion s'étant déjà éloigné de cinq pas, je m'appuyai au lit, les jambes en coton.

Il se rembrunit.

— En tant que négociateur, je jouis d'une position honorable, mais en vérité, je ne suis qu'un serviteur, vous le savez aussi bien que moi.

Arrivé à la porte, il marqua une hésitation.

— Dormez bien, Élise.

Lorsque la porte se referma, mes jambes me lâchèrent. Je m'affalai par terre, le dos contre le lit. J'avais la peau en feu, comme si le souvenir de ses caresses continuait à me brûler.

Par les cieux… S'adonner à ce genre de fantasmes était futile, cela n'aboutirait jamais à rien.

Mais comment penser à autre chose qu'à ce que nous avions fait, à ce que nous n'avions pas fait et à ce que j'aimerais que nous fassions ?

19

De l'aube grise jusqu'au crépuscule bleu, les salles du château de Flèche-Corbeau résonnaient d'une ambiance de bacchanale. Le roi Zyben, qui avait promis une grande fête à ses invités, tenait parole, à sa façon grandiose.

Flanquée de Siv et Mavie, je déambulais dans les cours d'honneur, les couloirs et les salles de banquet, perdue parmi les amuseurs en tout genre, les étals d'artisanat, les tablées de viandes et fruits exotiques, de pains glacés au sucre et de bière. J'éclatai de rire en découvrant le brän du Royaume oriental parmi les victuailles et priai mes amies de le goûter. Mavie dut boire une corne d'eau pour arrêter de tousser.

Pendant que mes amies mangeaient des airelles rouges, allongées sur l'herbe, je continuais de lire le journal de la reine Lilianna, l'imaginant en train de flâner dans ces mêmes jardins. Deux cycles après la naissance du prince Sol, la princesse Herja était arrivée. Les guérisseurs qualifiaient l'enfant de miracle, de prodige, de bénédiction. Mais Lilianna avait fait un rêve prémonitoire, envoyé selon elle par le Père de toutes Choses, à propos d'un troisième enfant. Durant cinq cycles, elle avait œuvré avec les Êtres de la Nuit, buvant des remèdes et des tisanes odorantes pour l'aider à concevoir.

... cette nuit, la fleur d'argent de la sélénée s'est épanouie sur l'Etta. Un autre fils est né. Un garçon de la nuit, le prince Valen Krigare Férus...

Je lisais les prophéties des philosophes et des poètes de la cour, les descriptions des buissons de sélénée, cette fleur mystique que les gens considéraient comme un don des dieux marquant la naissance du nouveau prince. Les squelettes de ces grands buissons, qu'on croyait jadis investis de pouvoirs de guérison, se dressaient toujours aux quatre coins du Nouveau Timoran. Secs, cassants, morts.

La sélénée s'était éteinte avec la lignée des Férus, songeai-je. Mon cœur se gonfla de tristesse, mais je continuais de lire, un sourire aux lèvres, la description que Lilianna faisait de son petit bébé aux yeux sombres, lorsque Mavie, d'un coup de coude, m'enjoignit de bouger. Les invités affluaient vers les jardins et nous risquions de nous faire marcher dessus en restant allongées sur l'herbe. Je rangeai le journal de Lilianna et nous rentrâmes toutes les trois à la lueur du soleil déclinant, tandis que les fêtards dansaient dans les jardins.

Au crépuscule, j'aperçus enfin celui dont je m'étais languie toute la journée – Légion, à l'autre bout des jardins. En postant des gardes tout autour du domaine pour assurer ma protection, mon oncle lui avait adressé un message clair : il n'aurait pas à suivre la bande de sottes que nous étions tout au long de la journée. À ce propos, je me fis la réflexion que le roi Zyben commençait à traiter mon négociateur comme un conseiller personnel.

Attirée par lui comme un papillon par la flamme – cette même flamme qui lui brûlerait les ailes – je regardai Légion. Je l'observai. À travers un groupe de ménestrels qui jouaient du luth, de la flûte et de la lyre. Il arborait une tunique grise, des poignards et une épée à la ceinture. Un chevalier dans la pure tradition fae.

Légion s'arrêta devant une charrette de bijoux en os de baleine. Il examina un peigne en forme de fleur d'hiver pendant que Tor et Halvar regardaient une troupe d'acrobates en train de se contorsionner et de faire des sauts périlleux en agitant des rubans et des bâtons autour d'un Conteur-bouffon. Ce dernier portait un masque doré et des chaussures dont la pointe recourbée s'ornait de clochettes argentées. L'assistance, captivée, l'écoutait déclamer ses vers et ses limericks : l'histoire se passait dans le Grand Nord et mettait en scène une vertueuse princesse qui finissait par faire des galipettes avec un débauché. Bref, c'était un conte grivois.

Une adorable polissonne, entendez-moi bien,
La plus noble de toutes, choisit le pire vaurien.
La belle cruelle inclina sa couronne et se mit à chanter :
Il est temps, m'est avis, de plier le genou,
Et d'branler jusqu'à faire trembler la terre sous nous.

Pour finir, le Conteur-bouffon lança des poignées de paillettes sur l'assistance et dansa parmi les rubans qu'agitait sa petite troupe d'acrobates, sous les rires et les applaudissements de la noblesse.

Mais je ne le regardais plus.

De l'autre côté de la scène, Légion avait délaissé le peigne en os de baleine. En se tournant, il m'aperçut. J'avançai d'un pas, il fit de même en miroir et nous continuâmes notre progression parallèle.

Personne ne remarquait nos échanges de regards furtifs.

Marchant aux côtés de Légion, Tor semblait prêt à en découdre avec le premier venu. Sa mine maussade trahissait la consternation que lui inspirait un tel cirque, alors qu'Halvar riait et jouissait de toutes les festivités. Mavie se régalait presque autant que lui. Elle me présenta en pouffant une assiette de figues aux épices tout en piochant dedans avec allégresse. Siv, de son côté, vérifiait les portes, observait les gardes qui guettaient en haut des tours. Quand je reportai mon attention sur lui, Légion me décocha un sourire qui à lui seul exprimait un millier d'inconvenances.

À ce moment-là, un serf lui tapota le bras et il me quitta du regard, à regret.

Le serf repartit comme une flèche et mon cœur s'emballa quand je vis Légion et son acolyte se diriger droit sur nous.

— Ohé ! Halvar, Herr Grey ! lança Mavie sans vergogne, bien loin de l'attitude réservée de serve qu'elle affichait au manoir. Venez, vous devez goûter ça !

Elle leur tendit l'assiette en argent remplie de figues.

Légion la salua d'un infime hochement de tête, comme il l'aurait fait pour une dame de la noblesse. Je souris, touchée par le respect qu'il lui témoignait. Il faut dire que Siv et Mavie, vêtues pour l'occasion, ne déparaient pas parmi les autres invités.

— Nous ne demanderions pas mieux, affirma Légion, mais Kvin Lysandre nous a convoqués à l'intérieur du château.

— Mon père va vous épuiser, même de son lit, commentai-je d'une voix étranglée.

— Vous vous faites du souci pour moi, Kvinna ?

— Beaucoup.

Nos paroles étaient lourdes de sous-entendus après le maelström d'émotions que nous avions vécu la nuit dernière. Légion me fit un grand sourire et prit congé de nous toutes. Mais alors que nous passions devant lui, nos doigts se frôlèrent, puis se nouèrent l'espace d'un soupir secret, interdit. Un instant trop court, mais si agréable que le soir venu, je me repassai ce moment en boucle dans mon lit jusqu'à ce que je m'endorme, un sourire aux lèvres. Cette nuit-là, ce fut Halvar qui monta la garde devant ma porte, mon père ayant accaparé Légion.

Le lendemain ressembla beaucoup à la journée de la veille. La musique et les chansons furent accompagnées par des spectacles et des flots de boisson. Mavie convainquit Siv de regarder une jeune fille haute comme trois pommes évoluer sur un fil tendu entre deux tours.

Pour ma part, je n'eus pas l'occasion de l'admirer.

Je ne pris même pas la peine de cacher mon exaspération lorsque Herr Gurst et plusieurs de ses conseillers barrèrent ma retraite. Tous affichaient le même air inquiet – comme si à chaque instant leur tête risquait de se détacher de leur cou.

— Je n'arrive pas à m'entretenir avec votre négociateur, récrimina Herr Gurst. Il est toujours occupé ailleurs et je suis las de devoir sans cesse batailler pour obtenir un moment avec vous.

— Il ne faut pas abuser des bonnes choses, Herr…

Il grogna, offusqué.

— Cela se peut, mais je désire faire quelques pas avec vous.

Il me présenta son bras et ses conseillers se déployèrent autour de moi, ne me laissant d'autre choix que de l'accepter. De toute façon, je ne pouvais pas éconduire Gurst ouvertement. Certes, je faisais confiance à Légion et je savais que jamais il ne m'accorderait à cet homme, mais la tradition et la bienséance exigeaient que je lui accorde une audience durant les négociations, que cela me plaise ou non.

Avec une grimace, je pris son bras.

Gurst poussa un long soupir éraillé et se mit à déambuler avec nonchalance parmi les invités, à l'allure d'un cours d'eau gelé. Comme s'il voulait que tout le monde voie qui marchait à son bras, comme s'il était le roi.

— Mon domaine est bien plus grandiose que ce château…

Je cessai de l'écouter et, retenant ma respiration, je me concentrai sur les couleurs vives et les parfums des fleurs. Quand nous eûmes fait le tour du premier jardin, j'avais les pieds en compote. Gurst marchait si lentement que ses conseillers avaient deux fois plus d'occasions de m'écraser les orteils par inadvertance. Ils me murmuraient à chaque fois des excuses ; Gurst, lui, ne s'apercevait de rien.

Alors qu'il m'entraînait vers le deuxième jardin où des buffets proposaient des encas légers, une main ferme m'agrippa le bras.

Mon cœur fit un bond.

— Toutes mes excuses, Herr Gurst, dit Légion, comme surgi de nulle part.

On lui avait tressé ses cheveux blonds sur les côtés, ce qui lui dégageait le front et éclairait son regard.

— Kvinna Lysandre est réclamée par sa mère.

Gurst commença à protester, puis se ravisa, jugeant plus urgent de s'entretenir avec Légion Grey.

— Herr Grey, si vous le permettez, j'aimerais vous toucher un mot au sujet de…

— Encore une fois, toutes mes excuses, le coupa Légion en m'entraînant loin de Gurst. Je dois discuter de certaines choses avec Kvin Lysandre et je suis à ses ordres, vous le savez aussi bien que moi.

Nous nous éclipsâmes du jardin et allâmes nous réfugier dans une étroite alcôve ménagée dans l'un des murs de pierre. Un rire jaillit de ma gorge. Le sourire de Légion s'élargit et il tenta de réfréner sa propre hilarité.

— Triple enfer, je ne sais pas si j'aurai survécu à une minute de plus en compagnie de cet homme ! Mille mercis d'être venu à ma rescousse, murmurai-je.

L'espace sombre et étroit nous obligeait à nous serrer l'un contre l'autre.

Le sourire de Légion se transforma en une expression proche du défi.

— Je suis là pour vous servir, dit-il.

Je hoquetai lorsque ses mains retrouvèrent le chemin de ma taille. Il s'aventura plus haut, taquinant mes courbes jusqu'à ce que je n'arrive plus à penser de façon cohérente. Je posai les mains sur sa poitrine et le caressai jusqu'à ce que mes bras se nouent naturellement autour de son cou. Alors, je me mis à taquiner ses cheveux, puis sa peau.

— Je risque la torture pour ça, murmura-t-il contre ma nuque, tandis que ses doux baisers rallumaient la flamme à l'intérieur de mon ventre.

— Dans ce cas, nous devrions en rester là.

J'avais envie de ses lèvres sur les miennes, mais je comprenais son hésitation. J'ignorais ses intentions, mais je savais que si je commençais, je ne pourrais sans doute pas m'arrêter. Dehors, à découvert, c'était prendre un risque trop grand.

Il sourit avant d'enfouir à nouveau son visage dans mes cheveux.

— Je ne sais pas ce qui me serait le plus insupportable.

Je fermai les yeux et laissai mes mains explorer les muscles de ses épaules, de son dos, heureuse d'être simplement tout contre lui. Nous aurions pu rester ainsi toute l'après-midi quand on nous priva brutalement de ce plaisir.

— Légion ! siffla Halvar de l'autre côté du mur. Par tous les dieux, où est-il donc passé ?

Légion releva la tête et s'écarta de moi, une discrète lueur dans le regard. Nous n'avions pas fait grand-chose et pourtant, j'étais tout essoufflée de désir. Je ne pouvais plus rien contrôler, j'avais l'impression de courir à ma perte, de me précipiter tête baissée vers un gouffre fatal. Car aussi estimé que fût Légion pour ses compétences professionnelles, jamais on ne m'autoriserait à l'aimer. Cependant, je ne pouvais plus nier le sentiment qui avait grandi en moi. J'avais beau ne pas savoir grand-chose sur Légion, hormis que sa seule mission était de me trouver un époux et qu'ensuite il sortirait de ma vie, j'avais besoin d'être près de lui.

Il porta ma main à ses lèvres et y déposa un baiser.

— Je dois y aller.

— J'attendrai quelques instants avant de vous suivre, dis-je pour le rassurer.

— En mon absence, restez vigilante et fuyez les chasseurs de dot, Kvinna.

Je levai les yeux au ciel. Quand je les baissai à nouveau, Légion avait disparu – soumis au bon vouloir de la noblesse et des souverains. Pourquoi le convoquait-on sans cesse ? Avait-il attiré l'intérêt du roi Zyben ? Mon oncle désirait-il le prendre à son service ? Certes, ce serait une promotion pour le commerçant qu'était Légion Grey, mais j'aurais tout donné pour qu'on ne l'arrache pas de Mellanstrad.

En effet, je nourrissais déjà de grands projets pour la suite. Quand tout serait fini, j'espérai bien recommencer à faire le mur, à m'introduire clandestinement dans les tripots et à ravir quelques regards au beau commerçant, voire à lui voler quelques instants d'intimité.

20

Même par la chaleur estivale qui régnait sur les vallées, la rivière de Flèche-Corbeau continuait de charrier des blocs de glace en provenance des Chutes du Nord. Étant donné la proximité des montagnes, ce n'était guère étonnant. Au-delà des contreforts s'étendait la toundra de l'Ancien Timoran. La glace symbolisait bien ce que notre peuple avait conquis au prix du sang et des os : des terres froides et inhospitalières.

Je resserrai ma cape en renard autour de mes épaules. Les hommes s'étaient rassemblés au bord de la rivière, certains montés sur des coursiers, d'autres installés dans de légers cabriolets. Ceux qui n'étaient pas armés de longues épées recourbées ou de faucilles vérifiaient la tension de leurs arcs et la pointe de leurs flèches.

Runa sourit d'un air suffisant alors que Calder passait devant elle au trot. Le prince gratifia sa royale fiancée d'un hochement de tête cérémonieux, mais je surpris dans le regard qu'ils échangèrent une étincelle d'ambition. La folie du pouvoir serait le ciment de leur couple. Si Runa ne m'avait pas parlé de leur vision commune d'un grand Timoran, cela m'aurait peut-être échappé. Il y avait fort à parier que ces deux-là régneraient avec une extrême brutalité.

Derrière le prince venaient le capitaine Magnus et une troupe d'officiers lourdement armés, montés sur des étalons caparaçonnés aux couleurs de Flèche-Corbeau et à la crinière ornée de glands à franges. Jarl me salua d'un signe de tête et me sourit.

— Je compte bien vous ramener une jolie fourrure, Kvinna.

Eh bien, étais-je censée me pâmer d'aise à cette perspective ? Je croulais sous les fourrures… Par les enfers, les incessantes fanfaronnades de ces hommes commençaient à me lasser ! Elles ne témoignaient que de leur incroyable fatuité et de leur appétit de conquête. Sur ce point, j'étais sans illusion : une fois la noce finie, leur désir de me conquérir corps et âme s'étiolerait et je ne serais plus qu'un trophée terni qu'ils remiseraient dans un placard et qu'ils s'empresseraient d'oublier.

Mavie renifla de mépris quand Jarl et le prince Calder arrivèrent au niveau du pont.

— Le capitaine va chasser, pour sûr. Mais c'est après Herr Grey qu'il court, comme tous les autres prétendants ! C'est le grand sujet de conversation de leurs serfs : comment leur maître va-t-il s'y prendre pour approcher le négociateur ?

— Ma foi, je leur souhaite bonne chance. Car Légion va faire tout son possible pour les éviter.

— C'est pourtant son devoir. On le paie pour s'entretenir avec tes prétendants et te choisir un fiancé, rétorqua Siv. Ces gens-là ne sont pas nos amis. On ferait bien de ne pas l'oublier.

Mavie et moi la regardâmes, troublées par sa véhémence.

Mon cœur se serra de frustration. Je relevai la tête avec défi et suivis des yeux la procession de chasseurs qui franchissait le pont en direction de la forêt.

— Je te prie de m'excuser si je me complais dans l'idée que mon négociateur éprouve autant de mépris que moi pour ce procédé, Siverie.

Elle pâlit.

— Ne le prends pas mal, Élise. Je ne veux pas que tu souffres, c'est tout. Parce qu'une fois que Herr Grey aura terminé sa mission ici, la Couronne l'enverra autre part. Le négociateur jouit des faveurs du roi et de la reine. Il va sûrement recevoir des propositions des quatre coins du royaume.

Avait-elle été témoin de quelque chose en passant? D'une de nos caresses furtives? Ou avait-elle remarqué que Légion se tenait toujours tout près de moi et que, parfois, nous disparaissions ensemble? Et quand bien même? Néanmoins, son point de vue se défendait. Un jour ou l'autre, Légion finirait par repartir et si je ne m'armais pas contre cette perspective, le coup allait être rude pour mon cœur.

« J'en suis bien consciente », ce fut la seule réponse que je pus lui faire.

Il est vrai que ma déception avait été grande lorsque mon père m'avait convoquée au repas du matin pour m'apprendre que Légion et Tor escorteraient le roi à de la chasse. J'avais surpris le regard dépité de Légion qui s'était pourtant tout de suite repris et m'avait demandé de mes nouvelles avec un sourire.

— Par les dieux, mon garçon ! s'était exclamé mon père dans une vilaine toux – sa peau était d'un gris funèbre. Nous sommes dans une forteresse, ici. Que voulez-vous qu'il arrive à des femmes qui prennent le thé, alors qu'une armée de sentinelles royales est en faction à chaque coin du château ? Vous allez aller à la chasse. Loin de tous ces bavardages de bonnes femmes !

Cette dernière exclamation lui avait valu des rires. Zyben se moquait de la reine qui avait prévu de réunir toutes ces dames autour d'un thé pendant que les hommes seraient à la chasse. En organisant cet événement mondain, la reine cherchait surtout à faire affront aux favorites de son mari qui n'y étaient bien sûr pas conviées.

À aucun moment Légion ne s'était départi de son impassibilité, il avait simplement accepté l'invitation en levant son verre à la santé du roi. Mais ses yeux avaient croisé les miens par-dessus le bord de sa coupe et il avait bu sans me quitter du regard.

— Élise ! Le roi !

Le rappel à l'ordre de Mavie me ramena brutalement sur terre alors qu'autour de moi, la foule des invités s'agenouillait dans un même élan. J'étais la seule encore debout. Comme Zyben s'avançait, je me laissai tomber si précipitamment que je m'écorchai les genoux sur le sol.

Le roi arrêta son cheval.

— Ma nièce, dit-il d'un ton qui charriait autant de glace que la rivière.

Je relevai la tête.

— Mon roi.

Zyben inclina la tête sur le côté, les lèvres ourlées d'un sourire suffisant.

— Avez-vous apprécié les festivités jusqu'ici ?

— Beaucoup, mon oncle. Ma reconnaissance est infinie.

Il suffisait de flatter l'ego de Zyben pour gagner ses bonnes grâces. Et faire en sorte que ses guérisseurs demeurent auprès de mon père.

Ma tactique fit mouche. Mon oncle bomba le torse et reprit d'un ton radouci :

— C'est en votre honneur que je les donne. Et elles s'achèveront par une grande nouvelle. J'ai parlé avec votre négociateur : vous aurez un promis d'ici la fin de la semaine, j'ai insisté sur ce point.

Zyben sourit de toutes ses dents, très satisfait de lui. J'aurais voulu que le sol s'ouvre sous mes pieds.

— Il arrive que le bien surgisse de la terreur, ma nièce. Nul doute que vous et votre époux rendrez gloire à notre lignée.

Sur ces mots, Zyben éperonna son cheval et repartit au trot. Ses deux derniers fils le suivaient avec leurs gardes. À leur suite, monté sur un cheval encagoulé, venait Légion, un arc à la selle. Dans l'ombre de sa capuche, je remarquai ses lèvres pincées, sa mâchoire crispée.

Il était furieux.

C'était donc vrai. Les larmes me prirent par surprise, me brûlèrent les paupières. Je pensais avoir encore un peu de temps, mais la vérité se lisait dans la façon dont Légion fuyait mon regard et dont il éperonna son cheval à la suite du roi, comme si la vitesse était le seul moyen d'assouvir sa rage.

Dans deux nuits, il serait forcé de clore les enchères nuptiales et par là même, il mettrait un point final à ma vie de femme libre.

— Quelle pitié, ma nièce ! dit la reine Annika en reposant une tasse en porcelaine peinte sur sa soucoupe assortie.

Je relevai la tête. J'avais à peine touché à mon thé et aux gâteaux de miel.

— Toutes les attaques que vous avez endurées, reprit-elle. Comment arrivez-vous à vous promener l'esprit tranquille ?

Je me redressai sur mon siège lorsque je m'aperçus que c'était à moi et non à ma sœur qu'elle parlait.

La salle de banquet vibrait de bruissements de robe, de cliquetis de bagues et de fragrances fleuries. Des dames triées sur le volet avaient été conviées par la reine à un thé fantasque où volaient compliments et insultes voilées comme autant de flèches trempées dans le fiel de l'arrogance. C'était un combat sanglant dont personne ne sortait indemne.

Je m'appliquais à garder une intonation docile. Annika méprisait son mari, c'était une certitude, et feignait admirablement d'avoir de l'affection pour notre famille. Lui montrer ma soumission était à mon avis le plus sûr moyen de m'attirer ses bonnes grâces.

— Je suis rarement seule, ma reine.

— Ma chère tante, Kvinna Élise est flanquée d'un négociateur aussi habile à l'épée qu'en affaires, déclara Runa avec audace. Ce qui explique qu'elle soit encore parmi nous et non au bout de l'épée sanglante d'un Agitateur.

Il n'y avait qu'elle pour s'adresser à Annika de manière aussi informelle – la reine ne l'aurait toléré de personne d'autre. Annika n'était pas la mère de Calder et, par conséquent, pas tout à fait notre tante. À mon avis, elle n'en devait mépriser Runa que davantage. Le fils d'Annika étant de faible constitution, il avait été écarté du trône. Pâle et maigre comme un clou, il avait été uni à une femme bien en chair qui exigeait toujours qu'on lui serve les mets les plus gras, dans l'espoir de le remplumer. À ma connaissance, mon cousin, retiré dans ses États du Nord, passait son temps à manger et à faire des enfants à son épouse. Rien de plus notable.

Annika simula un sourire affectueux.

— Ah, c'est vrai. Le roi est très impressionné par l'astuce de Herr Grey. Il paraît qu'il… jouit… d'une certaine réputation, à Mellanstrad.

Inez, assise parmi de nobles oisives de la ville, se mit à pouffer. La reine Annika sourit de plus belle, avide d'en savoir plus.

— Racontez-nous donc, Élise. N'êtes-vous pas parfois tentée par un tel libertin ?

Par les dieux, oui ! Je joignis les mains sur les genoux pour dissimuler mon trouble.

— Herr Grey m'a toujours traitée avec le plus grand respect.

Annika renifla dans sa tasse de thé.

— Ma foi, voilà qui ne nous avance guère. Ma chère petite, reprit-elle en baissant la voix, bien que ça ne se dise pas ouvertement pour les femmes, il n'y a aucun mal à prendre un favori après les noces. Moi-même, je pourrais très bien me laisser tenter par Herr Grey, avec le visage qu'il a…

— Oh, votre Majesté ! s'écria Inez. Vous ne seriez pas la seule à le désirer.

Toutes ces dames gloussèrent. Annika, elle, continuait de parler de Légion, mais aussi d'autres marchands et soldats au physique avantageux qu'elle et nombre de ses invitées auraient bien pris comme amants.

Je bus une gorgée de thé, les joues en feu. L'idée d'épouser un homme qui ne m'inspirait aucun sentiment, pour ensuite collectionner les amants, me donnait la nausée. Mon cœur avait follement palpité, ma peau avait connu la passion et mon corps avait survécu à une tendre caresse. Tout ce que je voulais, c'était que ça continue, encore et encore.

Hélas, je n'avais plus que très peu de temps à passer avec celui dont la main avait éveillé ce désir en moi.

Pouvais-je demander une telle chose à Légion ? Devenir le favori officiel, quoique secret, de la seconde nièce du roi ? Un homme tel que lui était certainement promis à un sort plus prestigieux. À un amour plus sincère. Je me souvenais qu'il m'avait parlé un jour de la fidélité légendaire des couples ettans d'un ton où perçait l'admiration. Il serait égoïste de ma part de le priver de la chance de trouver une semblable partenaire en me l'attachant de force, moi, une femme qu'il ne pourrait jamais revendiquer comme sienne.

Les portes de la salle s'ouvrirent et un quartet de gardes fit son entrée, encadrant une femme drapée d'une ample toge blanche et aux cheveux ramassés en chignon. Elle me rappelait ma vieille duègne, celle qui me grondait toujours quand je me tenais mal sur ma chaise. Derrière cette femme à l'air austère marchait une petite fille. Mon cœur cessa de battre. C'était la même enfant voilée que j'avais aperçue lors du bal, au manoir. Vêtue d'une toge lavande, elle avait le visage dissimulé sous un voile filigrané.

— Ah ! s'exclama Annika. La petite mignonne de mon mari est enfin là.

— Veuillez m'excuser, ma reine, dit la nourrice. La sorcière a lambiné.

Annika ricana.

— Elle refuse d'obéir, comme toujours. Le petit monstre ! (La reine se tourna vers ses invitées.) Ce n'est un secret pour personne, la Furie est mauvaise et dangereuse pour le sang timoran, c'est la raison pour laquelle notre roi n'hésite jamais à mettre à mort les Êtres de la Nuit. Mais je dois rendre justice à mon mari : il a déniché parmi les descendants des Faes des créatures tout à fait curieuses, pour notre plus grand amusement. Il les a achetées dans une espèce d'horrible royaume perdu quelque part dans l'Ouest.

Nous l'appelons la Fille de la Destinée. Elle n'est pas entièrement fae, mais il faut reconnaître qu'elle a un certain talent pour dévier le cours du destin. Viens ici, ma diabolique petite chérie et montre ce que tu sais faire à nos invitées. Divertis-nous ! Raconte-nous un peu ce que le destin nous réserve.

La nourrice poussa la fillette en avant. Je m'attendais à voir la petite trembler de peur devant le regard hargneux de la reine, mais je devinai qu'elle levait le menton sous son voile, avec un brin de défi.

— Comme je te l'ai déjà dit, ma petite Reine, répondit-elle, ça ne marche pas comme ça.

La voix douce qui m'avait mise en garde le soir du bal était devenue dure et cassante. Celle d'une enfant qui avait des comptes à régler. La nourrice lui donna une tape sur les fesses et j'eus envie de m'enfuir avec la fillette. De toute évidence, elle n'était pas libre, ici.

La reine Annika éclata de rire, amusée par la repartie de la petite.

— Tu nous as pourtant déjà raconté bien des histoires. Alors, le feras-tu de ton plein gré ou me faudra-t-il recourir à la contrainte ?

La reine Annika brandit une manchette en tissu d'où dépassaient des pointes d'acier.

— Méfie-toi, je sais quand tu me mènes en bateau.

La fille perdit toute envie de bravade et ses épaules se voûtèrent.

— Voilà qui est mieux, dit la reine en la voyant venir à ses côtés. Et maintenant, dis-nous ce que nous réservent les Déesses du Destin.

C'était impossible, pensai-je. La Furie n'était pas assez puissante pour lire entre les lignes du destin. *N'est-ce pas ?* En tout cas, je n'avais jamais entendu parler d'une

Fae capable d'un tel exploit – d'un autre côté, la reine avait dit que la fillette n'était pas entièrement fae, mais plutôt une sorte de sorcière. Au fond de mon cœur, la curiosité le disputait à la compassion, lorsque la gamine poussa un soupir et tira d'une bourse fixée à sa jambe un bout de parchemin grossier et un bâtonnet de fusain. Sans effets spectaculaires, sans manifestations surnaturelles, elle se mit tout simplement à écrire. Puis, elle enroula le parchemin.

— Avec qui dois-je fâcher le Destin en premier?

La reine se rengorgea, mais posa les yeux sur ma sœur.

— Kvinna Runa, notre future reine.

Sa voix trahissait son dédain mais Runa ne manifesta aucun ressentiment. De fait, pourquoi en aurait-elle pris ombrage? Un jour, ce serait elle qui régnerait à la place d'Annika. Elle pouvait se permettre de ne pas accorder à la reine le même degré de respect que nous autres.

La fillette regarda ma sœur bien en face. Sans rien dire. Elle la fixait du regard – du moins c'était l'impression qu'elle donnait puisqu'on ne voyait pas ses yeux. Puis elle se mit à écrire quelque chose sur un autre petit rouleau de parchemin.

— La partie de dames a commencé. À tes yeux, tu en sortiras victorieuse.

Je comprenais vaguement le sens de ses paroles : la petite sorcière voulait peut-être attirer l'attention sur le fait que Runa allait accéder au trône. En effet, il pourrait y avoir une sorte de «partie de dames» entre la future reine et la reine actuelle. En tout cas, Annika écumait de rage. La fillette noua un bout de ficelle autour du rouleau de parchemin et le tendit à Runa.

— Que dois-je en faire? s'enquit ma sœur.

— Mange-le, brûle-le… ça n'a pas d'importance. La ligne du destin a été tracée et nul ne peut l'effacer. Nul ne peut y échapper, répondit la petite.

— Comme je vous l'ai expliqué, Runa, dit Annika, nous appelons cette petite la Fille de la Destinée, car quand elle écrit un message, étrangement, ses petites prophéties se réalisent. Amusez-vous bien, ma chère nièce, et faites donc des parties de dames. Nul doute qu'à ce jeu, vous aurez à affronter un bon nombre d'adversaires tous plus redoutables les uns que les autres.

Runa sourit, les yeux sur son parchemin.

— Je m'en réjouis d'avance, ma tante. J'adore être couronnée gagnante.

Un léger malaise m'envahit. Les autres femmes, elles, continuaient de jacasser avec un enthousiasme redoublé. Rien de tel qu'une lutte de succession pour réveiller le guerrier qui sommeille en tout Timoran. C'était au point d'équilibre entre le sang et la paix que prospérait mon peuple.

— Attention, reprit la fillette en se déplaçant le long de la table. Bien qu'elle soit écrite, la prophétie ne se réalise pas toujours comme on s'y attend. Les mots peuvent vouloir dire beaucoup de choses.

— À moi, maintenant ! s'écria Inez. C'est mon tour, petite sorcière !

L'enfant recommença son rituel : le regard muet, l'écriture étrange. Puis, elle tendit le rouleau de parchemin à Inez qui en déchira la ficelle, les yeux brillants d'excitation.

Son sourire s'envola aussitôt.

— « Garde-toi des fenêtres ? » Triple enfer, qu'est-ce que c'est censé vouloir dire ?

La fillette haussa les épaules et passa devant les dames qui faisaient la queue avec impatience.

— C'est une missive du Destin. J'écris sous sa dictée. Le reste regarde les Nornes, ces trois inconstantes qui restent assises sur leur gros derrière, au pied de l'arbre des dieux.

Elle faisait allusion à une ancienne mythologie : c'était à la fois curieux et effrayant qu'une telle enfant croie à ce genre de pouvoir.

Annika la fit circuler parmi ces dames. La fillette délivrait ses petites missives sur parchemin. Certaines étaient ennuyeuses, d'autres remplies de promesses exaltantes. Pour ma part, je ne tenais pas à ce que la petite sorcière me délivre un quelconque message prophétique. Nul doute que les Déesses du Destin ne me réservaient rien de bon. Mais la fillette finit par se diriger vers moi.

Je gardai les yeux rivés sur les gâteaux de miel que je n'avais pas touchés.

L'enfant ne bougeait pas d'un cil. Pendant un temps qui me parut interminable, elle resta à côté de moi, immobile. Elle n'avait même pas porté la main à la bourse attachée à sa cuisse.

Nerveuse, je m'humectai les lèvres et me tournai vers elle.

— Un cœur tourmenté.

Le silence se fit. La fillette se rapprocha de moi.

— Libère le passé et accorde ta confiance à ceux qui ne la méritent pas.

Mon cœur battait à grands coups. C'était le même avertissement qu'elle m'avait adressé le soir du bal, au manoir. J'aurais voulu détourner mon regard d'elle, mais j'en étais incapable.

— Suis ce que ton cœur désire, c'est là qu'est ton destin. (Sa voix se mua en un murmure rauque.) Quand tu verras la bête à l'intérieur, laisse-la venir pour la laisser partir. Ce n'est qu'ainsi qu'elle t'apportera le changement auquel tu aspires.

La fin de son étrange prophétie variait par rapport à celle qu'elle m'avait délivrée dans la salle de bal du manoir, mais ce soir-là, les gardes m'avaient arrachée à elle. Le changement ! Je voulais le changement. La paix et l'unité. Je voulais que les Ettans, les Êtres de la Nuit et les Timorans montrent un front uni, qu'ils avancent côte à côte, qu'ils travaillent aux champs ensemble, qu'ils défendent notre terre comme un seul homme. Hélas, pour mon peuple, le changement auquel j'aspirais confinait à la trahison.

Et j'étais censée croire qu'une « bête » allait l'amener.

Je secouai la tête, vaguement déçue, et regardai ailleurs. Cette gamine nous faisait toutes marcher. À l'évidence, elle haïssait la famille royale du Timoran. Certes, elle avait peut-être un don pour déformer le sens des mots, mais ses propos tenaient de la folie.

— Pourquoi ne l'écris-tu pas sur un parchemin ? C'est injuste, Kvinna Élise a eu une prophétie plus longue que les autres, protesta Inez d'un ton geignard.

La fille restait immobile comme une statue, pas un souffle ne troublait son voile.

— Cette voie n'est pas gravée dans le marbre. Elle doit être choisie.

L'expression contrariée, la reine Annika agita la main en direction de la nourrice.

— En voilà assez ! Je suis lasse d'écouter une gamine parler par énigmes.

La nourrice s'avança, mais avant de quitter la salle, la fillette refit le geste qu'elle avait fait le soir du bal, au manoir : elle m'agrippa le poignet. Une sourde chaleur se mit à pulser sous ma peau, à l'endroit où elle me tenait.

— La tombe. Ouvre-la ! Et que tout change !

La nourrice marmonna quelques excuses précipitées et, détachant l'enfant de mon poignet, elle la traîna pratiquement hors de la salle.

Les rires reprirent. Conduites par la reine, les railleries fusaient : la diabolique enfant ! La petite sorcière chérie ! Toute la tablée bruissait de ses drôles de petits parchemins. Certains renfermaient des promesses de fortune, d'autres, comme celui d'Inez, relayaient des messages tout simples : « Garde-toi des couteaux », « Garde-toi des jardins », « Ne mange pas dos à la porte »... Des sottises sans importance. Cette fille était folle.

Pourtant, je ne parvenais pas à esquisser le plus infime des sourires. Le geste de l'enfant continuait de fredonner dans mon sang. La Furie. Je n'avais jamais ressenti la magie fae dans mon être, mais cette fillette m'avait soufflé quelque chose dessus et cette chose pulsait en moi comme un nouvel organe.

Quelle bête ? Quelle tombe ?

« Et que tout change » : par les enfers, qu'est-ce qui allait changer ?

21

Sol est assez jaloux du nouveau bébé. Ce matin, il a filé voir les chevaux de son père, un sac sur ses petites épaules, et a exigé d'accompagner les hommes à la Chasse sauvage. Arvad, toujours amusé par ses enfants, a traité son fils aîné avec dignité. Voilà le marché qu'il lui a proposé : si Sol réussissait à monter son propre cheval et à tenir son arc, alors il serait le bienvenu à cette partie de chasse qui va durer des jours.

Le cher garçon a essayé de toutes ses forces, que les dieux le bénissent ! Hélas, il a échoué. Le roi lui a alors posé les mains sur les épaules et lui a juré que sa présence ici était indispensable : sans les conseils de leur grand frère, comment la princesse et le second prince apprendraient-ils les bonnes manières, mais aussi les mauvaises ? Mon roi lui a en effet déclaré qu'il n'était jamais trop tôt pour commencer à faire des bêtises.

Une lueur nouvelle brille dans les yeux de l'enfant depuis que les chasseurs s'en sont allés : il a enfin pu rendre visite à son petit frère, le nouveau Prince de la Nuit. Il a même touché la pointe des oreilles de Valen et a voulu savoir comment son père avait pu lui transmettre le sang des Êtres de la Nuit.

Ah, combien d'heures ai-je passées à lui raconter pourquoi la Furie coulait dans le sang d'Arvad et comment les Êtres de la Nuit des arbres nous avaient aidés à concevoir son nouveau petit frère ! Ce sont là des moments que je chérirai toute ma vie. Le bébé sera certainement doué d'une puissante Furie, mais mon doux Sol fera un roi merveilleux.

Je refermai le journal de la reine Lilianna et serrai les pages jaunies contre mon cœur. Elle semblait si… bonne. C'était une reine ennemie et pourtant, je désirais à tout prix mieux la connaître. C'était aussi une épouse et une mère qui aimait son roi et ses enfants. Comme Légion me l'avait affirmé, dans la famille royale ettane, on ne s'unissait pas que par intérêt, mais aussi par amour.

Je souhaitais la même chose pour moi. Hélas, je ne l'obtiendrais pas.

Roulant sur le côté, je glissai le journal sous mon oreiller. Après le thé de la reine, j'avais demandé à rester seule. J'espérais que Siv et Mavie avaient trouvé d'autres sources de divertissement au milieu des festivités qui continuaient de battre leur plein dans les jardins. Je ne pouvais chasser de mon esprit les paroles de la petite sorcière. Aussi sottes et ridicules soient-elles, elles s'étaient enracinées dans mon cœur et dans ma tête, menaçant la cohésion de mon être tout entier.

Un hurlement de panique me vrilla les tympans. Ça venait du couloir ! Je bondis hors de mon lit. Un fracas retentit. Je jetai ma robe de chambre sur mes épaules et me précipitai dans le couloir. Des serfs et des gardes passèrent en courant devant ma porte, aboyant des ordres avant de se ruer dehors.

Siv et Mavie passèrent la tête par l'entrebâillement de leur porte.

— Qu'est-ce qui se passe ? leur demandai-je.

Siv secoua la tête.

— Aucune idée.

Je retournai dans ma chambre, m'emparai du poignard que m'avait donné Légion et retournai dans le couloir. Siv s'était munie de sa dague et Mavie tenait une massue. Sans perdre de temps à lui demander où elle l'avait trouvée, je suivis les gens qui se ruaient frénétiquement dehors.

Sur les pelouses, des gardes de Flèche-Corbeau s'étaient alignés en rangs réguliers, bloquant toutes les entrées, tous les portails, toutes les maisons, toutes les tours. Mon père était là, courbé sur sa canne, une robe de chambre en fourrure sur ses épaules osseuses. Une expression inquiète accentuait les ombres sur son visage. Ma mère se tenait à côté de lui, une main sur la bouche.

Pour que les gardes aient déferlé aussi vite et en si grand nombre, il devait s'être produit quelque chose de terrible. Je me précipitai vers mon père.

— Que s'est-il passé ? Le questionnai-je, le souffle court.

Mon père, qui était en train de marmonner quelque chose à l'oreille de ma mère, s'interrompit. Il regarda au-delà de mon épaule : Runa gravissait sans se presser la butte où nous nous trouvions, comme inconsciente du chaos ambiant.

— Mais qu'est-ce qui se passe, ici ? demanda-t-elle d'une voix chantante.

Je serrai les dents. Ma sœur ne s'intéressait qu'à elle-même. Son attitude me donnait envie de cogner sur quelque chose.

— Il y a eu un attentat contre le roi, répondit mon père d'une voix éraillée. Une tentative d'assassinat.

Je me couvris la bouche d'une main, horrifiée. Aussi terrible que fût Zyben, se faire attaquer si près de Flèche-Corbeau, c'était du jamais-vu. C'était quand le roi voyageait qu'il courait le plus de danger.

— Maudits Agitateurs ! jura mon père. Ces gens-là sont un véritable fléau.

— Il y a des blessés ? m'enquis-je.

Je ne pensais pas au roi.

— Non, répondit mon père. Non, l'attaque a échoué. Les gardes sont en train de ratisser les bois à la recherche du criminel.

Si les Agitateurs recommençaient à attaquer, c'est qu'ils étaient en nombre suffisant pour ne pas craindre les représailles. Deux attentats sur des membres de la famille royale en moins de deux semaines ! Mon estomac se noua. Ils étaient prêts à tout pour nous tuer, même à y laisser leur vie.

— Ces salauds seront exécutés dès demain. Inutile d'attendre plus longtemps, poursuivit mon père. Le roi a juré qu'on entendrait leurs cris dans tous les royaumes de l'océan du Destin. Et maintenant, dépêchez-vous de rentrer. Nul ne doit sortir du domaine ce soir.

Toute ma famille regagna la longère. Runa semblait perturbée qu'on ait interrompu son sommeil. Pour ma part, j'avais du mal à accepter de retourner dans ma chambre. Mille pensées obsédantes martelaient mon crâne. Pourquoi les Agitateurs frappaient-ils maintenant ? Comment étaient-ils parvenus aux portes du château de Flèche-Corbeau ? Que voulaient-ils ? J'avais peine à saisir la logique qui dictait leurs agissements. C'était la première fois qu'ils s'en prenaient au roi en personne : à ma connaissance, j'étais le seul membre de la famille royale à avoir été attaqué jusqu'ici.

Les Agitateurs semaient la discorde dans tout le Timoran, c'était un fait indéniable. D'où la haine de Flèche-Corbeau envers eux. Cependant, la plupart du temps ils attaquaient des chariots transportant de la nourriture ou des étoffes, le genre de larcin qu'on commet lorsqu'on n'a rien à manger et à se mettre sur le dos. Jamais ils ne s'étaient abaissés à une telle violence.

Certes, les Agitateurs étaient des fanatiques qui continuaient de vénérer un prince mort, le petit garçon fae qu'aimait tant la reine Lilianna. Mais la famille royale Férus était morte et enterrée depuis longtemps ! C'était justement cet aspect-là qui m'avait fait craindre les Agitateurs, jusqu'ici : pouvait-on faire entendre raison à des gens qui vénéraient un fantôme ?

Désormais, je les craignais aussi parce qu'ils avaient changé de cap et n'hésitaient plus à recourir à la barbarie et au meurtre.

L'exécution sanglante et cruelle de trois d'entre eux ne résoudrait sûrement pas le problème. Au contraire, elle ne ferait qu'attiser la colère dans le cœur des Agitateurs.

— Viens, me dit Mavie. Il faut rentrer, maintenant.

Je me mordis la joue et attachai mon poignard à ma taille à l'aide de la ceinture de ma robe de chambre.

— J'ai besoin de prendre l'air.

— Élise, s'inquiéta Siv. Nous ne devrions pas…

— Je n'ai pas dit « nous ». S'il te plaît. Je ne peux pas rester enfermée dans cette chambre.

Siv réfléchit et déclara :

— Alors, on vient avec toi.

Je secouai la tête.

— Non, votre absence serait plus remarquée que la mienne. Tu sais bien que nos serfs adorent cafter entre eux.

Accorde-moi cette faveur. Il ne me reste que quelques nuits de solitude avant d'être promise à un homme.

Siv voulut protester, mais Mavie la fit taire d'un geste.

— Il y a une ancienne école, qui date de l'ère des Férus. Elle se situe en retrait des remparts, tu ne risques donc pas d'y croiser quelqu'un qui aurait trompé la vigilance des gardes. Au contraire, la charmille qui la recouvre t'offrira toute l'intimité nécessaire. À côté de la tour nord.

Je lui fis un grand sourire.

— Je ne resterai pas longtemps. Tu as ma parole.

Sur ce, Mavie entraîna vers la longère une Siv boudeuse mais résignée. Toutes deux savaient à quel point je redoutais mes prochaines épousailles. Au tréfonds de mon cœur, j'étais persuadée que cette union signerait la fin de ma liberté. Je noircissais peut-être le tableau, mais je ne pouvais me défaire de ce sentiment.

Il y avait encore assez de monde dehors pour que je puisse longer le jardin sans attirer l'attention des gardes qui avaient déjà fort à faire. Ils ordonnaient aux gens de regagner leur logement, exigeant qu'on mette des sentinelles en faction devant chaque porte. Pliée en deux, la tête rentrée dans les épaules, je m'enfonçai dans les jardins de sureaux, d'aconits et de fougères, tous impeccablement entretenus.

Le pied léger, je fis encore vingt pas et me glissai sous la charmille qui dissimulait l'ancienne école. La porte n'était pas fermée à clef, mais on pouvait la verrouiller de l'intérieur. À l'entrée d'une salle ronde, une oppressante odeur de poussière et de vieux parchemin me brûla les narines – cette pièce ne devait pas souvent servir. L'avant de la salle était occupé par une estrade garnie de chandelles de suif. Sur une table, on avait abandonné un gros livre ainsi qu'une plaque en cuivre gravée du symbole représentant l'arbre des dieux. Au milieu de la salle s'alignaient quelques bancs en chêne noir ; les étroites fenêtres en ogive étaient décorées de vitraux représentant des scènes du folklore ettan. Des Êtres de la Nuit bénissant des arbres. Des monstres et des serpents de mer faisant bouillonner les flots. La Furie jetant des ombres, brisant la croûte terrestre, guérissant les malades. J'ignorais que la magie des Faes pouvait accomplir tant de choses… Cela dit, j'étais loin de tout connaître sur la Furie.

Il y avait autant de magies que de territoires.

Peu à peu, la nuit se fit silencieuse. De temps en temps, des pas résonnaient, quelques murmures, mais personne ne vint troubler ma solitude. Je demeurai assise sur le premier banc de devant, songeant à ce que m'avait dit la fillette voilée, au changement dont elle m'avait parlé, ce changement que j'appelais ardemment de mes vœux et auquel pourtant je ne croyais plus.

Ce n'est que lorsqu'une larme s'écrasa sur ma main que je me rendis compte que je pleurais.

Le lendemain, j'assisterais à un spectacle brutal. J'aurais dû m'en réjouir, mais mon estomac m'envoyait des décharges acides lorsque j'imaginais les applaudissements des Timorans déchaînés tandis que les Agitateurs ettans seraient torturés et écorchés vifs.

— Élise.

Je sursautai et étouffai un cri. La porte se referma et Légion poussa le verrou avant de poser son regard sur moi.

Gênée, je passai la main sur mes joues mouillées de larmes.

— Que… qu'est-ce que vous faites ici ?

— J'ai soudoyé Mavie pour qu'elle m'avoue où vous étiez allée, répondit-il avec un grand sourire. Elle a une véritable passion pour les figues.

J'émis un petit rire et me détournai de lui. Mon cœur cognait au rythme de ses pas qui s'approchaient du banc. Lorsqu'il s'assit à côté de moi, un frisson me parcourut l'échine. Il avait troqué son arc contre deux poignards et sa peau sentait le savon.

Il ne prononça pas un mot.

Comme s'il avait deviné mon besoin de silence, il se mit à examiner les vitraux.

Je ne sais pas combien de temps s'écoula, mais quand je repris la parole, le son de ma voix me sembla incongru.

— Je suis heureuse que vous n'ayez pas été blessé lors de la chasse. Avez-vous vu quelque chose ? L'attentat contre le roi ?

Légion s'accouda sur ses genoux.

— Non. Je n'étais pas dans les parages, au moment de l'attaque, mais je serais fort étonné qu'il s'agisse d'un Agitateur.

— Pourquoi ?

Il poussa un soupir.

— Le tir était trop parfait. La flèche s'est plantée profondément dans le tronc, bien droite, en formant une petite entaille dans l'écorce. Un tir visiblement étudié. Comme si on avait voulu qu'il manque sa cible. Un Agitateur assez téméraire pour vouloir assassiner le roi n'aurait pas fait exprès de viser à côté. Il aurait peut-être raté sa cible, mais il aurait décoché sa flèche dans l'intention de tuer.

— Qui, alors ?

— Je ne sais pas, et je n'aime pas ne pas savoir.

Je lui souris tendrement et posai ma main sur son avant-bras. Légion la considéra le temps d'un demi-soupir avant de poser sa main sur la mienne. Puis, il porta ma paume à ses lèvres avec ce geste bien à lui que j'avais appris à aimer.

— J'ai eu peur pour vous, dit-il doucement, comme s'il avait pensé cet aveu sans le formuler à voix haute. Vous n'étiez pas dans votre chambre. La peur m'a pris au dépourvu, elle m'a transpercé le cœur, et l'espace d'un moment, elle m'a obscurci la raison. J'aurais démoli la longère pierre par pierre si Mavie ne m'avait pas vu à cet instant.

Ses paroles estompèrent mes pensées chagrines, le poids de mes fardeaux, et mirent le feu à mon cœur. Quelques nuits. Quelques nuits de liberté. Je n'avais aucune envie de les gaspiller, aucun désir de les passer séparée de Légion. Je déglutis et, prenant mon courage à deux mains, je me blottis contre lui. Je lui caressai un côté du visage, le forçant à se tourner vers moi. Je me perdis dans la noirceur veloutée de ses yeux. La nuance boisée de sa peau couleur bronze.

— Qu'est-ce qui vous fait pleurer, Élise ?

Mon menton tremblota. Je me détournai, gênée, mais Légion orienta mon visage vers le sien.

— Tout, avouai-je. Demain, des traîtres à mon roi seront exécutés et je pleurerai sur leur sort. Je suis de l'espèce la plus faible des Timorans. Je m'en veux d'éprouver ce tourment intérieur, d'aimer mon peuple et de le détester tout à la fois. D'aimer les Ettans, mais d'occuper un rang supérieur à eux. D'être fascinée par les Faes, mais de les craindre. Tout ça m'accable et demain, on attendra de moi que je jubile, que je crie, que je haïsse. Le roi ne les exécutera pas seulement en son nom, mais en mon nom aussi. Et s'il me demande de prononcer quelques mots ? Comment pourrais-je regarder les condamnés dans les yeux, eux qui ne sont pas coupables de ce qui m'est arrivé, eux qui se battent pour reprendre la terre qu'on leur a volée ! Comment pourrais-je les regarder froidement, sans rien ressentir ?

Je portai la main à ma poitrine, étouffant un sanglot.

— Vous m'ôtez les mots de la bouche, dit Légion, les yeux rivés au sol. Le peuple timoran n'a pas toujours été tendre envers moi et la plupart du temps, je porte moi-même un regard assez désabusé sur cette société. Pourtant, ces dernières semaines, vous avez remué en moi quelque chose que je ne sais trop comment interpréter. Votre amour pour cette terre et pour son peuple – son peuple d'origine – me touche profondément, je ne sais pas pourquoi. Mais c'est l'effet que vous produisez sur moi. Il n'y a pas de mots pour décrire ce que vous êtes, Élise.

— Vous vous faites une trop haute opinion de moi.

— Impossible.

— Je tiens un discours de couarde. Je me cache ici pour pleurer. Alors que je devrais faire entendre ma voix – ou décider de me taire – et m'en tenir à mon choix, sans me laisser aller comme je le fais là.

Légion rit doucement et se redressa.

— C'est vrai. Vous pourriez être pleine de hardiesse et sûre de chacun de vos choix, mais alors j'aurais peur que vous ne soyez pas humaine.

À mon tour, j'eus envie de rire, mais le son qui jaillit de ma gorge ressemblait plus à un gargouillis mêlé de larmes qu'à autre chose.

Légion glousa et poursuivit :

—On m'a dit un jour que c'est en pesant le pour et le contre d'une décision, et en étudiant les possibles conséquences de nos actes, qu'on acquiert foi en nos choix ultimes. Il faut du temps pour décider de qui on est. Mais une fois qu'on y est parvenu, on est à même d'arrêter un choix et de s'y tenir, comme vous l'avez dit, envers et contre tout.

—Qui vous a dit ça ? Ça me plaît.

Il réfléchit, le front plissé de perplexité.

—Maintenant que j'y pense, je ne m'en souviens plus.

Je poussai un soupir et levai les yeux vers les poutres cintrées du plafond.

—Pour être honnête, ce ne sont pas seulement les exécutions, les Agitateurs et les rois cruels qui me font verser des larmes. Traitez-moi d'idiote si vous voulez, car je savais bien que ça finirait par arriver un jour, mais j'ai l'impression qu'une fois que je serai l'épouse d'un homme, mes choix, bons ou mauvais, ne m'appartiendront plus.

—Vous savez donc que le roi m'a ordonné de sélectionner un parti pour vous avant la fin des festivités, conclut Légion d'une voix rauque.

—Oui. C'est lui-même qui me l'a dit avant de partir à la chasse.

—Ce n'était pas censé aller si vite. Comment vais-je m'y prendre ?

Sa voix trahissait son accablement. J'éprouvai un brin de compassion pour lui, mais ce n'était pas en cédant aux larmes que j'allais lui faciliter la tâche. Aussi, je me plaquai un sourire ironique sur les lèvres.

—Eh bien, quelle était donc votre stratégie à votre arrivée au manoir ?

— C'est que ça n'est plus aussi simple que ça l'était au départ. La situation a bien changé.

— Oh, dis-je en souriant, les joues en feu. À ce point-là ?

Légion me retourna mon sourire, puis me prit délicatement la nuque. Jouer la fausse modestie ne marchait pas avec lui. Il approcha son visage du mien jusqu'à ce que nos fronts se touchent et il passa la main dans mes cheveux.

— Si je me demande comment je vais pouvoir vous donner à un crétin, c'est parce que je ne sais vraiment pas comment faire. Comment suis-je censé accomplir la mission que j'ai acceptée alors que mon cœur brûle de vous avoir pour moi tout seul ?

Les mots me manquaient, néanmoins l'instant exigeait une réponse. Je voulus parler mais Légion me fit taire d'un doigt sur mes lèvres. Ses yeux brisaient ma volonté, me mettaient à sa merci. J'avais encore le temps de m'écarter de lui, de tout arrêter, mais aussi d'admettre que j'étais impuissante à lui résister, quand bien même j'aurais dû le faire.

Légion m'embrassa.

Il prit possession de mes lèvres, m'attirant passionnément à lui, m'emprisonnant la tête comme pour m'empêcher de m'enfuir. Mais je ne voulais plus qu'il me lâche, plus jamais.

J'étouffai un petit cri qu'il happa avec espièglerie. Il se pencha sur moi, entrouvrit mes lèvres ; nos dents s'entrechoquèrent et nos langues s'entremêlèrent dans une montée de désir. Sa bouche avait un goût de pluie et de miel. Je nouai les bras autour de son cou, j'avais envie de le sentir encore plus près de moi. Ses mains se posèrent sur ma taille et il me plaqua contre lui. J'inclinai la tête en arrière, enfonçant les doigts dans ses épaules. Il m'allongea sur le banc et se coucha sur moi.

L'ancienne école résonnait du cliquetis de ses lames sur le bois, de nos halètements avides. Je tressaillis – sa ceinture d'armes me rentrait dans le corps. Il s'empressa de l'ôter.

Je le remerciai en le couvrant de caresses. Il gémit dans ma bouche quand mes mains passèrent sous sa tunique et entrèrent en contact avec sa peau. Je me mis à suivre la géométrie et les pleins et les déliés de son torse. Existait-il une manière élégante et féminine d'ôter une robe de chambre ? Cette question resterait sans réponse. Comme je ne voulais pas m'écarter de Légion, je me retrouvai les bras coincés dans les emmanchures.

Il me regarda, les yeux assombris de désir. Ses doigts parcoururent ma nuque, descendirent sur ma chemise de nuit. Il tira sur une manche, dévoilant ma peau, aussi pâle que la lueur de la lune.

— C'est un jeu dangereux, murmura-t-il.

— Oui.

Je n'avais pas le droit de toucher un homme pendant tout le temps des enchères, bien sûr, mais si jamais on apprenait que le négociateur avait touché la princesse dont il avait la charge, le scandale secouerait toute la ville. Mais rien n'avait plus d'importance. Je dénudai mon autre épaule et attirai à nouveau Légion contre moi.

D'un geste gracieux, il fit passer sa tunique par-dessus sa tête. Je m'émerveillai devant ses muscles puissants et ses nombreuses cicatrices, souvenirs de combats de rue, sans doute. Une jolie petite pierre noire pendait à son cou. Comme un éclat du ciel de la nuit.

Je l'embrassai au niveau du cœur. Lorsque ses mains calleuses remontèrent le long de ma jambe et se glissèrent entre mes cuisses, je me cambrai contre lui. Cette caresse rugueuse fit frémir ma peau de désir. Son baiser était une flamme qui incendiait ma bouche, ses doigts habiles, un brouillard qui m'obscurcissait l'esprit. J'avais la tête qui tournait comme sur un manège, c'était une sorte de vertige, un tourbillon incontrôlable, du genre à vous priver de la raison. Il plongea ses yeux dans les miens et me fixa, sans ciller, jusqu'à ce que je fonde sous ses caresses. Gênée, je me mordis la lèvre pour étouffer mes gémissements, en vain.

Les paroles s'envolaient en fumée, consumées par les sensations.

Légion m'embrassa le cou avec passion.

— Par les dieux, Élise. C'est… tu es tout pour moi.

Ses dents me grignotaient le cou, l'oreille. Il m'embrassa jusqu'à ce que je ne puisse plus penser, jusqu'à ce que je ne puisse plus que ressentir.

22

Mavie jacassait comme une pie. Elle me parlait de quelque chose en rapport avec Bevan et Odda, dans les cuisines. Leurs regards, leurs sourires…

— Et quand elle est entrée, il est devenu rouge comme un coq, conclut-elle en finissant de lacer son corsage.

Ses boucles brunes, déployées sur ses épaules, encadraient son visage rose d'animation. Elle aurait toujours dû être ainsi, songeai-je, belle et heureuse. Mavie était ettane, mais ses seules origines n'auraient pas dû la condamner à la servitude. Peut-être qu'un jour, je parviendrais à traduire ma volonté avec force et détermination, comme me l'avait exposé Légion.

Le seul fait de penser à lui me donna un coup au cœur. J'avais passé la journée sur un petit nuage, l'apercevant ici et là, mais il était accaparé par mon oncle qui avait exigé que tous les participants à la chasse soient interrogés, puis affectés à la traque à l'assassin. Je tentais de ne pas penser à ce que nous avions fait la nuit dernière, à la douce saveur de sa bouche et aux gémissements que mes caresses lui avaient arrachés. Mais bien sûr, je ne pensais qu'à cela. À ce que nous n'avions pas fait aussi, et au sens que cela prendrait à la fin des festivités.

Nous ne pouvions pas nous libérer des négociations nuptiales, ni lui ni moi. Mais sachant qu'il partageait mes sentiments, j'oserais peut-être lui suggérer une vie d'amour dans l'ombre. Nous ne serions qu'à moitié mari et femme, mais pour peu que le sort nous soit favorable, cela suffirait peut-être à notre bonheur.

— Élise.

Mavie me regardait d'un air interrogateur.

J'émergeai de ma rêverie et recommençai à me tresser les cheveux.

— Oui ?

— Quand as-tu regagné ta chambre, hier soir ?

Je me raclai la gorge, embarrassée.

— Je... je ne sais pas trop.

Mavie esquissa un petit sourire et lança à Siv un regard entendu qui ne lui fut pas retourné.

— Je suppose que c'est Herr Grey qui t'a raccompagnée...

Le sourire que mes lèvres ébauchèrent jeta mon amie dans un fou rire qui me rappela notre jeunesse, lorsque nous regardions les dockers balancer des sacs de jute sur les péniches.

— Ça suffit ! dis-je, en voyant mon reflet écarlate dans le miroir.

— Je suis bien d'accord, grommela Siv en glissant un couteau dans sa bottine.

Mavie se hérissa.

— Toujours aussi aigre, celle-là !

Mon amie se mit à enrouler la tresse autour de ma tête à la manière d'une couronne, mais Siv l'écarta d'une tape.

— Laisse, je vais finir de la coiffer. C'est ton tour d'aller voir si les gardes sont prêts à escorter la Kvinna jusqu'à la salle principale.

Mavie maudit sous cape l'humeur grincheuse de Siv, qui n'avait pas souri une seule fois de toute la journée, mais elle lui confia ma tresse.

Le silence était parfois le bienvenu, mais en cet instant, il était triste, oppressant, insupportable.

— Élise, finit par dire Siv. C'est peut-être déplacé de ma part, mais je voudrais que tu restes sur tes gardes avec Légion Grey.

Je la dévisageai dans le miroir. Elle s'était habilement dissimulée derrière moi tout en épinglant ma tresse, m'empêchant de voir l'expression de son visage. Je joignis les mains sur les genoux.

— Pourquoi tu me dis ça, Siv ? Parle sans détour. Nous avons toujours été franches l'une envers l'autre, non ?

Siv ne répondit pas mais elle finit par croiser enfin mes yeux dans notre reflet.

— Tu ne devrais pas lui faire confiance.

Mon estomac se noua.

— Encore une fois, pourquoi me dis-tu ça ? Tu dois bien avoir une raison.

Je pensais pouvoir faire preuve d'ouverture d'esprit, mais en réalité j'étais en colère. Une colère volcanique, vive et brûlante comme la lave.

— Je... je crois que c'est un homme dangereux, voilà tout.

— Dans ce cas, il joue très mal son rôle de méchant. La nuit dernière, pendant qu'il m'embrassait dans le cou, il lui aurait été très facile de me trancher la gorge. J'avais ôté tous les obstacles de son chemin.

Siv battit des cils et poussa un long soupir.

— Je ne veux pas te faire de peine, mais...

Je me retournai sur mon siège.

— Qu'est-ce qui s'est passé, Siv ? dis-je d'un ton cassant. Entre vous deux, l'autre nuit, devant le clocher. Tu ne m'as pas tout dit. Légion m'a raconté qu'il t'avait approchée de façon agressive, mais qu'il avait compris son erreur. Ce n'est pas le fait que tu me donnes ton avis qui me fait de la peine, c'est que tu ne te fies pas à mon jugement. Alors que c'est moi qui ai passé le plus de temps avec Légion, moi qui l'ai harcelé de questions jusqu'à ce qu'une confiance mutuelle s'installe entre nous, comme entre Mavie, toi et moi.

Siv enfonça la dernière épingle à cheveux et se recula pour juger du résultat.

— Je préférerais que tu comptes plus de personnes de confiance parmi tes proches.

Je ne voyais pas où elle voulait en venir, mais notre discussion fut interrompue par un coup frappé à la porte. Tor entra dans la chambre.

— Kvinna Élise, il est l'heure d'y aller.

— Très bien.

Mon estomac se noua à nouveau, mais cette fois pas de colère ni de désir. L'exécution allait commencer. Jetant un regard en coulisse à Siv, j'empoignai mes jupes et suivis Tor dans le couloir.

— C'est relâche, ce soir, était en train de dire Halvar, alors que je sortais de ma chambre.

Légion le fit taire d'une claque sur la poitrine et mon cœur se mit à battre la chamade lorsqu'il s'avança vers moi. Siv nous dépassa d'un pas pressé et prit place à côté de Mavie. Je la suivis du regard, encore pleine d'une rancœur qui ne passa pas inaperçue.

— Qu'est-ce qui se passe ? murmura Légion.

— Oh, rien.

Pourquoi lui aurais-je parlé de l'avertissement de Siv ? Elle se trompait et j'étais sûre de la valeur de mon argument : Légion aurait eu mille fois l'occasion de m'éliminer s'il avait été animé par une quelconque malveillance à mon égard. Aussi, je m'empressai de maquiller ma gêne d'un sourire et je lui pris le bras. Quelle chance qu'on ne puisse pas lire dans les pensées des autres ! Car si Légion avait pu déchiffrer les miennes, il aurait rougi d'embarras.

La cour qui s'étendait devant la résidence principale du roi était la plus belle de toutes avec ses haies couvertes de fleurs et sa fontaine en forme de corbeau aux ailes déployées, le symbole royal. Pourtant, ce soir, cette cour était enlaidie par trois estrades, chacune équipée d'un pilori. Les Agitateurs étaient ligotés à un poteau, pendus par les poignets. Vu leur état, on ne leur avait sans doute rien donné à manger et très peu à boire depuis qu'ils avaient été capturés. L'un d'eux avait perdu un œil, l'autre saignait énormément de la bouche. Je n'aurais pu affirmer que le troisième était encore en vie. Son corps affaissé n'était retenu que par ses bras ligotés au-dessus de sa tête.

Légion suivit mon regard et considéra les trois hommes brisés. Il me prit la main. Je la serrai de toutes mes forces, à me faire blanchir les jointures. Il ne me lâcha que lorsque nous nous assîmes à côté de mes parents.

— Où est Runa ? demandai-je à ma mère.

— Oh, elle a d'autres soucis en tête, répondit-elle avec indolence. Inutile de l'embêter avec ce genre de broutille, alors qu'elle va être reine.

Par les enfers, à tous les entendre, on aurait pu croire que Runa se préparait à monter sur le trône dès demain !

Le bout de mes doigts s'engourdit lorsque Zyben se leva de son trône et s'avança pour lancer la séance de torture. Sa voix se mit à tonner comme celle d'un dieu.

— Les traîtres à la couronne ont leur place dans le troisième enfer, avec les derniers des misérables, avec la lie de la société ! Vous méritez de souffrir, siffla-t-il en direction des condamnés. Mais nous ne sommes pas dénués de pitié. Reniez vos croyances, dénoncez vos compagnons et nous vous accorderons une mort rapide.

L'un des bourreaux donna un coup de pied au premier prisonnier. Sa tête retomba sur sa poitrine, mais il parvint à articuler quelques mots :

— Vive… le P… P… Prince de la Nuit.

Il émit un gloussement et cracha du sang en direction du roi, même s'il était trop loin pour l'atteindre.

Le regard de Zyben se durcit.

— Soit ! Vous avez été jugés coupables de trahison. En châtiment de vos crimes… vous mourrez dans la souffrance, pour toutes celles que vous avez infligées au Timoran. Vous mourrez dans le sang et dans les larmes, pour le sang que vous avez versé et pour les larmes que vous avez fait couler.

D'un geste, Zyben scella le sort des malheureux et retourna sur le trône.

Trois bourreaux s'avancèrent dans le dos des Agitateurs. Mon père gloussa. Malgré sa maladie, il avait les yeux brillants, comme excité par l'atroce spectacle à venir. Je fermai les yeux de toutes mes forces et serrai la main de Légion. Il m'attira contre lui, feignant de réconforter une princesse un peu trop faible de nature.

Il y eut d'abord les fouets à pointes.

Je sursautai à chaque flagellation. À chaque hurlement de douleur des condamnés. Le troisième n'était pas mort, mais presque. Il geignait faiblement sous le fouet.

La bile me monta à la gorge. Je déglutis.

La flagellation se termina et ce fut le tour des lames qui gravèrent des runes sur la peau des condamnés, ouvrant des plaies sanglantes dans leur chair, sous les yeux de l'assistance fascinée.

Je frissonnai.

— C'est mal.

— Chut, Élise ! me tança ma mère.

— C'est mal, murmurai-je pour moi-même.

— Le changement ne peut pas se mettre en place du jour en lendemain, me glissa Légion à l'oreille. Il faut du temps, mais si tu le veux vraiment, tu peux le faire advenir. J'ai une confiance absolue en toi.

— Mais… ces hommes…

— Ont commis des crimes au nom d'un prince défunt, répliqua Légion, non sans logique.

Non, c'était faux. Ces Agitateurs payaient pour des hommes morts : ceux qui m'avaient attaquée dans la clairière. Ce châtiment ne correspondait pas à leurs crimes. Quelque chose brûlait en moi, montant du sol jusque dans mes pieds et mes jambes, comme si la Terre s'indignait avec moi.

— Mon roi ! m'écriai-je d'une voix étranglée avant d'avoir pu me contenir.

— Élise, murmura Légion d'un ton suppliant en m'attirant de nouveau à lui.

Mais c'était trop tard.

D'un geste, Zyben interrompit la séance de torture.

— Kvinna Élise Lysandre, ma nièce, est celle d'entre nous qui a le plus souffert des mains de ces traîtres. Souhaitez-vous vous exprimer, nièce ? Souhaitez-vous administrer un coup de fouet ? Parlez et le fouet est à vous.

Je me recroquevillai sous le poids de tous ces regards assoiffés de sang. Les bras de Légion m'enserraient, m'immobilisaient. Je sentais le martèlement de son cœur, devinais le tumulte de ses pensées, de son esprit qui cherchait désespérément le moyen de me sauver de mes paroles ridicules.

— Je… je souhaite seulement…

Que souhaitais-je ? Que cette épreuve se termine et qu'on trouve une façon plus civilisée de rendre la justice.

Car de quels crimes ces hommes étaient-ils coupables, en réalité ? Étions-nous devenus sauvages au point de condamner à mort pour délit d'opinion ?

— Élise, je t'en prie, marmonna Légion.

La force inconnue qui m'avait poussée à prendre la parole délia à nouveau ma langue. La force de la sottise, sans doute.

— Roi Zyben, ces hommes ont déjà suffisamment souffert pour leurs crimes.

Un murmure de stupéfaction parcourut l'assistance. Mon père m'incendia du regard. Si nous n'avions pas été en public, Leif Lysandre aurait levé sa main affaiblie sur moi et m'aurait fait taire d'une gifle.

Mon oncle inclina la tête sur le côté, une expression de cruauté sur le visage.

— Suffisamment souffert, dites-vous ?

— Ma fille se ressent encore de son traumatisme, Votre Majesté. Elle ne sait pas ce qu'elle dit, affirma ma mère.

Elle espérait que le peu d'affection que lui portait Zyben pourrait jouer en ma faveur.

— Ces trois hommes ne sont pas ceux qui m'ont attaquée, mon Roi. Ceux-là sont morts pour leurs crimes. Mais ces condamnés ont déjà été punis puisqu'ils ont subi votre courroux.

Les yeux de Zyben étaient d'un bleu glacial. Même à cette distance, je pouvais lire la haine qui les habitait.

— Tor, tiens-toi prêt, siffla Légion dans mon dos.

Prêt à quoi ? Allait-il dégainer son arme et s'en prendre au roi pour me défendre ? Qu'avais-je fait ?

— Les Agitateurs sont tous des traîtres, ma nièce ! En votre qualité de membre de ma famille, je m'attendais à ce que vous le sachiez, mais je vois que vous n'êtes pas de cet avis. Qu'auriez-vous voulu que nous fassions, Kvinna

Élise ? Accueillir à bras ouverts ceux qui ont massacré mon peuple ? Femmes et enfants ? Est-ce donc ce genre de souverain lâche et faible qu'a engendré la maison de ma sœur ?

Ma mère bondit de son siège.

— Non ! Notre fille aînée est forte et s'avérera impitoyable envers nos ennemis, mon frère. Ayez pitié d'Élise, je vous en supplie ! Elle n'est pas dans son état normal depuis l'attaque dont elle a été victime. Je vous assure, elle n'est plus elle-même.

Zyben ricana. Je m'aperçus alors que, profitant de cet échange envenimé, Légion s'était posté en face de moi. Siv et Mavie se serraient l'une contre l'autre – Siv avait la main posée sur le manche de son couteau, tandis que Mavie priait les dieux en silence. Triple enfer ! j'avais mis tous ceux que j'aimais dans une situation périlleuse. Je méritais la potence pour m'être exprimée de façon aussi inconsidérée.

Mon oncle écarta les bras avec un sourire mauvais.

— Je ne suis pas dénué de pitié…

Je retins mon souffle, attendant de recevoir le châtiment de son caractère capricieux.

Je n'eus pas ma réponse. L'air se mit à vibrer de sifflements. *Frrt-frrt-frrt.* Un hurlement rompit la stupeur générale. Puis j'entendis un hoquet. Suivi d'un gargouillis atroce. Une flèche avait transpercé la gorge du roi, une deuxième se planta dans son ventre et une troisième dans sa poitrine. Son pourpoint en laine et sa cape en fourrure étaient maculés de rouge. Puis le roi tituba et s'étala de tout son long, face contre terre.

Mort.

23

La suite se fond dans un brouillard.

Durant au moins deux battements de cœur, la foule demeura sous le choc, horrifiée par la vue de Zyben gisant dans son propre sang, près du trône. Puis un cri s'éleva. Tout près de moi. Le temps d'un instant, je crus que c'était ma mère.

Mais le cri fut aussitôt couvert par les rugissements qui montaient des portes du domaine royal. Un peu partout, les patrouilles de Flèche-Corbeau tentaient de repousser à coups de flèches, de hache et de massue les envahisseurs vêtus de sombre qui escaladaient les remparts comme des araignées noires.

Des bras robustes me tirèrent en arrière, vers le palais intérieur. Hors d'atteinte. À l'abri des regards. Légion tenait ma main d'un côté, de l'autre une lame ; Tor et Halvar flanquaient Mavie et Siv. Telle une unité de patrouille, nous fonçâmes vers le château de Flèche-Corbeau, tandis que la nuit s'emplissait de la chaude puanteur du sang.

Mes genoux cédèrent. Légion me rattrapa de justesse.

Je me cramponnai à son bras pendant qu'il me faisait franchir les lourdes portes du château.

— Mes parents !

— Enfuis, répliqua-t-il sèchement.

— Légion, où allons-nous ? s'enquit Tor d'un ton posé, comme s'il s'épanouissait dans le feu de l'action.

— Loin des regards, le temps de décider de la suite. On se déplace vite, on rase les murs, on reste cachés.

À ces mots, Mavie s'accroupit, apeurée, les mains sur la tête. Les couloirs grouillaient de serfs, de valets et de femmes de chambre, tous fuyant le danger. Quelques nobles égarés émergeaient en catastrophe des chambres royales, à moitié nus, ivres d'alcool ou d'amour. La plupart hébétés. Jusqu'à ce qu'ils entendent les rugissements qui s'élevaient au-dehors.

— Vive le roi défunt !

— Mort aux usurpateurs ! Mort aux usurpatrices !

Lorsqu'ils virent les patrouilles de Flèche-Corbeau se ruer dans la mêlée, armes brandies, ils comprirent vite ce qui s'était passé. En quelques secondes, les couloirs se mirent à résonner de hurlements de terreur qui n'avaient rien à envier à ceux qui montaient des pelouses.

— Par ici ! lança Légion, en nous poussant vers une porte.

Celle-ci s'ouvrait sur un escalier qui menait aux salons. Ensuite, il ne nous resterait plus qu'à traverser les salles de banquets pour arriver dans les cuisines.

J'empoignai ma robe pour rester sur les talons de Légion. Enfin, la guerrière qui sommeillait en moi daigna se réveiller et je me souvins du poignard que je gardais désormais fixé à ma cuisse. Relevant mes jupes de façon indécente, j'arrachai la lame à son étui. Ma main ne tremblait plus. J'aurais tout le temps d'avoir peur après.

Légion me dévisagea, puis son regard se posa sur le couteau. Impassible.

— J'ai promis, dis-je dans un souffle rauque.

— En effet.

Il me saisit le poignet.

— N'hésite pas à t'en servir s'il le faut !

Nous traversâmes le vestibule à toute vitesse et nous précipitâmes dans l'escalier monumental. Des rangées de fenêtres s'ouvraient sur la nuit. Halvar nous ordonna de nous baisser et, insérant une fléchette dans une arbalète qu'il avait fait apparaître comme par magie, il couvrit notre avancée.

Je ne respirai que lorsque nous fûmes arrivés en bas du dernier escalier. La bâtisse principale tremblait sous le chaos. Çà et là s'élevaient les geignements de ceux qui tentaient de se cacher, qui derrière un fauteuil, qui derrière une table. Des fugitifs épouvantés nous bousculèrent, renversant Mavie au passage. Légion s'arrêta à peine le temps de la remettre debout. Il se déplaçait comme une ombre. Volant d'un endroit à l'autre. Halvar et Tor aussi, bien que moins vite que lui. Si nous en réchappions, pensai-je, je demanderais à Légion de me parler plus en détail de sa vie d'enfant des rues. Avait-il volé ? Rejoint un gang ? Tué ? À cet instant, tout cela n'avait plus aucune importance, mais mon esprit tournait à toute vitesse, cherchant désespérément à se raccrocher à autre chose qu'à la réalité. Celle qui voulait que la forteresse du Timoran, le château de Flèche-Corbeau, soit attaquée de toutes parts.

— Stop ! ordonna tout à coup Légion.

Nous nous plaquâmes dos au mur, tandis qu'il jetait un regard prudent par une fenêtre qui donnait sur la cour ensanglantée.

Légion émit un claquement de langue. Tor réagit :

— Les assaillants ont récupéré les condamnés à mort. Ils sont en train de les emmener en lieu sûr.

— Ce sont des Agitateurs, grogna Halvar.

En effet, c'était la conclusion qui s'imposait. Des Agitateurs qui vengeaient le massacre de leur campement familial, la capture de leurs hommes.

La porte d'un autre vestibule s'ouvrit à toute volée sur une femme paniquée qui trébucha dans ses jupes. Elle leva les yeux sur moi.

— Élise ! Dieux merci, Élise !

— Inez, murmurai-je.

Cette idiote allait attirer l'attention sur nous si elle continuait à crier comme ça.

— Élise ! sanglota-t-elle, et, s'avançant dans la pièce, elle s'arrêta devant la fenêtre ouverte. Oh, Élise ! Ils ont pris la tour nord, la reine…

Sa phrase mourut dans un gargouillis de douleur. Mavie poussa un hurlement et s'effondra contre le mur. Une fléchette noire, très semblable à celles d'Halar, s'était plantée dans la tempe d'Inez. Elle vacilla. Puis une autre fléchette siffla par la fenêtre, l'atteignant à l'épaule.

Inez bascula en avant. Tor la rattrapa et l'allongea par terre avec douceur.

Je me penchai sur Mavie qui se pendit à mon cou en pleurant à chaudes larmes. Les yeux sans vie d'Inez fixaient le plafond, du sang maculait son visage de porcelaine. Un frisson me glaça. Je ne pouvais détourner le regard de son cadavre. Inez, stupide Inez ! Alors que nous restions tous accroupis pour ne pas nous faire voir de l'extérieur, elle s'était plantée devant la fenêtre. Paniquée. Une cible facile.

Un souvenir me revint à l'esprit et mon cœur se serra douloureusement.

— Garde-toi des fenêtres, dis-je dans un souffle.

Maudits enfers ! *Garde-toi des fenêtres.*

C'était la prophétie que la petite sorcière avait transmise à Inez. Les pouvoirs de la fillette étaient bien réels ! Et si une fenêtre pouvait avoir causé la mort de la sotte et innocente Inez, je préférais ne pas imaginer ce que l'avenir me réservait.

« Accorde ta confiance à ceux qui ne la méritent pas », c'était la prophétie qui m'avait été adressée.

Quand je verrais la bête à l'intérieur...

Une chose était sûre, si je demeurais immobile, la mort viendrait me chercher.

— Relève-toi, Mavie. Il faut partir d'ici.

— Là-bas, ordonna Légion en désignant l'une des pièces vides près de la salle du banquet.

Nous obéîmes et fonçâmes vers ce qui ressemblait à un petit bureau. Des cartes, des livres et des secrétaires aux quatre coins. C'était dans cette pièce que les scribes royaux devaient envoyer leurs missives. L'endroit avait été déserté, mais depuis peu : de la fumée s'élevait encore d'une cigarette d'herbes dont on s'était débarrassé à la hâte.

Tor referma la porte, puis Halvar et lui la barricadèrent à l'aide d'un des secrétaires.

— Éloignez-vous de la fenêtre ! lança Légion, mais ce qui suivit me glaça jusqu'à la moelle.

Retroussant les lèvres comme pour mordre, il pointa le doigt sur Siv.

— Attrapez-la !

Siv tenta de s'échapper, mais Halvar l'immobilisa par une clef de bras.

— Non, non, ma petite, susurra-t-il. Tu vas rester avec nous.

— Légion ! m'écriai-je, au risque de nous faire repérer. Qu'est-ce que tu fais ?

Soit il ne m'avait pas entendue, soit il fit la sourde oreille. Horrifiée, je vis Siv vaciller sous son regard noir.

Elle secoua la tête, les larmes aux yeux, tandis que Légion l'attrapait par les cheveux.

— Tu as quelque chose à avouer avant que je t'arrache les yeux ?

Ce n'était plus l'homme de la nuit dernière, celui qui me murmurait des mots doux. Qui m'avait comblée de tendres caresses. Ses yeux brillaient d'une flamme rouge, il portait la haine peinte sur son visage. Je le pris par le bras, voulus l'écarter de mon amie, en vain.

— P... pitié, geignit Siv. Je ne savais r... rien. Je vous le jure !

— Arrêtez ! cria Mavie.

— Légion !

Je lui donnai un coup de poing dans l'épaule. Une fois, deux fois, trois fois. Sa dague effilée était pointée sur la gorge de Siv.

— Arrête ! Mais arrête !

Enfin, il me fit face, les yeux flamboyant d'une rage incontrôlable.

— C'est une Agitatrice, Élise !

Ses mots me firent l'effet d'une gifle. Mes poumons se vidèrent d'un coup et je restai bouche bée, comme une idiote.

— Quoi ?

De grosses larmes coulaient sur les joues de Siv. Je secouai la tête, incrédule.

— Non. C'est une serve – une femme de chambre. C'est... mon amie.

— Réfléchis, Élise ! répliqua Légion. Depuis quand est-elle à ton service ?

Un peu moins d'un cycle, calculai-je, sans le dire à voix haute. Mais Légion n'attendait pas de réponse de ma part.

— Elle a vingt cycles, tu ne crois pas qu'elle aurait dû être à ton service depuis bien plus longtemps que ça ? Elle est très vite devenue ton amie, n'est-ce pas ?

Siv tendit la main vers moi.

— Élise… Je…

— Tu parleras quand ce sera ton tour, ma jolie, railla Halvar en resserrant son étreinte sur elle.

— Le temps me manque pour tout t'expliquer, Élise, continua Légion. Mais la nuit où nous nous sommes entraînés au combat, j'ai vu la façon dont elle a plaqué Tor au sol : c'est une prise d'Agitateur. On les entraîne à faire ça. Souviens-toi de la fois où tu as été attaquée, de la façon dont ton assaillant t'a clouée au sol. C'était la même prise. Mais cette nuit-là, nous lui avons extorqué la vérité : elle a été infiltrée au manoir dans le but de t'assassiner.

J'avais envie de vomir.

— Non.

Réponse pathétique, mais c'était tout ce dont j'étais capable.

— Éliminer la famille royale en partant du bas, résuma Tor, en fixant Siv d'un air mauvais.

— Élise, je… je te demande pardon, balbutia Siv entre ses larmes.

Je n'avais pas besoin d'en savoir plus. Légion disait la vérité. Siv, mon amie… une Agitatrice.

— J'ai changé, Élise… J'ai appris à te connaître. J'ai quitté mon clan, trahi les miens, parce que nous… parce que nous sommes devenues amies. Tu dois me croire !

Je reculai d'un pas, tremblante. Mavie me prit dans ses bras. Je voulais détourner les yeux de Siv, mais je pouvais m'arracher à la contemplation de l'aura dorée comme le miel de mon amie. Siverie. Elle m'avait défendue, elle s'était fait du souci pour moi. En secret, elle avait des sentiments pour Mattis, même si pour rien au monde elle ne l'aurait avoué. Elle savait manier la lame... Je hoquetai et portai les mains à mon cou. Elle savait manier la lame presque aussi bien que Légion.

Étais-je à ce point avide d'amitié pour avoir négligé tous ces signaux d'alerte ?

— Tu avais raison, Siv, murmurai-je. J'aimerais compter plus de personnes de confiance parmi mes proches.

Sur ce, je l'abandonnai à Légion. Sa trahison était un poignard de plus planté dans mon cœur.

— Qui t'a dit qu'ils attaqueraient ce soir ? la questionna Légion.

— Je vous dis la vérité ! cria Siv. J'ai quitté mon clan. Je les ai reniés. Si jamais ils me trouvent, seule et sans arme, ils me tueront !

— Tu savais, murmurai-je. Tu savais et tu m'as laissée seule avec elle.

Légion me regarda par-dessus son épaule.

— Elle savait ce qui lui arriverait si jamais elle touchait un seul de tes cheveux. Je ne lui ai épargné aucun détail.

— Mieux vaut garder ses ennemis près de soi, Kvinna, plaisanta Halvar, comme si tout ça n'était qu'un jeu.

Légion dévisagea Siv, puis il rengaina sa lame.

— Elle vient avec nous. On pourra peut-être s'en servir de monnaie d'échange.

— Jamais les Agitateurs n'auraient attaqué le château de Flèche-Corbeau, affirma Siv, tandis qu'Halvar modifiait sa prise pour pouvoir courir sans la lâcher. Vous devez me croire... il y a quelque chose qui cloche.

— Je ne dois rien croire du tout, répliqua Légion, mais il la considéra d'un air songeur. Toutefois, mieux vaut rester vigilants. On ne sait pas ce qui se passe ici.

— Bon, on y va ? s'enquit Tor.

Il y avait dans son intonation une sorte de message implicite, quelque chose qui nous échappait à toutes les trois.

Légion me considéra, la bouche crispée en un rictus. Au bout de quelques instants angoissants, il opina du chef.

— Oui. De toute façon, nous n'avons pas d'autre choix.

Luttant bravement contre les larmes, je me raccrochais de toutes mes forces à Mavie.

— Bon, alors, dit Halvar avec un brin d'impatience. Il est où ?

Légion plongea la main sous sa tunique et ôta la pierre noire qu'il portait en pendentif. Passa son pouce sur la surface polie et la scruta. Comme s'il pouvait se voir dedans. Rien ne se produisit. Je me demandais si cette pierre était une sorte de totem, quelque chose qui l'aidait à réfléchir, lorsqu'il annonça :

— Il a réussi à pénétrer dans les cuisines. Dépêchons-nous si nous voulons garder notre tête sur les épaules, le temps nous est compté !

Mais avant que j'aie pu l'interroger sur sa remarque sibylline, Légion nous entraîna à nouveau dans le dédale des couloirs.

Les cris continuaient de me vriller le crâne, même s'ils faiblissaient, en nombre et en volume. Dans le noir, les lames d'acier continuaient de ferrailler. La bataille faisait rage, mais elle était de plus en plus déséquilibrée. C'était la fin. Un camp, bientôt, sortirait victorieux du combat.

Flèche-Corbeau allait-il tomber ? Les Agitateurs avaient-ils vaincu les gardes ? Dans la terreur de la nuit, c'était difficile à dire.

Je courais, Mavie accrochée à mes jupes. Siv luttait pour rester à la hauteur d'Halar. J'eus l'impression qu'elle pleurait. Ça m'était égal. Et en même temps, non.

Tout mon être brûlait d'un effroi qui englobait… tout et tout le monde.

Mes parents. Runa. Malgré la froideur de nos relations, c'était ma famille, et je ne voulais pas qu'ils meurent. Mais ils avaient de la ressource, ils trouveraient bien un moyen de s'enfuir ou de riposter. Ils s'en sortiraient vivants, je voulais y croire.

— Élise, dit Siv.

— Silence ! ordonna Halvar.

Elle ne tint pas compte de son intervention.

— Élise, tu dois m'écouter. On ne peut pas leur faire confiance à eux non plus. Il y a quelque chose d'étrange chez eux, ils…

— J'ai dit silence !

Halvar s'arrêta, saisit Siv par la mâchoire et la fit taire d'un regard terrible.

À mes côtés, Mavie étouffa un cri et me prit la main.

— Éli, murmura-t-elle d'une voix éraillée. Tu sais, au début, je ne t'aimais pas.

Je lui jetai un regard furtif, ne sachant trop où elle voulait en venir.

— Oui, je me souviens, dis-je prudemment.

Mavie était arrivée au manoir alors que nous étions toutes deux âgées d'environ treize ans. À l'époque, elle me servait docilement, puis me tirait la langue dans le dos, croyant que je ne la voyais pas.

— Mais… poursuivit-elle en hoquetant, aujourd'hui, tu es mon amie. Je suis celle que je dis être, tu peux me croire. Peu importent les titres ! Nous sommes amies, toi et moi.

Les larmes me brûlaient les paupières. Ma douce Mavie… Alors que nous fuyions une mort certaine, elle prenait le temps de me rappeler que je n'étais pas seule, qu'il restait des gens en qui je pouvais avoir confiance.

Au détour d'un couloir, nous arrivâmes devant une salle de banquet. Légion tenta une incursion, mais se rejeta aussitôt en arrière, plaqué contre le mur. Un poignard avait failli l'atteindre en plein cœur. Il poussa un grognement et lança une lame par la porte ouverte.

Je brandis mon poignard, prête à combattre ceux qui étaient de l'autre côté du mur, mais je fus déséquilibrée par Mavie qui tomba sur moi.

Je la rattrapai et je vis.

La lame destinée à Légion s'était enfoncée profondément dans son estomac. Elle émit un hoquet, les yeux agrandis par la peur.

La stupeur me coupa le souffle.

— Mavs… Mavs !

Je me mis à crier, appelant tout le monde à l'aide et personne en particulier. Légion se tourna vers moi, puis Tor. Siv sanglotait, écroulée contre Halvar qui, pour une fois, semblait pris au dépourvu. Mavie posa les yeux sur moi. Ses jambes cédèrent et je me laissai glisser jusqu'au sol avec elle. Un souffle altéré sortait de ses poumons. Chargé de l'odeur du sang.

— El… Éli… chuchota-t-elle. Je n… n… ne veux pas mourir…

Je serrai sa tête contre ma poitrine, appuyant mon front sur le sien, mes larmes mouillant ses cheveux.

— Mais non, tu ne vas pas mourir. Tu ne vas pas mourir, Mavs.

Légion s'agenouilla du côté où s'était planté le couteau, examina la blessure et releva la tête. Dans son regard, je lus ce que je savais déjà. Je secouai la tête, ivre de rage, gonflée d'un hurlement contenu.

— Élise… dit-il.

— Non !

Je refusais ce qu'il allait dire, je lui en voulais de renoncer.

— Non !

Dans mes bras, Mavie fut parcourue d'un frisson et ses doigts se relâchèrent sur mon poignet. Sa respiration se tut.

— Mavie ?

Je la secouai. Comme elle ne répondait pas, je la secouai encore plus fort.

— Mavie ! Réveille-toi, Mavs !

Je l'exhortai à vivre, obstinément. Mais Mavie ne me répondait pas.

Elle ne me répondrait plus jamais.

24

Je hurlai son nom, le visage baigné de larmes. Des mains m'arrachèrent à elle. Non ! Je ne pouvais pas la laisser. Je refusais. Mavie avait besoin d'aide. Besoin de soins. Je me débattis contre les bras qui me maîtrisaient. Lançai les poings en tous sens. J'avais besoin de me défouler, de frapper n'importe quoi, n'importe qui. De tuer tout le monde.

Les bras se resserrèrent autour de moi. Je laissai aller ma tête contre un torse puissant. J'avais le souffle rauque, la respiration hachée. Cette odeur… pluie et épices. Légion. Il m'étreignait, m'immobilisait ; les battements de son cœur étaient un repère dans la douleur qui me déchirait l'âme – il était le roc dans la tempête. Sa main épousait ma nuque.

Tremblante, je lui enlaçai la taille.

Personne ne disait rien. Mavie était morte et c'était une vérité trop cruelle à accepter. Trop affreuse à concevoir.

— Il faut continuer.

La voix de Tor me parvint à travers l'épais nuage noir qui m'écrasait la poitrine.

— Ils arrivent !

Les bras de Légion resserrèrent leur étreinte.

— Élise, on ne peut pas rester ici.

Comme une étincelle, la colère embrasa mon cœur. Un simple mur me séparait de l'assassin de Mavie.

Je me libérai des bras de Légion et entrai dans la salle, poignard à la main. Un homme gisait à terre, la lame de Légion plantée dans le cœur.

— Tu l'as eu, marmonnai-je, à la fois reconnaissante et déçue.

Car cette fois, je n'aurais eu aucun scrupule à tuer. J'aurais voulu être le bourreau de celui qui avait privé ce maudit royaume de la bonté de Mavie.

— Tu as fait couler le sang ! s'exclama Halvar d'une voix paniquée. La nuit est…

— Je n'ai pas besoin qu'on me le rappelle ! répliqua Légion d'une voix rude, empreinte d'une colère presque effrayante.

— Bon ! lança Tor avec brusquerie. Il faut y aller, maintenant ! On ne peut plus attendre !

Ma raison savait ce que mon cœur refusait encore d'admettre. Si nous ne voulions pas subir le même sort que Mavie, il nous fallait partir. La seule idée de l'abandonner me lacérait d'un millier de coups de poignard. Comme doués d'une volonté propre, mes pieds se mirent en mouvement, m'éloignant d'elle, mais un morceau de mon cœur resterait à jamais ici, dans ce couloir de Flèche-Corbeau.

— Par ici, c'est le chemin le plus rapide, déclara Légion.

Il entra dans la salle de banquet où le meurtrier de Mavie était étendu, mort, et récupéra son couteau. Il examina la lame maculée de sang avant de l'essuyer sur la poitrine du cadavre.

J'étais de glace. Froide et dure. J'entendis à peine les ordres de Légion, me contentai de les suivre. Toujours prisonnière d'Halar, Siv versait des larmes silencieuses. Elle tourna vers moi un regard implorant, en quête de réconfort, peut-être. Mais je ne lui en fis pas l'aumône. C'était une menteuse qui nous avait dupées, Mavie et moi.

Siv n'avait pas perdu une amie, ce soir. Elle n'avait pas le droit d'employer ce mot.

Nous progressions à pas de loup dans un couloir, nous méfiant des fenêtres et des ombres. Légion tourna dans un étroit passage et soudain, je reconnus l'endroit : c'était l'entrée de la salle du trône. Pleine de la lumière et de voix : cris, chants et acclamations. Légion brandit le poing et jeta un coup d'œil par l'embrasure. Je me penchai à mon tour.

La salle du trône était remplie d'hommes vêtus de sombre et armés d'arcs et de lames. Les insurgés. Mais parmi eux se trouvait une poignée de gardes de Flèche-Corbeau. Leurs capes bleues tissées de fils d'or brillaient dans la marée noir d'encre. Que faisaient-ils au sein de nos ennemis ?

J'aperçus l'estrade où se trouvaient les trônes du roi et de la reine. Mes mains s'engourdirent. Calder se tenait sur le devant, le front ceint de la couronne de ronces encore rouge du sang de Zyben. À ses côtés… à ses côtés se tenait Runa. Elle portait le diadème d'argent et la cape dorée de la reine.

Triple enfer ! À genoux devant eux, mes parents et la reine Annika. Et les gardes de Flèche-Corbeau… avaient leur arme pointée sur eux !

Légion me tira en arrière. Je ne voyais plus la scène, mais chacun des mots prononcés dans la salle du trône pénétra mon âme. Se grava dans ma mémoire.

— Ma chère Annika, dit Calder d'un ton moqueur. Prêtez donc serment comme Mara ! Voyons, la propre sœur de votre époux reconnaît notre légitimité. Ça devrait vous mettre en confiance. Prêtez-nous allégeance et vous aurez la vie sauve !

Je me blottis contre Légion. Pour me protéger de ce qui allait suivre, bien sûr, mais aussi pour qu'il m'empêche de faire irruption dans la salle en hurlant, de me battre et, sans aucun doute, d'y laisser la vie. Naturellement, ma mère avait juré fidélité à Calder. Zyben mort, ce dernier était l'héritier présomptif. Mais pourquoi Annika résistait-elle ? Plus préoccupant encore : pourquoi les insurgés étaient-ils massés autour du nouveau roi ?

La voix d'Annika s'éleva au-dessus des murmures de la foule.

— Mort aux traîtres ! siffla-t-elle d'une voix bouillonnante de colère. C'est toi qui as commandité l'attentat de la chasse !

— Ma foi, il nous fallait créer des conditions favorables à la prise de pouvoir, répliqua Calder avec un rire. Il semble que ma reine et moi ayons beaucoup de mal à éliminer nos parents.

Runa ricana.

— Oui, je pensais vraiment être débarrassée de mon père lorsque nous avons autorisé les Maudits à pénétrer en territoire Lysandre.

Horrifiée, je portai vivement la main à ma bouche. Runa avait ouvert les portes de notre domaine aux envahisseurs ! Les Maudits ? Ce qui me frappait, chez ces insurgés, c'était la noirceur de leurs yeux et de leur bouche. Ma sœur s'était-elle assuré les services du Spectre sanglant ? Je ne m'étais donc pas trompée lorsque les Agitateurs avaient attaqué le manoir : ce soir-là, quelque chose clochait chez ces hommes et ces femmes.

— Tu assassines ton père, tu t'empares du trône ! s'exclama Annika. Tu n'es pas un roi. Tu es un lâche !

La main de Légion se plaqua sur ma bouche, étouffant mon cri.

Calder se mit à rire.

— Ce sont là des mots un peu forts, Annika. Mais ils n'ont plus aucun sens puisque vous êtes à genoux devant moi et que je suis… ici, à ma place. C'est votre dernière chance.

Annika n'était pas quelqu'un de bien. Elle était aussi brutale que l'avait été son mari. Mais elle ne flancha pas sous la menace.

— Jamais je ne m'inclinerai devant l'usurpateur du trône et la putain qui ose se prétendre reine.

Tout se passa en un éclair. L'éclat d'une lame, le bruit mat d'un corps qui s'écroule. Calder poussa un soupir théâtral.

— Eh bien, voilà qui est réglé ! Quant à toi, mon peuple, tu t'es bien battu !

La foule rugit.

— Enfers, marmonnai-je.

Calder… C'était lui qui avait organisé l'assaut. C'était lui qui… Non, c'étaient lui et Runa… à eux deux, ils s'étaient emparés du trône par la force. Je repensai à toutes ces fois où ma sœur s'était opposée avec virulence au changement et à un nouvel ordre. Je repensai à son amertume quand je ne lui obéissais pas. À son manque de respect pour Annika, à son indifférence envers Zyben. Durant tout ce temps, elle n'avait cessé de comploter.

— Il ne nous reste plus qu'à mettre la main sur la sœur rebelle de la reine Runa, déclara Calder.

— Elle ne nous est pas loyale.

Mon cœur frémit : ma sœur venait de me condamner au même sort qu'Annika.

— Voilà, approuva Calder. Il faut retrouver Élise ainsi que tous les individus qui n'ont pas encore choisi leur camp.

Sa bande de tueurs manifesta son assentiment par des cris et des grognements.

Sans m'en laisser entendre davantage, Légion resserra la main sur mon poignet et me fit rentrer dans la salle du banquet, derrière Tor, Halvar et Siv. J'étais une fugitive au sein de ma propre famille. La haine de ma sœur marquait mon âme au fer rouge. Certes, je savais qu'elle ne me tenait pas en très haute estime, mais qu'est-ce qui justifiait un tel venin, une telle volonté de m'éliminer ? Une rage toxique m'envahit, un acide qui dissolvait tout l'amour que j'avais pu avoir pour ma sœur.

Une mort de plus dans cette nuit sanglante.

À l'entrée de la salle de banquet, il y avait une porte dérobée. Tor l'enfonça et nous fit passer par un escalier creusé dans la pierre. Nous allions nous échapper par les cuisines. Comme des voleurs fuyant dans la nuit. Et ensuite ? Où irions-nous ? Où pouvions-nous trouver refuge quand le pouvoir réclamait notre tête ?

Dès la première marche, Légion se plia en deux. Il ferma les yeux de toutes ses forces et donna un coup de poing dans le mur.

— Légion !

Mes mains volèrent vers lui. Son corps était brûlant sous mes doigts. Il se redressa en grognant.

— Ça va, avance !

De la sueur perlait à son front.

— Où as-tu été touché ?

Enfers, je refusais de perdre quelqu'un d'autre cette nuit !

— Nulle part, affirma-t-il. Ça va, je te dis.

— Élise ! Vite, les cuisines ! Il y a quelque chose qui pourra le soulager, me lança Halvar.

Je me souvins des jours qui avaient suivi le retour de Légion au manoir, après sa maladie. Ses yeux rouges, hagards. Son teint livide. Maudits dieux, pourquoi fallait-il que le plus fort d'entre nous nous lâche maintenant ?

Je l'aidai à gravir les dernières marches en lui soutenant le dos. Ses pas étaient de plus en plus raides, il serrait les poings. Sur ses mains et à son cou, les veines saillaient, gonflées d'un afflux de sang. Je réprimai l'envie de lui redemander s'il allait bien – parler semblait le fatiguer. Nous entrâmes, l'un après l'autre, dans les vastes cuisines aux murs de pierre.

Ici, pas de cadavres, pas de forte odeur de sang, seulement de la vapeur qui s'échappait des casseroles, du pain savoureux, du glaçage au miel et…

— Bevan ?

Le vieil intendant du manoir était en train de faire bouillir un liquide sirupeux sur la flamme. Il s'avança vers nous. Ses yeux étaient d'un noir de minuit et son visage arborait une expression étrange. Une expression de puissance, pas de soumission, mais son regard ne s'attarda pas sur moi. Il se posa immédiatement sur Légion qui s'était appuyé au mur, haletant.

— Tu as fait couler le sang ! s'exclama Bevan.

Le vieil homme se rua sur Légion et – enfers ! – il lui donna une claque à l'arrière de la tête.

— Espèce d'idiot ! Il ne s'est pas écoulé assez de temps depuis le dernier incident ! Ça va être encore pire.

— Attention à toi, vieillard ! lâcha Légion dans une sorte de grondement.

Il cilla et reprit d'un ton radouci :

— Difficile de faire autrement quand le château est assiégé !

— Tu ne crains pas le tranchant de la lame, rétorqua Bevan. Tu n'étais pas obligé de riposter.

Légion contracta la mâchoire.

— Ce n'était pas moi qui étais visé.

Ses yeux rouges et vitreux se posèrent sur moi. Bevan parut se souvenir de ma présence et son visage s'amadoua. Il tendit une main noueuse vers la mienne.

— Kvinna, vous êtes blessée ?

Je restai interdite, à court de mots. Mon regard allait du vieil intendant à Légion : deux hommes qui semblaient en savoir beaucoup plus long que ce que j'imaginais.

— Je… je n'ai rien, Bevan, mais Mavie…

Je ne pus achever.

Bevan tressaillit, comprenant ce qui s'était passé, et se donna une tape sur la tête.

— Puisse l'Autremonde t'accueillir, Mavie.

La prière des morts n'adoucit pas le choc, au contraire, mon chagrin se fit encore plus aigu : Mavie avait besoin de cette prière, c'était un fait, maintenant.

— Bevan ! cria Tor. Tu as l'élixir, oui ou non ?

Le vieux serf se hâta de sortir la concoction sirupeuse du feu.

— Il a fini d'infuser. Mais à mon avis, il ne fera effet que pour cette nuit. Il lui en faudra une autre dose demain matin et le jour d'après pour qu'il puisse reprendre son cycle normal.

— Très bien ! dit Tor avec un brin d'exaspération. Mais dépêche-toi, maintenant !

Légion poussa un gémissement et se pressa la main sur le front. Je me précipitai vers lui. J'avais beau être complètement perdue, je ne supportais pas de le voir souffrir. Légion tenta de se détourner de moi, mais je glissai ma main dans la sienne et il la serra, tandis qu'un autre gémissement lui échappait.

Bevan versa le sirop odorant dans une petite gourde en peau avant de s'adresser à moi.

— Élise, calmez-le.

—Mais de quel mal souffre-t-il ? Je n'ai jamais rien vu de tel.

—Personne n'a jamais rien vu de tel, répondit Bevan d'une voix douce, et il mit la gourde sous les narines de Légion qui l'écarta en grondant.

La douleur lui ôtait tout bon sens. Je lui pris le visage en coupe. Ses yeux ressemblaient à deux étangs rouge sang et sa peau ruisselait de transpiration. Je chassai mes larmes d'un battement de paupières. Voir le corps de Légion se retourner contre lui était à la fois terrifiant et poignant.

Je caressai sa joue moite et brûlante.

—Bois, Légion, lui dis-je avec calme et douceur. Ça va te faire du bien.

En réalité, j'ignorais si la concoction allait le soulager. Maudits enfers, je ne savais même pas de quel mal il souffrait ! Mais Tor et Halvar avaient l'air de croire que cette potion malodorante pouvait lui faire de l'effet. Et Bevan aussi. Légion crispa les paupières, se pressa à nouveau le poing sur le front et, contre toute attente, il tendit brusquement la main vers la gourde. Bevan lui donna l'élixir et veilla à ce qu'il en boive au moins trois gorgées.

—Ça ira, dit-il en lui reprenant la gourde. Il t'en faudra deux doses de plus. Ne les saute pas !

La respiration de Légion s'était déjà apaisée. Ses yeux étaient moins rouges et il arrivait à se tenir debout. Je gardai un bras passé autour de sa taille et souris avec reconnaissance au vieux serf.

—Bevan, j'ignorais que tu avais des talents de guérisseur…

Le vieil homme changea d'expression et baissa les yeux.

—Je ne suis pas guérisseur, Élise. Je suis ce qu'on appelle un Élixiste.

—C'est la première fois que j'entends ce terme.

— Ça n'a rien d'étonnant, dans cette contrée. C'est le nom que donnent les habitants du Royaume oriental à ceux qui détiennent le secret de l'alchimie, des potions et des sortilèges.

Je restai bouche bée.

— Tu possèdes la Furie ?

— Dans l'Est, nous appelons ça le Mesmer, mais nos pouvoirs à nous émanent de notre corps, et non de la Terre. Je suis ce qu'on appelle un Alver. Là d'où je viens, on trouve différentes Espèces d'Alvers : moi, j'appartiens à celle des Élixistes. Nous sommes comme qui dirait des cousins des Êtres de la Nuit. Chaque royaume possède son propre terme pour nous nommer : Fae, sorcier, Alver ou démon. Et chaque royaume a sa façon de tous nous maltraiter.

Bevan ! Bevan possédait… la Furie. Ou le Mesmer, quel que soit le nom qu'il donnait à ses pouvoirs. Un millier de questions se bousculaient à mes lèvres, mais pour le moment, je lui étais simplement reconnaissante d'avoir guéri Légion.

— Ça fait des cycles que Bevan me nourrit à la petite cuillère, dit Légion d'un ton bourru.

— Pourquoi ne m'aviez-vous pas dit que vous vous connaissiez, tous les deux ?

— L'heure n'est pas aux explications, Élise, intervint Bevan. Vous devez fuir le château, maintenant. Ils vont bientôt partir à vos trousses. Le capitaine Magnus est déjà passé ici, il vous cherchait.

— Jarl ? (J'ouvris de grands yeux.) Il est du côté de Calder ?

Mais ma question n'attendait pas de réponse. Quelle idiote j'étais d'avoir pu croire que Jarl voulait le changement, comme moi ! Alors qu'en réalité, il complotait avec ma sœur pour renverser le roi.

— Triple enfer ! m'exclamai-je. Il m'avait pourtant dit qu'il voulait se servir de la Furie dans l'intérêt de tous les habitants du Timoran. Je pense à présent que leur objectif est d'asservir les Êtres de la Nuit.

— Ou d'en faire des cobayes, plus probablement, dit Bevan. Ils les traqueront jusqu'au fin fond de chaque royaume. Dans l'Est, les Alvers font déjà l'objet de ventes ou d'échanges. Si le Nouveau Timoran se met à exploiter la Furie que renferme cette terre, ce commerce va empirer. Pour le moment, le Sud accepte encore les Faes et les êtres surnaturels, mais ses dirigeants n'hésiteront pas à refermer ses portes pour défendre son peuple. Les Alvers ne seront plus en sécurité nulle part et le Timoran deviendra une puissance inébranlable. Il y a même fort à parier que le pouvoir timoran se lancera à la conquête des autres royaumes. Combien va-t-il encore y avoir de morts, Élise ? (Bevan s'étrangla d'émotion et secoua la tête avec accablement.) J'ai connu la guerre. J'ai fui mon royaume, j'ai trouvé refuge ici avec la famille de mon frère, j'ai vécu la dure existence d'un Ettan afin de ne pas me faire remarquer. Mais j'en ai vu assez pour savoir que la paix est possible, mon enfant. Si les véritables souverains de cette terre pouvaient unir tous les pouvoirs, que ce soit par les sortilèges, la Furie ou le Mesmer, on pourrait épargner des vies et la puissance de chaque contrée s'en trouverait renforcée.

— Les véritables souverains ? répétai-je.

Un bruit dans le couloir nous fit taire. Légion sortit sa dague, Halvar leva son arbalète. Même Siv fit le geste de tirer la lame qu'on lui avait confisquée.

— Bevan ! dit Légion. On ne peut plus attendre.

Le vieil intendant nous regarda à tour de rôle.

—Ce genre de chose prend du temps. Il faut qu'il y ait un choix de part et d'autre, fondé sur le consentement et la loyauté. Pour elle comme pour toi.

Légion crispa la mâchoire. Ses yeux sombres et lumineux se posèrent sur moi, faisant battre mon cœur.

—Je ne peux pas me prononcer pour Élise, mais en ce qui me concerne… je suis prêt.

—Prêt à quoi ?

Je cherchai la main de Légion, désireuse de trouver un point d'appui dans ce chaos. Il prit la mienne et la serra très fort.

—Élise, dit Bevan. Croyez-vous au destin ?

—Oui, répondis-je d'un ton prudent.

—Alors, sachez que le destin a un rôle à jouer dans tout ça. Vous avez le désir de guérir cette terre, mais vous pouvez aussi en guérir une autre. Du jour où nous nous sommes rencontrés, j'ai su que vous pourriez être celle qui aiderait Légion.

—Aider Légion ? Comment ?

—Ça ne s'explique pas, ça se montre. Or, ce n'est ni le moment ni l'endroit. Vous devez d'abord vous abriter en lieu sûr, ensuite vous devrez choisir Légion. Choisir d'emprunter ce chemin avec lui.

—Bevan, je ne comprends rien à ce que tu racontes. De quoi s'agit-il ?

Je jetai un regard d'impuissance en direction de Légion. Mais ce dernier avait les yeux rivés au sol.

—Je ne demande pas mieux que de l'aider à se libérer de ce mal, si c'est ce que tu veux dire. Mais je ne possède ni la Furie ni… le Mesmer. Comment puis-je lui venir en aide ?

—En le choisissant. Ça, c'est la première étape. En lui offrant votre confiance et votre loyauté. Le reste viendra au fur et à mesure, quand vous en saurez davantage.

—Le choix t'appartient, Élise, marmonna Légion. Tu ne sais pas tout sur moi. Mais je te jure que ce que je t'ai montré était sincère.

Étrange. L'angoisse m'écrasait la poitrine. Quels secrets me cachait Légion Grey ? Allais-je regretter de lui avoir fait confiance une fois que je les aurais percés ? Peut-être, mais l'ennui, c'était que je lui faisais réellement confiance. Je tenais à lui. Profondément. Légion m'avait sauvée, émancipée. Il m'avait montré ce qu'étaient la véritable passion et le véritable amour. Le moment venu, les secrets seraient révélés et nous saurions les surmonter ensemble. En temps voulu.

Je déglutis avec peine et serrai sa main plus fort, mais ce fut à Bevan que je m'adressai :

—Je ferai tout ce qui est en mon pouvoir pour lui venir en aide.

Bevan hocha la tête et alla chercher quelque chose dans un placard d'angle. Il en sortit des sacoches apparemment remplies de provisions. Puis, il produisit une ampoule d'un liquide sombre et trouble. Il lança une sacoche en direction de chacun des trois hommes. Légion croisa mon regard. Il affichait un air d'appréhension, mais il me conduisit jusqu'au milieu de la cuisine.

—Ce choix va vous unir à lui, m'expliqua Bevan. Sa force sera la vôtre : tant qu'il respirera, on ne pourra pas vous blesser. Le lien de loyauté durera toute la nuit.

—Pourquoi une seule nuit ?

Jusqu'à mon dernier soupir, je serais loyale envers Légion Grey en raison de tout ce qu'il avait déjà fait pour moi, j'en étais convaincue.

Ce fut Légion qui répondit.

—C'est pour garantir ta sécurité pendant nos déplacements. Ma force sera la tienne.

— Oui, mais si jamais tu es blessé…

— Élise, dit-il, l'air gêné. Je ne peux pas être blessé. Je ne peux pas mourir. Pas plus que Tor ou Halvar. En revanche, nous n'allons pas nous lier avec l'Agitatrice : nous ne lui faisons pas confiance. Or l'efficacité de ce lien repose sur une confiance mutuelle.

Siv baissa les yeux.

— Comment ça, tu ne peux pas mourir ? demandai-je d'une voix que l'angoisse faisait monter dans les aigus.

Soudain, des cris dans les couloirs nous firent tous sursauter. Bevan me prit la main, une lueur désespérée dans ses yeux couleur d'ardoise.

— Le temps presse, Kvinna ! Faites votre choix !

Ma nuque se hérissa. Je jetai un coup d'œil à Siv. Elle refusait de me regarder. Je pouvais comprendre son mutisme, elle devait savoir qu'aucun de nous ne l'écouterait. Elle avait perdu notre confiance de façon trop brutale pour qu'on puisse accorder un quelconque crédit à ses paroles.

J'adressai un signe d'assentiment à Légion, alors que ses explications n'avaient fait qu'accroître ma confusion.

— Prenez sa main, m'ordonna Bevan.

Puis il passa l'ampoule à Légion qui en but quelques gorgées. Il tressaillit et me la tendit. Je suivis son exemple. La potion avait un goût âpre. Comme un mélange de vinaigre et d'épices relevées, mais je réussis à en prendre une rasade sans m'étouffer. Une sensation de chaleur naquit au creux de mon estomac et se propagea jusque dans mon bras, incendiant ma paume et celle de Légion.

Bevan tapota nos mains jointes.

— Le lien doit être scellé par un serment.

Légion opina et s'éclaircit la voix.

— Élise Lysandre. Le temps d'une nuit, je lie ma personne, ma loyauté et ma protection à toi.

Mon avant-bras se mit à me picoter le long du trajet qu'empruntait le pouvoir de la potion pour monter jusqu'à mon cœur. D'un hochement de tête, Bevan m'encouragea à prononcer le serment à mon tour.

— Légion Grey, je… lie ma personne et ma loyauté à toi jusqu'au lever du soleil.

La chaleur s'épanouit sur ma peau, m'arrachant un petit cri. Je fus alors submergée par un désir irrépressible de suivre Légion. L'idée qu'il puisse y avoir la moindre distance entre nous me laissait entrevoir une angoisse épouvantable.

— C'est fait ! dit Bevan. Et maintenant, filez d'ici avant de vous faire repérer.

Il posa la main sur l'épaule de Légion et lui sourit tristement.

— Tout sera bientôt fini. Je le sens dans mes vieux os.

Légion acquiesça brièvement, puis se tourna vers moi :

— Nous allons prendre les chemins de traverse, Élise. Ce genre de terrain ne nous pose pas de difficulté, nous avons l'habitude, mais pour toi, le voyage ne sera pas de tout repos. Alors, mets tes pas dans les nôtres et nous te conduirons en lieu sûr.

Je m'enserrai les épaules pour me rassurer pendant que Légion, Halvar et Tor fouillaient chacun dans leur sacoche. Siv se laissa glisser contre le mur, le visage empreint de frayeur. Elle redoutait le sort qui allait lui être réservé et un vestige de compassion me transperça le cœur. Elle m'avait menti, m'avait mise en garde contre Légion qu'elle accusait des pires intentions. D'un autre côté, elle avait eu nombre d'occasions de s'en prendre à moi. Pourtant, elle n'en avait jamais rien fait.

Je me retournai vers Légion. Il avait enfilé un capuchon noir qui lui enveloppait la tête et lui couvrait les épaules.

— Élise, dit-il d'une voix rude. (Il prit ma main.) À propos de ce qui nous attend, souviens-toi de ce que je t'ai dit. Je pensais chacune de mes paroles.

Mon estomac se noua et, envahie par un mauvais pressentiment, je regardai Légion s'accroupir pour prendre quelque chose dans sa sacoche. Quand il se releva, il avait un bout de tissu rouge à la main. Ses yeux sombres s'étrécirent, mais j'y lus comme une supplique. Il tendit le tissu rouge sur son visage, de manière à en dissimuler la partie inférieure. Comme un masque.

Un masque rouge qui ressemblait à…

La vérité m'atteignit de plein fouet, comme un coup de massue sur la tête, un coup de poignard dans le ventre. Je tentai de remettre de l'ordre dans mes pensées pendant que Légion prenait la dernière pièce de l'énigme des mains de Bevan. Mon doux Bevan. Le vieux serf lui tendit deux haches noires, d'un geste calme et confiant, comme s'il s'agissait d'armes sacrées et non mortelles.

Des armes maudites par les enfers. Des armes que je ne connaissais que trop bien.

Mes jambes me lâchèrent.

Bevan me rattrapa par la taille et m'ordonna de me taire. Légion Grey avait disparu, à sa place se tenait la créature qui hantait mes cauchemars.

Légion était le Spectre sanglant.

25

Le Spectre soutint mon regard, comme si nous étions seuls au monde dans les cuisines de Flèche-Corbeau. Un violent élancement fusa le long de mon bras. Une douleur fantôme, qui avait été causée par l'une de ces deux haches d'armes. Car oui, je m'étais recroquevillée de peur face à la soif sanguinaire de cette créature.

Et dire que cette bouche s'était posée sur la mienne…

Le Spectre se tourna vers Tor et Halvar. Mon estomac se révolta. Non ! Pas Tor et Halvar, pas la Guilde de l'Ombre ! Je reconnus le masque noir dont ils venaient de se couvrir le visage. Tor et Halvar étaient les deux tueurs qui avaient empêché Légion – le Spectre sanglant – de me massacrer, cette nuit-là.

— Halvar, garde l'Agitatrice avec toi ! Nous prendrons par les chemins de ronces et…

— Je ne bougerai pas d'ici, articulai-je, le souffle altéré par l'affolement.

Les mots avaient franchi mes lèvres d'une seule traite.

— Je refuse de vous suivre, répétai-je. C'est hors de question.

Je reculai.

Le Spectre me regarda par-dessus son épaule. Ses yeux avaient perdu leur terrible rougeoiement. Il me contemplait à présent avec les belles prunelles noires et brillantes de

Légion. Le destin me jouait un tour abominable. Qui me brisait le cœur.

— Tu n'as pas le choix, Élise, dit-il d'une voix grave et sombre.

C'était la voix de l'homme qui m'avait tenue si tendrement dans ses bras, quelques heures plus tôt.

— Vous vous êtes unie à lui, Kvinna.

Les paroles de Bevan ajoutèrent à la panique qui me suffoquait.

— Tu savais ! hurlai-je d'une voix stridente. Tu savais qui il était, et pourtant, tu…

— Ce que je sais, c'est qu'il y a certaines choses qui dépassent votre compréhension, répliqua le vieil intendant. Allez-y, maintenant ! Cette nuit, votre vie est entre ses mains, et il vous protégera.

— Non !

Je secouai obstinément la tête, refusant de céder à l'attraction magnétique que le Mesmer de Bevan provoquait en moi. Un besoin irrésistible de suivre le Spectre sanglant, de me tenir à ses côtés.

Tor grogna derrière son horrible masque :

— Plus le temps.

Le Spectre affichait un air las. Bevan me saisit par les épaules.

— Pardonnez-moi, Élise, c'est pour votre bien.

Un goût âcre d'herbe brûlée me tapissa l'arrière-gorge. Sous mes narines, une ampoule dégageait des vapeurs qui pénétraient dans ma gorge et mes poumons. Mes jambes cédèrent. Des bras me soulevèrent. Rouge. Noir. Les couleurs du moment où le soleil couchant rencontre la nuit se mêlèrent dans mon esprit. J'étais à quelques centimètres du masque, du masque du Spectre sanglant, et de sa capuche. Il me tenait dans ses bras. Je devais me défendre, je devais hurler.

Ma tête retomba sur les battements de son cœur. Sourds et réguliers. Le cœur de Légion. J'inspirai encore et la cuisine, les visages, tout se fondit dans un noir sirupeux.

Il m'arrivait de penser que jamais je n'oserais m'aventurer dans le recoin marécageux de ma mémoire où j'avais relégué ma terrible rencontre avec le Spectre, près des docks. Dans ces moments-là, ce souvenir m'était intolérable : je me sentais tellement perdue que même la lumière des cieux en devenait grise. Le désespoir m'étreignait avec une force décuplée, dépassant tout ce que j'avais pu ressentir jusque-là.

Ma tête palpitait de douleur. Penchée en avant, je me massai le crâne en tentant de reconstituer ce qui s'était passé.

Le goût des herbes et de la fumée. Je m'étais évanouie, il me semblait que le Spectre m'avait rattrapée. L'air de la nuit avait caressé mon visage, m'avait tirée du sommeil. Nous chevauchions. À quel moment avions-nous trouvé des montures ? Je respirais une odeur d'épices, de pluie. Je respirais une odeur de cuir. J'étais plaquée contre la poitrine de Légion et…

Non, pas Légion. Le Spectre sanglant. Je me donnai trois tapes sur la tête. Le Spectre sanglant. Légion Grey était le Spectre sanglant. Un menteur. Un assassin. Un démon.

Il m'avait dupée. Bevan m'avait dupée. Siv m'avait dupée.

La seule personne en qui je pouvais avoir confiance était morte.

Mavie. Je la revis pousser son dernier soupir. Je chassai ce souvenir et regardai mes mains. Dans la brume de mon cerveau, des bribes de la nuit passée continuaient de me revenir peu à peu : des bras m'arrachaient à la selle. La lune, encore haute. Une odeur de bière blonde et de crasse corporelle. Une taverne. Nous étions entrés dans une taverne.

— Va-t'en ! avais-je lancé au Spectre lorsqu'il m'avait posée à terre.

Il avait obéi sans protester et m'avait confiée à la Guilde de l'Ombre. Ce qui ne valait pas mieux.

Les deux hommes étaient taciturnes, inquiets.

Tor avait posé brutalement une corne de bière devant moi. Halvar avait ensuite tenté de détendre l'atmosphère en ironisant sur notre chevauchée et sur les talents de cavalier de Tor.

Le rire d'Halar me faisait presque oublier qu'il était terrifiant, derrière son masque noir. Pour rien au monde je ne l'aurais avoué, mais ses plaisanteries avaient contribué à ralentir la course folle de mon cœur.

Ils m'avaient proposé d'aller me rafraîchir. Et voilà comment je me retrouvais dans ces toilettes miteuses, les mains toujours tremblantes, unie à un homme qui me terrifiait. Pour arriver à ses fins, il m'avait trompée. Il savait que si j'avais appris la vérité sur lui, j'aurais pris mes jambes à mon cou. Jamais je ne serais partie avec lui. Mais les pouvoirs de la Furie étaient puissants. Maintenant que ce sort nous liait, je ne pourrais plus jamais quitter le Spectre, même si je le voulais.

Les toilettes puaient les pieds et le moisi. Pourtant, ce réduit m'apparaissait comme une sorte de refuge à côté de ce qui m'attendait derrière la porte. Je relevai la tête.

— Tu étais obligée de me suivre ?

Siv était en train de se laver les mains au lavabo.

— Je ne voulais pas t'espionner, je cherchais un prétexte pour te parler seule à seule.

Je plissai les yeux.

— Et je devrais te croire ? Agitatrice !

Siv soupira.

— Élise, je ne cesserai jamais d'implorer ton pardon. Tu as raison, je t'ai menti à mon arrivée au manoir. J'étais là pour me rapprocher de la princesse cadette…

— Et tuer ma sœur ? Et mes parents ? Après m'avoir achevée, bien sûr.

Elle se contenta de secouer la tête.

— Je sais que je t'ai menti, au début, mais ensuite tout a changé. Tu t'es très vite prise d'amitié pour moi. (Siv s'adossa au mur.) J'avais passé des mois à m'endurcir en prévision des maltraitances de la famille royale du Timoran, mais te souviens-tu de la première chose que tu m'as dite ?

Je pinçai les lèvres et me détournai. Non, je ne m'en souvenais pas…

— Tu m'as demandé si j'aimais les gâteaux de lait glacés au sucre. (Siv pouffa tristement.) La première chose. Tu m'as tendu ton assiette – une assiette royale – et tu m'as offert ton dessert. Parce que tu n'aimais pas le lait de chèvre.

— C'est vrai, dis-je lentement, je le trouve trop aigre.

Siv leva les yeux sur moi, tenta de sourire, mais ne réussit qu'à produire une grimace tremblante.

— Ensuite, tu as ri de ma réaction de surprise avec Mavie. Je n'y croyais pas. J'ai passé la nuit à essayer de lui tirer les vers du nez… à Mavs. De lui faire dire tout ce que je croyais que tu lui infligeais. Les raclées, les insultes. Elle s'est mise dans une telle colère qu'elle a fini par lâcher que tu étais… (Siv ravala un sanglot.) Que tu étais son amie la plus fidèle, et ce depuis que vous étiez petites. Une serve et une princesse.

J'essuyai mes larmes. Je voulais que Mavie soit là, avec nous. Je voulais qu'elle se plaigne des traces collantes dans les toilettes, de l'odeur de pisse omniprésente. Je voulais qu'elle me fasse voir le bon côté de cette nuit de cauchemar. Mais Mavie n'était pas là. Ce soir, elle soupait avec les dieux.

— Tu ne me pardonneras peut-être jamais, reprit Siv. Mais je te jure que j'ai cessé d'être une Agitatrice depuis des mois. Je suis ton amie, Élise, et j'espère… j'espère qu'un jour tu redeviendras la mienne.

— Tu savais que Légion était le Spectre sanglant.

Siv secoua la tête.

— Non, je l'ignorais. Je savais simplement qu'il était dangereux. Je l'ai compris la nuit où il m'a menacée. Il n'était pas celui qu'il prétendait être, c'était ma seule certitude. Mais je ne savais pas comment te le dire sans…

— Sans renoncer à tes mensonges, toi aussi.

Siv glissa une mèche de cheveux roux derrière son oreille et regarda par terre.

— Oui. Je sais que tu ne veux plus rien avoir à faire avec moi, mais je ne vais pas te laisser tomber maintenant.

— Il faut que je leur échappe.

— Tu ne peux pas. J'ai ressenti le lien de Furie qui vous unit. Le Spectre est à toi, cette nuit.

Je bondis sur mes pieds. Par un subterfuge, le Spectre avait faussé mon choix. La Furie aurait dû interdire de tels agissements !

— Si tu es de mon côté, dis-je, tu vas m'aider à m'enfuir.

Siv cilla, ravala ce qu'elle allait dire et hocha la tête.

— D'accord.

Persuadée que Siv ne m'arrêterait pas, je contemplai le lavabo. Pourquoi le Spectre me voulait-il ? Pourquoi était-il entré dans ma vie ? Bevan m'avait dit que je pouvais le soulager – mais de quoi ? De ce mal étrange ? Sa maladie n'était-elle pas tout bonnement imaginaire ? Je secouai la tête. Non, il avait failli s'écrouler, dans les cuisines du château, je l'avais vu. Quelque chose le faisait souffrir, mais je ne voyais pas comment je pourrais l'aider.

Mais alors, quelle était la raison de ma présence ici ?

Trop d'idées angoissantes me martelaient les tempes. Je me penchai au-dessus du lavabo sale et nauséabond, de peur de vomir.

Je recueillis un peu d'eau jaunâtre dans mes mains en coupe et me nettoyai les joues. Un plat en argent terni faisait office de miroir. Il y avait tellement de traînées sur sa surface que mon reflet m'apparut déformé, voilé. Néanmoins, je vis le sang qui constellait mon visage, mais aussi la terre et toutes les saletés que j'avais récoltées au cours de notre fuite à travers bois. Mes tresses étaient défaites, ma chevelure pleine de nœuds me tombait devant les yeux. Une fois débarrassée du plus gros de la sueur, des larmes et du sang, ma peau accueillit avec plaisir la fraîcheur de l'eau, malgré son aspect insalubre.

Sans rien dire, Siv me regarda actionner la poignée de la porte et jeter un coup d'œil dans la taverne. Mon estomac se souleva. À l'autre bout de la salle, l'une des deux Ombres de la Guilde, une corne de bière à la main, était en plein conciliabule avec le Spectre.

Les toilettes n'avaient pas de fenêtre, mais personne ne les surveillait. C'était le moment ou jamais. Dans un murmure, j'ordonnai à Siv de faire le guet, puis je me faufilai par l'entrebâillement de la porte et longeai le mur à quatre pattes, en veillant à rester sous le niveau des tables. Un courant d'air chargé de moisi me parvint – la porte n'était qu'à vingt pas de moi. Le sol collant faisait adhérer la poussière et la crasse à mes paumes. Les moignons de ma main gauche palpitaient sous la tension et l'effort, mais je continuai ma progression. Je réussis à sortir de la salle, me remis debout et me ruai comme une folle vers la porte.

Les mains tendues devant moi. Je sentais l'odeur du dehors. À quelques centimètres de mes doigts.

Une ombre surgie de nulle part me barra le passage.

Je partis à la renverse et atterris sur le dos.

— Maudits enfers !

Halvar avait ôté son masque et me contemplait avec un sourire malicieux.

— Où croyiez-vous aller comme ça ?

Il me prit par les aisselles et m'aida à me relever. Le visage fermé, il continua :

— Si vous faites un pas de plus, vous allez souffrir au-delà de tout ce que vous pouvez imaginer.

— C'est toi qui comptes me faire souffrir ? lui demandai-je d'une voix étranglée.

— Vous me vexez, Kvinna, répondit Halvar en me traînant vers la salle. Jamais je ne toucherais un seul cheveu de votre jolie tête. Que nenni, ma chère princesse, la souffrance viendra du serment que vous avez prêté : vous devez loyauté au Spectre jusqu'au lever du soleil. Il se peut qu'à l'aube, vous nous donniez du fil à retordre. À vrai dire, je ne demande pas mieux. Ça mettra un peu de piment dans tout ça, mais en attendant… restez ici, parlez. Buvez. Faites tout ce que vous voulez.

Mes genoux menaçaient de me lâcher. Derrière un long comptoir, le tavernier nettoyait ses lunettes opaques. Je tendis les mains vers lui.

— S'il vous plaît, aidez-moi !

Halvar gloussa et regarda l'homme.

— Sven, une autre tournée de bière !

Le tavernier, ignorant ma supplique, acquiesça d'un bref coup de menton.

J'étais donc seule.

Je retournai dans la salle, à contrecœur. Siv se tenait à côté de la table où Tor était installé avec le Spectre. Celui-ci portait toujours son masque rouge. Il avait les yeux de Légion, mais son regard était plus dur. Peut-être à cause de ma tentative d'évasion.

— Assieds-toi ! m'ordonna-t-il.

Un frisson glacé me parcourut l'échine. Je me mis à trembler comme une feuille.

Malgré ma terreur, j'osai croiser son regard, le menton levé de défi. *Je suis sincère, Élise*, avait-il murmuré à mon oreille avant de déposer une traînée de baisers sur mon cou et sur mes lèvres. À ce moment-là, il savait ce qui allait se passer. Il savait que son identité finirait par être dévoilée. Mon cœur se serra : une partie de moi voulait croire en sa sincérité, mais l'autre n'arrivait pas à voir au-delà de ce maudit masque rouge.

— Assieds-toi, Élise.

Je déglutis, terrifiée, et obéis.

— Ôte ton masque, murmurai-je. (Je fermai les yeux, me sentant faible et pitoyable.) Je t'en supplie.

Le Spectre pianotait sur la table sans me quitter des yeux. Son regard acéré mettait mon âme à nu, perçait chacune de mes émotions, chacune de mes pensées les plus secrètes. Mais il finit par enlever son masque. Et ôta sa capuche. Légion Grey soutint mon regard.

— Vas-y, demande, dit-il.

— Que je demande quoi ?

Son petit sourire arrogant releva le coin de sa bouche et j'eus à nouveau envie de pleurer. De revenir à des moments plus tendres en niant l'horrible vérité qui se dressait à présent entre nous.

— Tout ce que tu veux, Élise. Mais il faudra bien que tu me reparles un jour, que ça te plaise ou non.

— Je n'ai besoin de rien.

Il se remit à pianoter, une ombre de sourire sur les lèvres.

— Non, en effet. J'en ai appris assez sur toi pour savoir que c'est vrai. Il est inutile d'essayer de te forcer à faire quoi que ce soit. Tout ce qu'on y gagne, c'est de la frustration.

Je fronçai les sourcils. Je n'avais pas besoin qu'on me rappelle que je lui avais ouvert mon cœur et qu'il s'y était engouffré. Cette nuit, je bâtirais un mur entre nous, un rempart infranchissable.

— Tu veux que je te demande quelque chose, c'est ça ? dis-je.

— Je veux rétablir la communication entre nous. On va en avoir besoin.

— Très bien. Peux-tu me rendre mes doigts ?

Il ouvrit de grands yeux. Bien fait ! Il méritait qu'on lui rive son clou, pour une fois. J'inclinai la tête sur le côté, l'air suffisant.

— Comment ? Tu pensais peut-être que ton satané masque ne me remettrait pas en mémoire chaque instant de cette maudite nuit où tu as tenté de me massacrer ?

— Qu'est-ce qu'elle raconte ? grommela Tor.

Je me levai, bouillonnante de colère.

— Tu m'as reconnue le jour où tu es arrivé au manoir ? Étais-tu revenu pour achever le travail ? Pour me torturer à petit feu, en me faisant croire que…

Ma voix se brisa.

Légion ou le Spectre, je ne savais plus, s'était levé. Il me dominait de toute sa hauteur.

— Je n'ai aucun souvenir de cette nuit-là. Ni de l'attaque de ton manoir. Tout ce que j'en sais, c'est ce que tu m'en as dit.

— Ah ! m'exclamai-je d'un ton ironique. Tu as fait tellement de victimes que tu ne te souviens même plus de leur visage !

— C'est vrai, reconnut-il, la mine déconfite.

C'était étrange de voir le Spectre sanglant se troubler. Dans mon souvenir, c'était une infâme créature radicalement différente, un tueur déterminé.

— Tu ne comprends pas… commença-t-il.

— Stop ! intervint Tor. Vous vous étiez déjà rencontrés, tous les deux ?

— Près des docks, marmonna Légion entre ses dents. Les docks de Mellanstrad. C'est même toi qui m'as raconté comment cette nuit-là, j'avais failli…

Il fusilla son Ombre du regard.

— Tu te souviens ?

Tor me regarda avec de grands yeux. J'aurais voulu lui hurler de dire tout ce qui se bousculait dans sa tête. J'avais besoin de tout savoir. Mais fidèle à son caractère taciturne, il pinça les lèvres et garda le silence.

Halvar, lui, c'était différent. Il se mit à glousser nerveusement.

— Ça rend tout de suite la situation plus embarrassante, hein ?

Embarrassante, le mot était faible. L'épuisement, la trahison… l'émotion me coupa les jambes. Je m'effondrai sur une chaise.

— Libère-moi. Laisse-moi partir. Je ne veux pas rester ici, pas avec toi.

Légion s'appliquait à garder un visage impassible, mais ses yeux le trahirent. Je l'avais mutilé dans son âme comme il m'avait mutilée dans ma chair.

— Le lien s'estompera au matin. D'ici là, pourquoi ne pas en profiter pour me poser toutes les questions qui te tourmentent ?

Je voulais me libérer de lui. De la morsure que j'éprouvais quand je me remémorais la façon dont il avait su gonfler mon cœur d'allégresse, chambouler mon souffle. Mes souvenirs se heurtaient obstinément à la souffrance qu'il m'avait infligée, à moi comme à tant d'autres. Ce n'était pas pour rien qu'on l'appelait le Spectre sanglant. Il avait conquis ce titre, inspiré les récits décrivant sa soif de meurtre. Un millier de doux baisers ne parviendraient jamais à effacer cela.

— Je ne veux rien savoir de toi. (C'était faux, j'avais des milliers de questions à lui poser.) Relâche-moi, maintenant.

Légion secoua la tête en soupirant.

— Tu m'as choisi, Élise.

— Non, c'est Légion Grey que j'ai choisi, pas un meurtrier.

— Lui et moi ne faisons qu'un. Tu avais confiance en lui jusqu'à hier, sinon le lien n'aurait pas pu s'établir. Alors, aie confiance en moi, maintenant.

— La confiance ! Tu n'as que ce mot-là à la bouche, alors que tu ne fais rien pour la mériter.

Accorde ta confiance à ceux qui ne la méritent pas.

Je secouai la tête, chassant de mon esprit les paroles de la petite sorcière. Elles n'avaient pas leur place ici. Jamais je ne ferais confiance à cet homme.

Légion s'accouda à la table et passa la main dans ses cheveux qui semblaient avoir foncé. J'étouffai une exclamation d'amertume. Sa blondeur… encore une illusion ! Légion n'avait pas les cheveux dorés des Timorans. Non. J'étais sûre que d'ici quelques jours, leur teinte s'estomperait et que je le découvrirais sous son véritable jour. Sa duplicité délibérée me faisait encore plus mal que ses mensonges.

— Qu'attends-tu de moi ? lui demandai-je.

— J'ai besoin de ton aide.

— À propos de quoi ?

— C'est difficile à expliquer.

Je ricanai.

— Parce que ce n'est pas un mensonge, peut-être ? Il semble que tu ne saches proférer que ça.

— Je te dirais tout, si seulement tu me le demandais, dit-il d'une voix douce.

Il détourna le regard.

Sur le moment, je faillis croire que sa souffrance était égale à la mienne, mais c'était certainement une ruse. Depuis le début, il n'avait agi que par calcul, pour m'approcher, m'apprivoiser et se servir de moi. Dans quel but, je l'ignorais encore. Mais à vrai dire, ça ne m'intéressait pas, j'étais trop malheureuse.

— Je t'ai ouvert mon cœur, murmurai-je d'une voix tremblante. Et tu m'as trompée.

Je me levai de table. Je n'avais plus rien à dire. Sa main se referma sur mon poignet, m'arrachant un petit cri. Mon ventre frémit à son contact et je maudis mon corps de me trahir ainsi.

— Reste ici, Élise. Rebâtissons la confiance. Je ne t'ai jamais menti.

— Tu ne m'as jamais dit la vérité non plus, Spectre sanglant.

Il baissa la tête et ferma les yeux. Ce nom le mettait mal à l'aise, mais ça m'était bien égal.

Qu'on ne s'y trompe pas, j'avais envie de le croire. De me dire que même sous son masque de Spectre, Légion n'avait pas tourmenté mon cœur pour rien. Mais rien ne justifiait le mensonge, même par omission. Tout comme Siv, il avait infiltré ma vie pour un motif égoïste, puis il avait bouleversé l'ordre de mon univers.

— Le lien ne durera que jusqu'au lever du soleil, c'est ça ? Ensuite, je serais à nouveau libre de mes choix ?

— Il faut encore que je t'explique certaines choses.

— Serai-je libre de partir au matin ?

— Vous devez d'abord comprendre toute la signification de votre choix, dit Halvar. (Pour la première fois, sa voix contenait une sombre menace.) Écoutez-nous.

— Non, m'obstinai-je en dépit de mon atroce tourment.

Je me tournai vers Légion.

— Tu veux que je choisisse de rester, n'est-ce pas ?

— Oui, répondit-il sans hésiter.

— La confiance et le choix, c'est très important pour toi.

— C'est crucial. Rien ne pourra changer si tu ne le décides pas.

Je pris une profonde inspiration et reculai d'un pas. Des larmes brûlantes me brouillaient la vue.

— Comprends bien une chose : jamais plus je ne te choisirai, toi.

26

La taverne était nichée au milieu des arbres, très en retrait de la route. Dans son galetas où régnait une odeur de renfermé, entre les cageots, les cartons et les vieilles peaux de bête, j'avais découvert une boîte contenant une ancienne carte manuscrite du Nouveau Timoran. Il manquait quelques villes et quelques fermes, mais cela me suffirait pour m'orienter. Entrevoir une issue.

Mais par une petite lucarne en hauteur, dans l'aube couleur de cendre, c'était tout sauf facile. Ici, le feuillage des arbres ployait sous une chape d'humidité. L'air était chargé de brume. J'étais sur le point de renoncer lorsqu'au loin, dans la lumière dorée du matin, je distinguai une falaise qui correspondait en tout point à celle dessinée sur la carte.

— Triple enfer ! marmonnai-je.

Présentant la carte au soleil du matin, je vérifiai mes points de repère. Si je ne me trompais pas, nous étions près des Cataractes des Falaises, à l'est. À une bonne journée de marche des Lacs Rubans et des terres de ma famille. Il faudrait un miracle pour que je parvienne à m'enfuir de la taverne, à traverser ces forêts enchevêtrées et à rejoindre les routes commerciales. Légion Grey me retrouverait avant que j'aie pu gagner le côté ouest du royaume.

Pourtant, je ne pouvais pas rester ici.

Toute la nuit, des bruits terribles m'avaient empêchée de fermer l'œil. Des cris perçants, des hurlements et des plaintes que j'avais ressentis jusque dans mes os. Comme si la guerre faisait rage au-dehors. Mais à la lumière de l'aube, tout paraissait normal.

Les créatures nocturnes faisaient partie de la Faerie. Comme la taverne se situait au cœur de la forêt, c'étaient peut-être les Êtres de la Nuit que j'avais entendus se divertir sous la lune. J'imaginais les nyks, ces monstres des étangs, et même Fenrir, le terrible loup qui hantait les forêts. Mais le soleil chassa ces pensées angoissantes.

Le matin. Une nouvelle journée. Débarrassée de ce ridicule lien de loyauté. Je n'avais plus à être loyale qu'envers moi-même.

— Ne fais pas ça, chuchota Siv dans mon dos.

— Je peux faire le choix de partir. Et tu devrais faire de même.

Elle secoua la tête.

— Je n'ai nulle part où aller. Si je m'en vais d'ici, la Guilde de l'Ombre et les Agitateurs se lanceront à mes trousses. Si je reste, eh bien… ils ne m'ont pas encore tuée, c'est déjà ça.

Je voulais que Siv s'enfuie avec moi. Je craignais qu'elle subisse les représailles de la Guilde de l'Ombre, mais je n'allais pas non plus m'épuiser à la convaincre. Mes amis étaient devenus mes ennemis et aucun de nous n'avait intérêt à modifier la trajectoire de l'autre.

Quand les premiers rayons de l'aube étaient entrés par la lucarne, le tavernier avait entrebâillé la porte pour vérifier que je ne m'étais pas tranché la gorge ou je ne sais quoi. J'avais fait semblant de dormir. Il était resté sur le seuil, la respiration sifflante, et avait murmuré « Jeune demoiselle ! » au moins cinq fois avant de renoncer. Comment un homme d'apparence si ordinaire pouvait-il être de mèche avec le Spectre sanglant ? Comment pouvait-il accepter qu'on maltraite une innocente ? À mon avis, ce n'était pas un Timoran, mais ce n'était pas non un Ettan non plus. Peut-être n'était-il loyal envers personne.

Je ne voulais pas voir Légion ni sa Guilde. Il allait certainement revenir sur sa proposition et l'idée de revoir son visage m'était insupportable. D'autant que je brûlais toujours de me sentir en sécurité dans ses bras, ces mêmes bras qui avaient tenté de me tuer, autrefois.

Quand le calme fut revenu dans le couloir, je me mis au travail.

La lucarne était de mauvaise facture : un carreau plein de bulles et un loquet très mince. Facile à briser. Lorsque je pus jeter un coup d'œil au-dehors, je louai le Père de Toute Chose : le mur était tapissé d'un treillage couvert de plantes grimpantes. D'une stabilité peut-être précaire, certes, mais je préférais risquer la chute que de rester ici.

Je n'étais pas du genre à attendre la mort les bras croisés.

J'attachai mes cheveux avec un bout de chiffon et entassai les oreillers en toile grossière au milieu du lit, leur donnant la forme d'un corps allongé sous la courtepointe. Si le tavernier décidait de revenir me voir, ce serait autant de temps de gagné.

— Bonne chance, Élise, me lança Siv à voix basse.

Je m'interrompis et tournai la tête vers elle.

— À toi aussi.

Je retins ma respiration, pris appui sur le rebord de la lucarne et passai une jambe par-dessus. Je tâtonnai du bout de ma botte, cherchant la première latte du treillage. Je testai le bois. Rassurée sur sa solidité, je passai l'autre jambe par-dessus le rebord de la fenêtre.

— Maudits soient les cieux !

Les plantes grimpantes étaient garnies d'épines.

Je m'en étais planté une dans le pouce. Le sang coulait sur ma paume.

Je serrai les dents et poursuivis ma descente, choisissant prudemment mes appuis.

À dix pas du sol, je calai ma botte sur une latte, mais avant que j'aie pu assurer ma prise, l'estomac me remonta dans la gorge. Le craquement du bois, le frottement des feuilles sur ma peau, mes cheveux accrochés dans les épines. Toutes ces sensations se télescopèrent pendant ma chute.

J'atterris dans un grognement. Sous le choc, mes poumons se vidèrent et mon corps frémit d'un violent élancement qui se propagea le long de ma colonne vertébrale. Prise d'une quinte de toux, je roulai sur le côté. Ma cheville palpitait de douleur. Je me l'étais tordue, mais apparemment, je n'avais rien de cassé.

La lucarne était restée ouverte, au-dessus de moi, mais pour l'instant, aucun ordre de me capturer n'avait retenti dans la taverne. Un sourire prudent naquit sur mes lèvres. Légion Grey avait eu tort de me sous-estimer. Dans son arrogance, il avait cru pouvoir me manipuler, mais il s'était trompé sur mon compte.

Sans attendre que la chance change de camp, je partis en boitillant vers la sombre lisière de la forêt, sans un regard en arrière.

Le sol en pente m'occasionnait de violents élancements dans la cheville. Mais je ne pouvais pas m'arrêter. Si je ne m'orientais pas très vite, j'errerais encore parmi les arbres à la nuit tombée et je me retrouverais seule avec les cris obsédants qui m'avaient tant effrayée. Je ne sais pas combien de temps je marchai, mais quand la forêt se fit plus dense, je maudis ma sottise d'être partie sans un couteau, et surtout sans eau.

Ma cheville commençait à s'ankyloser, je boitais si bas que ma jambe d'appui me brûlait et j'avais la chair de poule malgré la sueur qui dégoulinait de mon front. Je commençais à envisager de retourner à la taverne, pour supplier qu'on me laisse la vie sauve, lorsqu'enfin je tombai sur un poteau indicateur au bord d'une route.

Le panneau de bois disparaissait presque derrière d'épaisses broussailles et le sentier envahi par la végétation n'avait de route que le nom, mais je tombai à genoux, au comble du soulagement. D'un côté, j'allais vers les docks du Sud, de l'autre vers les Lacs Rubans. Mon manoir était à peut-être deux longueurs de marche du bourg des Lacs Rubans. Je ne comptais pas retourner là-bas alors que Calder et Runa étaient à ma recherche, mais je pourrais au moins me tourner vers Mattis. Mon ami menuisier m'aiderait sans poser de question. Il m'aiderait à mettre de l'ordre dans mes pensées. J'esquissai un sourire en imaginant la tête qu'il ferait quand je lui apprendrais la vérité sur Légion Grey. Il s'étonnerait encore moins de ses talents au combat. Le négociateur de dot lui inspirait une certaine admiration, me semblait-il.

Un enfant abandonné… Légion prétendait ne jamais m'avoir menti. Mon sourire se mua en moue dubitative. S'il savait si bien manier le couteau, ce n'était pas parce qu'il avait grandi dans la rue, mais parce qu'il était le Spectre sanglant.

Je m'assis sur un tronc abattu et ôtai la veste élimée que j'avais trouvée dans un coffre, raide d'un mélange de sueur rance et de sciure. Je contemplai le poteau indicateur, comme s'il pouvait éclairer mon choix. Si je me souvenais bien de mes leçons de géographie et des cartes du royaume, il devait y avoir au moins trois petits bourgs sur la route des Lacs Rubans. Déjà, les frissons annonciateurs de la fièvre me parcouraient la tête. Je n'avais pas le temps d'être malade. Je devrais attendre d'avoir trouvé un endroit sûr pour m'effondrer.

Je me relevai et me remis à crapahuter à travers bois.

Lorsque j'entrevis la flamme vacillante des lanternes aux fenêtres des pittoresques maisonnettes, j'avais les genoux qui tremblaient. Mes jambes ne me portaient plus. À la vue des Lacs Rubans, je me remémorai le moment que j'y avais passé avec Légion, mais aussi l'attaque dont j'avais fait l'objet ce jour-là. Ces souvenirs suscitaient en moi des sentiments difficiles à démêler. Par les enfers, tout me rappelait Légion Grey ! Je me sermonnai intérieurement : Légion Grey était un misérable, un menteur et un assassin.

Pourtant, à certains moments, tout cela m'était égal. Cela en disait long sur moi !

Je secouai les mains, comme pour chasser mes angoisses, et me concentrai sur ma progression. Mes cheveux collaient à mon front moite et ma respiration était laborieuse.

Ça ne serait plus très long, maintenant. Bientôt, je serais chez moi.

Je restai à l'arrière des bâtiments, évitant les rues principales. Le soleil était bas dans le ciel, pas encore couché, mais le crépuscule n'était pas loin. Ma gorge brûlait de boire quelque chose de frais et mon corps perclus de douleurs réclamait un lit où se pelotonner. Quelle sottise d'avoir cru que je pourrais accomplir une telle marche dans un état aussi pitoyable ! J'aurais dû manger quelque chose. Emporter des remèdes et une couverture pour la nuit. J'aurais dû regarder le Spectre dans les yeux et lui dire que je m'en allais.

Des larmes silencieuses laissèrent des traces sur mes joues sales, tandis que je grimpais péniblement une ruelle escarpée. J'allais finir par y laisser la peau. Quelle ironie du sort ! Dire que j'avais fui la mort et que j'allais crever ici, en pleine nature – offrant aux loups mes os à ronger.

En haut de la côte, les quelques sensations qui me restaient désertèrent soudain mon corps. Une rangée de patrouilleurs de Flèche-Corbeau bloquait toutes les routes menant aux collines derrière lesquelles s'étendait Mellanstrad. Ça s'appelait un cordon de surveillance. Impossible à franchir dans de bonnes conditions. Autant dire que dans mon état pitoyable, je ne pourrais pas faire un pas sans être repérée aussitôt.

— Capitaine ! Là-haut ! cria un patrouilleur.

Le sang cognait à mes tempes. Puisant dans mes dernières ressources, je repartis en courant vers la forêt glaciale, mais des mains m'attrapèrent de part et d'autre.

Je poussai un cri lorsque le garde me plaqua au sol dans l'herbe mouillée. Face contre terre, une botte appuyée entre les omoplates. Il y eut un bruissement de pas dans les mauvaises herbes et des bottes cirées stoppèrent devant moi. L'homme émit un reniflement, puis il s'accroupit et me saisit le menton pour examiner mon visage.

— Élise, mon amour, dit Jarl d'une voix où perçait une pointe d'arrogance, mais aussi de haine. Tu es rentrée à la maison.

Je me tortillai sous la pression de la botte qui me clouait au sol, l'esprit embrumé par la panique. Je n'arrivais plus à respirer. À penser.

— Non, chut… reprit Jarl en me caressant les cheveux. C'est inutile. J'espérais que tu reviendrais. J'espérais te revoir. Tellement de choses ont changé, tu sais.

— Oui, marmonnai-je, la face dans l'herbe. Tu as commis un régicide. Comme c'est noble de ta part !

Il gloussa.

— Ah, Élise… C'est le nouvel ordre dont je te parlais. Je pensais que nous pourrions en profiter ensemble. C'est encore possible, tu sais, nous pouvons encore prendre part à l'avènement d'un nouveau règne, d'un Timoran fort. Tout ce que demandent notre roi et notre reine, c'est ta loyauté à la couronne. Même si je dois t'avouer que ta sœur n'était pas franchement ravie à l'idée que tu te joignes à nous.

— Dis à Runa qu'elle ne sera jamais ma reine. Elle est trop illettrée à mon goût.

Jarl éclata d'un rire dont l'amertume me fit frissonner. Il siffla. Le patrouilleur ôta son pied de mon dos et les mains qui m'avaient expédiée au sol me remirent debout de force.

— Emmenez-la ! ordonna Jarl.

Les gardes me tirèrent en avant, sans se soucier de savoir si mes pieds arrivaient à suivre.

— Jarl… articulai-je.

Mais je n'avais même plus la force de le supplier de m'épargner.

— Regarde, Élise, dit-il dans un étrange gloussement. Regarde…

Les patrouilleurs s'arrêtèrent à l'endroit où le chemin s'incurvait vers l'allée de mon manoir. L'un d'eux me releva la tête en me broyant la mâchoire.

Si les patrouilleurs ne m'avaient pas soutenue, je me serais effondrée. Un sanglot étranglé jaillit de ma gorge : à l'endroit où se dressait ma maison, il n'y avait plus que des ruines calcinées. Les murs de marbre blanc s'étaient écroulés. L'air était âcre de fumée et de cendres. Les buissons de sureau et d'aconit de ma mère n'étaient plus que des enchevêtrements de branchages noircis.

Tirant d'un coup sec sur ma tresse, Jarl me fit faire volte-face et me plaqua contre son large torse. Ses lèvres frôlèrent mon oreille.

— Ça, murmura-t-il d'une voix rude, c'est ce qui arrive quand tu me contraries, Élise. Quand tu contraries le roi et sa reine.

— Où sont-ils tous passés ? (Les mots avaient jailli de ma gorge, dans un souffle rauque et désespéré.) Nos serfs, nos… notre peuple ? Où sont-ils ?

Je sentis Jarl sourire contre ma joue, je sentis ses ongles s'enfoncer encore plus profondément dans mon dos.

— Morts.

Tant de pouvoir dans un seul mot.

Un seul mot, mais qui avait la force de me briser.

— Je sais que tu avais une étrange affection pour toute cette vermine, poursuivit Jarl en me remettant brutalement entre les mains des patrouilleurs.

Je n'ai que peu de souvenirs de ce qui suivit. Les patrouilleurs durent me porter, me traîner, me tirer pour me faire avancer, je ne me rendais compte de rien. Je pleurais sans bruit quand ils me firent entrer dans la carcasse de ma maison, me forçant à comprendre ce que signifiaient ses murs noircis. J'étouffai un cri en découvrant une forme carbonisée au milieu du couloir. Un corps en décomposition. Qui était-ce ? Un serviteur ? Triple enfer, était-ce Bevan ? Le vieil homme était-il revenu ici ou était-il resté à Flèche-Corbeau, auprès de mes parents qui rampaient de peur face à la cruauté de leur fille ?

— Emmenez-la dans la chambre principale ! ordonna Jarl.

Au fur et à mesure que nous avancions dans le manoir, je me rendais compte que c'était l'étage inférieur qui avait le plus souffert des flammes. L'escalier était en grande partie intact. Je trébuchai sur la seule marche manquante, mais le reste de la structure soutint notre poids sans problème. En haut, une fumée grasse avait déposé une pellicule huileuse sur les murs et les portraits. Les corridors empestaient la cendre et la chair brûlée, mais les portes étaient fermées.

Les patrouilleurs me firent pénétrer dans la suite de mes parents. Stupéfaite, je clignai des yeux à travers mes larmes. Le lit était fait, intact. Un habit neuf attendait mon père. Les brosses à cheveux de ma mère étaient alignées à la perfection sur sa coiffeuse blanche. C'était une vision fantomatique. On aurait dit que mes parents s'étaient volatilisés. Mais on ne les avait pas enlevés, non. Ils avaient abandonné ceux qui dépendaient d'eux, les condamnant à la pire des morts.

— Attachez-la ! lança Jarl. Dans l'état où elle est, elle ne devrait pas opposer trop de résistance…

Deux des gardes éclatèrent de rire. Je m'efforçai de relever la tête. Ils pouvaient se moquer de moi, je ne leur ferais pas le plaisir de réagir. Ils me couchèrent de force sur le lit, tandis qu'un troisième déchirait les draps de soie pour en faire des liens. Ils m'attachèrent les chevilles et les poignets aux montants du baldaquin.

Jarl tira bruyamment le siège de la coiffeuse jusqu'au lit et s'assit dessus en soupirant.

— Élise, ma chère, nous t'avons cherchée toute la nuit. J'avais presque perdu l'espoir de te revoir vivante.

— Tout le plaisir est pour moi, répliquai-je.

— Tu crois vraiment que c'est le moment de faire de l'humour, Élise, alors que tu es à ma merci, pieds et poings liés ?

— Tu me demandes si ça me plaît de froisser ton amour-propre en ne t'implorant pas de me laisser la vie sauve ? Oui, ça m'enchante.

Le sourire de Jarl s'envola et il se pencha vers moi, les coudes sur les genoux.

— Ne fais pas l'idiote, Élise. J'ai l'autorisation de torturer tous les traîtres au Timoran.

Je détournai la tête, refusant de le laisser voir mes larmes. Mon cœur était en miettes. Je savais que j'allais mourir. Maintenant que Jarl m'avait mise dans une posture totalement vulnérable, sa véritable nature se faisait jour : il allait me faire endurer les pires souffrances.

— J'ai trouvé le cadavre de ta servante à Flèche-Corbeau.

Je fermai les yeux de toutes mes forces.

— Il paraît que tu t'es enfuie avec Légion Grey. Que tu as abandonné ton nouveau roi. C'est ainsi que Calder punit ses sujets déloyaux. Tu ne crois quand même pas qu'il aurait laissé debout le domaine d'un traître ?

— Nos serfs n'avaient rien à voir avec tout ça ! hurlai-je.

Ce cri du cœur fit naître un sourire cruel sur les lèvres de Jarl.

— C'est le dernier des soucis de notre roi.

L'indignation chassa l'air de mes poumons. Je me mordis la joue jusqu'au sang. Je fermai les yeux et revis nos serfs. Le visage de notre cuisinière, du petit Ellis. Celui des mères, des enfants, des pères. Leurs cris bouillonnaient dans mon cerveau.

— Tue-moi, dis-je.

D'un ton presque suppliant.

— Pas encore, répondit Jarl. J'aimerais d'abord savoir où se cache Légion Grey. Il pourrait être utile à Flèche-

Corbeau. Il paraît qu'il est très doué avec une lame – et que c'est également un bon pisteur.

— Je ne sais pas où il est.

Ce n'était pas vraiment un mensonge. Pas tout à fait la vérité non plus. En même temps, pourquoi chercher à le protéger ? Le Spectre sanglant était tout à fait capable de massacrer Jarl. Je ferais peut-être bien de le conduire jusqu'à lui, finalement.

— Je te jure, Élise, que si tu sers loyalement la Couronne, tu jouiras d'une position de premier plan. Une fois unis, nous serons en mesure d'apporter le changement nécessaire à ce territoire.

— Tu asserviras les Êtres de la Nuit. Tu te serviras de leur Furie à ton seul profit.

— Puisque les dieux nous ont conduits sur cette terre, nous avons le droit d'user de ses pouvoirs. Le roi Zyben a préféré dédaigner la Furie. Mais nous, nous avons la possibilité de l'étudier et de nous l'approprier. Il y a encore bien d'autres pouvoirs dans ce royaume, pourquoi les laisser à ces vauriens de mystiques qui se cachent dans l'ombre ? Si les dieux nous ont donné cette terre bénie, c'est qu'ils veulent que nous profitions de ses bienfaits.

Je songeai à Bevan et aux Alvers dont il m'avait parlé. Combien d'espèces de magiciens abritaient donc les différents royaumes ? La petite sorcière du château de Flèche-Corbeau, par exemple. D'où venait-elle ? Sous le règne de Calder et Runa, ils seraient tous attrapés, utilisés. Décortiqués. Je serrai les dents de rage.

— Si les dieux avaient voulu que nous ayons la Furie, nous serions nés avec. Je ne tolérerai pas que vous torturiez et disséquiez des innocents au seul motif qu'ils ont des pouvoirs. Moi, je veux réaliser l'unité des peuples, travailler avec la Furie, mais à la manière des Ettans d'autrefois !

L'arrogance de Jarl céda la place à la noirceur.

— Voilà que tu te mets à parler comme les Agitateurs. Ces êtres qui vénèrent une lignée éteinte !

Je m'autorisai un petit rire. Puisque j'allais mourir, je pouvais bien me payer le luxe d'afficher mes opinions.

— Ce n'est peut-être pas si bête, ils tenaient peut-être quelque chose. En tout cas, je préfère être rangée avec les Agitateurs qu'avec des usurpateurs et des lâches dans ton genre.

Les yeux de Jarl n'étaient plus que deux fentes noires. Il se leva, ôta sa veste de capitaine, puis déboucla sa ceinture à laquelle pendait son épée.

— Qu'est-ce que tu fais ? demandai-je, le cœur battant.

Jarl se mit à genoux sur le lit couvert de cendres et s'avança vers moi en ricanant.

— Tu n'imaginais tout de même pas que j'allais te laisser mourir sans en avoir profité un peu ?

Le sang se retira de mon visage. Jarl jubilait.

— Après tout, je me suis donné tellement de mal pour entrer dans vos bonnes grâces, à toi et à Herr Grey, poursuivit-il.

Il posa la main sur ma jambe et releva le bas de ma robe salie. Ses doigts touchèrent mon mollet, remontèrent derrière mon genou.

— Je vais t'épouser séance tenante. Tout est prêt. Les actes concernant la branche cadette de la famille royale, l'argent qui me reviendra légalement et par décision du roi. Mais tu n'ignores pas que pour être valable, une union doit être consommée. Alors, je vais te prendre maintenant. Autant de fois que je voudrai, aussi longtemps que je voudrai. Ensuite, je t'accorderai une mort rapide, pour te remercier.

— Je refuse que tu poses la main sur moi ! crachai-je, au comble du dégoût.

Jarl me saisit le menton.

— Tu n'as peut-être pas bien compris quels sont les devoirs d'une épouse ?

Il posa la main sur ma hanche et suivit la courbe de ma taille. Ses doigts se refermèrent sur les lacets de mon corsage.

— Amenez-moi l'officiant ! lança-t-il aux gardes qui étaient restés dans la chambre. Je vais épouser cette garce, puis je laisserai mes hommes la supprimer.

— Tu es trop lâche pour me tuer toi-même, hein ?

Au point où j'en étais, à quoi bon réprimer la haine que m'inspirait cet homme ?

Jarl s'assit à califourchon sur mes hanches et se mit à me pincer le long de la cuisse avec un sourire de plus en plus sardonique. L'idée de me terroriser dans mes derniers instants faisait briller ses yeux d'une joie mauvaise.

— Je porte mon plus bel uniforme, Élise. Je ne voudrais surtout pas le souiller, murmura-t-il contre mes lèvres. Mais fais-moi confiance : je ne manquerai pas une seconde du spectacle.

Il roula sur le côté et rajusta son gambison. La porte s'ouvrit sur un ecclésiastique à l'air stoïque, drapé dans la toge rouge réservée aux cérémonies nuptiales. Un homme des dieux, un serviteur du Père de Toute Chose, du moins c'était ce qu'il prétendait être. Pourtant, il allait unir à un monstre une femme ligotée sur un lit.

— *Skam vara din ! Smärta frå eld !*

J'avais hurlé ma malédiction en langue ancienne, mais l'ecclésiastique avait sûrement compris. Pour la première fois de ma vie, je fus reconnaissante à ma mère d'avoir insisté pour que je sache la parler couramment. Je me contorsionnai tant bien que mal pour me tourner vers Jarl et crachai à ses pieds.

J'eus au moins la satisfaction de voir que je l'avais offensé.

— Commence, saint homme ! ordonna-t-il.

L'ecclésiastique renifla de dégoût et ouvrit l'épais ouvrage relié de cuir renfermant les légendes et poèmes qu'il était de tradition de réciter lors des cérémonies nuptiales timoranes.

Alors qu'il s'apprêtait à prendre la parole, le squelette de ma maison de famille s'ébranla comme si on tambourinait à toutes les portes d'entrée.

Jarl leva la main pour interrompre la cérémonie. Une chape de plomb tomba sur la pièce enfumée. Je retins mon souffle, troublée, et trop effrayée pour l'admettre.

Des cris s'élevèrent au-dehors. La charpente du manoir fut à nouveau ébranlée par des pas qui résonnaient au rez-de-chaussée. Les cris se muèrent en hurlements sur fond de ferraillement – acier contre acier.

Jarl dégaina son épée tandis que des pas lourds faisaient craquer l'escalier, remontaient le couloir jusqu'à la porte de la chambre qui s'ouvrit à la volée et alla cogner contre le mur. Un patrouilleur de haute taille tituba sur le seuil. Il tenait son ventre ensanglanté à deux mains.

— Ils… le… le Spectre sanglant.

Il tomba en avant et rendit son dernier soupir.

27

Jarl se raidit. La peur traversa son regard, mais il la dissimula du mieux qu'il put en lançant des ordres.

— Allez, espèces de crétins ! Arrêtez-les !

Trois patrouilleurs se ruèrent dans la chambre, renversant le saint homme au passage. Il poussa un gémissement et s'affala dans un coin en implorant la protection du père des dieux.

Je crachai à nouveau sur cet ecclésiastique sans morale.

— *Långsom död !*

Une mort lente. Il n'avait pas le droit de prier les dieux. Si jamais ils le voyaient d'en haut, ils ne devaient pas beaucoup apprécier le spectacle.

Jarl claqua des doigts en direction d'un des trois gardes qui se détourna de son camarade tombé à terre pour regarder son capitaine.

— Attrape-la par les pieds ! ordonna Jarl.

Je me débattis comme une diablesse. Jarl me donna une paire de gifles. Le goût métallique du sang inonda ma langue, les joues me cuisaient. Les ignobles caresses de Jarl, ainsi que mes propres contorsions, m'avaient retroussé les jupes jusqu'aux cuisses. Des ecchymoses bleuissaient ma peau aux endroits où il m'avait pincée et tourmentée.

La fenêtre vola en éclats et une flèche noire alla se ficher dans la poitrine du patrouilleur. Jarl fit un bond en arrière pour éviter l'homme qui hoqueta dans son propre sang avant de s'écrouler sur le lit, me clouant au matelas. Je hurlai de peur et de désespoir. J'avais du mal à respirer sous le poids du cadavre dont le sang coulait en rigoles chaudes et gluantes le long de mon cou et s'insinuait dans l'échancrure de mon corsage délacé.

Jarl contempla la scène avec horreur, puis il se ressaisit et se précipita vers le carreau brisé.

— Lâche ! m'écriai-je, des larmes de rage roulant sur mes joues.

Je m'arc-boutai de toutes mes forces pour me libérer du cadavre qui pesait de plus en plus sur moi, m'écrasant les côtes, me comprimant la poitrine. Maudits dieux ! J'allais suffoquer sous un homme mort si personne ne venait à mon secours. L'ecclésiastique n'avait pas cessé de pleurnicher quand il tenta de sortir de la pièce à quatre pattes. Il n'alla pas bien loin. Dans un grand craquement, la porte s'arracha de ses gonds, le percutant de plein fouet. Il se prit la tête à deux mains, du sang dégoulinait sur son visage.

Un silence de mort suivit le fracas.

Jarl se figea, une jambe passée par la fenêtre.

Je cessai de me débattre sous le corps inerte, consciente d'une tension impalpable. Le Spectre sanglant se tenait dans l'encadrement de la porte.

L'ecclésiastique se mit à sangloter en implorant grâce. Ce fut sur lui que le regard de Légion tomba en premier, puis ses yeux balayèrent lentement la chambre, se posèrent sur Jarl, puis sur moi, attachée au lit sous le cadavre du garde. Lorsqu'il comprit ce qui s'était passé, ce fut comme le calme avant la tempête : un instant d'une perfection effrayante. J'avais beau avoir fui cet homme, je ne pus que me réjouir de ce que laissait présager son regard.

J'avais déjà vu la soif sanguinaire dans les yeux du Spectre. Rouge, flamboyante, inhumaine. Mais ce regard-là était différent. Il était noir, frémissant de rage. C'était le regard d'un mortel prêt à tout pour défendre ce qui lui appartient, quitte à y laisser la vie.

Le Spectre brandit ses haches jumelles. Ses doigts se crispèrent autour du lourd métal – implacables. Une odeur métallique me souleva le cœur.

À la façon dont brillaient ses yeux, je devinai sa lèvre retroussée sur ses dents, sous son maudit masque rouge. D'un coup de pied, il fit rentrer l'ecclésiastique dans la chambre. L'homme brandissait son livre saint comme si l'épais recueil pouvait repousser l'ennemi.

— Nous sommes plus nombreux que toi, Spectre ! lança Jarl dans un filet de voix.

Tremblant comme une feuille près de la fenêtre cassée, il offrait un spectacle pitoyable. Il fit signe aux deux gardes restants de Flèche-Corbeau.

Ceux-ci resserrèrent les mains sur leur arme avec nervosité.

Ce fut à peine si Légion leur accorda un regard. Ses yeux restaient fixés sur Jarl. Sa voix s'éleva, grave, sourde – un grondement dans les ténèbres. Ce n'était pas la voix de Légion Grey.

— Ah, je vois que tu sais compter…

La suite se passa dans un brouillard.

Légion prit une brève inspiration, brandit la double lame incurvée au-dessus de sa tête et l'abattit sur le cadavre qui m'écrasait. Mon cri vida mes poumons du peu d'air qu'il leur restait. Se servant de sa hache comme d'un crochet, Légion souleva le cadavre comme si c'était une plume, me libérant enfin de son poids, avant de poursuivre dans sa mission sanguinaire. Un garde se jeta sur lui. Légion l'éventra d'un geste vif, crevant de sa lame le sceau de Flèche-Corbeau qui ornait son gambison. L'homme s'écroula dans la mare de son propre sang. Légion lui marcha sur le corps et poursuivit sa macabre besogne.

Le second garde, un jeune, lança son coup sans conviction, comme s'il avait déjà accepté la fin.

Si le Spectre sanglant était capable de pitié, il en fit preuve à cet instant : un rapide coup à la gorge et le jeune homme s'effondra.

Les épaules de Légion se soulevaient au rythme de sa respiration haletante. Le temps d'un demi-soupir, il tourna la tête vers le lit, vit l'état de ma robe, vit mes membres attachés aux montants du baldaquin. Il pointa sa hache ensanglantée sur Jarl.

—Qui a osé la toucher ?

—Ils ont organisé des épousailles contre mon gré ! criai-je.

Par les enfers, je voulais qu'ils souffrent, je l'avoue.

À ma grande surprise, Légion dirigea sa fureur sur l'ecclésiastique recroquevillé à ses pieds. Ses yeux brillaient comme des charbons ardents. D'un geste ample, il infligea son châtiment au saint homme. Le râle de l'ecclésiastique égorgé m'arracha un sursaut d'horreur.

Aussi méprisable qu'il ait été, sa mort demeurait révoltante.

Tor et Halvar se ruèrent dans la chambre, le visage masqué, le corps maculé de sang. Mais ils n'étaient pas seuls. Siv entra sur leurs talons, une dague à la main. En me voyant, elle écarquilla les yeux. Elle était venue à mon secours ! Ils étaient tous venus ! Alors même que je les avais abandonnés. Je ne comprenais toujours pas pourquoi. Légion poursuivait peut-être un but que j'ignorais, quelque motif égoïste, mais à cet instant, ça m'était bien égal : je n'avais jamais été aussi soulagée de ma vie.

Jarl, qui s'apprêtait à fuir par la fenêtre, rentra la jambe à l'intérieur. Il se retrouvait seul, au pied du mur. Au bord du précipice. Pour lui, le choix était simple : se battre ou périr. Il me regarda avec des yeux bouillonnant de haine, puis il dégaina son épée.

— Elle est à moi, je peux la prendre quand je veux. Mais laisse-moi la vie sauve et tu pourras y goûter en premier.

Halvar lâcha un petit rire, leva son arbalète et adressa un petit hochement de tête à Légion.

— Ce n'est pas la chose à dire à quelqu'un comme lui…

Jarl ricana.

— Tu la veux, Spectre ? Intéressant.

Je vis la pointe de son épée avant de m'entendre hurler. Jarl avait tenté de m'atteindre. De me tuer.

Il y eut un sifflement et une fléchette fila au-dessus de moi. Jarl poussa un juron, se prit le ventre à deux mains et chancela. J'avais l'impression que le temps avait ralenti sa course : l'épée du capitaine n'en finissait plus de tomber, sa pointe dirigée sur moi. La Guilde de l'Ombre s'élança après Jarl qui sauta, la fléchette toujours plantée dans le ventre, par la fenêtre brisée. Siv s'approcha de moi. Le tranchant de la lame s'était planté dans ma cuisse dénudée. Une blessure sans gravité, mais assez profonde pour qu'un flot de sang s'en échappe. Légion se précipita pour arracher l'épée.

Je tressaillis lorsque sa main comprima ma plaie. Siv trancha mes liens et, instinctivement, je m'agrippai aux épaules de Légion, oubliant l'espace d'une fraction de seconde qui il était en réalité. Il m'attira à lui et rabattit mes jupes sur mes jambes. Du revers de la main, il ôta sa capuche et baissa son masque rouge.

— Il t'a touchée ?

— Un… un peu.

Je tremblais de façon incontrôlable maintenant que tout était fini.

— Halvar ! Tor !

C'était à nouveau la voix du Spectre sanglant.

— Attrapez-le ! Ramenez-le-moi !

Puis Légion tressaillit violemment. Il se plia en deux au-dessus de moi, le souffle court. Il secoua la tête et le reflet rouge qui voilait ses yeux noirs se mit à flamboyer.

Tor poussa un juron.

— Sa mort attendra encore un jour, Légion. Ton temps est écoulé. Il faut partir. Tout de suite !

Légion croisa mon regard avec une férocité que je n'avais encore jamais vue dans ses yeux et ses bras se resserrèrent autour de moi. Allait-il m'éventrer comme les autres ou son intensité signifiait-elle autre chose ?

— Tu vas venir sans faire d'histoires, gronda-t-il.

Soit je restais ici, soit je le suivais. Soit j'affrontais Jarl et le pouvoir de Flèche-Corbeau, soit je revenais auprès du Spectre sanglant et de la Guilde de l'Ombre. Ceux qui me terrifiaient le plus étaient aussi ceux avec qui j'étais le plus en sécurité.

— Bon sang, Élise ! siffla Tor. Faites votre choix ! Il ne peut pas vous forcer, mais on est à court de temps !

Légion sursauta, une espèce de feulement s'arracha de sa gorge et à nouveau il se plia en deux.

— Qu'est-ce qui lui arrive ?

— Si vous tenez à la vie, il faut partir tout de suite, me dit Tor, en me menaçant du doigt.

Je fis oui de la tête au moment où Légion se redressait. La mâchoire crispée, il cherchait à retrouver sa respiration. Passant mon bras sur ses épaules, il me souleva du lit. Dès que j'eus les pieds au sol, il m'abandonna et se précipita hors de la chambre en titubant.

Quelque chose se passait en lui, un phénomène encore plus violent que celui dont j'avais été témoin dans les cuisines de Flèche-Corbeau, et j'aurais donné n'importe quoi pour le soulager.

— Halvar, suis-moi avec Élise et Siverie ! (Tor était déjà à la porte, l'air affligé.) Je chevaucherai en tête avec lui. Et si je te donne le signal…

— Je sais, répondit Halvar, la mine sombre. On fonce.

28

Quand nous abandonnâmes la carcasse noircie qui avait été le manoir Lysandre, la Guilde de l'Ombre, aidée par Siv, avait décimé la patrouille de Jarl et récupéré les chevaux volés à Flèche-Corbeau. Siv avait sa propre monture, mais Halvar m'installa d'autorité devant lui.

Légion et Tor avaient déjà disparu dans la nuit.

Nous partîmes au grand galop. Tout mon corps me faisait souffrir, mais je serrai les dents. Je n'allais quand même pas me plaindre alors que mes amis avaient risqué leur vie pour moi.

— Qu'est-ce qui lui arrive, Halvar ? criai-je dans le vent. À Légion. Qu'est-ce qu'il a ?

— Il se métamorphose. Quand il s'est aperçu que vous vous étiez enfuie et que Siv lui a dit que vous étiez retournée à Mellanstrad, il est parti comme un fou, sans prendre la dose de potion dont il avait besoin.

— Mais qu'est-ce qui se passe s'il ne la prend pas ?

Bevan avait bien dit à Légion qu'il lui fallait boire cette potion, qu'il ne devait surtout pas en sauter une seule dose… mais Légion avait tout lâché pour partir à ma recherche. Pour me sauver de ma propre témérité.

— Je prie les dieux pour que vous n'ayez pas à le découvrir, répondit Halvar.

Il éperonna le cheval qui pressa encore l'allure.

Je me tus, fermai les yeux et m'exhortai à tenir le coup en silence. Lorsque la peur me rattraperait, je ne penserais plus qu'aux moments où le Spectre était encore Légion. Quand nous lisions ensemble, dans la bibliothèque du manoir. Quand il avait embrassé mes phalanges mutilées, la fois où je lui avais raconté dans quelles circonstances je les avais perdues – je revoyais la douleur dans son regard. Tout devenait tellement logique, maintenant…

J'avais peur de Légion, c'est vrai, mais je souffrais encore plus de le voir en proie à ce mal qui le détruisait.

La chevauchée me parut interminable. Notre monture fonçait sur des routes envahies de broussailles, sur des chemins irréguliers, pleins de racines et de rochers. Halvar devait sans cesse tirer sur les rênes pour éviter des obstacles. Le visage fouetté par les branches, je maudissais le temps perdu.

Il nous ramena à la taverne. Le treillage par lequel j'étais descendue était cassé et seules quelques lanternes brûlaient d'une flamme vacillante aux fenêtres. Dès que le cheval s'immobilisa, Halvar sauta à terre. Sans rien dire, il fila comme une flèche à l'intérieur de la taverne, un poignard à la main.

Mon cœur battait à tout rompre. Derrière moi, la monture de Siv renâcla, exténuée. Malgré les protestations de mon corps soudé à l'encolure du cheval et courbatu par la course, je passai une jambe de l'autre côté.

J'entendis un fracas à l'intérieur de la taverne. Comme un grand craquement de bois, pensai-je. Puis un rugissement de douleur s'éleva, faisant fuir les oiseaux des arbres. Les mains tremblantes, j'attachai le cheval à un poteau, près d'un abreuvoir.

Un autre cri de douleur résonna.

Siv s'approcha de moi. Je lui saisis la main et, les yeux écarquillés, nous fixâmes la porte ouverte de la taverne. À l'intérieur, des hommes criaient. J'entendis Halvar pousser un juron.

Légion avait besoin d'aide ! Je voulus m'élancer, mais Siv me tira en arrière.

— Non, Élise. On… on ne sait pas ce qui se passe là-bas.

— Il souffre !

Que lui fallait-il de plus ? Je tentai de me libérer de sa main, si elle préférait rester dehors, mais elle refusait de me lâcher. C'est donc ensemble que nous entrâmes dans la taverne.

À l'intérieur, nous découvrîmes une scène macabre.

Armé d'une fourchette à deux doigts, le tavernier tentait de frapper la Guilde de l'Ombre – non ! – Légion.

Celui-ci renversa une table d'un coup de poing, poussa un grand cri et se plia en deux comme s'il n'avait plus le contrôle de son corps. Tor le maîtrisa et, taillant dans sa tunique à coups de lame, il lui dénuda le dos.

— Tiens bon encore un peu ! Allez, encore un peu ! lui dit-il.

Pour toute réponse, Légion se mit à hurler. C'étaient des cris de haine, de peur et de douleur. Halvar, qui était allé chercher une corde et des chaînes, revint en esquivant d'un pas léger les meubles qui volaient à travers la salle.

Avançant dans le dos de Légion, il se jeta sur lui et lui enroula une chaîne autour du cou. Je portai la main à la bouche, horrifiée. Le Spectre sanglant rugit de Furie et tenta de frapper son Ombre, mais Halvar tira sur la chaîne, faisant tomber Légion sur le dos. Tor et Halvar lui immobilisèrent les bras le long du corps, puis ils lui ligotèrent les poignets et l'attachèrent au comptoir à bière. Des veines sombres couraient sous la peau de Légion.

Telles des racines noueuses et maléfiques saillant sur son cou et sur son visage, elles cherchaient à atteindre ses yeux rouge sang.

Halvar lui avait enchaîné le cou, il l'étranglait. Il lui faisait mal.

— Laisse-le, arrête ! hurlai-je.

Tor, surpris, relâcha sa prise sur la corde qui immobilisait le bras de Légion. Le Spectre en profita pour lui expédier son poing dans la figure. Tor cracha du sang.

— Sois maudit ! fulmina-t-il en enchaînant les bras palpitants de Légion dont les muscles disproportionnés semblaient distendre la peau.

Il avait le visage et la bouche inondés de sueur et de traînées de sang. Même ses ongles étaient noirs de sang.

— Sven ! Éloigne-les ! ordonna Tor.

Lui d'habitude si taciturne n'arrêtait pas de crier.

Le tavernier – qui était plus costaud qu'il n'en avait l'air – m'attrapa brutalement par le bras, fit de même avec Siv, et nous traîna toutes les deux jusqu'à l'escalier. Au passage, je croisai le regard de Légion : la lueur des yeux du Spectre, d'un rouge infernal, les veines noires qui saillaient autour de ses orbites, de sa bouche et sur ses tempes.

Il me regarda fixement et ricana. Fit claquer sa mâchoire. Un désir animal au fond des yeux. Un pas de plus et il me dévorerait.

Ma sidération permit à Sven de me faire monter plus facilement l'escalier. Arrivé en haut, il nous jeta toutes les deux dans le galetas. En bas, la bagarre continuait de faire rage.

— Quoi que vous entendiez, grommela le tavernier, restez là. Si vous tenez à votre tête, ne bougez pas d'ici. Pas avant le lever du soleil.

Sur ces mots, il sortit de la pièce et claqua la porte. En bas, le Spectre continuait de rugir de douleur.

Une Agitatrice retorse et une princesse humiliée se cramponnèrent l'une à l'autre dans le sombre galetas. Tremblantes, sursautant à chaque hurlement, à chaque grognement, à chaque feulement.

— Qu'est-ce qu'il est, en fait ? me demanda Siv dans un souffle.

— Je n'en sais rien.

Une maladie ? Non, ce n'était pas une maladie.

C'était une malédiction !

Durant des heures, je tendis l'oreille. En bas, Légion maudissait sa guilde d'une voix rauque. Du verre volait en éclats. Des tables s'écrasaient par terre.

Je tentai de visualiser ce qui se passait sous mes pieds, mais les images ne correspondaient pas aux sons. C'était un chaos inconcevable.

Siv s'était enroulée dans une courtepointe. Chaque cri, chaque fracas la faisait sursauter et fermer les yeux. À bout de nerfs, je m'autorisai à verser quelques larmes : j'étais à la torture tout autant que Légion.

Puis les cris se modifièrent. Ce n'était plus tout à fait la voix du Spectre, mais quelque chose de plus rude, de plus clair et de plus humain. Et tout au fond, je reconnus le timbre grave de Légion.

— De grâce ! implorait-il. Arrêtez ! Par pitié !

Une plainte gutturale monta jusqu'au galetas.

J'essuyai rageusement une nouvelle montée de larmes et bondis sur mes pieds. Pourquoi le torturaient-ils ainsi ? Il les suppliait d'arrêter. Quand son calvaire allait-il prendre fin ? Il était à bout de forces, ne le voyaient-ils donc pas ?

— Pitié !

Sa voix brisée me bouleversait.

L'instant d'après, je sortis du galetas. Siv m'appela d'une voix pressante, mais je n'écoutais rien. Je ne supportais plus qu'ils le torturent, il fallait que ça cesse ! Légion était à bout – mais égoïstement, c'était moi qui n'en pouvais plus de souffrir.

En bas, Sven était en train de soigner une griffure qui lui barrait le poignet. Halvar, appuyé contre le dossier d'une chaise, semblait exténué. Seul Tor demeurait debout, il s'acharnait à coups de poignard sur Légion. Sa lame luisait de sang.

Une montée de bile m'envahit la bouche. Par les dieux, Tor était en train de lui taillader le dos, les bras, les épaules ! Enchaîné, à genoux, les bras écorchés, Légion ne pouvait pas riposter. Il ne pouvait qu'endurer les coups qui pleuvaient sans pitié sur lui.

Le sang formait des flaques autour de ses genoux, autour de ses bottes. Il y en avait sur sa peau… partout.

Je me précipitai comme une folle.

— Stop ! Arrêtez !

D'un bond, Halvar barra la route et me ceintura, mais ce ne fut pas lui qui m'arrêta. Légion tourna vivement la tête vers moi et je me transformai en statue de sel. Mon sang se glaça, se figea dans mes veines. Des crocs de la grosseur de mon pouce dépassaient de ses lèvres. Un cercle jaune enfermait le rougeoiement de son regard. Ses ongles, les ongles de ces mains qui savaient caresser avec tant de douceur, étaient irréguliers, acérés et d'un noir affreux, comme pourris.

Dans le silence, ce visage, cette créature, se mit à sourire d'un air cruel avant d'éclater de rire. Ce son caverneux m'ébranla jusqu'au tréfonds de l'âme. J'étais tétanisée de peur.

— Élise, vous ne devez pas rester ici ! supplia Halvar.

Je fus bouleversée de l'entendre s'adresser à moi d'un ton aussi désespéré. Le sang avait séché sur ses ongles, ses mains étaient maculées de rouge et de noir, du sang des blessures de Légion.

— Pourquoi tu lui fais ça ? sanglotai-je.

La créature retroussa les lèvres, comme si elle se repaissait de mon chagrin.

— Éloigne-la d'ici ! ordonna Tor sans me regarder.

Halvar me fit sortir de la salle. La bête qui avait pris possession du corps de Légion tenta alors d'arracher les chaînes qui l'immobilisaient. Il me hurla de revenir, me cria des choses terribles, des mots que je comprenais à peine. Il voulait me déchiqueter. La créature était en manque de sang. Elle se mit à supplier qu'on lui en donne, puis se remit à hurler de douleur, tandis qu'Halvar me faisait remonter l'escalier de force.

— Halvar, dis-je en me dégageant vivement. Qu'est-ce que vous êtes en train de lui faire ?

— La soif de sang, c'est sa malédiction, répondit Halvar, le souffle court. Quand la métamorphose s'opère, il a besoin de sang. Si on ne le maîtrise pas, il se mettra en pièces, lui ou… les autres. C'est pour ça qu'il faut l'empêcher de faire couler le sang. Allez, maintenant ! S'il vous plaît. Tout s'achèvera au lever du soleil.

Je ne discutai pas. Trop écœurée, trop bouleversée à l'idée de revoir un jour Légion dans un tel état. C'était donc une malédiction. Une malédiction cruelle, violente. Qui revenait à intervalles réguliers, c'était lui qui me l'avait dit. À chaque dernière lune. Tous les vingt jours, Légion succombait à ce maléfice sanguinaire. Mon cœur se brisa. Mais pour quelle raison était-elle survenue avant la dernière lune, cette fois-ci ? Qu'est-ce qui l'avait provoquée ?

Je n'entrai pas tout de suite dans le galetas. Légion était enchaîné, maîtrisé. Je me laissai glisser le long du mur et ramenai les genoux sur ma poitrine.

Si j'avais eu un sou de bon sens, je me serais enfuie. Il aurait été fort étonnant que Légion se lance à ma poursuite une fois qu'il aurait retrouvé la raison. En toute logique, je savais que je ne pouvais pas l'aider. Comment une personne dénuée de Furie aurait-elle pu le délivrer de cette malédiction ?

Mais l'abandonner maintenant, ce serait laisser une partie de moi dans cette taverne.

Je n'avais aucun contrôle sur la situation, mais je tenais à Légion Grey. Pas au monstre qui rugissait en bas, mais à l'homme qui vivait à l'intérieur de lui. À l'homme que je connaissais.

Légion vivait jour après jour avec cette horrible menace au-dessus de sa tête, condamné à ce calvaire récurrent. Et pourtant, quand il était avec moi, il souriait, me taquinait, me réconfortait. Je frissonnai et posai la tête sur mes genoux. Légion pouvait être violent et brutal, mais tout le temps qu'il avait été mon négociateur de dot, il n'avait cessé de se battre pour mes désirs et mes besoins – même si c'était une façade.

Sous les mensonges, il y avait un homme bien.

Légion n'était pas cette bête : au contraire, c'était à cause de cette bête qu'il était venu vers moi, pour que je l'aide à s'en débarrasser. Mon cœur bondit. *Quand tu verras la bête à l'intérieur, laisse-la venir pour la laisser sortir.*

L'afflux de sang me provoqua des picotements au bout des doigts. La petite sorcière. Elle avait prononcé cette phrase à deux reprises, mais sans me l'écrire sur un bout de parchemin. Par les dieux, elle m'avait indiqué le choix à faire ! Ce choix dont tout le monde me rebattait les oreilles. *Choisis Légion, choisis le Spectre sanglant, choisis la bête.*

Laisse-la venir pour la laisser sortir.

Les malédictions relevaient de la légende et bien sûr, je n'avais pas la moindre idée de la façon dont on pouvait les vaincre, mais était-il possible que ce soit si simple ?

Choisis-le...

Afin de le libérer de ce maléfice.

29

Une douce lumière me tira de mes rêves obsédants, remplis de sang et de souffrances. Mes cils étaient collés de larmes séchées. Je me frottai les yeux, chassant le peu de sommeil dont j'avais pu profiter. Je m'étais endormie devant la porte du galetas et au petit matin, quelqu'un m'avait couverte d'une courtepointe. Je m'assis en gémissant.

La taverne était étonnamment silencieuse. Un silence dont je sentais le goût sur ma langue. Je repoussai ma tresse dépenaillée et lentement, je me mis debout. J'avais mal partout, dans tous les os et toutes les articulations. Siv m'avait bandé la cuisse et Sven m'avait proposé une herbe censée soulager la douleur. J'avais les lèvres collantes et fendues. Un goût aigre dans la bouche. Je descendis prudemment l'escalier, pleine d'appréhension. Les marches gémirent sous mon poids. Je retins mon souffle. Rien. Je repris ma descente d'un pas aussi léger que possible.

Arrivée en bas, je fus agressée par une odeur âcre. Je me mis à tousser. Ça puait la sueur et les entrailles ; le plancher était imbibé de sang. Un vrai carnage, comme si la taverne avait été le théâtre d'une scène de guerre. Père nous disait toujours que la plupart des gens se pissaient dessus en mourant. Réaction naturelle d'un corps défaillant. Eh bien, c'était ainsi que j'imaginais un champ de bataille : avec cette apparence, cette odeur.

— Il est dehors, dit une voix gutturale.

Je me tournai.

Assis sur un banc, Tor faisait tournoyer sa bière blonde dans sa corne. Il avait des poches sous les yeux et le bord des paupières rouge. Ses cheveux étaient collés de sang et de sueur séchés. Il ressemblait à un homme qui a livré bataille.

— Est-ce qu'il est toujours…

Tor secoua la tête.

— Il est redevenu lui-même. L'air du matin aide à la guérison.

Je passais derrière le comptoir et entrai dans les toilettes pour me rincer la bouche avec de la poudre à la menthe, puis je revins m'asseoir en face de Tor. Il ne me regardait pas.

— Comment se fait-il que la métamorphose se soit produite avant la date prévue ? Je croyais qu'elle se produisait toujours à la dernière lune.

Tor leva les yeux.

— Ou quand il fait couler le sang. Dans ce cas, il doit prendre la potion de Bevan. Elle lui permet de tempérer la métamorphose et de rester sur son cycle normal. Il a tué un homme à Flèche-Corbeau, puis il a raté sa seconde dose de potion, et il a encore tué, hier, au manoir. Cette fois-ci, la métamorphose a été violente. Si ça se trouve, il ne lui reste que huit nuits normales avant la prochaine.

J'accusai le coup.

— Seulement huit jours. Qu'est-ce que… qu'est-ce que ça produit sur lui, d'être si près de l'échéance ?

— Il a encore plus de mal à ne pas répondre à l'appel du sang et de la violence, répondit Tor.

— Halvar m'a dit… il m'a dit que vous deviez le blesser dans sa chair.

— Il nous a fallu longtemps avant de comprendre. Cette malédiction le condamne à éprouver une soif sanguinaire, dit-il avec amertume.

Il recommença à faire tournoyer la bière dans sa corne.

— Au départ, ce maléfice devait faire de lui un monstre à l'usage des hommes mal intentionnés. Sauf que ça l'a rendu incontrôlable. S'il ne trouvait pas quelque chose à casser, il se cassait lui-même. Vous savez ce que ça fait de regarder un homme que vous considérez comme ton frère se tuer lui-même, encore et encore, sans jamais mourir ? Et malgré ça, il n'hésitera jamais à faire couler le sang pour sauver quelqu'un.

Mon cœur se serra. Je fermai les yeux pour bloquer toutes ces images insupportables.

— Quand on le fait saigner, on parvient à le contrôler. À satisfaire le besoin induit par la malédiction et à lui épargner au moins quelques souffrances.

— Depuis combien de temps vit-il avec ça ?

— Trop longtemps, répliqua Tor, laconique.

Je caressai l'extrémité de ma tresse et le laissai boire sa bière en silence.

— Merci, Tor.

Il leva sur moi un regard las.

— Merci de quoi ?

Je lui présentai ma main gauche. Il regarda mes doigts mutilés.

— De m'avoir sauvée. C'est vous, Halvar et toi, qui l'avez éloigné de moi.

— Il ne savait pas, expliqua Tor, sur la défensive. Cette nuit-là, il nous avait échappé. Il faut savoir qu'il est incapable de penser pendant la métamorphose. Il ne connaît plus personne. Ni nous, ni vous. Il ne connaît plus que le sang.

Je lui posai la main sur le bras d'un geste apaisant.

— Je sais. Je ne lui en veux pas pour ce qui s'est passé. Maintenant que j'ai vu ce en quoi il se transforme, je comprends bien que ce n'était pas lui qui m'a attaqué ce soir-là.

Tor se servit une autre bière.

— Pour tout vous dire, je pensais que vous seriez partie ce matin.

— J'y ai songé, avouai-je. Mais j'ai changé d'avis.

— Vous voulez l'aider ?

— J'ignore si j'en suis capable, mais l'idée qu'il doive encore endurer cette souffrance…

Tor regarda ses mains avec un petit sourire.

— Vous n'êtes pas si mal que ça, vous savez. Pour une princesse.

Je m'esclaffai.

— Tu n'es pas si mal que ça, Tor. Pour une Ombre.

— Non, je ne plaisante pas. Vous n'êtes pas comme les autres. Il y a quelque chose en vous qui l'interpelle, même quand il est sous l'emprise de la malédiction. Par exemple, quand la Furie a transformé ces Agitateurs, ceux qui ont attaqué votre manoir la semaine dernière, il m'a de nouveau échappé pour voler à votre secours.

— C'était donc de la Furie.

— De la Furie noire, pour sûr. Eh bien, Légion s'est lancé à leur poursuite. Comme s'il accourait vers vous. Comme si un instinct profond lui avait soufflé que vous aviez besoin d'aide.

Je ramassai un éclat de verre sur la table pour me donner une contenance – les larmes hésitaient, au bord de mes paupières.

— Je savais bien que je l'avais vu.

Tor secoua la tête.

— Je ne comprends pas. Je n'ai jamais vraiment cru au destin, mais avec vous, il n'est pas le même. Normalement, hier soir, il aurait dû se métamorphoser bien avant qu'on atteigne la taverne. Et pourtant, il a réussi à garder toute sa tête jusqu'à ce qu'on arrive. Je commence à croire que vous avez vraiment un rôle à jouer dans tout ça.

— Puis-je... le voir?

J'avais mille questions à lui poser et j'espérais bien obtenir des réponses.

Tor hocha la tête.

— Vous allez le trouver affaibli, mais je suis sûr qu'il acceptera de vous parler.

La culpabilité me plombait le cœur. Légion ne verrait pas d'inconvénient à me parler alors que d'une certaine façon, c'était moi qui lui avais occasionné toutes ces souffrances, la nuit dernière. En effet, si je ne m'étais pas enfuie, hier, si je lui avais laissé une chance de s'expliquer, il aurait pris sa dose de potion. Et il se serait épargné cette nuit de torture.

Je me levai et laissai Tor continuer à boire. Il avait l'air bien décidé à s'enivrer.

À l'arrière de la taverne, un lopin clôturé, couvert d'herbe sèche, abritait quelques conifères et trois chèvres galeuses. Du côté où le soleil levant dardait ses rayons, je découvris Légion, torse nu, à plat ventre sur un fin drap de lin. La tête sur les avant-bras, il semblait dormir. Quelqu'un avait laissé près de lui un bol en bois et quelques linges pliés, sur une table. Son dos était zébré de vilaines plaies roses et enflées. Certaines avaient été pansées. Bien sûr, ces plaies cicatrisaient plus vite que les blessures normales, mais ça paraissait tout de même l'air douloureux.

Mon cœur se serra au souvenir des marques que j'avais aperçues sur son corps, le jour où il était revenu au manoir après sa « maladie ». Si j'avais su qu'elles résultaient d'une pluie de coups de poignard, j'aurais fait tout mon possible pour briser ce mauvais sort et lui épargner toutes ces souffrances.

Mais il n'était pas trop tard pour agir.

Je me mordillai la lèvre inférieure et, traversant le lopin, je m'approchai de Légion. Il était immobile et sa respiration régulière suggérait qu'il dormait. J'hésitai. Je ne voulais pas troubler son repos, mais sous les pansements, ses plaies avaient recommencé à saigner. Avec soin, je pris un linge propre et le trempai dans le bol où infusaient de l'achillée en poudre et du miel. Doucement, j'ôtai le bandage souillé, en veillant à ne pas tirer sur la plaie.

Légion tressaillit et battit des paupières. Ses pupilles noir d'encre étaient étrangement contractées, laissant toute la place aux paillettes dorées qui les entouraient d'un cercle lumineux. Lorsqu'il reconnut mon visage, il voulut s'asseoir.

— Élise, tu ne devrais pas…

— Non, dis-je, et d'une main sur son épaule, je l'obligeai à se rallonger.

À dire vrai, ce ne fut pas bien difficile.

— Laisse-moi faire.

Il ne protesta pas et, se rallongeant malgré ses muscles raidis, il posa la joue sur ses mains. J'aspergeai ses plaies les plus enflammées de la décoction médicinale, puis les recouvris d'un linge.

— Tu as vu ? me demanda Légion d'une voix étranglée.

La rudesse de l'intonation trahissait sa honte.

Convaincue que le pansement imprégné de décoction médicinale allait agir pendant quelque temps, je me couchai en chien de fusil, face à lui.

— Tu ne te souviens vraiment de rien ? m'enquis-je.

Tor me l'avait dit, néanmoins je m'étonnais que cette nuit cruelle demeure un trou noir dans son esprit.

— Oh, par les dieux… gémit-il. Je m'en suis pris à toi ? Dis-moi tout…

— Non. Tu ne m'as pas attaquée, mais tu m'as regardée droit dans les yeux. Comme si tu me connaissais ou comme si tu me détestais. Sur le moment, je n'aurais su le dire.

— Les deux, sans doute, je n'en sais rien. Tout ce dont je me souviens, c'est de ma folie.

Il regarda les ecchymoses qui s'estompaient sous ses ongles.

— C'était comme si je n'habitais plus mon corps et que seule l'odeur du sang pouvait éloigner la douleur. Une douleur qui me pousse à faire n'importe quoi, à n'importe qui. Tout ça pour m'en libérer.

Une larme coula sur ma joue et Légion la suivit du regard avec une certaine détresse, comme s'il n'en comprenait pas la raison. J'avais envie de le toucher, mais je me retins, ne sachant trop comment m'y prendre.

— Quand nous sommes arrivés ici, l'autre soir, tu m'as dit que je pourrais te poser certaines questions, dis-je. Te sens-tu la force d'en entendre quelques-unes ?

— La force, je la trouverai.

Je souris parce qu'en cet instant, ce n'était ni une bête, ni le Spectre sanglant, c'était Légion Grey.

— Je suis sérieuse, insistai-je. Si tu préfères te reposer, je peux revenir à un autre moment.

— Mais est-ce que tu le feras ? Est-ce que tu reviendras, je veux dire.

Est-ce que je le choisirais ? C'était la question qu'il me posait, en fait. D'un doigt, j'écartai une mèche de son front. Il me dévisagea avec étonnement et je lui répondis avec un sourire.

— Oui, je reviendrai. Mais donc, est-ce une façon de me demander de te laisser tranquille ou bien…

— Reste.

Il reposa son visage sur ses mains, détendu.

— Demande-moi tout ce que tu veux et j'essaierai de te répondre.

Je réfléchis, le temps de mettre de l'ordre dans mes questions. Il y en avait tellement ! Néanmoins, certaines étaient plus pressantes que d'autres.

— Pourquoi t'a-t-on jeté ce maléfice ?

— C'est la première question que tu me poses et je n'en connais pas la réponse. (Il soupira.) Je me souviens qu'on m'a jeté ce sort, je me souviens qu'il a été ordonné par un roi du Timoran, mais lequel, je l'ignore.

Je haussai un sourcil.

— Comment ça, lequel ? Voyons, tu es plus jeune que l'était Zyben au moment de sa mort.

— Ah oui ? Je n'en sais rien. Tu sais, Élise, je ne connais même pas mon véritable nom. C'est Halvar qui m'a baptisé Légion.

— Je te demande pardon ? Halvar a fait quoi ?

Il sourit – enfin presque – et hocha la tête.

— La malédiction a opéré une sorte d'amnésie sur notre trio : nous avions oublié qui nous étions. Tor et Halvar se souvenaient simplement de leur prénom. En revanche, personne ne se rappelait le mien. C'est Halvar qui a décidé de m'appeler Légion, en raison de la force que dégageait ce nom – je suis donc devenu Légion.

Je tamponnai doucement son pansement, faisant pénétrer la décoction d'herbes dans sa chair meurtrie. Il avait la peau agréablement chaude, il était calme et je voulais que cela continue. Qu'il n'endure plus jamais une autre nuit d'horreur.

— Mais je ne comprends pas, objectai-je. Tu dois forcément savoir quel âge tu as. Tu m'as parlé de l'orphelinat, de ton enfance… C'est donc que tu te souviens de la personne que tu étais avant qu'on ne te jette ce sort. À moins que tu m'aies menti.

— À aucun moment je ne t'ai menti sur mon passé. Je me souviens d'un orphelinat, c'est vrai, mais j'ignore si c'est un souvenir authentique. Si j'ai menti à ce sujet, c'est peut-être parce que mes souvenirs sont faux, qu'ils ont été induits par le maléfice. D'ailleurs, Tor n'a pas les mêmes souvenirs que moi. À vrai dire, son enfance a été entièrement effacée de sa mémoire. Halvar, lui, affirme que nous sommes arrivés au Timoran par bateau, après avoir traversé l'Océan du Destin. Quelle version est la bonne, je l'ignore.

— Comment est-ce possible ?

— Après mûre réflexion, nous avons déduit que la malédiction nous empêchait de savoir qui nous étions exactement. La seule chose dont nous soyons sûrs, c'est que nous avons toujours été ensemble, tous les trois.

Je lui adressai un petit sourire perplexe et déplaçai le linge imprégné de décoction vers une plaie à l'épaule, me rapprochant de lui jusqu'à toucher son flanc de mes genoux.

— Tu dois être quelqu'un qui représente un danger pour la Couronne, hasardai-je.

—Qui sait ? Pour autant que je sache, j'étais peut-être une fripouille, un tueur. Peut-être que le sort n'a fait qu'amplifier le Mal qui m'habite.

Je reniflai, sceptique.

—Sans vouloir minimiser tes actes, je ne pense pas que tu incarnes le Mal. Je n'y crois pas un seul instant.

Une ombre de sourire flotta sur ses lèvres.

—Tu es bien sûre de toi...

—Mais oui ! répliquai-je d'un ton léger. Un homme foncièrement mauvais ne passerait pas des heures à lire en compagnie d'une petite sotte et il n'offenserait pas non plus ses riches et puissants prétendants à chaque occasion. À mon avis, Herr Gurst ne te pardonnera jamais de m'avoir laissée choisir mon futur époux.

Légion gloussa et se mordit aussitôt la lèvre en gémissant, rattrapé par la douleur.

—Ma foi, dit-il entre ses dents serrées. Il faut dire que ce type a tout du sanglier.

Je souris et aspergeai ses plaies. Cette fois, je le massai doucement pour faire pénétrer la décoction médicinale. Sa respiration s'apaisa.

—Tu te souviens des circonstances dans lesquelles on t'a jeté cette malédiction ?

—Oui.

Il leva la tête et me regarda.

—Je l'appelle l'Enchanteresse. Je la vois très bien, à l'exception de son visage. Je l'entends me jeter un sort, me dire ce qu'il va advenir de moi.

Glissant la main sous sa poitrine, il me montra la pierre noire qu'il portait autour du cou.

—Elle m'a donné cette pierre prophétique. Elle contient une étrange Furie. Qui doit m'aider à trouver comment vaincre la malédiction, je suppose. Mais cette pierre ne révèle pas ses secrets si facilement. Enfin, elle m'a tout de même conduit jusqu'à cet endroit du jeu.

Un jeu ?

— Oui. J'ai toujours eu l'impression qu'il s'agissait d'un jeu entre moi et la Couronne du Nouveau Timoran. Une chasse aux réponses. À la fin, nous verrons si j'en sors gagnant ou si je suis condamné à rester une bête, le fléau qui hante cette terre.

Je me massai les tempes, la tête en feu.

Légion tressaillit, mais se mit sur le côté pour me faire face. Nous n'étions qu'à quelques pouces l'un de l'autre. Il ressemblait tellement à l'homme que j'avais embrassé dans l'ancienne école… J'avais du mal à croire à tous les événements qui s'étaient produits entre-temps.

— Et tu sais comment mettre fin à la malédiction, maintenant ?

Légion reposa la tête sur ses mains, le regard accablé par le fardeau qui pesait sur son existence.

— Oui. Il y a des cycles que nous avons appris comment en venir à bout.

— Tu m'as dit que je pouvais t'aider à la vaincre. Ça fait partie des éléments que tu as découverts, je suppose : le rôle que j'ai à jouer dans cette histoire.

— En effet.

Je lui posai enfin la question qui planait au-dessus de nous.

— Pourquoi es-tu entré dans ma vie ?

Il baissa les yeux et serra la pierre prophétique dans son poing.

— Tout est là-dedans. J'y vois surtout des écrits ou des livres, mais aussi des sorts propres aux Êtres de la Nuit.

Tout ça m'aide à comprendre comment venir à bout de la malédiction. Petit à petit, nous avons compris qu'il existait un lieu renfermant toutes les traditions, toutes les sagas et toute la Furie. Un lieu capable de vaincre n'importe quelle magie, même celles d'autres royaumes. Mais hélas, nous n'avons pas pu l'atteindre.

— Pourquoi ?

Légion se mit à arracher des brins d'herbe sèche.

— Seule une certaine princesse peut en ouvrir les portes. C'est la condition de la Furie qui protège ce lieu et le garde secret. Il s'appelle la Tombe noire.

Je repensai à la petite sorcière. Elle avait évoqué une tombe, lors de ce thé où la reine l'avait exhibée devant ses invitées. Ça ne pouvait pas être une coïncidence, me dis-je, le cœur battant. La fillette parlait-elle du même endroit ? Dans le doute, je choisis de me taire, de crainte de donner de faux espoirs à Légion. Car, en réalité, je ne savais rien.

— Donc, tu m'as choisie parce que je suis une princesse.

— Oui, mais il y a un hic, expliqua-t-il d'une voix lasse. La princesse en question doit être d'accord pour ouvrir la tombe sans en tirer aucun avantage.

Il posa sa main entre nous. Je faillis la lui prendre, mais je craignais de ralentir la cicatrisation des plaies qu'il s'était infligées avec ses griffes acérées.

— Tu ne me dis pas tout.

Légion se racla la gorge et frotta l'une des marques rouges qui lui constellaient les bras.

— Il y a une autre condition. La confiance, le pouvoir de décision et le dévouement doivent être répartis à parts égales entre la princesse et moi. Elle doit choisir de m'aider. Tu penses bien qu'il n'est pas facile de trouver dans la famille royale timorane une princesse qui serait non seulement d'accord pour libérer un monstre doté d'une redoutable Furie, mais qui, en plus, renoncerait à utiliser cette Furie pour accroître son propre pouvoir.

— Mais tu ne pouvais pas savoir que je serais d'accord pour le faire. Alors, pourquoi moi ?

Légion me montra la pierre prophétique.

— J'ai vu le manoir Lysandre. Sans vouloir te faire de peine, il ne m'a pas fallu longtemps pour repérer la personne qui avait le plus de compassion dans ta famille.

Mes joues s'embrasèrent. Mais, de fait, imaginer que mes parents ou Runa puissent s'intéresser à quelqu'un d'autre qu'à eux-mêmes, et ce au point de renoncer à s'emparer de la Furie, c'était presque risible. J'étudiai le profil de Légion qui gardait les yeux fixés sur ses brins d'herbe. Est-ce que je tenais à lui suffisamment pour... Je n'eus pas besoin d'aller jusqu'au bout de ma pensée. Je tenais à lui. Je l'avais vu se transformer en créature maudite et pourtant j'étais restée là, de mon propre gré. Avec lui.

— Et donc, tu as tout organisé pour te rapprocher de moi.

Légion acquiesça.

— Je m'étais fait un nom à Mellanstrad. Et quand j'ai appris que la seconde nièce du roi allait avoir besoin d'un négociateur de dot, ma conviction que le destin avait un rôle à jouer là-dedans s'est trouvée renforcée. J'ai tout fait pour qu'on fasse appel à moi. Mais il n'y avait pas un seul mensonge dans tout ce que je t'ai dit, Élise. Au début, je pensais que je te mentirais. Que je te mépriserais. À vrai dire, je n'avais aucun espoir que ça marche. Comment aurais-je pu accorder mon dévouement ou ma confiance à une princesse timorane, alors que c'est à un membre de sa famille que je dois d'avoir été maudit ?

— Mais l'as-tu fait ? dis-je en un murmure à peine contrôlé.

Légion me transperça du regard.

— Quand j'ai dit à Bevan que j'étais prêt, dans les cuisines, je voulais dire par là que je t'avais choisie. Que je pourrais en toute honnêteté te donner ma loyauté, mon dévouement et ma confiance. Sinon, le lien de protection n'aurait jamais opéré.

Je me mordis la joue et repliai les jambes sous moi.

— Tout ce qui s'est passé… c'est trop pour moi. Je t'ai ouvert mon cœur. Mais toi, tu m'as tu tes secrets, tu m'as fait croire que tu… désirais certaines choses, alors qu'en fait, tu poursuivais un tout autre but.

Légion ne détourna pas le regard. J'aurais préféré. Il y avait trop de non-dits entre nous. Oserais-je les exposer au grand jour ou la vérité me ferait-elle encore plus mal ? Peut-être qu'il n'éprouvait pas les mêmes sentiments que moi, qu'il ne désirait pas les mêmes choses non plus.

— Tu ne m'as pas dit que tu étais le Spectre sanglant, achevai-je.

— Parce que ce n'est pas comme ça que je m'appelle, répondit-il avec emportement. C'est un surnom dont on m'a affublé. À une période de ma vie où je n'avais plus aucun contrôle sur la situation, on m'a baptisé le Spectre sanglant. Un nom peut-être approprié, mais que je méprise. Je n'ai jamais voulu être cette créature, Élise.

Il tendit prudemment sa main encore tachée de sang vers la mienne. Passa le pouce sur les deux phalanges qui me manquaient.

— Quand tu m'as raconté ce qui t'était arrivé, j'en ai eu le souffle coupé. Je ne sais pas ce que tu fais encore ici, avec moi.

J'entrelaçai mes doigts avec les siens et j'eus l'impression qu'on m'ôtait un poids des épaules.

— Je ne nierai pas qu'au début, j'étais terrifiée quand j'ai découvert que tu ne faisais qu'un avec le Spectre. (J'esquissai un timide sourire.) Mais j'avais déjà donné ma confiance, mon dévouement et ma compassion à Légion Grey. Derrière le masque, n'est-ce pas celui que tu es ?

Le feu couvait dans ses yeux.

— Si.

Je déglutis, la gorge sèche, et caressai du pouce les jointures de ses doigts.

— Eh bien, voilà… Tu as ce que tu veux.

Légion porta ma main à ses lèvres.

— Je ne t'en demande pas plus, Élise. Je me rends compte à présent du bouleversement que ça représente pour toi, je me rends compte à quel point j'ai été égoïste…

— Égoïste, toi ? Mais c'est le Timoran qui t'a infligé toutes ces épreuves : en tant que Timorane, je me dois de racheter la faute de mon peuple en brisant cette malédiction. C'est le moins que je puisse faire.

— Qu'est-ce que tu dis ?

Que je ne pouvais plus supporter que tu souffres. Pas un jour de plus.

— Que j'ai décidé de mettre un terme à cette situation. Sais-tu où se trouve la Tombe noire ?

— Élise…

— Triple enfer, qu'est-ce que tu veux, à la fin ? Tu t'introduis dans ma vie, tu me traînes jusque dans ce lieu nauséabond et maintenant, tu veux m'empêcher d'accomplir mon unique devoir dans cette affaire ?

Légion sourit de toutes ses dents. Par tous les dieux, que c'était bon de revoir son sourire !

— Pour rien au monde je ne voudrais vous empêcher de faire quoi que ce soit, Kvinna, plaisanta-t-il. Je suis sûr que vous devez être terrifiante quand on s'oppose à vous...

— En effet, répliquai-je en espérant qu'il n'entendait pas les battements précipités de mon cœur. Alors, que faisons-nous, maintenant ?

Une ride se creusa entre ses sourcils.

— Tu es bien sûre de vouloir aller à la Tombe noire ? Je ne sais pas ce que nous trouverons là-bas...

— Eh bien, ça nous fera une aventure de plus !

La flamme noire qui embrasa son regard fit pâlir l'or de ses prunelles. Il secoua la tête et me serra les doigts avec émotion.

— Notre rencontre m'a transformé, tu sais.

Mon sang guerrier me donna l'audace de m'allonger tout contre lui. Il posa le bras sur ma taille et moi, la main sur sa joue. Il avait du mal à garder les yeux ouverts. Je souris.

— J'espère que bientôt, tu redeviendras celui que tu étais autrefois, murmurai-je. De façon définitive.

J'appuyai ma tête contre son front moite et attendis qu'il ferme les yeux et s'endorme enfin.

30

Le Prince du Soleil et le Prince de la Nuit se bagarrent comme le levant et le couchant. Pauvre Valen, il a un vrai tempérament de guerrier, mais il ne fait pas le poids face à la rouerie de son frère. Sol – que les dieux me viennent en aide ! – restera dans l'Histoire comme un roi fourbe. S'il continue à tendre des guets-apens à son petit frère, je ne sais pas si ce dernier atteindra l'âge de dix cycles.
Le pauvre Valen n'a été retrouvé que ce soir, en sanglots. Lorsqu'il m'a vue, il s'est caché les oreilles et s'est mis à pleurer de plus belle. Au désespoir, je lui ai demandé pourquoi il avait peur de moi. Voici la réponse qu'il m'a faite. Mon cher fils aîné, soutenu par des enfants de la noblesse, a convaincu son petit frère qu'il n'était pas un véritable Être de la Nuit, et que s'il avait les oreilles effilées, c'était parce qu'Arvad et moi l'avions suspendu à des hameçons, quand il était bébé.
Les dieux me délivrent de ce jeune bonimenteur !
Arvad a longuement étudié les légendes et les récits des Êtres de la Nuit avec Valen, afin de lui enseigner tous leurs pouvoirs. Il a également montré ses oreilles à son fils cadet, lui rappelant que les siennes aussi étaient effilées.

Après cela, Valen s'est mis à déplacer des rochers. Signe qu'il a le don de dompter la Terre. Tandis que les autres enfants de la noblesse ont déjà démontré leurs pouvoirs de Furie sur le feu, l'air et l'eau, mon cœur s'emplit d'allégresse à la pensée qu'enfin, le pouvoir de dompter la Terre puisse se manifester chez mon fils cadet. Tant de générations ont passé depuis le dernier Dompteur !

Pour conforter le petit dans ses expériences, Arvad lui a expliqué que notre lignée était douée de Furie, mais qu'elle avait choisi de se manifester dans son sang à lui, sous la forme d'un don et, oui, dans ses oreilles de Fae.

Arvad s'est d'ailleurs empressé de les lui percer – que les dieux me délivrent de mon mari ! – afin d'afficher sa spécificité et d'exhiber fièrement ses traits faes. Si Sol continue ses manigances, et si Herja persiste dans son engouement pour la chevalerie – par le Père des dieux ! –, nos enfants bien-aimés m'achèveront avec leur tempérament aussi volontaire que buté.

Je pensais que la reine Lilianna pourrait nous apporter des réponses. Mais elle se contenta de me faire regretter une fois de plus l'époque d'Arvad et son règne.

Le roi et la reine des Ettans n'auraient jamais jeté de malédiction à personne, eux. Ils n'auraient jamais usé de la Furie pour torturer quelqu'un.

Je refermai le journal intime que m'avait rapporté Bevan. J'avais embrassé le vieux serf en pleurant, tant j'avais été soulagée que ce ne fût pas lui, le corps carbonisé que j'avais aperçu au manoir de ma famille.

Le vieil homme avait pris la peine de fouiller les moindres recoins de ma chambre, à Flèche-Corbeau, et ce matin, il était venu déposer à la taverne mes deux recueils ettans ainsi qu'un élixir pour Légion accompagné d'un petit mot : Calder avait lancé la chasse aux Êtres de la Nuit. Son but affiché : les disséquer afin de leur voler leur Furie.

La malédiction de Légion était en lien avec la Couronne timorane. J'espérais seulement qu'une fois le mauvais sort vaincu, nous pourrions entreprendre ensemble d'arrêter le nouveau roi et sa reine ridicule.

— Halvar, tu vas bien ? demandai-je.

Le cocher me dévisagea d'un air stupéfait.

— C'est bien vrai, on va y aller ? On va le faire ?

Il passa la main dans ses boucles sombres et se tourna vers Tor.

— Lorsque nous aurons découvert qu'en réalité je suis un roi ou un noble quelconque, j'exige que tu mettes un genou à terre et que tu m'embrasses le...

Tor lui expédia une bonne bourrade dans l'épaule, arrachant au cocher autant de rires que de gémissements.

J'échangeai un sourire avec Légion. Même Siv était hilare.

— Est-ce que tu sais seulement comment entrer dans cette maudite tombe ? demanda Sven en distribuant des cornes de bière blonde au goût amer.

C'était justement le détail qui dérangeait Légion. L'idée que je puisse me retrouver face à des imprévus lui déplaisait. Mais avait-on le choix ? Comment aurais-je pu laisser mes nouveaux amis en proie à la douleur et à l'amnésie ? Je les avais craints – et il m'arrivait de les craindre encore – mais, la vérité, c'était qu'Halvar m'avait sauvé la mise et que Tor nous avait tous protégés grâce à sa vigilance. Quant à Légion, il m'avait ramenée à la vie de bien des façons.

— Nous allons procéder avec prudence, dis-je au bout d'un moment. Calmement, sans brûler les étapes.

— Je suis d'accord, répondit Légion. Et sans prendre de risque inutile. Au besoin, nous changerons nos plans. Nous changerons d'approche.

— Et elle ? demanda Tor en désignant Siv de la tête.

Après ma conversation avec Légion, j'avais réfléchi durant des heures à ce que nous allions faire de Siverie. C'était peut-être de la naïveté de ma part, mais il me semblait que ce soir, nous aurions besoin de toute l'aide possible.

— Certes, dis-je, c'est une Agitatrice, mais elle avait mille occasions de me tuer, au manoir, et elle ne l'a pas fait. Pour le moment, nous sommes obligés de lui faire confiance : une combattante supplémentaire ne sera pas de trop.

Les autres acquiescèrent. Au bout de quelques instants de silence, Halvar tapa du plat de la main sur la table.

— Très bien. Le vieux Bevan nous a donné rendez-vous à la lune haute. D'ici là, j'ai bien l'intention de boire jusqu'à ce que je me mette à chanter des sonnets si charmants qu'ils vous rendront tous fous d'amour pour moi.

Tor marmonna quelque chose à propos des imbéciles heureux, ce qui redoubla l'hilarité de son acolyte. Siv se leva de table et alla vers l'escalier.

— Je vais aller me reposer si vous n'avez besoin de rien.

— Siv, tu n'es pas ma serve. Enfin, tu ne l'es plus.

Elle hocha la tête et me laissa avec Légion dans la salle déserte et malodorante.

— Tu n'as pas dit grand-chose, lui fis-je remarquer.

Durant la discussion, Légion s'était contenté d'avancer certaines explications sur la Tombe noire et quelques suggestions sur la façon de la trouver.

Il avait l'air un peu fatigué. Les séquelles de la métamorphose, sans doute. Il me tendit la main.

— On va marcher ?

Je pris sa main et nous retournâmes dans le jardinet, à l'arrière de la taverne. La lune se levait et les arbres résonnaient des cris des oiseaux de nuit. Nous marchâmes main dans la main jusqu'à la lisière du lopin, les yeux rivés aux premières étoiles.

— Je veux te laisser encore une chance de partir, Élise.

— Merci, répliquai-je d'un ton neutre, j'en prends acte. Et maintenant, je ne veux plus en entendre parler. Je reste.

Légion gardait les yeux rivés à la voûte céleste, mais je distinguai son sourire dans l'obscurité. Nous restâmes épaule contre épaule pendant un long moment, nous emplissant de l'air de la nuit, et peut-être aussi l'un de l'autre.

Je me blottis contre lui.

— Tu as peur de découvrir ta véritable identité ?

— Oui, reconnut-il avec force. Je ne sais pas qui être à part Légion Grey.

J'avais réfléchi toute la journée à cette question. Qui pouvait bien être Légion ? Un noble timoran en disgrâce. Le résultat d'une expérience semblable à celles que Calder comptait mener sur les Faes avec la Furie. Un guerrier ettan, peut-être. Ou un Être de la Nuit scélérat. Il aurait pu appartenir à la lignée de Férus, mais leurs derniers descendants étaient tous morts depuis plus de cent cycles. D'un autre côté, à en croire certains, cette dynastie n'était pas éteinte. Les Agitateurs, en particulier, vénéraient le Prince de la Nuit. Pour ma part, j'aurais volontiers remis Lilianna et Arvad sur le trône, mais j'avais vu de mes yeux leur pierre tombale. Celle d'Arvad se trouvait dans une carrière rocheuse : il avait été assassiné sous les yeux de ses fils. Lilianna et Herja, elles, avaient été massacrées pour avoir refusé de devenir les favorites du premier roi du Nouveau Timoran.

— C'est toi, maintenant, qui es bien silencieuse, commenta Légion en me coulant un regard.

— Je songeais à la suite…

Parmi toutes les pensées qui tournaient dans ma tête, j'en choisis une.

— Je vais être mise au ban de la cour timorane car jamais je ne prêterai allégeance à Calder. Jamais.

Légion passa d'un pied sur l'autre, mal à l'aise.

— J'aimerais te promettre protection, mais j'ignore ce qui va se passer quand nous serons parvenus à ouvrir cette tombe. En revanche, je peux te jurer que tant que j'en serai capable, je te protégerai, Élise. Tu ne m'as pas abandonné, alors que tu aurais eu toutes les raisons de le faire. Je ne t'abandonnerai pas non plus.

Tant qu'il en serait capable.

Et si la malédiction mettait un terme à tout ?

Je frissonnai. Non. La seule idée de perdre Légion me tordait le ventre. Je serrai sa main encore plus fort et il m'attira contre lui. Dans quelques heures, nous partirions d'ici. Le temps de quelques minutes, j'avais envie d'oublier l'épreuve qui nous attendait. Faire comme si rien n'avait changé entre nous, comme si j'étais encore l'insignifiante fille cadette de Lysandre, et Légion, le séduisant commerçant du port de Mellanstrad.

Légion.

Mon cœur battait la chamade, j'avais les mains moites et des papillons dans l'estomac. Mon regard croisa le sien.

— Tu veux bien m'embrasser à nouveau ? Une dernière fois, avant que tout ne soit changé.

Une étincelle de désir brilla dans ses yeux. Il prit mon visage en coupe et l'approcha du sien. Sourit contre mes lèvres.

— Quoi qu'il arrive, ce sera toujours un plaisir pour moi, Kvinna.

Il prit possession de ma bouche. D'abord avec lenteur, douceur et chaleur. Mes mains voyagèrent jusqu'à sa taille, mes bras l'enlacèrent et cette étreinte libéra tout ce que nous avions retenu jusque-là. Légion m'embrassa profondément, fougueusement, et gémit lorsque ma langue lui taquina la lèvre inférieure. C'était un baiser réciproque. Encore un secret que nous garderions pour nous, par peur des autres. Nous nous embrassâmes, le cœur partagé entre l'espoir d'une aube nouvelle et la crainte de la fin.

Je l'embrassais. Je continuais à l'embrasser, à le caresser, à l'enlacer jusqu'à ce que la lune atteigne son point culminant et qu'arrive le moment d'affronter notre destin.

Il n'y avait pas assez de chevaux pour nous tous, mais cette fois, je choisis de monter avec Légion. Bien à l'abri dans le berceau de ses bras, le dos contre son torse. Confortablement installée, aurais-je presque pu dire, tout au long de cette pénible chevauchée.

Légion avait revêtu la tenue du Spectre sanglant : haches noires à la taille, masque rouge sur la bouche. En plaisantant, je lui avais dit que si nous réussissions tous à nous en sortir, je lui trouverais une nouvelle couleur afin que je ne sursaute pas à chacune de ses apparitions. Il avait ri, baissé son masque et m'avait donné un rapide baiser. J'aurais voulu que cet instant s'éternise et ne pas m'engager dans l'inconnu.

Mais je gardai cette pensée pour moi : je ne pouvais ignorer l'espoir qui brillait dans les yeux de Légion et de la Guilde de l'Ombre.

Pour eux, cette nuit pouvait être celle de la libération.

Une brise tiède montait du rivage, signe qu'une tempête approchait. La forêt bruissait de créatures et, sur les contreforts de Flèche-Corbeau, les épices de Lyx embaumaient l'air de leurs doux parfums.

Légion entra dans une étroite clairière, au-delà des portes du domaine. Il sauta à terre, puis m'aida à descendre du cheval. Sven m'avait prêté des vêtements parmi ceux qu'il avait accumulés, dans sa taverne. J'avais fini par comprendre que la plupart étaient destinés à la Guilde de l'Ombre. En effet, depuis des cycles, la taverne leur servait de refuge. Là, Légion pouvait se métamorphoser, être enchaîné, saigné et roué de coups sans danger pour personne. Au début, j'avais pris le vieux tavernier pour une sorte de saint, jusqu'à ce que j'apprenne à quel prix Légion achetait son silence : une somme exorbitante.

Sven était plus un homme d'affaires qu'un ami, mais j'étais bien contente qu'il ait pu me fournir une tunique et un pantalon pour remplacer ma robe en lambeaux.

Assis sur un tronc abattu, une lanterne à huile à la main, Bevan se leva à notre approche et sourit. Il portait une veste de voyageur et une casquette de marin ; une musette était posée à ses pieds.

— Tu t'en vas, Bevan ? lui demandai-je.

Le vieux serf regarda ses affaires et opina du chef.

— Il est temps pour moi de rentrer au pays. Calder a mis au point un procédé pour faire ses expériences sur différentes espèces d'êtres surnaturels. Par malheur, nous autres Alvers avons un sang à l'odeur très forte. Une simple petite coupure suffit à nous faire repérer. Et je suis trop vieux pour finir comme un rat en cage, examiné et trituré au profit du pouvoir timoran.

— Mais tu as dit qu'on vendait les Alvers, dans l'Est, protestai-je.

— C'est toujours le cas. Mais dans le Skítkast, ma région natale, il y a des cercles de contrebandiers alvers qui me permettront de vivre caché en leur sein. Je m'en sortirai, Kvinna, ne vous en faites pas pour moi. Et si vous croisez mon idiot de neveu, faites en sorte de le mettre au pas !

Il me tapota le nez et baissa la voix :

— Le choix vient de vous ?

— Oui, murmurai-je. Il ne mérite pas d'endurer un tel supplice.

— Non, en effet. Et je savais que vous étiez celle qui pourrait l'aider. Dès qu'il m'a parlé du manoir Lysandre, j'ai su. Vous n'êtes pas comme les autres Timorans, Élise Lysandre, et je crois que le destin a de grands projets pour vous.

— Bevan, l'interrompit Tor.

Le vieil intendant m'adressa un ultime sourire et s'approcha de la Guilde de l'Ombre. Il tira de sa musette une bourse en cuir, fermée par une ficelle, et la tendit à Halvar.

— Tiens, tu peux garder ça sans le faire tomber en route ?

Halvar se rebiffa.

— Mon cher Bevan, pourquoi mets-tu toujours en doute ma fiabilité ? Je suis la personne tout indiquée pour transporter une chose d'extrême importance.

— C'est un élixir réduit en poudre, expliqua Bevan. Dispersez-en devant les stèles et il vous révélera toute chose qu'un sort de Furie a pu occulter, par exemple…

— Une tombe, acheva Tor.

— Voilà.

Bevan considéra Légion avec une sorte de fierté paternelle.

— Il y a des cycles, tu as tendu la main au vieil homme que je suis et depuis, t'aider a toujours été un honneur pour moi. Je suis persuadé que c'est le destin qui nous a réunis. Qui nous a tous réunis. Nous arrivons à la fin de l'histoire et je sais que tu auras un rôle à jouer dans le salut de ce royaume. De tous les royaumes.

Pour toute réponse, Légion saisit Bevan par l'avant-bras, le geste d'adieu des guerriers.

Nous n'avions pas beaucoup de temps. J'aurais voulu rester encore un peu avec Bevan, lui dire que j'avais peur qu'il se fasse emporter par l'océan. Lui demander comment nous saurions qu'il avait réussi à rejoindre sain et sauf son cercle de contrebandiers. Mais nous nous séparâmes sur un dernier au revoir et partîmes à pied vers le lointain bosquet qui s'élevait derrière le château de Flèche-Corbeau.

— Tu as aidé Bevan ? demandai-je doucement à Légion.

— Il était tombé dans une embuscade, dans la forêt, nous sommes intervenus.

— En tant que Légion ou en tant que Spectre sanglant ?

Il gloussa.

— Légion Grey n'aurait jamais fait fuir ces bandits, Kvinna…

Au bas d'une pente, j'aperçus une masse de buissons sous une arche imposante.

— Des sélénées, murmurai-je.

Mortes, cassantes. Un vestige du défunt prince fae qui avait emporté tout le pouvoir de cette terre dans sa tombe. J'avais souvent entendu dire que ce territoire nous résistait et dans un sens, j'en étais convaincue. La loyauté, la bienveillance, la compassion… il fallait tout cela pour venir à bout de la malédiction. Et si on m'avait demandé mon avis, j'aurais affirmé que la Furie ne pouvait s'épanouir que par le biais de bonnes intentions. Bien sûr, elle profitait aussi aux méchants, mais elle ne dévoilait tout son potentiel qu'aux âmes sincères.

Du moins l'espérais-je.

—Voilà la pierre tombale, dit Légion en cassant une branche morte de sélénée.

Il s'écarta tandis qu'Halvar s'avançait de manière assez théâtrale.

—Prêt ?

—Depuis le temps… grommela Tor.

Siv se posta derrière moi, silencieuse et attentive. Nous avions à peine échangé trois mots depuis la taverne, mais j'étais assez contente qu'elle soit là et désireuse de nous aider à mettre un terme à la malédiction. Quand tout serait fini, je lui parlerais. Si je pouvais pardonner à Légion de m'avoir tu ses secrets, je pouvais bien pardonner à Siv de m'avoir tu les siens.

Halvar délia la bourse en cuir que lui avait confiée Bevan et fit couler un peu de poudre argentée au creux de sa main.

—Oh, s'exclama-t-il. Ça fait des chatouilles…

Il se mit face aux sélénées et jeta dessus une poignée d'élixir en poudre.

Je retins mon souffle, dans l'attente de la merveilleuse bourrasque qui allait précéder l'apparition d'un lieu magique.

Aucune brise magique ne se leva, mais une sorte de brume fumeuse enveloppa l'arche. Quand elle se dissipa, on aurait dit que l'espace s'était agrandi. Nous étions face à une vaste étendue qui n'était pas là quelques secondes auparavant. Ce jardin était ceint par un mur de pierre qui m'arrivait à la hanche. Partout se dressaient des statues des dieux : le Père des dieux avec ses corbeaux, la déesse de l'amour, et même le dieu de la ruse et des manigances. Les statues semblaient protéger un groupe de mausolées. Bâtis simplement à partir de bois, de terre et de clayonnages. Ces tumulus étaient réservés aux chambres funéraires des guerriers et des membres de la famille royale.

La vue d'un tel spectacle surgi du néant me coupa le souffle.

— C'est bien ça, chuchota Halvar, redevenu sérieux.

— Laquelle est-ce ? s'enquit Siv. Tu nous as dit que la Tombe noire nous aiderait à mettre un terme à la malédiction, mais il y en a plusieurs.

— On les explorera une par une s'il le faut, mais on finira par trouver la bonne ! répliqua Tor en tirant une lame courte et étroite d'un fourreau à sa hanche. Ne vous faites pas voir et restez aux aguets. Allons-y !

31

Il régnait sur la nuit un étrange silence. Passé l'arche, nous eûmes l'impression d'être coupés du reste du monde. Je ne distinguais plus les lumières du château de Flèche-Corbeau, je ne sentais plus l'odeur de cannelle caractéristique de Lyx. Il n'y avait plus que ce jardin funéraire aux relents d'humus et d'herbe humide.

Nous nous faufilâmes entre les jambes d'un jötunn en granit sombre, ce géant des temps anciens. J'ouvrais des yeux émerveillés. Ces imposants symboles étaient magnifiques, imprégnés d'anciennes croyances. Ici, les Êtres de la Nuit étaient à l'honneur. En effet, parmi les représentations des dieux, on trouvait diverses créatures en pierre. Certaines portaient des cornes enroulées au front, d'autres avaient les yeux ronds ou des mains difformes. D'autres encore étaient dotés d'ailes délicates. J'effleurai l'oreille pointue d'une petite fée espiègle, abîmée dans la contemplation de son reflet dans le bassin d'une fontaine. Un sentiment de découragement me serra le cœur.

L'ancienne Etta devait être un royaume merveilleux où les Êtres de la Nuit, les Ettans, et peut-être même les dieux, cohabitaient paisiblement.

Une époque hélas révolue depuis longtemps…

Légion interrompit le cours de mes pensées.

— Élise, nous allons faire le guet. Mais c'est une personne de sang royal qui doit ouvrir le passage…

Je me tournai vers les tumulus et hochai la tête.

— Je vais les explorer un à un.

Le regard de Légion ne me lâchait pas.

— Sois prudente.

— Promets-moi de l'être aussi.

Ses yeux pétillèrent, et je devinai qu'il avait souri sous son masque rouge. Je me tournai vers Halvar et Tor, mais ils s'étaient déjà éclipsés dans la nuit, à l'affût du moindre danger.

— Siv, murmurai-je. Fais attention à toi.

Siv prit une brève inspiration et sa main se crispa sur la dague que lui avait rendue Tor à notre arrivée ici.

— Promis, répondit-elle. Toi aussi.

Sans perdre davantage de temps, je me précipitai vers le premier tumulus. La porte en pierre était scellée. Il n'y avait ni bouton ni loquet. Juste une lourde plaque, impossible à déplacer. Mais sur le côté, je remarquai une petite anfractuosité garnie d'un calice doré. Attaché au calice, un stylet à la lame effilée. Je fronçai les sourcils avant de comprendre en un éclair. Mais oui !

Il fallait du sang royal pour ouvrir la tombe.

Dieux merci, le calice n'était pas bien profond. Je n'aurais jamais envisagé de me trancher une veine.

Je serrai les dents et m'emparai du stylet. Telle une enfant effrayée, j'hésitai quelques secondes, la pointe de la lame au-dessus de ma paume, avant d'en inciser la partie charnue. Je tressaillis et serrai le poing jusqu'à ce que quelques gouttes de sang tombent dans le calice.

Un raclement résonna dans la nuit et la porte en pierre coulissa, juste assez pour me laisser le passage. L'idée que je puisse rester piégée à l'intérieur du tumulus me traversa l'esprit, mais je me faufilai par l'entrebâillement et pénétrai dans l'obscurité.

Constatant que la porte ne se refermait pas, je me détendis. L'unique lumière venait de la lune, mais rien qu'à l'odeur, je compris que j'étais bien dans une chambre funéraire. Et que je l'avais profanée. Il y avait cinq coffres en bois dans la tombe et sur chacun d'eux était posée une épée.

Je m'agenouillai, la main sur le cœur. En guise d'hommage. Quelles que soient les personnes qui reposaient ici, elles étaient tombées au champ d'honneur et devaient être révérées par la Couronne. Je me relevai et, incapable de résister à la curiosité, j'examinai l'une des épées. Sa lame était gravée d'une liane épineuse enroulée autour d'une lune et d'une éclipse de Soleil. Des symboles de l'Ancienne Etta. Ces défunts devaient être des guerriers ettans qu'on avait voulu honorer.

Je m'inclinai une fois de plus devant eux et rebroussai chemin. Dès que je fus ressortie de la tombe, la porte en pierre se remit en place dans un grondement. Il me restait encore une demi-douzaine de tumulus à explorer. Alors que je les contemplais, cherchant à deviner lequel était susceptible de contenir autre chose que la mort, je m'aperçus que celui du milieu se démarquait des autres : cette tombe-là était entourée de buissons de sélénées sèches.

À peine eus-je fait un pas vers celle-ci que le silence de la nuit bascula. Un hurlement aigu, horrible, maléfique, déchira l'obscurité. Mon cœur remonta dans ma gorge. Je dégainai mon poignard, les yeux agrandis de frayeur. Le rugissement de Tor résonna tout de suite après, plus fort que le premier cri. Je fis volte-face, balayant l'obscurité du regard.

Puis ce fut la voix de Légion qui s'éleva et, dans un grand fracas d'acier, les lames se mirent à s'entrechoquer.

Un froid mordant tomba sur la nuit. Un peu plus haut, j'aperçus Siv. Elle fuyait et combattait en même temps. Combattait qui ? Un éclair doré zébra l'ombre qui l'entourait et… triple enfer ! Quand elle se retourna pour reprendre le combat, l'ombre prit forme humaine. Une silhouette aux couleurs de la nuit brandissait une épée scintillante. Son corps était fait de brume, mais sa lame était bien réelle.

Légion surgit derrière Siv et, d'un ample coup de hache, il pourfendit le… fantôme ? L'apparition ? Je ne savais pas comment nommer cette créature, mais la silhouette s'évapora aussitôt.

Une autre s'était déjà matérialisée.

— Élise ! cria Légion. Ce sont des Gardiens-Fantômes. Va-t'en ! Vite !

Il avait retrouvé une intonation caverneuse, comme si le feu de la bataille avait fait ressortir la bête en lui. Bien sûr, ces Gardiens faits de ténèbres ne saignaient pas, mais ils devaient tout de même réveiller l'instinct meurtrier du Spectre. Voire réveiller le Spectre tout court.

Je me précipitai vers la tombe, poursuivie par des mugissements d'un autre monde. Je ne pus m'empêcher de jeter un coup d'œil par-dessus mon épaule. Trois Gardiens-Fantômes fonçaient sur moi. Halvar en visa un et le transperça d'une fléchette qui le fit éclater en gouttelettes de brume. Tor élimina les deux autres d'un seul coup d'épée. Un autre Gardien apparut dans son dos et tenta de l'atteindre de sa lame enflammée d'or.

Le troisième était toujours à mes trousses.

La nuque hérissée de terreur, je me ruai sur la porte de la tombe aux sélénées. Je saisis le stylet d'une main tremblante. La coupure fut moins nette que la première.

Derrière moi, le Gardien-Fantôme poussa un cri strident. Il brandissait une épée qui semblait faite de braises ardentes.

Je hurlai de terreur et pressai ma paume au-dessus du calice. Lorsque la première goutte de sang s'écrasa sur le rebord doré, la lourde porte en pierre coulissa. Je donnai un coup de stylet en direction du Fantôme et l'atteignis à l'épaule. Il explosa en mille éclats de nuit.

Adossée au mur de la tombe, je repris mon souffle. Ces Gardiens-Fantômes étaient plutôt faciles à neutraliser, mais dès qu'il en mourait un, un autre se matérialisait aussitôt. Une armée d'ombres capable de se renouveler à l'infini. Il y avait de quoi user l'ennemi.

Je me précipitai dans les profondeurs de la tombe.

La chambre funéraire n'avait rien à voir avec la précédente. Ses murs étaient gorgés d'humidité, tapissés de moisissures, mais il n'y flottait pas l'odeur de la mort. Des lampes à huile brûlaient aux quatre coins. Ce n'était pas une tombe, mais plutôt une prison. Derrière des barreaux, j'aperçus des artefacts, des livres, des rouleaux de parchemin et…

À ma grande surprise, mon regard rencontra des yeux verts qui brillaient dans l'obscurité. Je discernai vaguement une fillette squelettique qui me fixait à travers les barreaux. Elle portait une robe blanche et ses cheveux cascadaient jusqu'à ses reins en longues ondulations rousses.

À ma vue, elle recula.

— Qui es-tu ? demandai-je.

Était-ce une Fae ? Qui pouvait bien avoir eu l'idée d'emprisonner une enfant dans une tombe ?

Soudain, je la reconnus.

— Par les dieux, ne serais-tu pas la petite sorcière de Flèche-Corbeau ?

La fillette fit la moue, vexée.

— Sorcière, quel vilain mot… Je lui préfère celui de Conteuse, merci. Ça sonne mieux, tu ne trouves pas ?

Par les dieux, c'était bien elle ! Je me ruai sur sa cellule, à la recherche d'une serrure et d'une clef. La petite Conteuse lâcha un rire bref et amer. Elle était toute menue et, de toute évidence, sous-alimentée. Elle avait les yeux un peu enfoncés et les joues hâves.

— Tu ne trouveras rien, me dit-elle. Il n'y a qu'une certaine clef qui peut me libérer de cette prison et seuls les Faes du roi ont le droit de me relâcher.

— Les Faes du roi ?

La petite renifla de mépris.

— Si tu t'imagines que les misérables souverains de Flèche-Corbeau font égorger les Faes dotés de la Furie noire, comme ils le prétendent, tu te trompes lourdement. En réalité, ces Faes leur sont bien utiles, par exemple lorsqu'il s'agit de me jeter ici pour me punir. Dans une tombe qu'ils ne peuvent même pas voir. Charmant, non ?

Je fixai la fillette d'un œil perplexe.

Elle s'exprimait de manière étrange. D'une voix rude, teintée d'accent, et pleine d'amertume.

À son tour, elle me dévisagea et ses lèvres s'étirèrent en un sourire suffisant.

— Mais attends… Je te connais, toi. Cœur d'or !

Ses yeux se mirent à briller d'excitation.

— Il est ici, n'est-ce pas ?

Je m'accrochai aux barreaux.

— Dis-moi ce que tu sais ! Je t'en supplie, aide-nous. Nous sommes attaqués par des Gardiens qui…

— Ah, oui, les Fantômes… dit-elle avec un petit rire moqueur. Ils pullulent, dans le coin. Pires que des puces. (Elle se mit à taper dans ses mains à toute vitesse.) Pop ! Pop ! Pop ! Il en surgit de partout. Et ces épées enflammées qu'ils ont… Avant que tu ne meures, elles ont le temps de te faire un mal de chien !

— Dans ce cas, c'est une bonne chose que Légion ne puisse pas mourir.

La fillette pouffa, mais c'était un rire nerveux.

— Hors du jardin funéraire, peut-être. Mais ici, dans l'enceinte magique de ce cimetière, ce genre de pouvoir ne fait plus effet.

— Petite ! m'écriai-je, rattrapée par la panique. Il faut que tu nous aides, alors ! Tu savais tout ce qui allait se produire, tu l'avais prédit ! Dis-moi tout ce que tu sais, maintenant !

La petite Conteuse se recroquevilla, apeurée, et je regrettai aussitôt ma véhémence. Elle me désigna la cellule voisine de la sienne.

— Un cimier. C'est une sorte d'ornement symbolique qu'on fixe au sommet d'un casque. Celui-ci a été forgé par un maréchal-ferrant de la Nuit. C'est ça, la clef de tout.

— Un cimier ?

— Oui, c'est ça que tu cherches.

Je me jetai sur la cellule voisine et passai la main sur les barreaux : il n'y avait pas de serrure sur celle-là non plus.

— Le sang, Cœur d'or… Tu es une princesse, non ? C'est le sang royal versé de plein gré qui ouvrira la cage.

Je cherchai mon poignard à tâtons, rouvris une des coupures que je m'étais faites à la paume et agrippai les barreaux. Dans un fracas métallique, la porte de la cellule s'ouvrit. À l'intérieur se trouvaient des piles de livres et de parchemins. Je les écartai dans un bruissement de papier.

— Dépêche-toi, Cœur d'or, me dit la petite qui, apparemment, ne se souvenait pas de mon nom. Ou tu vas le perdre. Les Gardiens-Fantômes vont finir par réveiller la bête en lui et il sera condamné à demeurer dans le jardin de pierre.

— Si tu me disais ce que je cherche exactement, ça pourrait aller beaucoup plus…

Je m'interrompis. Un des parchemins avait glissé, révélant un coffret long et étroit.

J'arrachai le couvercle et partis d'un rire hystérique. Sur un coussin de velours reposait un cimier en fer, orné de runes.

La fillette applaudit d'un air ironique.

— Bien joué !

— Mais… et maintenant ? m'emportai-je. Comment fait-on pour mettre un terme à la malédiction ?

Le visage de la petite Conteuse se contracta et je me rappelai une fois de plus que ce n'était qu'une enfant. Elle semblait prête à fondre en larmes.

— Pour effacer la route qui a été tracée, il faut plus que des mots. Modifier le cours du destin demande beaucoup de sacrifices.

— Je ne comprends rien à ce que tu racontes. C'est toi qui lui as jeté ce sort ?

— Non ! se récria la fillette d'une voix brisée. Mais… c'est quelqu'un comme moi. Une Conteuse, qui lui a écrit un nouveau destin. C'est ce que je fais moi aussi, au-delà de débiter mes petites prédictions comme une vulgaire diseuse de bonne aventure. Je réécris la destinée.

J'eus l'impression que le sol se dérobait sous moi. Je dévisageai la petite, hagarde.

— C'est toi qui lui as jeté ce maléfice en l'inscrivant sur un bout de parchemin ! C'est toi qui as réécrit son destin ! Tu l'as condamné à se métamorphoser pour l'éternité !

— Puisque je te dis que ce n'est pas moi ! Je suis la cinquième Conteuse à avoir été jetée dans cette cellule ! Et les quatre premières… sont mortes. Depuis que les rois du Timoran ont goûté à nos sorts si particuliers, ils n'ont cessé de nous traquer. Afin qu'en modifiant le cours du destin, nous leur permettions de réaliser leurs ambitions politiques.

J'ouvris de grands yeux.

— Le coup d'État ! C'est toi qui…

— Non. Calder, ce crétin sanguinaire, dispose de ses propres Faes pour mener à bien ses machinations meurtrières. Mais j'ai été forcée d'écrire certaines choses dans l'intérêt de certaines personnes. Des choses qui confèrent à ces personnes un dangereux pouvoir.

— Mais comment étais-tu au courant de la malédiction ?

La fillette désigna les livres et les parchemins qui jonchaient le sol de la cellule.

— J'ai passé pas mal de temps enfermée dans cette cage. La malédiction, c'est dans ces écrits que j'ai appris son existence.

— Non, dis-je en secouant la tête. Tu en sais plus que ce que tu dis. Quel rôle as-tu joué dans le destin de Légion ? La première fois que tu m'as vue, tu m'as tout de suite reconnue.

La petite Conteuse hésita.

— Je savais qu'elle allait jouer un rôle crucial pour le royaume – ta bête. Il m'arrive d'avoir ce genre de pressentiments, d'intuitions. Je savais que Légion m'aiderait un jour, alors moi aussi, je l'ai aidé.

— Qu'est-ce que tu as fait ? insistai-je.

— Comprends-moi : il fallait qu'il pénètre dans ton manoir sous un prétexte ou un autre. J'ai donc longuement réfléchi à la meilleure façon d'agir. Désolée pour la maladie de ton père, mais il n'y avait pas d'autre solution.

Je bredouillai, abasourdie :

— Tu… c'est à cause de toi que mon père est tombé malade ?

La petite fit la grimace et son regard se glaça.

— Je n'aime pas faire de mal aux gens, mais pour Légion… il fallait bien que je lui écrive un chemin jusqu'à toi. À lui, ensuite, d'accomplir le reste.

— Mais, pourquoi moi ?

— Parce que la dernière Conteuse a dit que la nièce du roi avait un cœur d'or ! cria la petite. Juste avant qu'on l'envoie dans l'Autremonde d'un coup de poignard ! Il était hors de question que je finisse comme elle. Alors, j'ai décidé d'agir. Le destin exigeait du sang royal versé de plein gré. Par les dieux, la conclusion s'imposait d'elle-même : pour en obtenir, il me fallait une princesse au cœur d'or. Et comme à toute bonne histoire il faut une fin, j'en ai écrit une, toute simple : la bête devait trouver l'amour pour être libérée du maléfice.

Mes poumons se vidèrent d'un coup.

— L'amour, c'est ça la solution ?

La petite Conteuse haussa les épaules.

— Ou quelque chose dans ce genre-là. Il fallait que tu tiennes suffisamment à lui pour accepter de venir jusqu'ici. Et il devait tenir suffisamment à toi pour accepter de te laisser le choix. À mes yeux, le contrat est rempli.

— Mais qu'est-ce qui te pousse à l'aider ?

— Je viens de te le dire. Je sais – j'ai vu – que dès qu'il sera libéré du mauvais sort, le changement se mettra en marche, un changement qui apaisera les terres au-delà de ce royaume. Peut-être que ce changement me rendra ma liberté ou mon frère. On me l'a enlevé et… mon vœu le plus cher, c'est de le revoir un jour. Mais les êtres comme nous ne sont pas libres. On doit toujours se cacher. Ce changement pourrait être le début d'un nouvel ordre, il pourrait changer le monde. La grandeur naît parfois de choses toutes simples.

— C'est toi qui as écrit ça.

—Je l'ai vu. Comme si j'avais pu lire dans l'œil du destin. Bénédiction ou malédiction, appelle ça comme tu veux, mais je l'ai vu et je le sais. J'ai donc fait de mon mieux pour modifier le cours du destin, en évitant de me faire prendre. C'est une bonne chose que le défunt roi n'ait pas su à quoi ressemblait la bête, ni quel rôle j'ai joué dans la Malédiction des Couronnes, sinon j'aurais fini comme bête de foire.

—La Malédiction des Couronnes ?

La petite haussa les épaules d'un air désabusé.

—C'est le nom que lui avait donné la première Conteuse. Pas très accrocheur comme titre, si tu veux mon avis.

Peu importait qu'elle ne soit qu'une enfant, le temps pressait ! Le cœur en panique, je frappai des poings sur les barreaux de sa cage.

—Comment je fais pour vaincre ce sort ?

La petite Conteuse recula, les yeux agrandis de peur.

—Le sacrifice ! Je te l'ai dit ! Par-delà cette tombe se trouve le sceau de l'ancienne famille royale ettane, il fait face au levant. Pour nous, ce sont eux, les Férus, les véritables héritiers de la magie de cette terre. C'est à cet endroit-là qu'il faut que ça se passe. Le cimier doit être placé au centre. C'est purement symbolique et assez futile, je te l'accorde, mais ce n'est pas moi qui édicte les règles de ce royaume ni de sa Furie. Une fois que le cimier sera en place, il te faudra accomplir le sacrifice.

—Du sang, encore ?

—Non, Cœur d'or, répondit la petite Conteuse avec douceur. Il faut bien plus que du sang pour briser le mauvais sort. Une vie en échange d'une autre, c'est ça qui mettra un terme à la malédiction.

32

Une vie en échange d'une autre. Donner ma vie pour sauver celle de Légion, pour lui rendre sa liberté. Étais-je capable d'un tel sacrifice? Oserais-je l'accomplir? La petite Conteuse me regardait comme si j'allais me transformer en boule de feu.

— Tu… (Je repoussai la peur.) Tu m'as dit qu'une fois Légion libéré du maléfice, il serait le moteur du changement pour la Furie et toutes les créatures magiques?

La fillette hésita.

— Ce sera un début. Mais je ne sais pas comment ça se passera. Garde en mémoire, Cœur d'or, qu'on n'interprète pas toujours correctement les écrits de la destinée. Chaque mot peut avoir un sens différent. J'ai vu le changement. Pas pour tout de suite, mais je sais qu'une étincelle va mettre le processus en branle. En revanche, j'ignore dans quelles conditions.

Je fermai les yeux et des larmes roulèrent sur mes joues. Une vie en échange d'une autre… Mais si je pouvais me fier à la vision de la fillette, c'était potentiellement une vie en échange de beaucoup d'autres. Légion – ou plutôt l'homme qu'il était avant d'être frappé par la malédiction – pourrait être une force de changement au Timoran, le genre de changement que j'avais toujours voulu voir advenir. Ettans et Timorans marcheraient côte à côte dans les rues. Les Êtres de la Nuit pourraient émerger de la forêt ou de tous les endroits où ils se cachaient. Mais la petite Conteuse avait aussi parlé d'un apaisement qui naîtrait par-delà l'océan du Destin et se propagerait à divers royaumes. Il y avait de fortes chances pour que Bevan n'ait pas à finir ses jours parmi les contrebandiers. Son peuple pourrait peut-être vivre libre. J'ignorais tous des autres royaumes – leur Furie, leur Mesmer, leur magie – mais si mon sacrifice devait répandre la paix sur le monde, ça en valait peut-être la peine, non ?

Je me forçai à sourire en serrant le cimier contre mon cœur.

— Au moins, on pourra écrire une épopée sur moi.

Les yeux de la fillette se mouillèrent.

— Réfléchis bien avant de prendre ta décision. Les Gardiens-Fantômes feront tout pour t'arrêter. C'est la nature de ce lieu maudit, de protéger ce secret.

Je hochai la tête. À la vérité, je n'avais pas envie de prendre une telle résolution, mais si c'était la seule issue – si c'était pour cela qu'il fallait du sang royal versé de plein gré – alors, c'était à moi et à personne d'autre que ce terrible choix incombait. De toute façon, aucun autre membre de la famille royale timorane n'y songerait un seul instant. Légion serait condamné à souffrir pour l'éternité, puisque le Spectre ne pouvait pas mourir. Et le Timoran disséquerait et détruirait les Êtres de la Nuit pour son seul profit.

— Si jamais tu revois Légion, quand tout cela sera accompli, dis-lui que j'aurais préféré une autre fin à notre histoire. Dis-lui que j'aurais voulu apporter le changement à ses côtés.

L'enfant-sorcière cilla. Derrière son apparente désinvolture, elle ressentait beaucoup de choses, même si elle s'efforçait de ne pas le montrer.

— Seras-tu libérée de cette cage ? lui demandai-je.

Elle haussa les épaules.

— Je ne sais pas. Je l'espère.

— Parce que tout compte fait, tu t'es sacrifiée, toi aussi. Tu as écrit ce chemin pour un autre.

— Je te l'ai déjà dit, murmura-t-elle. Je sais ce que c'est d'être captive. Et peut-être que je m'ennuyais un peu, dans l'existence.

Je me mis à rire. Quelle étrange petite fille !

— J'espère que tu pourras retrouver ton frère.

Elle baissa les yeux, émue.

— Que les dieux t'accompagnent, Cœur d'or.

— Moi, c'est Élise. Et toi, comment tu t'appelles ?

La petite releva la tête.

— Calista.

Je hochai la tête en souriant. Puis, la contemplant pour la dernière fois, je priai pour qu'elle retrouve la liberté et rebroussai chemin vers l'entrée de la tombe. Ma décision était prise. Une fois dehors, je serais à nouveau la cible des Gardiens-Fantômes. Nous étions tous arrivés sains et saufs jusqu'ici. J'adressai une prière au ciel pour que nous ne soyons pas vaincus par ces insupportables fantômes armés d'épée.

Retenant mon souffle, les doigts crispés sur ma dague, je me mis à courir.

Les larmes me piquaient les yeux dans la froideur de la nuit. Je courais tête baissée, concentrée sur mon objectif. Mes amis, Tor, Halvar et Siv, continuaient de combattre les Gardiens – j'entendais leurs cris dans le tourbillon de silhouettes sombres.

— Elle est sortie ! se réjouit Halvar. Élise ! Qu'est-ce que…

— Élise !

C'était la voix de Légion. Une voix qui trahissait son épuisement. Même ici, il continuait de lutter contre la malédiction.

Je n'osais pas croiser son regard.

— Élise, arrête !

Non. Devant moi, une petite colline. Vingt pas, dix. Je courais à m'en faire palpiter les mollets. Un cri perçant secoua le jardin funéraire. Du coin de l'œil, je vis une masse mouvante couleur de nuit. Mon cœur s'emballa et je forçai mes pieds à grimper plus vite. Des plaintes et des hurlements stridents s'élevèrent derrière moi – les Gardiens-Fantômes gagnaient du terrain. Je ne savais pas comment fonctionnait la Furie de ces créatures, mais elles connaissaient mon intention et leur instinct leur disait de me neutraliser.

Parvenue en haut de la colline, je trébuchai sur le bord d'une plaque rocheuse et m'écorchai les genoux. Étouffant un cri de douleur, je continuai malgré tout d'avancer en boitillant. Au centre de la plaque, il y avait un symbole : des ronces et des serpents enroulés autour de la garde d'une épée.

— Élise ! Arrête ! Qu'est-ce que tu fais ?

Légion pourchassait la horde nébuleuse de Gardiens-Fantômes.

Je me laissai tomber sur mes genoux ensanglantés, à bout de souffle, et lui jetai un dernier regard, le cœur lourd de regrets. Il avait à nouveau les yeux striés de rouge, mais c'était bien lui. Toujours là. Le cœur rempli de bonté.

Il incarnerait le bien dans ce monde.

Je souris, me détournai de lui et encastrai le cimier dans un cercle surélevé qui semblait attendre la pièce manquante du symbole. Une étincelle de chaleur frémit sous le sceau. Je pointai ma lame sur mon cœur. Le temps d'un soupir. D'un dernier battement de cœur. D'un grand saut. Je soufflai longuement, armai mon bras et…

Un choc me fit lâcher le couteau. Légion me regarda d'un air furieux avant de me soulever de terre.

— Non ! hurlai-je.

Les Gardiens se profilaient au pied de la colline.

— Mais, Légion, tu ne comprends donc pas que c'est la seule façon de mettre fin au sortilège ?

— Non ! se récria-t-il. Pas comme ça ! Je préfère encore endurer cette malédiction pendant un millier de cycles !

J'effleurai son visage. Malgré mes larmes qui brouillaient ses traits nets et son profil bien dessiné, j'y puisai ma force.

— Pardonne-moi, Légion.

Je le repoussai de toutes mes forces. Il trébucha sur le sol inégal.

— Élise !

Les cris des Gardiens me vrillèrent les tympans. Je récupérai mon poignard, les mains tremblantes, mais il m'échappa à plusieurs reprises. Je poussai un hurlement d'horreur en voyant un éclat doré briller au-dessus de moi : un Gardien-Fantôme brandissait son épée au-dessus de ma tête. Non, il ne devait pas me tuer maintenant. Pas encore ! Il fallait que j'aille jusqu'au bout !

Alors que mes doigts se refermaient sur le manche du poignard, un sifflement furieux s'échappa du Gardien-Fantôme.

Je me retournai.

Mon esprit refusa d'accepter ce que voyaient mes yeux.

Courbé au-dessus de moi, faisant de son corps un bouclier, Légion clignait des yeux, sonné. Il tomba à genoux et, lentement, dans un même mouvement, nos yeux se posèrent sur sa poitrine.

Une épée d'or flamboyante lui avait transpercé le cœur.

— Légion !

Non ! Ça n'était pas censé se passer comme ça. Du sang s'échappa de ses lèvres, coula sur son menton. Du sang jaillit de sa poitrine, éclaboussa le sceau en pierre, à nos pieds. Je le soutenais par les épaules, n'osant le toucher ailleurs de peur de lui faire mal. Au bout d'un soupir, il y eut un autre sifflement aérien et l'épée s'évanouit dans la brume en même temps que les Gardiens-Fantômes. Je me moquais de savoir où et pourquoi ils étaient partis, ça n'avait plus d'importance. Plus maintenant.

Légion bascula en arrière. Je le rattrapai et posai sa tête sur mes genoux. Je passai la main dans ses cheveux humides et lui caressai la tête. Il toussa et du sang vint rougir ses dents. Mes larmes tombaient en grosses gouttes sur ses joues.

— Pourquoi tu as fait ça ?

Un sanglot m'étrangla. Ici, dans ce cimetière magique, il pouvait mourir, son pouvoir de Spectre n'opérait pas. D'ailleurs, il était en train de mourir !

— Je ne pouvais pas… te laisser faire.

Je lui embrassai le front, gardant mes lèvres collées à sa peau.

— Ce devait être moi, Légion. Du sang royal versé de plein gré. Ce devait être moi.

Sa main chaude se posa sur ma joue. Je la couvris de la mienne et plongeai mon regard dans le sien. Il avait les yeux vitreux, éteints.

— Tu m'as libéré.

Son corps fut parcouru d'un frémissement et sa main devint inerte. Le battement du sang à mes tempes devint assourdissant. J'étais incapable de penser, incapable de respirer. Je pressai désespérément sa main contre mon visage, j'aurais tout donné pour la sentir se refermer sur ma joue. Mes doigts se crispèrent sur ses cheveux.

— Légion ! Légion, je t'en supplie !

Il restait muet.

Je le pris par les épaules, me blottis le visage dans son cou et pleurai. Je perçus vaguement que les autres s'étaient rapprochés. Siv renifla. Si Tor et Halvar avaient des choses à dire, ils ne laissèrent pas les mots franchir leurs lèvres.

En silence, j'implorai Légion de revenir. Tout en sachant qu'il ne reviendrait pas. Une lumière blanche filtra à travers mes paupières serrées – aveuglante.

— Par les enfers… ? marmonna Halvar.

Je rouvris les yeux et sursautai. Sur le corps de Légion, les taches de sang s'étaient mises à tournoyer pour former un motif incohérent. Puis elles se déposèrent sur les ondulations du serpent et sur la pointe des épines gravés dans la pierre. C'était du sceau que jaillissait la lumière blanche. Le corps de Légion en était nimbé. Je le lâchai et reculai précipitamment.

Au même instant, Tor et Halvar poussèrent un cri. Ils s'écroulèrent, et comme Légion, furent engloutis par le halo de lumière.

Je fonçai vers Siv et nous nous écartâmes, affolées. Abasourdie, je contemplai le dôme de lumière. Il rayonnait sur le sceau en pierre, chassant les ombres des arbres, l'obscurité des tombes. Il brûla comme une étoile, puis pâlit en retournant dans la terre, nous laissant aveuglés dans les ténèbres.

Je battis des paupières et me frottai les yeux jusqu'à ce que ma vue s'accommode de nouveau à la nuit.

Des gémissements et des cris de douleur avaient remplacé la lueur éthérée. Halvar fut le premier à se remettre debout, au prix d'un effort, puis il aida Tor à se relever.

— Halvar, murmurai-je.

Il se tourna vers moi. Ses yeux étaient d'un noir de jais, ses boucles brunes lui tombaient plus bas. Il me fixa d'un regard étrange, parut me reconnaître, mais ne dit rien. Tor était encore plus changé. Son corps était plus svelte, mais ses muscles, plus saillants. Ses cheveux roussâtres étaient devenus aile de corbeau. Sa peau, brune comme l'écorce.

Il se passa la main sur le front.

— Par les dieux… Je sais… tout.

Clouées sur place, Siv et moi contemplions la scène qui se déroulait devant nous, enlacées.

Posant le regard à l'endroit où gisait Légion, je chancelai. Tout son corps s'arc-bouta et il parvint tant bien que mal à se mettre à quatre pattes.

Un sourire illumina mon visage tandis que je le regardais se relever, folle de bonheur. Il me tournait le dos, mais je vis qu'il avait changé, lui aussi. Ses cheveux n'avaient plus cette teinte d'or délavé. Ils étaient bleu nuit, presque noir d'encre, et tombaient sur ses épaules en boucles désordonnées.

Il était vivant !

Rayonnante, j'avançai d'un pas, mais l'étrange réaction de Tor et d'Halar me fit piler net.

La Guilde de l'Ombre fixait d'un regard stupéfait Légion qui leur tournait le dos puis, l'un après l'autre, les deux hommes mirent un genou à terre et inclinèrent la tête.

Les épaules de Légion se soulevaient laborieusement, au rythme de ses efforts pour reprendre sa respiration. Il serra les poings le long du corps et hurla sa rage en direction du ciel. Je fis un bond en arrière. Je ne ressentis pas seulement l'onde de son cri. Ce fut la Terre entière qui frissonna avec lui. La roche trembla. Les arbres gémirent, leurs branches ployèrent. Le sol se fissura dans un grand craquement.

Siv et moi reculâmes à toute vitesse.

Légion se prit la tête à deux mains. Tous les souvenirs qu'il avait effacés devaient lui revenir en trombe. J'étais terrifiée, abasourdie, désorientée. Devais-je aller vers lui, devais-je m'enfuir ? Par les enfers, se souviendrait-il seulement de moi ?

— Sol ! rugit-il. Herja ! Par les dieux, ils les ont tués ! Ils les ont tous tués.

Tor tremblait d'une rage incontrôlable.

— Ordonne et nous veillerons à ce que vengeance soit faite ! Nous n'avons que trop tardé.

Légion se retourna et je retins mon souffle. Une infime parcelle de mon cœur refusait d'admettre son évolution physique, mais tout le reste brûlait d'avoir des réponses.

Ses yeux noirs n'avaient pas changé, sa puissante mâchoire non plus. Ses lèvres étaient retroussées en un rictus féroce. Siv comprit avant moi. Elle tomba à genoux en marmonnant des prières. C'est alors que je remarquai les oreilles de Légion. C'étaient surtout elles qui avaient changé. Au lieu d'être arrondies, elles étaient légèrement effilées. Des oreilles de Fae.

Légion était un Être de la Nuit.

Je fus prise d'un vertige.

Légion était un Fae.

Et pas n'importe lequel, voilà pourquoi on l'avait neutralisé par un maléfice.

Il avait crié le nom du Prince du Soleil et de la princesse ettane. Sa fureur avait secoué la Terre.

Il plongea son regard noir dans le mien et je restai frappée de stupeur.

Par tous les enfers…

— Mon Prince, dit Halvar dans une sorte de grondement. Que voulez-vous qu'on fasse ?

Légion ne lui répondit pas. Ne lui accorda pas un seul regard. Il vint vers moi. De ses yeux émanaient des ondes de peur et de désir. Je restai saisie.

Ce n'était plus Légion Grey.

J'avais aidé Valen Férus à se libérer. Le Prince de la Nuit.

33

Il inclina la tête sur le côté, comme s'il me voyait pour la première fois. Les larmes me montèrent aux yeux à l'idée qu'il puisse ne pas se souvenir de moi. Prince ettan défunt ou pas, je voulais qu'il me reconnaisse.

— Élise, dit-il. Élise Lysandre.

Mon menton trembla et je baissai la tête pour lui dissimuler mon soulagement. Il me releva le menton.

— Comment… comment est-ce possible ? dis-je dans un souffle.

— Du sang royal versé de plein gré. N'est-ce pas ce que tu avais dit ?

Sa réponse me fit l'effet d'une gifle. La petite Conteuse me l'avait bien dit : le destin nous joue des tours, car les mots peuvent être interprétés dans plusieurs sens. Légion avait choisi de mourir pour moi, de son plein gré. Du sang royal coulait dans ses veines puisqu'il était Valen Férus. C'était son propre sang qui lui avait permis de vaincre la malédiction.

Il prit mes mains tremblantes et les posa sur sa poitrine. J'agrippai sa tunique.

— J'ai eu si peur que tu ne saches plus qui j'étais.

— Et toi, tu sais qui je suis ?

Je fis oui de la tête et bégayai :

— Valen, l… le Prince de la Nuit.

Siv s'illumina.

— Nous savions qu'il était vivant ! Le véritable héritier d'Etta.

J'accusai le coup, bouleversée. Valen était le dernier héritier des Férus. Il serait roi, un jour.

— C'est inattendu, je l'avoue, dit-il.

— Et même impossible, ajoutai-je. Tu es né il y a une éternité.

— En Etta, on vivait plus longtemps, avant les attaques des Timorans. Avant qu'ils ne massacrent mon peuple. Ma famille.

Il avait la voix chargée de venin, les yeux comme des charbons ardents. Je lâchai sa tunique.

— Et Tor et Halvar ?

Valen adressa un grand sourire à ses deux compagnons.

— Je te présente Torsten Bror, un Fae du Feu, le favori de mon frère et mon plus fidèle ami. Et voici Halvar Atra, un Fae de l'Air, fils du premier chevalier à la cour d'Etta.

Tor cilla à peine tandis qu'Halvar me décochait un clin d'œil comme si rien n'avait changé entre nous.

— Donc… tu as été maudit parce que tu as du sang fae.

— Les Timorans ont une peur bleue de la Furie, mais ils rêvent aussi de la dompter. Ils ont tué mon père pour la lui prendre, ainsi que mon frère.

Sol possédait la Furie ? Je gardai mes interrogations pour moi. Trop de questions me bousculaient dans mon esprit.

— Quel est le roi qui a commandité la malédiction ?

— Le premier usurpateur, répondit Valen. Après avoir décimé ma famille, il a été effrayé par une prophétie. Si jamais il me tuait de sa main, ce royaume resterait une terre de désolation, à moins qu'il ne conquière la couronne. Sauf que c'est la Couronne d'Etta qui choisit ses rois et ses reines. Il fallait donc qu'il soit choisi, et il devait savoir qu'il ne ferait pas le poids face à un prince d'Etta, un fils de la Furie. D'où la malédiction. Il m'a laissé la vie, mais m'a ôté la mémoire, pour que je ne puisse jamais m'opposer à lui. Et l'Etta est devenue un État stagnant, une terre qui résiste à l'occupant, mais ne meurt pas.

Chacune de ses paroles sortait avec difficulté de sa gorge. Comme si la vérité qu'il redécouvrait lui était haïssable. Ou peut-être était-ce moi qu'il trouvait haïssable. Après tout, j'appartenais à la lignée de l'homme qui l'avait conduit à sa perte. Je relevai la tête avec détermination. Aussi cruels et mauvais que soient les Timorans, nous étions un peuple de guerriers. Si l'homme pour qui j'avais voulu me sacrifier souhaitait ma mort, je ne me défilerais pas.

— Et moi, qu'est-ce que je deviens, dans l'histoire ?

Valen fronça les sourcils. Du doigt, il suivit le contour de ma lèvre supérieure et ma belle assurance se fissura.

— Quelle est la question que tu me poses ?

— Je suis timorane, Prince de la Nuit. Ton ennemie. Un membre de la famille royale. Si tu as l'intention de m'exécuter, je te demande de le faire sans tarder.

— T'exécuter ? répéta-t-il, un rien surpris. Je sais maintenant comment je m'appelle, c'est vrai, mais est-ce une raison pour remettre en question celle qui fait battre mon cœur ?

Le sang me monta à la tête. Valen me saisit le menton et m'attira à lui. Je ne lui opposai aucune résistance. Ses lèvres hésitèrent au-dessus des miennes.

— Je me souviens de tout, et jamais je n'oublierai ce que tu es, ni le sacrifice que tu étais prête à faire pour moi.

J'effleurai la pointe de son oreille effilée, dessinai la ligne de son cou. Il ferma les yeux, l'espace d'un long soupir, mais lorsqu'il les rouvrit, sa bouche formait un pli sévère.

— Et pourtant, reprit-il. C'est ici que nos chemins se séparent, Élise.

— Quoi ? Non ! Non, nous avions parlé de ce changement. Tu m'avais promis que tu resterais ici. Avec moi. Valen, nous avons le pouvoir de faire changer les choses. Ensemble. Toi l'Ettan et moi, la Timorane – unis.

— J'aime entendre mon nom dans ta bouche. C'est un plaisir que je ne soupçonnais pas.

Son grand sourire me fit fondre.

— Élise, je t'ai promis que tant que j'en serais capable, je te protégerais. Je n'ai aucune intention de revenir sur ma promesse. Mais je me suis également engagé envers ma famille, envers mon peuple.

— Tu vas reconquérir le trône ?

— Non, répondit-il, à ma grande surprise. Je vais faire quelque chose de beaucoup plus simple que ça. Je vais me venger.

— Je t'en prie, ne...

Il me coupa.

— Je vais venger ma famille. Ma mère, mon père. Mon frère. Ma sœur, qui était si douce, si farouche aussi. Leur sang imbibe cette terre et réclame vengeance depuis trop longtemps. Mais je refuse de t'entraîner dans cette aventure. Elle m'appartient.

Il s'écarta. Je sentis qu'il s'éloignait déjà de moi.

— C'est le châtiment qu'ils méritent, je le sais. Je le sais très bien, Valen. Mais... tu peux aussi choisir d'unifier ce royaume. De l'apaiser.

Il sourit tristement.

— Peut-être qu'un jour j'apprendrai à pardonner, comme toi.

— Prince Valen ! s'écria Tor. Là-bas ! Le château de Flèche-Corbeau ! Les flammes !

Nous tournâmes tous la tête vers la forteresse. En haut de chaque tour de guet, un feu avait été allumé. C'était le signal : il se passait quelque chose de grave. Le vif éclair qui avait jailli du sceau et le frémissement de la Terre avaient averti Calder qu'un changement s'était amorcé dans le royaume qu'il s'était approprié de force.

— Les gardes ne vont pas tarder à arriver, déclara Halvar. Qu'est-ce qu'on fait ?

Il sortit son arbalète avec une impatience non dissimulée. Il avait envie d'en découdre…

Valen me regarda.

— Tu dois partir, Élise. S'ils t'attrapent, ils n'auront aucune pitié pour toi.

— Combats-les ! répliquai-je. Reprends possession de ce qui t'appartient et guéris cette terre du mal qui la ronge !

— J'ai bien l'intention de les combattre, mais je ne veux pas révéler ma véritable identité. Le Prince de la Nuit est mort. (Valen me passa un bras autour de la taille et me serra contre lui.) Je dois venger le passé.

Par les enfers, je pouvais le comprendre ! Si on avait anéanti ma famille, si on m'avait volé ma vie, si on m'avait jeté un mauvais sort… je n'osais même pas imaginer ce que je ressentirais. Mais il pouvait aussi se venger en reprenant possession du trône ! Valen serait un roi juste et bon. J'avais lu dans son cœur, je l'avais tenu entre mes mains : c'était un miracle de bonté. La vengeance ne ferait qu'en souiller la noblesse.

— Je ne peux pas me taire, Valen ! Jamais je ne te renierai.

Il ramena une mèche folle derrière mon oreille et acquiesça.

— Je sais. Tu es d'une loyauté impressionnante.

Il déposa un tendre baiser sur mes lèvres.

— Tu ne prononceras mon nom devant personne, à l'exception de ceux qui sont ici présents.

Quelque chose me chatouilla la nuque. Une légère brise s'insinua dans mes veines, me rendit toute légère et chassa mes idées noires. Je secouai la tête pour me débarrasser de cette sensation.

— Qu'as-tu fait ? demandai-je à Valen.

— La Furie, murmura-t-il contre mes lèvres.

Je le regardai d'un air méfiant.

— Tu as agi sur ma volonté ?

Je savais que les Êtres de la Nuit avaient le pouvoir de mystifier l'esprit des mortels afin de les manipuler. Et je lui en voulais un peu de l'avoir fait.

— Je t'ai promis de te protéger, Élise. Or si tu parles de moi, je ne le pourrai plus. (Il tourna la tête vers Siv.) Tu ne prononceras mon nom devant personne, à l'exception de ceux qui sont ici présents.

Siv acquiesça, visiblement déçue. Valen, ce Prince pour qui les Agitateurs s'étaient battus durant si longtemps… S'il y en avait qui voulaient qu'il retrouve sa place, c'étaient bien eux.

— Les Corbeaux ! s'exclama Tor. Ils arrivent !

Valen s'écarta de moi.

— Tu m'as fait confiance, Élise, tu as pris soin de moi. Tu m'as libéré de la malédiction et je t'en serai éternellement redevable.

— Mais tu ne tiens pas assez à moi pour rester.

— Bien au contraire. Je t'aime, je te désire, tu m'es plus précieuse que l'air que je respire. Mais cette histoire va s'achever dans un bain de sang. Le sang de ton peuple, ton sang. Et ça, je ne le veux pas. Je refuse de t'infliger cette épreuve.

La panique enflait dans ma poitrine. Il se détachait de moi, il s'en allait.

— Ne fuis pas ton destin ! m'écriai-je.

Il se rembrunit.

— Je n'étais pas destiné à régner. C'était à mon frère que devait revenir la couronne. Moi, j'ai simplement été formé à me battre en son nom. Et c'est ce que j'ai bien l'intention de faire.

Il se tourna vers Siv et la considéra d'un air grave.

— Je te la confie : protège-la.

Siv inclina la tête.

Au loin, un bruit de sabots s'amplifia. La cavalerie de Flèche-Corbeau fonçait à bride abattue vers le jardin funéraire. Je n'avais pas pris conscience que celui-ci était désormais à la merci de tous – le mauvais sort avait été levé et en même temps que lui, la Furie qui gardait la Tombe noire.

Je me campai sur mes jambes.

— Il va falloir que tu m'emmènes, que tu le veuilles ou non ! criai-je à Valen. Parce que je ne te quitterai pas. Pas après tout ce qui s'est passé.

Il me dévisagea d'un air soucieux.

— Alors, j'espère que tu pourras me pardonner, une fois de plus.

Le Prince de la Nuit leva les mains. La terre trembla. Il serra les poings. Siv et moi fûmes projetées à terre et repoussées par une force invisible. Tels des géants de pierre, d'énormes fragments de roche surgirent du sol, s'interposant entre nous et la Tombe noire. Entre nous et les soldats qui approchaient au grand galop. Entre nous et Valen.

Il avait fait son choix. Et ce n'était pas moi.

34

Comme nous étions forcées de progresser à l'abri de la forêt, il nous fallut chevaucher encore une journée pour atteindre la taverne. Je m'étais même pris à espérer y trouver la Guilde de l'Ombre et son prince, attablés devant une bière.

J'en fus pour mes frais.

Le tavernier nous demanda des nouvelles de Valen – ou plutôt de Légion —, mais nous ne pouvions pas lui dire la vérité. Nous étions forcées de nous taire. Nous nous contentâmes de lui dire qu'il était vivant et qu'il était parti de son côté. La malédiction était vaincue. Sven semblait un peu inquiet que Légion Grey ne soit pas revenu lui apprendre la nouvelle en personne. Je comprenais son sentiment.

—Vous êtes de Mellanstrad, c'est ça? me demanda-t-il en essuyant une table.

—Oui, répondis-je en faisant tournoyer le vin chaud dans ma corne, l'esprit ailleurs.

—Eh bien, vous savez que Flèche-Corbeau a fait une descente sur la ville? Paraît qu'ils vous cherchaient, vous et Légion. C'est sûrement en rapport avec ce qui s'est passé à votre ancien manoir, ça a dû se savoir.

Mon cœur se serra.

—Flèche-Corbeau a lancé une attaque contre son propre peuple?

— Le château est devenu fou, d'après ce que j'ai entendu dire. Des tas d'habitants ont fui vers Ruskig. Moitié ettans pour la plupart. Flèche-Corbeau est bien décidé à faire de cette région un territoire exclusivement timoran. Ça ne m'étonnerait pas que des serfs disparaissent de la circulation… Il se passe des choses drôlement bizarres, ces jours-ci.

Sur ce, il s'éloigna. Je me frottai le visage, horrifiée. C'était à cause de moi que Calder avait lancé l'assaut sur Mellanstrad. Mattis, mon cher Mattis… qu'était-il devenu ? Et le tripot où les habitants passaient la veillée de relâche ? Décidément, je ne pouvais pas rester les bras croisés ! De retour dans le galetas, je rassemblai les quelques affaires que j'y avais laissées. Les journaux ettans, surtout, et celui de Lilianna en particulier. Valen y était mentionné au fil des pages et, aussi étrange que cela fût de lire son enfance, cela m'aidait à me sentir proche de lui.

Dehors, Siv avait sellé son cheval et le mien. Avec sa tunique marbrée et ses bottes qui lui arrivaient au genou, elle n'avait plus rien d'une serve : c'était une combattante.

— Mavie me manque, Élise, m'avoua-t-elle soudain. Je l'aimais comme une amie. Tu ne vas pas me croire, je le sais, mais j'ai bien l'intention de rester à tes côtés. Je ne veux pas qu'il t'arrive malheur à toi aussi.

Je refermai ma sacoche, le cœur serré.

— Je sais, Siv. Nous pourrions peut-être laisser le passé derrière nous, maintenant. Et nous tourner vers l'avenir.

Elle s'illumina.

— Ça, c'est une bonne nouvelle ! Parce que j'ai une idée de l'endroit où on pourrait se cacher, en attendant.

— Où ça ?

Elle me tendit un morceau d'écureuil que Sven avait fait rôtir ce matin.

— Je t'emmène dans mon clan.

— Tu veux me livrer aux Agitateurs ?

— Mais non ! se récria-t-elle en se tordant les mains. C'est que sinon, je ne sais pas où aller. Et puis tu sais, ils m'en voudront plus à moi qu'à toi. Mais si je leur raconte comment tu t'es battue aux côtés des Ettans, à quel point tu as été bonne pour moi et si je leur explique que tu refuses de prêter allégeance à Calder, ils accepteront peut-être de nous donner asile. Nous sommes très doués pour vivre cachés.

Je ne voulais pas me cacher. Mais les choses allaient trop vite. Je devais revoir le prince Valen Férus. Lui dire ses quatre vérités, et peut-être l'embrasser avant d'exiger une fois de plus qu'il revienne à la raison.

Il m'avait brisé le cœur. C'était une souffrance que je portais comme un fardeau, heure après heure. Jour après jour. Mais par les dieux, je l'aimais, ce défunt prince ! Brutal, drôle, irritant et passionné.

— Sinon, nous n'avons nulle part où aller, reprit Siv. Fais-moi confiance, Élise. C'est une solution de dernier recours, je le reconnais, mais au moins, ça nous laissera le temps d'élaborer un plan pour retrouver le Prince de la Nuit.

J'esquissai un sourire.

— Ah, tu comptes aller dire au prince qu'il a tort, toi aussi ?

Siv gloussa et enfourcha sa monture. Elle régla la bride et guida la jument vers la forêt.

— Pas au prince, Élise. Je compte dire au roi qu'il a tort.

Je me rendis à ses arguments. Car où pouvions-nous nous cacher de Flèche-Corbeau ? Je n'allais pas rester là, à attendre que Valen se décide à signer le renouveau, alors que ma sœur et mon cousin avaient usurpé le trône. Soit Valen se rangeait à notre avis, soit il lui faudrait supporter que nous nous mettions en péril pour sa famille, à notre façon.

Oui, je le reverrais. J'étais bien trop têtue – et lui aussi – pour laisser les choses en l'état.

Tandis que nous nous enfoncions dans la forêt à la recherche des Agitateurs – qui allaient soit nous tuer, soit nous accueillir à bras ouverts –, un doux parfum de vanille et de miel, agrémenté d'un soupçon de pluie, parvint à mes narines. Je souris en voyant les larges corolles d'argent. C'était un spectacle nouveau pour moi. Les fleurs dressaient fièrement leur tête au-dessus des lianes à feuilles noires dont l'enchevêtrement formait des buissons imposants.

Les sélénées étaient revenues à la vie. Cette terre se préparait déjà à accueillir le retour de son prince.

Trois nuits durant, nous chevauchâmes à l'écart des routes, veillant à rester parmi les broussailles et les ronciers. Trop de Corbeaux circulaient entre les bourgs.

Dans les tavernes, des bribes de conversation nous informaient de ce qui se passait à Mellanstrad. Le sang. Les attaques. Les emprisonnements. Le chaos.

La troisième nuit venue, je m'affalai près d'un pauvre feu, serrant une mince cape de laine autour de mes épaules. Que devenait Mattis ? Je craignais qu'il ait « disparu ». Qu'il soit emprisonné. Ou pire, mort. Je n'avais aucune certitude, bien sûr, mais si ma sœur était devenue aussi cruelle que je le supposais, mon amitié pour le joyeux menuisier – dont je ne m'étais jamais cachée – causerait la perte de ce dernier.

Tout au long de la journée, Siv avait été relativement silencieuse. Je n'insistai pas. Qu'y avait-il à dire ? Le Prince de la Nuit était vivant, mais il refusait de s'emparer du trône qui lui revenait de droit. Nous étions sans nouvelles de Mattis. Notre terre, nos deux peuples, serait bientôt en guerre et nous étions en fuite.

— Demain, nous entrerons dans le territoire de Ruskig, annonça Siv alors que le feu se mourait.

Je hochai la tête et m'enveloppai dans la courtepointe en lambeaux que nous avait donnée Sven. C'était demain que tout se jouerait : soit les clans d'Agitateurs se rallieraient à nous, soit nous péririons. Quoi qu'il arrive, j'étais trop épuisée pour m'en soucier.

— Est-ce que tu…

Je n'allai pas au bout de ma question. Des craquements de branches. Un raclement de pierres. Comme si une énorme créature traquait l'obscurité parmi les arbres. Siv empoigna un couteau. Moins bien préparée qu'elle, je fouillai rapidement nos bagages. Je retrouvai enfin la dague que m'avait donnée Valen – lorsqu'il était encore Légion Grey.

Mon cœur battait à tout rompre. La nuit s'épaissit. J'avais honte de voir ma main trembler sur la dague.

Soudain, les branches s'écartèrent et notre pauvre campement fut envahi par des silhouettes encapuchonnées. Grandes et larges d'épaules, pour la plupart. Enveloppées de fourrures et de peaux. Je me concentrai surtout sur l'acier qui brillait d'un éclat froid à leur ceinture. Chaque homme était équipé d'une hache d'armes, d'un poignard ou d'une dague assez aiguisée pour couper un os.

Ils ne disaient mot.

Le silence était une torture.

Je me passai la langue sur la lèvre inférieure et serrai ma dague aussi fermement que possible. Le sang se mit à battre à mes oreilles lorsque l'armée sombre s'ouvrit pour laisser le passage à un homme. Il avait ôté sa capuche et au clair de lune, je vis qu'il avait le teint basané et des yeux d'un brun semblable à la terre fraîchement labourée. Ses cheveux, en revanche, avaient le brun doré du blé qui vient d'être moissonné. Brun doré. Dès que je remarquai la forme effilée de ses oreilles, je pointai ma dague vers sa poitrine.

— Arrière, Être de la Nuit ! dis-je d'une voix rauque. Nous ne sommes pas tes ennemies.

L'homme se mit à rire, dévoilant des dents blanches.

— Mes frères, je crois que nous avons trouvé la femme que nous cherchions.

Mon regard se posa sur les hommes dissimulés dans la pénombre. Un rire parcourut leur troupe. Je me tournai à nouveau vers leur chef.

— Qui es-tu ?

— Réponds d'abord à ma question. Es-tu Élise Lysandre, la seconde Kvinna de Mellanstrad ?

— Je n'ai pas à répondre à un…

— Si tu tiens à ta langue, tu vas obéir bien gentiment, répliqua-t-il avec un grand sourire.

— J'ai fait l'objet de menaces bien pires. Il va te falloir trouver mieux, rétorquai-je en brandissant ma dague au niveau de ma joue.

Le sourire du Fae s'élargit encore, une lueur d'excitation brillait au fond de ses yeux noirs.

— J'ai l'impression que nous allons très bien nous entendre, Kvinna Élise.

— Je ne t'ai pas dit comment je m'appelais.

— Ah, mais c'est que j'ai beaucoup entendu parler de ton surprenant courage et de ton étrange déloyauté à la Couronne. Et puis il y a ça, ajouta-t-il en désignant mon poignet.

Je baissai les yeux sur mon bracelet à têtes de corbeaux. Mon estomac se noua. L'amertume de la bile me brûla la langue. Quelle idiote j'étais ! Je laissai retomber mon bras le long du corps et poussai un long soupir.

— Que veux-tu de moi ?

Le Fae inclina la tête sur le côté.

— Tu nous cherchais, je crois ?

Siv se redressa.

— Ils font partie des clans, Élise !

— En effet. C'est vous qui nous appelez les Agitateurs. Un terme assez insultant, en réalité. Ce sont peut-être les Timorans, les véritables agitateurs. Mais peu importe, nous savons que tu cherches un refuge que nous sommes en mesure de t'offrir.

J'opinai du chef, désireuse de nous faire accepter au sein du clan.

— Nous ne sommes pas vos ennemies. Nous sommes les ennemies des souverains actuels.

Des sifflements et des marmonnements hostiles s'élevèrent parmi les hommes en noir.

— Il faut leur pardonner, dit le Fae. Ils préfèrent qu'on dise « les usurpateurs » pour désigner la famille royale timorane.

Personnellement, ça m'était égal.

— Allez-vous nous aider ? insistai-je. Nous souhaitons nous battre contre ce roi et cette reine, contre les usurpateurs.

— Contre ta propre sœur ?

Le coup porta, sec et rude, mais je hochai la tête.

— Oui.

Le Fae réfléchit longuement.

— Nous allons t'offrir un refuge, Élise Lysandre. À condition que tu fasses quelque chose pour nous. Certes, il y a de fortes chances pour que tu y laisses la vie, mais c'est le prix que nous exigeons pour te donner asile, car tu représentes un énorme risque pour nous. Tu acceptes le marché ?

— Sans savoir ce que je vais devoir accomplir ?

Il sourit avec un brin de malice.

— Le choix t'appartient.

Je jetai un coup d'œil à Siv. Elle haussa les épaules, mais ses yeux reflétaient l'inquiétude. Quel choix avions-nous, en réalité ? Nous étions seules dans cette forêt avec toute la garde de Flèche-Corbeau à nos trousses.

— Très bien. J'accepte.

— Parfait.

L'homme fit demi-tour et regagna l'obscurité.

Je pressai le pas pour trottiner à sa hauteur.

— Attends, quel est ton nom ?

— Ari Sekundär.

— Et tu es le chef des Agi… des clans ?

Des rires s'élevèrent dans mon dos, mais Ari s'arrêta pour me dévisager.

— Nous, les Faes, avons attendu avec patience que se lève la véritable famille royale. Hélas, il a fallu nous rendre à l'évidence : nos espoirs étaient vains. Ils sont tous morts. Mais une nouvelle lignée s'est amorcée.

— De quoi parles-tu ?

Je n'y comprenais plus rien. Les Agitateurs vénéraient Valen, le Prince de la Nuit, j'étais bien placée pour le savoir.

— Ari leur a rendu la vie, dit un homme encapuchonné.

Et pour appuyer son affirmation, il prit dans sa paume un bouton de sélénée sur le point d'éclore.

Je fronçai les sourcils.

— Tu… tu penses avoir ressuscité les lianes ?

— Je ne le pense pas. J'en suis sûr. (Ari haussa les épaules avec un sourire suffisant.) Le cours du destin est capricieux.

Mais ce n'était pas lui qui avait redonné vie à cette terre ! Valen était vivant ! J'aurais voulu le crier à tue-tête, mais le maudit sortilège qu'il m'avait jeté avant de partir me condamnait au silence. Comment ses partisans osaient-ils l'abandonner ? Et comment osait-il, lui, se cacher d'eux ? De toute évidence, cette terre avait plus que jamais besoin du Prince de la nuit !

Je ravalai mon indignation.

— Et après ? Tu veux prendre le pouvoir, c'est ça ?

Ari inclina la tête et déposa un baiser glacé sur ma main.

— Oui. Mon peuple m'a désigné comme son nouveau roi, bien vivant celui-ci. Et je te jure, Kvinna timorane, que je rendrai aux Ettans tout ce qu'ils ont perdu. Et ce par tous les moyens.

Il me sourit. C'était un sourire mauvais. Au début, j'avais cru qu'il cherchait à m'impressionner, mais son rictus me donna la chair de poule.

C'était le peuple d'Etta. Pour le moment, ils s'étaient trouvé un roi. Mais au fond de leur cœur, ils demeuraient les sujets de Valen, leur prince bien-aimé. Ils lui avaient toujours été fidèles et ils le redeviendraient.

Mon sourire s'élargit.

Ce seraient eux qui me ramèneraient à lui.

Pour moi, c'était une évidence aussi naturelle que le mouvement de ma respiration. C'était le destin qui m'avait conduite ici, et malgré tous ses tours et ses manigances, ce serait le destin qui me ramènerait au Prince de la Nuit, à celui qui régnerait un jour sur la Nouvelle Etta.